绝命追杀

意大利黑手党家族

MOST WANTED

詹幼鹏

北方文艺出版社

图书在版编目（CIP）数据

绝命追杀 / 詹幼鹏著 . —— 哈尔滨：北方文艺出版
社，2018.8（2021.5 重印）
ISBN 978-7-5317-4200-5

Ⅰ . ①绝… Ⅱ . ①詹… Ⅲ . ①纪实文学 – 中国 – 当代
Ⅳ . ① I25

中国版本图书馆 CIP 数据核字（2018）第 035572 号

绝命追杀
JUEMING ZHUISHA

作　者 / 詹幼鹏
责任编辑 / 王金秋　赵　芳　　　　　装帧设计 / 锦色书装

出版发行 / 北方文艺出版社　　　　　邮　编 / 150008
发行电话 /（0451）86825533　　　　经　销 / 新华书店
地　址 / 哈尔滨市南岗区宣庆小区 1 号楼　网　址 / www.bfwy.com

印　刷 / 三河市腾飞印务有限公司　　　开　本 / 880×1230　1/32
字　数 / 278 千　　　　　　　　　　印　张 / 12
版　次 / 2018 年 8 月第 1 版　　　　　印　次 / 2021 年 5 月第 2 次印刷

书　号 / ISBN 978-7-5317-4200-5　　　定　价 / 49.00 元

前　言

意大利黑手党，曾经是世界上最大的犯罪组织。

从意大利波旁王朝时代的帮会组织，发展成为后来的跨国犯罪集团，它经历了一百多年的罪恶史。

一百多年来，黑手党敲诈勒索、走私贩毒、恐吓凶杀、控股投机、设赌局、开妓院，几乎是无所不为；

一百多年来，它不断向政界、军界、企业、股市和金融业渗透，不断地垄断经济、操纵政府、干扰时局、制造灾难，从而成为超级犯罪集团。

它承袭了"马菲亚"的幽魂，集中了人类所有的罪恶；它由意大利西西里岛向全球辐射，蔓延世界绝大部分地区，成为全球黑道社会的"教父"。

在一次又一次的打击下，一百多年来，虽然它的组织一个个被破获，它的头目一个个倒下，但是，黑手党不仅没有绝种，反而穷凶极恶，一步步地向高科技领域"开拓"，利用现代高科技手段进行"智力犯罪"，依然干扰和破坏人类社会的正常生活秩序。

本书在介绍意大利黑手党起源、发展和派系的同时，还分别重点展示其不同时代、不同阶段典型的犯罪手段和犯罪事实。

反对恐怖主义和集团犯罪仍然是当今社会一项主要义务。只有多一份对黑手党的了解，才能多一份打击的手段。

愿每个人的好梦不再被枪声惊破。

愿无辜的人们一生平安！

目 录

第一章

扑朔迷离　马菲亚源远流长

　　一位西西里波旁王朝贵族的后裔，流亡到大洋彼岸的加利福尼亚，异想天开地创建了一个乌托邦式的小国"马菲亚"。

　　马菲亚覆灭之后，蜕变成世界上第一大黑道组织——"黑手党"。

　　第一代"教父"本是一位天真的少年，不过他第一次开枪杀人时才15岁。17岁时他向故乡意大利走去，从此西西里岛不再平静。

　　"黑手党"（BLACK HAND）这个令世人谈虎色变的名词是由"马菲亚"（MAFIA）一词演变而来的。

　　马菲亚这个词的含义在各种语言中，开始的意思并不完全一致，沿袭下来之后，大致上有"出众""完全""美丽""勇敢""自豪""富有权力欲望"等意思。但到近代，马菲亚一词却完全变成了一种犯罪组织的代名词。《新英汉词典》（上海译文出版社1978年第1版）对该条的注释有三：①黑手党（20世纪初一些在美国的意大利人的秘密犯罪组织）；②政治恐怖分子的秘密团体；③（全球性从事贩毒等非法活动的）秘密犯罪组织。

但据现有资料考证，马菲亚最早却是一个小国家的名字，这个乌托邦式的小国家在如今的美国西部濒临太平洋的加利福尼亚州，距今一百六十年左右。

1834年的一天，一艘意大利轮船从罗马驶向美国纽约。船上有几百名流亡异国他乡的亡命之徒。在这数百名亡命之徒当中，有一位出身于西西里波旁王朝侯爵的后裔。此人名叫约翰·苏特尔·维玛尔尼，他原籍是意大利巴勒莫市郊的巴拉奎。

维玛尔尼虽然有高贵的贵族血统，但此时却是一名逃犯。他被指控为破产人、盗贼及投机商人，面临着欧洲几家法庭的审判。大难将至，年富力强的维玛尔尼凭着往日的关系，在罗马弄了一张假身份证，然后又利用这张假身份证搞到了一点钱，便无可奈何地抛弃了结发多年的妻子和三个孩子，匆匆忙忙地上路了，漂洋过海，踏上了流亡异地的漫漫长途。前途茫茫，祸福未卜，维玛尔尼悲壮而又凄凉。

经过五天的风浪颠簸，这艘轮船终于靠上了在当时并不繁华的纽约港。维玛尔尼随着人流走出三等舱，走上甲板，望了望这陌生的码头，然后几步跨过晃晃悠悠的跳板，开始了他的流亡生涯。

维玛尔尼在纽约混了两年。他放下了贵族的架子，同流亡到这里的各种肤色的下等人一样，为自己的温饱而奔波。他做过码头搬运工，又做过江湖牙医，在药店里做过药剂师，又开过药铺，做过药材商人。一年之后，他手中积了一点钱，就开了一家小酒店，自己做起了老板。由于他在罗马的商场混了十多年，商场的那一套便在这里派上了用场。他的小酒店几个月下来，居然红红火火。这样，他就把酒店办成了一家客栈，兑了水的劣质酒和廉价的饭菜，让他的小客栈留住了许多亡命天涯和到美国淘金的流浪汉。

但是，见过大世面的维玛尔尼并不满足眼前的现状。几个月以后，他又将他的客栈卖掉了，带着一袋子钱向美国的中部迁徙。因为当时在他的小客栈歇过脚的人，第二天又风尘仆仆地离去，他们都说在这个国家的西部，有一片神奇的土地，那里的土地荒芜但却富饶，遍地是牛奶和蜂蜜，据说还有金矿。维玛尔尼挡不住这种诱惑，便一夜之间，把他的客栈易主，然后同几位房客结伴西行。但是，凭着他那种商人的狡诈，他并没有一直向西部走去，到了密西西比州他就留下来了。因为他在密西西比河的下游，看到了成片成片黑油油的土地，其肥沃的程度并不亚于故乡的西西里，他认为这是一个办农场的好地方。于是，维玛尔尼便留在这里，利用手中的钱办起了一个小型的农场。雇来了许多廉价的劳动力，种起了玉米和棉花。充沛的雨水和密西西比河的流水，滋润着维玛尔尼的农场，让他一年下来，发了一笔小财。

然而，门前的大路上，每天都有涌向西部的人群，许多退伍的士兵、商人和失业的工人常常结伴而行。西部这块神秘而遥远的地方，再一次激起了维玛尔尼冒险的兴趣。于是，他又再次变卖了自己的农场，告别了这种本可以安居乐业的生活，在1837年的一天向西部走去。

这一次，维玛尔尼再也不是一个单枪匹马的流浪汉了。他利用手中的钱财，带着车辆、马匹和一群美洲野马，组织了由两名军官、五名传教士和三名妇女组成的冒险团，几乎是浩浩荡荡地朝西部挺进。

旅途茫茫，山高水远，他们穿过一片又一片荒无人烟的大草原，又翻过许多崇山峻岭，向太平洋方向进发。他们整整走了三个月，10月底到达温哥华。可是，两名军官在到达温哥华之前就离开了维玛尔尼，五名传教士也不想继续前行，而三名可怜的妇女，则在半途因饥饿而死去了。

现在只剩下孤单的维玛尔尼一个人了，有人劝他在温哥华留下来，并为他谋得一个职位。但是，维玛尔尼拒绝了这一切。他说，他的目的地不在这里，加利福尼亚才是他向往的地方。于是，维玛尔尼又出发了。他驾驶着一条破旧的帆船，渡过太平洋，先抵达夏威夷群岛，又漂洋过海，历尽千辛万苦，终于在一个名叫圣弗兰西斯科（即旧金山）的地方登陆了。当他走上岸来时，满目一片荒凉。当时的圣弗兰西斯科也仅仅是一个破落的渔村，而整个加利福尼亚还是一片无人管理的"处女地"，一切都沉睡在原生状态之中。在这里出没的除了飞禽走兽，就是寥寥无几的红皮肤的印第安人，他们用弓箭、石块在追逐着猎物，然后放在一堆熊熊的篝火上去烧。偶尔也有一些从墨西哥逃亡而来的囚犯或士兵，在茅舍的周围开垦出一小块的荒地。

这种蛮荒的景象，正是维玛尔尼心中理想的地方。他一到这里，就向当地的居民租了一匹马，然后向北沿着辽阔的萨克拉门托峡谷走了一天。通过一天的考察，精明的维玛尔尼心中踏实了，他知道在这片肥沃的土地上，可以建一个庄园，一个大农场。第二天，他又骑马赶往当地的蒙德镇，拜见了那位呆头呆脑的阿尔总督。维玛尔尼向总督阿尔说，他要从夏威夷群岛带来一批棕色的和黑色的卡拿卡人，在这里开荒种地，建立一个农场，把这里建成一个移民区。

阿尔总督看着这位衣衫不整的外国人，怀疑他是一个疯子。他对维玛尔尼说："你到底打算在这里干什么？"

维玛尔尼说："我要在这里建立一个国家，这个国家就叫马菲亚。"

"好吧！"阿尔总督说，"我向你致敬，未来的马菲亚国王。"

维玛尔尼看了他一眼，知道这位总督不是说假话，便脱下头上的意大利高筒礼帽，很像一位罗马绅士一样，向阿尔总督深深地鞠了一躬。这时，他仿佛就是真正的马菲亚国王了。

1839 年的一天，维玛尔尼骑着一匹美洲纯种马，腰里别着一支手枪，趾高气扬地走在萨克拉门托河谷里。干涸的河谷里走着一支长长的马队，马背上驮着大包小包的货物。马队的后头是三十辆满载粮食、生活用品、种子和弹药的马车，再后面是五十匹马、七十五头骡和成群的奶牛、绵羊。维玛尔尼身后跟着几个欧洲人，肩上背着火枪，一百五十名穿着短背心的卡拿卡人紧随其后，最后是一支二十多人的警卫队。在维玛尔尼的率领下，"马菲亚王国"的全部人马和家当，正沿着萨克拉门托河谷，向上游缓缓地移动。傍晚，他们在上游一个水草丰茂的草甸子边上住了下来。这片辽阔的草地就是马菲亚的国土，维玛尔尼在这里开始了他新的生活。

在维玛尔尼的带领下，那些卡拿卡人开始建造房屋，挖掘水井，放火烧荒。一团团的浓烟滚滚而起，然后是冲天的烈焰，一直向草原和树林蔓延开去。广袤肥沃的西部平原被烈火烧醒了，断裂的树枝和树茬在风中冒着青烟。一阵大雨过后，他们在烧过的土地上播下种子，不需要用锄头和犁铧把土地翻过来。他们又在房子旁边竖起一排排的大栅栏，圈养着大草原上滚滚而来的马群和羊群。等他们的庄稼开始成熟的时候，大批新的移民又从附近的传教站和遥远的墨西哥、加拿大迁来。

维玛尔尼的马菲亚骚扰着当地土著人的千年沉梦，他们常常向这里投掷石块或毁坏庄稼。维玛尔尼又指挥他的警卫队进行讨伐，把这些印第安人抓来之后，不是关在囚笼里，而是让他们戴上脚镣去砍伐树木或收割庄稼。只要几个人背上火枪，拿着皮鞭，就可以让几十个人甚至上百人，服服帖帖地在烈日下汗流满面地劳作，他们用手中的武器，获得了大批的劳动力。

几年工夫，维玛尔尼的马菲亚已初具规模，这里出现了街道、商店、酒馆和大片的仓库，街道上跑着牛车、马车，河面上也有了船只，这些船只还远航夏威夷群岛，有时还泊在圣弗兰西斯科的海湾。那些意大利的水果和法国的葡萄也在这里开花结果，莱茵河畔的水磨也在这里转动着，推动它们的是一架架拔地而起的大风车，就是当年堂·吉诃德用长矛刺的那种庞然大物。

这些年来，维玛尔尼获得多少财富，他自己也无法知道，他有成片的房屋和豪华的庄园、住宅，卧室中的陈设又使他回到了波旁王朝的贵族时代，他的钱都存在法兰西和伦敦的大银行里，既可以得到必要的信贷，又可以获得巨额的利息。

有一天，他去了法国巴黎，几乎用了一百八十天的时间，从巴黎运来了一架普莱丽尔牌钢琴。又有一次，他用六十头健壮的牛，绕过高耸的落基山，横越整个新大陆，万里迢迢，从东部濒临大西洋的纽约运来一台蒸汽机。从此，这几年前还是荒无人烟的西部平原第一次有了音乐和机器声。

45 岁时，维玛尔尼正处于人生事业的巅峰，他的马菲亚幅员辽阔，而且一片繁荣。这时，他才想到了女人，想到了被自己遗弃在西西里的妻子和三个孩子。于是，他派出几个人去意大利寻找，终于在三个月之后，他的妻子带着三个已长大成人的孩子来到了"马菲亚国"。他的长子苏洛矶已是 20 多岁的小伙子，人高马大，一副彪悍的身材。维玛尔尼又骑上一匹高头大马去了蒙德镇，去找阿尔总督，因为他知道阿尔有一个漂亮的女儿。

几天以后，阿尔那位漂亮的女儿就成了维玛尔尼的儿媳妇，苏洛矶的妻子。结婚的那天，成桶成桶的葡萄酒，把马菲亚所有的人醉倒了一大半，其中还有几条挣脱了锁链的看羊狗。

一年以后，维玛尔尼抱上了孙子，他给他的孙子取了一个后来让世人震惊的名字——维托。

维托一出生，就给"马菲亚王国"带来了灾难。维托刚出生不久，美利坚合众国就派来了军队，要把这片肥沃的平原和马菲亚纳入自己的版图。当时的加利福尼亚还属于墨西哥的范围，但在美利坚的军队面前，墨西哥不战而退。不过维玛尔尼又把这些人纠集在一起，进行复仇活动。他们在大街小巷抢劫、绑票、暗杀，还经常制造爆炸事件，这一系列的犯罪活动，把洛杉矶闹得鸡犬不宁。

维玛尔尼的目的，当然是想恢复他失去的天堂，重建"马菲亚王国"。但是，他这一目标始终没有实现。他领导马菲亚人在洛杉矶闹了近一年的时间，便不幸患心脏病去世。他死的时候才48岁。

维玛尔尼去世了，"马菲亚王国"也不存在了，但马菲亚人还在活动，以后还发展到美国东海岸的波士顿、纽约及中部的芝加哥等地。同时，在当时美国政府的军队进攻马菲亚时，一部分马菲亚人又流亡意大利，回到了他们的老家西西里岛，在西西里岛中西部的巴勒莫、特拉巴尼及阿格里琴托这三点之间的三角地带进行活动，发展成一种新的组织。

从此，无论是美国还是西西里，马菲亚已名存实亡了，它开始蜕变为一种犯罪集团或流氓集团。随着这种集团的发展壮大，逐渐形成一股与官方机构分庭抗礼，甚至凌驾于国家政权之上的地下黑势力，集结成一种组织严密的地下黑社会犯罪组织——这种犯罪组织就是"黑手党"。

但是，黑手党永远不自称为黑手党。在意大利除了继承"马菲亚"这一名称外，还叫"人民的事业""荣誉社团"等；在美国，有的黑手党组织称为"辛迪里"；在日本，有的则称为"全港振"等等。除此之外，还有许多临时性的名字。意大利早期的黑手党头目被称为"二领主""老板"等，现在，全世界的黑社会头目都有一个通用的名称——"教父"。

经过一百多年的发展和演变，时至今日，马菲亚的徒子徒孙、教父教子已蔓延到古巴、哥伦比亚、中东、南亚、日本，包括美国和意大利在内的世界大部分地区，渗透到企业、金融、交通、军事，甚至是一些政府首脑机关之中。他们在这些领域和行当中黑手遮天、翻云覆雨，恐怖暗杀、贩毒走私，为所欲为，干着争权夺利、谋财害命的勾当。仅贩毒一项，据有关资料统计，世界黑社会一年所牟取的暴利就达 5000 亿美元之巨。

黑手党因为有严格的纪律和严密的组织，很快发展成跨地区、跨国界的全球性犯罪集团。在这些众多的犯罪集团中，意大利的黑手党则是龙头老大，首屈一指。他们不仅是始作俑者维玛尔尼的马菲亚的嫡传后裔，而且是世界黑手党中公开与政府分庭抗礼、独霸一方江山的黑社会组织。在意大利西西里岛，黑手党称霸一方，在一百多年的历史中，几次建立凌驾于政府之上的"黑手党王国"。其权威之大，权势之广，统治时间之长，让任何地方的黑手党都只能望其项背而自叹弗如。

"西西里岛有三种政府：罗马政府、地方政府和黑手党，而黑手党必须绝对服从，否则就是死亡。"——这就是一百多年来西西里岛的历史。

在西西里岛近一百多年的历史中，与罗马政府和地方政府成三足鼎立之势，甚至凌驾于前两者之上的黑手党"政府"的创始人是谁呢？

他就是马菲亚的创始人维玛尔尼的孙子维托。

维托后被尊称为"唐·维托"。是他，首先把西西里岛黑手党组织得天衣无缝；又是他，首先在美国发展了维玛尔尼的"事业"，播下了黑手党的火种，成为美国黑社会"现代派前所未有的教父"。

唐·维托是意大利黑手党家族真正的祖师爷，也是本书的第一位传主。

"黑手党"一词最早出现于1862年朱塞佩·里佐托创作的喜剧《神父住地的黑手党》。该剧用意大利巴勒莫方言展示巴勒莫监狱的情景，描写那些狱中的罪犯通过一定的仪式，加入一个有一定的章程、有他们自己的行为准则的组织严密的秘密团体。从此，这个团体中的成员就受到其他犯人的尊重，在监狱中的地位就高人一等。这是黑手党见诸文字的最早记载。

但是，这种"神父住地的黑手党"仅仅是意大利的早期黑手党，并不是西西里岛"人民的事业"或"荣誉社团"，更不是发源于美国加州的"马菲亚"。

"马菲亚"一词第一次出现在意大利官方文件中是在1865年。这一年，卡里尼地区的一位治安官员在给上司的报告中说，"逮捕了一位马菲亚的同案犯"。从此在意大利的官方文件中，开始频频出现"马菲亚"这个令人头疼甚至恐怖的字眼。当时的巴勒莫省督在写给意大利内政部长的有关报告中，第一次将"马菲亚"同一般的犯罪组织区分开来。

这些"马菲亚"就是两年前从加州逃回来的马菲亚人。这一年维托已经 3 岁了。

维托的童年是在美国东部度过的。全家流亡洛杉矶后的第二年祖父去世了，马菲亚人开始由西部向东部扩散，开始渗透到美国中部及东海岸的大小城镇，寻找自己的位置，开拓各自的地盘。维托一家也从洛杉矶向东部迁徙，就像当年祖父向往西部一样，他们朝着祖父当年相反的方向，到东部繁华的去处寻找生计。

他们一家来到东海岸离波士顿不远的里维热尔，在那里一住就是九年。那时，维托全家住在一幢乳白色的大房子里，一条小巷的尽头，有一块约四分之一公顷的土地是属于他家的。这是一片宁静而又未被现代文明污染的土地，所以维托的童年是安详而美丽的。他记得最清楚的趣事就是同小伙伴们在空地上踢球或捉迷藏，好像从未听说过什么吸毒、凶杀、强奸的字眼。选择这样一个地方，当然是他的父亲苏洛矶的主意，父亲不希望仰仗祖父的荫庇，去当一位黑道领袖。但是叔父尼洛孔克却是另一种性格，他完全继承了祖父当年的那种冒险精神。于是，在维托 11 岁时，全家又由里维热尔搬到了梅德城，这里已经是波士顿的近郊，叔父早几年就来这里定居。

梅德城是一座工业、商业都很发达的城市，人口几乎是里维热尔的三倍。后来维托才知道，这里住着许多马菲亚人，这些人都像叔父尼洛孔克一样，梅德城很适合他们。

维托的叔父尼洛孔克看样子很有钱，他在这里买了一幢很漂亮的房子，祖母同他住在一起。维托一家刚来这里时，住在一家人的阁楼上。这阁楼是租的，房东是一个古怪的皮货商，常到北方的缅因州和南边的纽约、费城去做生意。父亲每个月都要给这位皮货商一笔房租。

父亲在一家公司里一天忙到晚，但并不像叔父那么有钱。11 岁的维托已经具备了识别穷与富的能力。叔父每次到他家来，总要给他带很贵重的礼物，有时是一双红漆皮鞋，有时是一套西服。叔父对他们很热情，经常对维托说："孩子，不要为钱担忧，要吃得好，穿得体面，人家才瞧得起。"

维托说："叔叔，我家里没有钱，父亲的薪水不多，要养一家人，还要付很贵的房租。"

尼洛孔克问："你家每个月要付多少房租，这样的破阁楼。"

"我不晓得，只听到上次交房租时，那个皮货商对父亲说，这个月要加价。"

"这个杂种！"尼洛孔克说，"他也不问问我们是谁。维托，你不要为房租发愁了。"

到了月底又该交房租了，这个皮货商还没有回来，听说他去缅因州进货去了。这时叔父经常来他家玩。有一次叔父一进门，就叫维托把他脚上的皮鞋擦一擦，维托很爽快地答应了，赶快找来一双拖鞋给叔父换上。叔父一边喝着浓浓的红茶一边和父亲聊天，谈的都是生意上的事。叔父好像叫父亲去一家什么公司，但父亲没有答应。维托听到父亲在说："我喜欢过这样的日子……"

皮鞋擦好了，叔父很高兴，随手从口袋里摸出一张 50 美元的票子塞到维托的手里。叔父的这种举动让维托大吃一惊，要知道，这 50 美元可以买几双新的皮鞋。看到叔父这满不在乎的样子，维托心想，叔父真是个男子汉，又有钱又大方。

皮货商一直没有回来。有一天维托听到父亲对母亲说，有人在缅因州的一家旅馆里发现了他的尸体。那个皮货商死了十多天都没有人敢去报警，尸体被老鼠撕得面目全非。维托当时心中一愣，他想到叔父那天说的话和他说话的样子，他心中似乎明白了什么。

从此，维托的父亲再也不用交房租了，叔父帮他们"买"下了这幢房子。但是，他们一家还是住在阁楼上，楼下的房门都紧锁着，黑洞洞的，十分阴森。维托心里感到害怕，他想到叔父那天说的"也不问问我们是谁"，他真不知道叔父是什么样的人。

后来，维托终于知道了叔父的身份。

梅德城有一所骑术学校，叫雷汉马场。雷汉马场里面有一大片绿茵茵的草场，有几幢豪华的楼房和一排漂亮的马厩。马厩里养着许多世界各地的名马。维托有时路过这里，站在白色的栅栏外，可以看到那些驯马师在草场上驯马或教人骑马。他非常羡慕这个地方，但他一次都没有进去过，白色的栅栏围住整个马场，大门口总有两个身材高大的保镖走来走去，腰里还别着手枪。

一个星期天的上午，叔父尼洛孔克终于带着维托，走进了雷汉马场。在大门口，那两位保镖还对叔父笑了笑，他们就像老朋友一样。其中一个还摸了摸维托的头问这孩子是谁，叔父说，这是兄弟苏洛矶的儿子维托。

"啊，维托？"另一位保镖也凑上来，好像维托是他的亲戚似的，"长这么高了，好小子！"

叔叔笑了笑。

维托心里却很纳闷：他们好像很了解我一样，难道真的是我家的亲戚吗？

叔父拉着维托向里面走去。维托说想去马厩看马，叔父真的带着他去了马厩。马厩就像有钱人家的房子，不锈钢的栏杆，明亮的大玻璃窗，里面既阴凉又干净，饮水的器皿也是锃亮的不锈钢做的，料槽里外都镶着洁白的瓷砖。维托看见那些工人在给马洗澡、刷毛，把一匹匹的马都打扮得漂漂亮亮，收拾得干干净净。叔父指着这些马告诉维托，哪一匹马是英格兰的，哪一匹是澳大利亚的，哪一匹是蒙古的……同时还告诉他，买一匹什么样的马要花多少多少美元。这一切都让维托大开眼界，他没有想到世界上有这么多的马，有这么贵的马。

看完马厩之后，叔父就带他向一幢并不太高的楼房走去。这时，维托发现，这幢楼房前的大树荫下，已停放着几辆崭新的小轿车，大门口还陆陆续续有一些各式各样的小轿车开进来。维托虽然不知道这些小轿车的牌子，但他想这些车一定很昂贵，因为都是一些平日在大街上很少见的车。轿车停下来后，一些带着长枪短枪的汉子率先走出来，一个个凶神恶煞。然后他们拉开车门，恭恭敬敬地站在一边，等另外一些人钻出来。这些后钻出来的人却是另一种打扮，一个个西装革履，结着鲜艳的领带，油亮的头发梳得一丝不苟，有的还戴着眼镜，一个个风度翩翩，派头十足，就像梅德城的市长一样。

维托当然知道这些人不是骑手，甚至连业余骑手都不是，他们肯定不是来雷汉马场学骑马。那么，这些衣冠楚楚、大腹便便的人来这里干什么呢？

后来，去的次数多了，维托才知道，这个雷汉马场根本不是一所马术学校，表面上是名马饲养和训练的地方，其实是美国东海岸的马菲亚头目聚会的场所。他们的总头目就是马场的主人，名叫约瑟夫·隆巴多，其实是西部有名的土匪头子。约瑟夫·隆巴多是1839年随着维玛尔尼在萨克拉门托峡谷建立马菲亚的三个欧洲人之一，当时是马菲亚警卫队的头目。1847年，美国军队收复了马菲亚，维玛尔尼逃亡洛杉矶时，约瑟夫就带着残余的警卫队在西部加州落草为寇，成为政府通缉的要犯。几年之后，其他的马菲亚人迁徙东部，他也隐姓埋名，带着几个弟兄来到了东海岸的波士顿，同其他的马菲亚头目接上了头，便来到波士顿近郊的梅德城，开办了这所雷汉马场，作为这一带的马菲亚头目聚会联络的地方。约瑟夫就成了这些马菲亚人的总头目。

由于他同维托的祖父的关系，维托的叔父尼洛孔克就成了他的贴身保镖，其实是这一带马菲亚的二号人物。本来这个位置是属于维托的父亲苏洛矶的，但由于苏洛矶不想像自己的父亲一样去冒险，因此便放弃了这种黑道领袖的位子，去公司做一名小职员。这也是前几年维托一家不住在梅德城，而住在里维热尔的主要原因。

现在，眼看维托也快长大成人了，十二三岁的孩子已长得和成人一样，叔父尼洛孔克便开始带他出来见世面，认识这些马菲亚人。在雷汉马场，维托不仅认识了总头目约瑟夫·隆巴多，还先后见到了许多的黑道名人，他们当中有纽约哈莱姆区的抽彩大王安东尼·萨莱诺；有来自布法罗的斯特凡诺·马加迪诺——此人不仅是加拿大边境毒品贸易中心的老板，而且是管理全美抢劫组织"辛迪加"的行动委员会的成员；还有来自波士顿的"大老板"弗兰克·库基亚拉和迈克尔·罗科以及后来一跃成为马萨诸塞州罪犯之王的菲利普·布鲁科拉等人。

这些人大都是维托的祖父维玛尔尼在洛杉矶的"得意门生"，他们见到维托之后自然有一种特殊的感情。有的亲切地抚摸着他的头，吻他一下，然后捋下手上的金表给他戴上，有的则干脆抽出一沓绿色的票子塞到他的手中。叔父同他们进屋去开会或赌钱后，维托就在客厅里或去其他的大房子里玩，有时也去玩汽车或真的去草场上遛马。这时，除了这些头目的保镖之外，约瑟夫·隆巴多还特地指派罗得岛的头号罪犯——一位长着一头卷发，十分清秀的意大利青年弗兰克·莫雷专门陪同他。弗兰克送给维托一把手枪，有时让他骑在马上向那白色的栅栏射击。他们亲密得几乎像兄弟。

从此，维托就像一位马菲亚国的王孙一样，在雷汉马场寻找快活和增长见识。这种生活对一个 12 岁的马菲亚后人来说，充满着神奇的魅力和无穷的诱惑。尤其是约瑟夫·隆巴多拥有的那种奢华和权势，时刻让维托动心。

但是，维托的行迹不久便引起了父亲的注意，父亲开始禁止他去雷汉马场，甚至限制他到叔父家去做客。苏洛矶的这种用意当然很明显，他自己不愿做的事，是不允许儿子去做的。于是，苏洛矶便在托马公司为维托找了一份轻松的工作。这时维托已经开始学会赌钱了，他开始是在游戏厅玩些小钱，然后到一些允许成年人进出的赌场去玩"老虎"或摸彩。他当时虽然还不到 14 岁，但成人的个头让他占了便宜，加上胸前又有一块托马公司的铜牌，就省去了那些守门人的怀疑和盘问。在这样的地方，他输输赢赢很难超过 50 美元，因此，他很羡慕那些一掷千金的有钱人的气度和派头，他很希望自己也能像那些人一样，能在台子上摆上一沓又一沓的现钞或堆上一大堆换来的筹码，同时有人为他点烟，有人为他数钱，还有人站在身后为他当保镖……但是，公司的这份工作虽然很轻松，但一个星期的薪水不过那么几张票子。于是，维托开始为钱操心，开始想办法自己去搞钱，他不再指望去雷汉马场接受那些人的施舍。他已经把自己看成一个男子汉了，他决心做一位像祖父维玛尔尼那样的人——从叔父的嘴里和雷汉马场约瑟夫那些人的眼神里，维托已经知道祖父维玛尔尼当年是个怎样的人。

在托马公司干了大半年之后，通过细心的观察，维托终于把目光瞄准了公司的金库。他把这个计划悄悄地告诉了叔父尼洛孔克，尼洛孔克只是叫他想好了再干，并像对一个大人一样同他拉了拉手，祝他成功。

此时，维托心中顿时有一种自豪感，他对叔叔说："我要一鸣惊人！"

第三天晚上，维托就拿着弗兰克·莫雷送给他的那把手枪，在里面压满了子弹，然后去找在赌场上认识的一位朋友。这位朋友叫维斯孔，是梅德城首屈一指的偷窃高手。他把手枪放在维斯孔家的桌子上，同他谈判，胁迫他同自己一起干，并约好在星期日晚上下手。

维斯孔当然知道面前这把手枪的来历，他爽快地答应下来了，并客气地说不准备同维托分赃，只是帮他打下手。维托说："你不用客气，不管成功还是不成功，你都是我的师傅，我绝不会亏待你。"

星期日晚上他们闯进了托马公司的账房，维斯孔开锁的功夫真是出神入化。他们几乎不费吹灰之力，就一口气偷得了 5 万美元的现款。维托和维斯孔拎着沉甸甸的钱袋，没有直接回家而是去了维斯孔的家。维托从钱袋里拿出 2 万美元分给维斯孔。维斯孔坚决不肯收，坚持说给他打下手。维托又掏出手枪对他说："如果你不拿这2 万，就说明你准备去告发我，那么我只有打死你，我才会安全。"

维斯孔没想到维托这么直率，真有些怕这个大孩子，他只好收下了这 2 万美元。维托很高兴，又对他说："我这 3 万元也先放在你这里，过几天我来取，你写一张收据给我，免得到时候不认账。我不是不相信你，哪怕是朋友也要这么做，懂吗？"

维斯孔没有理由不这么做。他知道这个还不满 15 岁的大孩子，将来肯定不是一般的人。

第二天，维托若无其事地去公司上班了，但公司里像开了锅一样沸沸扬扬。这在当时算是一个大案，上了梅德城的晚报和波士顿的几家大报，并轰动了全国，但没有谁怀疑是他干的。在第二个礼拜天的上午，叔父开了一辆崭新的"福特Ⅰ型"跑车来接他去雷汉马场去玩。上路后叔父把车拐到了维斯孔住的小街上，叫他把存在这里的钱取走。

维托很奇怪，他说："你怎么知道我会把钱放在这里？"

叔父摸了一下他的头笑着说："如果是我，也会这么干。我今天看到你爸爸轻轻松松地让你出来，就更证明了我没有看错你。"

这一天在雷汉马场，维托第一次被约瑟夫·隆巴多邀请到那幢房子的会议室里，和其他的马菲亚头目一样，靠在真皮大沙发上，抽着真正的哈瓦那雪茄。

约瑟夫大声地对在座的宣布："从今天开始，我身边的这个位子属于维托，不过，想要这个位子的可以站起来。"

但是，会议室没有一个人站起来。在座的人都鼓起了掌，维托就名正言顺地坐在约瑟夫的身边。

从此，维托在梅德城开始了另一种生活。他虽然照常去托马公司上班，但他从此再不为钱担忧了。他开始有很多的钱，维斯孔很羡慕他。因为维托一直把他的钱都放在维斯孔家里，他开始同维斯孔成了合作伙伴，一同在一些公司和赌场投资控股。由于维托年龄小，根据当时的法律，他还不够股东资格，所以所有的投资都是以维斯孔的名义进行的。15岁的维托并不认为这有什么不妥。

但是，一年以后，维托的生活发生了变化。这年夏天的一天，维斯孔约他去郊外钓鱼，时间是星期天。但是，恰好这一天叔父告诉他，说星期天在雷汉马场聚会，他就对维斯孔说，他不能同他去钓鱼，星期天要去雷汉马场见一位朋友。

维斯孔一听就说："那就下星期去吧，祝你玩得开心。"

维托尽管没有告诉维斯孔是聚会，但似乎觉得不应该告诉他去马场，便把这事告诉了叔父。尼洛孔克想了想，也觉得这事有问题，但聚会又无法取消，就对维托说："星期天你一清早就去找维斯孔去钓鱼，不要去马场。"

维托果然照办，星期天一清早就带上两副渔具找到维斯孔家，说那位朋友不来了，今天可以同他去钓鱼。维斯孔一听似乎有点吃惊，但还是同维托动身去郊外钓鱼去了。

但是等到傍晚维托兴冲冲地回到家里时，却听到了一个让他非常吃惊的消息——父亲对他说，叔父尼洛孔克被警察抓走了。不知警方从哪里听到了消息，说是雷汉马场有一伙人在聚会，便出动了十几辆警车和大批警员，还有联邦调查局的武装警探，他们包围了雷汉马场，在那里带走了十多个人，叔父也在其中，还有马场的老板约瑟夫·隆巴多，原来他是一个土匪头目。这些人都已押往波士顿监狱……

维托听了并没有什么反应，晚上和一家人在一起，愉快地品尝着他钓来的大鳟鱼，并喝了点酒就上床休息了，他对母亲说今天很累。但是到了半夜过后，他却悄悄地摸下了阁楼，并带上了那把小手枪。

第二天，维托准时去了托马公司上班，但所有的报纸的头版都登着两条新闻：一条是说昨天警方逮捕了十多名犯罪集团的嫌疑犯；另一条是说本城居民维斯孔在今天凌晨被人枪杀在家中，凶手在他的身上放了一张纸条，上面写着："同马菲亚作对的人必须死！"

下班后回到家里，父亲把维托叫到自己的卧室，拿出这张报纸指着第二条新闻对他说："你为什么不用刀子而要用手枪？这是很危险的！你为什么要在昨天晚上行动而不多等一两天？这也是很危险的！你应该知道这几天维斯孔一直是在警方的保护之中，你运气不错！"

维托听父亲这么一说，几乎像遭了雷击一般，站在那里一动不动。父亲说："你坐下来听我说。我们的祖上是西西里波旁王朝的贵族，我的父亲却成了一名逃犯，从意大利逃到了美国。他的马菲亚国不存在了，他在晚年又干上他的本行。他死得太早了，只有48岁，这是他的不幸，但对我来说却是一个天赐良机，我是他的长子，是合法的继承人。但是，我不喜欢这种生活，不喜欢这种人，理由是我父亲在流亡美国的这么多年里，把我和你的祖母、我的母亲，还有你的叔父尼洛孔克几个人遗弃在西西里，让我们在地狱里生活了那么多年，我恨他，恨这种人。即使是他为我娶了总督的女儿为妻，我也不能原谅他。但我又不能拒绝这种生活，我只能拒绝继承他的事业，自食其力。如果你要走这条路，何况你已经开始走这条路，你就走下去，我不阻挠你。但你应该回到西西里去，你是西西里的儿子，不要在这个新大陆干，西西里同样有许多马菲亚人。现在我们就去吃晚饭吧，今天晚上还有昨天剩下的鱼汤。吃过晚饭你就回你的房间去好好想一想，但你的行动不要告诉我。"

父亲说完了，就起身离开了房间。这是维托长到16岁，听到父亲说的最长的一番话。从此他对父亲非常尊敬，觉得他是个贵族。

几个月以后，叔父和约瑟夫·隆巴多等人都被释放了，理由是"证据不足"。这些人对维托格外赏识，没想到他那么快就把维斯孔干掉了。正是因为维斯孔的死和那张纸条，才让他们这么快就走出了拘留所——因为没有哪个证人敢再走上法庭作证。

　　这年冬天，父亲得了一场伤寒，在那阁楼上去世了。父亲的葬礼由叔父一手操办，隆重而又有排场。在葬礼上，维托见到了来自全美各个地区的马菲亚头目，这些人中甚至有约瑟夫·肯尼洛，他是底特律犯罪集团的领袖。还有辛迪里这样的罪犯头目，他们都是父亲生前憎恨和反对的人。到这时，维托才真正知道，那天晚上父亲并没有对自己撒谎，他完全可以成为闻名全国的黑道领袖，成为像祖父一样的人。维托有点为他的父亲遗憾，他为什么拒绝做一个马菲亚的领袖呢？

　　维托没有想到父亲死得这么早，就像当年祖父去世一样。到父亲死去为止，他都没有把自己思考的结果告诉他。这倒并不是由于父亲的那句赌气的话，而是他一直没有拿定主意。

　　现在，几乎是在一夜之间，他就做出了决定。埋葬了父亲之后，他就踏上了回西西里的旅程。和他同行的除了他的母亲，还有几位从西西里远道而来参加父亲葬礼的马菲亚人，他们结伴而行。

　　这一年，维托才17岁，他不知道那些十多年来陆陆续续逃回西西里岛的马菲亚人，是否能接纳自己。

第二章

维托出道　西西里黑手遮天

"晚祷事件"萌发了"人民的事业"。"二领主"的时代结束了，"光荣社团"脱颖而出，西西里从此黑手遮天。

"保护税"聚敛了无数的钱财，《噤声律令》制造了无数的冤魂。

为了一件亲王的皮大衣，他亲手剜出了手下人的一颗眼珠——"精湛"的刀法令人叹为观止。

他由此又飞回美国，在此播下了新的火种，成了美国黑社会的"开山人"。

西西里岛，位于欧洲大陆亚平宁半岛的顶端，面积仅 2.57 万平方公里。

亚平宁半岛在欧洲大陆的版图上，形状很像一只高跟靴子，所以又称靴形半岛。它从广袤的欧洲大陆向南伸进地中海中部，在最南端的"靴尖"处的那座小岛就叫西西里。千百年来，它一直屹立在地中海之上，是连接地中海欧、非两个大陆的天然纽带，因为这是两个大陆之间最狭窄的地段。

由于西西里岛特殊的地理位置，因此自古以来就是兵家必争之地。如果谁占据了西西里海湾，谁就能控制地中海东西两岸各国的商业要道。所以，古往今来无数的征战者都想把它据为己有。虽然它一直属于意大利的版图，但在很长的历史时期一直没有真正成为意大利的国土。西西里就像一座地中海上的舞台，它没有自己的历史，在那里上演的都是别人的戏剧，真所谓"你方唱罢我登场"，这就是西西里多灾多难原因之所在。

很早以前，这里同样居住着地中海各式各样的土著居民，他们同最早迁移来的意大利人（即锡克洛人）同时并存。大概从公元前5世纪开始，希腊人、腓利基人、迦太基人、罗马人便一次又一次地入侵这个地中海岛屿。这些侵略者犹如匆匆过客，烧杀掳掠之后便扬长而去，留下一地的灾难和荒凉。

第一个以主人的身份占据西西里的是阿拉伯人。

一千二百多年前，剽悍凶狠、能征善战的阿拉伯人，建立了横跨亚、欧、非三大洲的强盛帝国之后，就开始了对西西里岛的征战。公元827年，阿拉伯国家派出一支拥有六百多艘大型战舰、四万多名士兵的远征军，从突尼斯出发，浩浩荡荡地开始了对地中海的东征。三天之后，阿拉伯远征军到达西西里东海岸的马扎拉，一场血溅海滩的激战之后，驻守在那里的希腊人、迦太基人和罗马人的军队便落荒而逃。从此，阿拉伯人成了西西里岛的新主人。在长达二百五十多年的统治中，阿拉伯人把西西里第一次变成一个伊斯兰联邦，巴勒莫变成了西西里首府和穆斯林文化中心。从此，西西里开始有了舶来的宗教和殖民主义文化。

二百五十年以后，西西里岛的第二位主子又来到了这个岛屿，这就是盎格鲁－撒克逊人。

距今约九百年前，盎格鲁－撒克逊人又开始向西西里进犯。骄横的日耳曼大帝认为阿拉伯人是异教徒，当他的大军一踏上西西里之后，便对这里的阿拉伯人进行恣意的镇压和杀戮，大批的阿拉伯人及当地的西西里人被杀戮，被流放，被赶下了难以生还的地中海。据说撒克逊人还发明了一种残忍的刑具——卡塞塔，专门对付阿拉伯人。那是一种装满滚沸开水的铁盒子，抓到阿拉伯男人之后，就将他们的生殖器塞进这个卡塞塔里去。

经过旷日持久的杀戮之后，许多幸免于难的西西里人和阿拉伯人便纷纷逃亡山林和荒野，复仇的火焰由此在西西里各个角落蔓延。逃亡者的后人们，继承复仇的传统，致使这复仇之火在西西里燃烧了近一千年。从此，西西里成了无政府主义和叛逆的代名词。生活的动荡，性格的叛逆，成了西西里人的主要特征，他们反对一切外来的统治和任何形式的国家体制，不相信任何一种统治形式和任何一位政府官员是西西里人的代言人。纵观西西里岛的历史，可以说明这并不是西西里人的错觉。外来统治的频繁更迭，让这个岛屿永远沉浸在血与火的深渊。无论是罗马人、诺曼底人、法国人、德国人、西班牙人还是罗马天主教教会，虽然都一度曾是西西里人的主子，但西西里人永远是这些主子的"会说话的工具"。这些主子剥夺他们的劳动果实，摧残他们的人格，强奸他们的妻女，谋杀他们的首领……但是，却没有哪一届政府把西西里人当人。所以，他们的反抗年复一年，他们的复仇之火生生不息。

1282 年 3 月 2 日，即复活节的第二天，教堂的钟声响起，召唤巴勒莫的教徒们去做晚祷。然而，就在神圣的教堂门口，一位西西里姑娘遭到了一位法国绅士的纠缠。这位姑娘的呼救声盖过了教堂的钟声，于是，忍无可忍的当地居民和一些虔诚的教徒便一拥而上，将这位法国绅士结果了。这就是历史上有名的"西西里晚祷事件"。

"晚祷事件"发生之后，西西里人自发地组织了一个武力的组织，这个组织就是"人民的事业"的萌芽。这个组织当时的口号是"法国人的死亡，意大利人民的事业"。其宗旨在于反抗法国人的统治，保护西西里人的利益。"人民的事业"成了结束外国人统治的起义信号。

但是，结束了法国人对西西里的统治之后，到15世纪，西班牙人的铁蹄又踏上了这个岛屿。直到1860年，加里波第领导的武装斗争的胜利，才使这个海岛从西班牙占领者的桎梏下解放出来，成为意大利的一部分。

从"晚祷事件"到意大利的统一，在这近六百年当中，"人民的事业"成了西西里人复仇的旗帜。这些人除了反抗异族侵略者的暴行，还对西西里的贵族、封建领主和波旁王朝进行打击。"人民的事业"就是西西里黑手党的源头。在长期的斗争中，这些人经过一代一代的奋斗，虽然冲击着西西里的波旁王朝，但慢慢地，他们也变成了"二领主"或"骑士"，形成了一个相对独立和财大气粗的阶层。这些人为了保护自己既得的利益、镇压真正的贫民和农民，便招兵买马，组建自己的"私人武装"，帮他们看家、护院、收租，有的势力大到了与政府分庭抗礼的地步。他们是西西里农村中的"太上皇"，是"最受尊敬的人"。虽然1812年，波旁王朝废除了封建制，但直到1860年意大利统一之前，西西里的封建领地依然存在。这些人在同政府、贵族及领主的斗争中发展自己的势力，于是便形成了西西里黑手党的初级阶段，即早期的黑手党。

关于西西里黑手党的起源，意大利的历史学家杰梅利在他的《1984年西西里革命史》一书中这样说——

"关于这一臭名远扬的组织（黑手党）的起源，可以追溯到封建时期。那个时期所有的官方势力完全为私人武装所代替。那些土豪劣绅、地主老财，为了保护私有财产，便专门雇佣那些生性凶恶之徒。不错，他们要守卫主子的城堡、农庄，但更多的是借保护之名，明火执仗地大肆抢劫他人、滥施淫威，罪恶累累。"

所以，西西里的黑手党，可以说是世界上各个地区成形最早的一种黑社会组织。形成初期，他们的斗争方式无不显示出早期黑手党的特征。

这些早期的"二领主"在同封建领主斗争时，第一道程序就是发匿名恐吓信，威胁或绑架领主家庭成员，在领主的家门口制造枪击事件使其不敢出门。这些领主眼看自己的生命财产遭到威胁，不是向政府求援请派军队或警察解围，而是请"朋友的朋友"出面"私了"。私了的结果有两种：一种是满足二领主的要求，或物质的或精神的；二是放弃自己的领地，出卖土地房屋，然后迁居异乡。而这些土地房屋的买主一般都是二领主，价格也都是很"优惠"的，其他人即使有钱也不敢出头收购。

这种斗争的方式，使当年西西里的土地所有权来了个大换班，许多农村中原先的权贵后来都由这些二领主取而代之。但是这样"换班"并不是西西里的"土地革命"，对真正的农民来说，只不过是前门走了虎，后门来了狼。

二领主取代领主之后，在农村拥有绝对的权威。他们成为"最受尊敬的人"之后，他们的命令就是当地的法律。一个二领主（即黑手党头目）在当地既可以主持结婚、祝福的仪式，也可以下令处死不驯服的人。他们在自己的"国中之国"建立一套征收赋税的制度，几乎是从贵族老爷到小偷乞丐都要执行。他们设立"水税"，只有缴纳了"水税"的农民，河水才能流进他们干涸的土地，否则，你的庄稼只有干死；他们设立"保护税"，你只有缴纳了规定的"保护税"，你的耕牛才不会突然被毒死，你的庄稼才不会在夜间被烧毁，果树才不会被人锯倒，否则，你的葡萄园在一夜之间就会被砍得乱七八糟甚至连根拔起，你的牲畜就会不翼而飞或者全被毒死，只剩下一些母驴或小牛血淋淋地被遗弃在你家的附近，……发生这种情况后，如果你去报警，不但找不回你的财产，抓不到凶手，要不回你的损失，相反，下一次的"警告"将是直接威胁你的生命……

总之，只有你同这些二领主进行"合作"，你才能成为他的"被保护者"（合作的方式无非是按规定缴纳保护费）。这样，如果一个农民因贪小便宜偷了你一点玉米，那么，这个农民就会被人打死在你的玉米地里，并且把两只手砍掉丢在一旁；如果有人调戏了你家的女人，那么过了不久，这个人不仅会被人杀死，他的生殖器还将被割下来塞在他自己的嘴巴里……

在西西里这块土地上，几乎没有黑手党办不成的事。据统计，在意大利法西斯政权统治西西里之前，对于所有的偷窃案件，官方破获的概率只有15%，但不一定能找到赃物；而黑手党人一旦承办这些案件，不能破获的却只有5%——仅此一点，就可以证明西西里岛当年真正的统治者是谁。

以上是西西里黑手党形成的根源和早期活动的状况。从早期的活动状况不难看出，这种黑社会组织的确非同一般，怪不得官方在一开始，就把马菲亚与一般的犯罪集团区别开来。

由早期的"二领主"发展成为"黑手党王国"，是在美国加州维玛尔尼的马菲亚国解体之后。这些逃回意大利的马菲亚人，开始在自己的故乡西西里发展他们的事业。经过十多年的"操练"，西西里早期的黑手党已发生了很大的变化。待到维玛尔尼的孙子维托踏上西西里之后，一个西西里"黑手党王国"开始形成。

　　1879 年的一天，17 岁的维托终于走上了西西里海岸，来到了他祖父的老家巴勒莫。从此，西西里开始进入一个黑手遮天的时代。

　　维托加入西西里的马菲亚之后，干的第一件事就是炸死了一匹赛马。那年秋天，巴勒莫市举行一年一度的赛马，马票和竞赌比赛马本身还要热闹。马票是举办者赚钱的手段，而竞赌则是所有人都可以参与的买卖。当时巴勒莫的马菲亚还没有渗透到赛马这一行业，所以无法控制马场老板和参赛的骑手，因此竞赌完全是凭运气和经验。

　　维托在梅德城的雷汉马场见过许多马，而且几乎是世界所有的名马。雷汉马场有时也举行赛马，马场老板约瑟夫·隆巴多总是黑白通吃，每次赛马都效益颇丰。有在梅德城的这种见识，维托便准备在巴勒莫来个一鸣惊人。在竞赌时他看中一匹白色的英格兰良种马，便把所有的赌注都押在这匹"英格兰"马上。

　　谁知比赛开始后，那匹白色的"英格兰"并不争气，倒让一匹红色的澳大利亚矮脚马占了上风。在看台上的维托急得大呼小叫，但依然改变不了败局。眼看那匹"澳大利亚"就要跨过最后一道栅栏跑到终点了，维托来不及掏枪，便顺手摸出一颗德式手雷，拉断了弦甩了出去——一声轰响，"澳大利亚"在最后一道栅栏处被炸翻了，倒是那位骑手从它的鞍桥上栽了下来，被惯性送过了那道栅栏……

维托的这一"壮举"在巴勒莫的赛马史上，真是开天辟地头一回。待到硝烟散尽了，坐在看台上的市政府头头脑脑们才明白了是怎么一回事。不待市长下令，警察局长便荷枪实弹，带着几个人拦住了维托和别处几位马菲亚的去路。第二天的许多报纸都以头条的位置报道了这条新闻，几乎震动了整个意大利，维托也由此一举成名。在法庭上，公诉人由维托而上溯到他的祖父维玛尔尼，又由维玛尔尼牵连到巴勒莫省督报告中的马菲亚。于是，因为死了一匹赛马和伤了一名骑手，维托竟被判了八年徒刑。在还没有能力左右法官的情况下，维托只有认了。他心里说，这是自己在西西里第一次坐牢，但愿是最后一次坐牢。

八年的铁窗生涯，让维托变得更加成熟，也变得更加残暴，在监狱里他有机会接触他需要接触的人，其中有臭名昭著的强盗和即将判死刑的杀人犯，也有许多鸡鸣狗盗之徒，当然更多的是那些下层的无辜者。通过同这形形色色的三教九流的接触，维托对西西里的马菲亚有了全新的认识。在一个这么小的省份，竟有这么多的囚犯，而且每天有拉出去砍头的，每天又有被抓进来的，这让他看到了希望。他想，只要自己一出去，就不会让他们再进来。

在狱中的八年时光，维托还看了大量的书，他从那些发黄发霉的书页里和破烂的羊皮纸上，看到了西西里惨烈的历史和复仇的火焰。读书让维托变得睿智和坚强，他很快在这高墙之中找到了作为一名马菲亚领袖人物的形象。他的牢房变成了囚徒们聚会的场所。他的身份和在美国的经历使他周围马上聚集了一大批人。维托在牢狱里再也不感到寂寞，出来之后，他还十分留恋地说："这儿真是一个好朋友俱乐部，可以学到全意大利各种最精彩的技艺。"

八年的铁窗生涯终于过完了，维托几乎是怀着依依不舍的心情走出了高墙。这时他的形象已经不再是英俊少年的样子，黝黑的额头上居然有了浅浅的皱纹。巴勒莫的马菲亚为他举行了独特的庆祝宴会，八年的牢狱生活让他变得更有分量。

就像当年在梅德城一样，被释放的第二个星期，他就组织了一伙人接连抢劫了两家赌场，一下子捞到了 6 万里拉的本钱。维托没有把这笔钱分掉，而是投资一桩赚钱的黑道交易。不到两个月，这笔钱就变成了 15 万里拉，这在当时可算得上是一笔巨资。维托利用这 15 万里拉，马上组建了一支三十多人的马菲亚武装——"光荣社团"。

这是维托在西西里的奠基之作。他的"光荣社团"马上由三十多人变成了一支庞大的队伍，参加者都是 20 岁左右的热血青年。维托把这些人分成若干行动小组，每组指定一位头目直接与他单线联系。他们的任务是惩恶扬善、打抱不平，为西西里的平民百姓寻找公正、平等和尊严。由于西西里早期黑手党的影响和前几年马菲亚人的熏陶，维托的"光荣社团"立即变成了一支组织严明和富有战斗力的团体。这个团体成立仅仅一年的时间，就制造了近一百件暴力事件。他们打击的对象不仅是贵族残余势力、作恶的领主和政府的官员，还有那些不与他们合作的"二领主"和一些为非作歹的散兵游勇。一时间，"光荣社团"成了西西里正义的化身和法律的象征，深受老百姓的欢迎，维托真正变成了"受人尊敬的人"。

同时，"光荣社团"还是一个纪律严明的组织，这同早期的黑手党在组织上有根本的区别。早期黑手党成员之间，联结的纽带是家族和血统，他们通过联姻、结亲、收养等方式组成一个个家族，血统关系是他们组合的关键，几乎每一个黑手党党徒的血管里，都流着这个组织的血脉，以至于任何灾难都会使他们牢不可破。"一荣俱荣，一损俱损"，休戚相关。

　　到了维托掌权的时代，这种纯血缘关系的组织形式已经逐渐改变，取而代之的是严密的帮派体系。维托在早期黑手党的传统组织形式上，开始推行帮派体系，由关系亲密的几个家族结成一个帮派，一个帮派可以包括同一城镇和邻近地区的几个家族。结成帮派之后，他们又按照帮派划分"专业"，同一帮派的几个家族经营同一种行业，和其他帮派的经济活动绝无重叠交叉的地方。帮派内有明显的分工，比如，有人负责偷汽车，有人搞武器，有人专司窝赃销赃，有人探听消息，有人看守被绑架的人，有人负责传送绑票的信件，有人管理不动产，有人具名安装电话，有人伪造证件，有人负责处死囚犯……各个帮派之间又有明显的势力范围和活动区域，互相之间不得随便入侵。

　　这些帮派由于分工的精细，以后逐渐形成了麻农派、牧场派、租田派、保镖派、矿业派、市场派等等。同一帮派的人大都有团结一致的精神，他们服从共同的头目领导，对付共同的敌人。不过帮派内部或帮派之间，到后来也时有冲突发生，这都是因维护尊严或为女人争风吃醋。这种冲突经常是刀枪相见的大火拼，甚至是旷日持久，连绵数地数省，最后的结果往往是两败俱伤。

　　这种帮派组织的建立，是黑手党组织上成熟的标志。到后来，意大利所有的黑手党组织，都形成了一种金字塔式的严密结构。各个帮派中的家族是最下面的"塔基"，然后依次向上的是各个地区的家族头目、帮派头目、联邦头目等，这样一直往上便是"塔尖"，即由全国各地最大的帮派头目组成的"委员会"，最顶端由一个具有权威的人物统治。这种金字塔式的组织结构，将黑手党人分成上、中、下三层，处于中、上层的黑手党头目，特别是上层的头目，根本不与下层的黑手党人见面，更不要说直接参加具体的行动。他们完全脱离了那种乡野村夫、杀手喽啰的角色，而变成了举止文雅、谈吐大方、不带任何凶杀暴力色彩的绅士，他们是腰缠万贯、一掷千金的大富豪，是真正的"受人尊敬的人"。中、下层以下的任何风吹草动，都不可能波及他们，而中、下层的一切行动，又是由他们操纵的。意大利研究黑手党的学者罗萨里奥·明纳在描述上层黑手党人时说："他们大大优越于同血统的中、下层黑手党分子，只有他们几乎全部是清白的，并从事无可非议的职业或拥有不少家产。同时，他们不受警方怀疑；他们同黑手党杀人犯在两三代或更早以前的血缘关系已不被任何人所记得。上层黑手党人可以伪装成一般的政界人士而不引起任何麻烦和轰动，最多是在背后悄悄议论而已。"

下层黑手党分子才是出头露面、为非作歹的暴徒，他们是杀人、诈骗、抢劫、绑票的直接参与者。但他们又大都不明白自己行动的目的和意义，只是奉命行事。虽然他们当中有的人也会很有钱，但最后进监狱的有 90% 是他们。因为他们的罪孽和暴行是有目共睹，法网难逃的。

处于上、下层之间的中层黑手党人出现得较晚，大都是老黑手党人受过高等教育的子孙，他们凭着父辈或祖辈留下的大笔钱财或自己的学识打入官僚阶层，往往能控制一大批能赚钱的企业，自己至少有一种体面的职业，经常以官僚或企业家的形象出现于公众面前。因此，这种人有时被称为"戴黄手套的黑手党"，他们往往是黑手党同政界和上流社会沟通的桥梁。他们既能满足国家不能满足的要求，又能迎合其他有关人的口味，因此很受欢迎。他们往往是意大利中产阶层的权势人物。

由家族的血统关系到帮派组织的形成，由帮派组织的形成到金字塔式的严密结构的产生，意大利黑手党经历了一个多世纪的漫长历程，而始作俑者便是它的开山鼻祖——维托。是维托，把意大利黑手党的组织结构发展到天衣无缝的程度，这也是他在黑社会备受推崇的原因。

维托除了在组织上的建树之外，他还制定了许多成文或不成文的黑社会"法律"，《噤声律令》便是其中之一。这种"律令"其实就是黑手党的"保密法"——任何情况下，任何黑手党人都不得泄露黑手党的秘密，违犯者或有违犯迹象的人，都会遭到黑手党内部"杀人灭口"的惩罚，而这种惩罚有时是旷日持久的甚至是全球性的追杀，直到达到目的为止。所以，当一个黑手党人遭到逮捕刑讯时，他只有缄口至死，否则，他是逃不脱被追杀的命运。早期常有一些黑手党人（或非黑手党的群众）被杀死后，舌头被割下来了，就是受到《噤声律令》惩罚的标志。

黑手党从入伙仪式到行动准则都有明确的规定。其入伙仪式是严格而神秘的，除了有人引荐介绍之外，还要举行宣誓仪式或接受考验。宣誓仪式开始时，申请者首先要用匕首将自己的十个指头逐个扎破，将鲜血滴在一张小圣像上，然后用火点燃圣像，在两手之间来回传递，忍受染血的圣像燃烧时的灼痛。圣像烧完后，才开始当众宣誓，誓词大致如下：

> 我宣誓永远忠于我的兄弟们。任何时候都不欺骗和出卖他们，要竭尽全力给他们以帮助。如果我不遵守誓言，就让我的肉体像小圣像一样燃烧，永不为人。

圣像有的是画在纸或羊皮上，有的是蜡做成的，燃烧时间长短不一，灼痛的程度也不一样，但无论如何都要坚持到底。

宣誓之后，新加入者就受到这个家庭的"家长"和"大哥"（老黑手党人）的欢迎，大家拥抱、亲吻，有时还要朝十字架上开一枪。仪式完毕后，他就正式成为"受人尊敬的人"中的一员。但是，新加入的黑手党人在相当长的时间内，无法见到上一级组织的头目，除非他有特殊的"贡献"。他所认识的也就是他同级的这伙人和他的头目，这种做法当然是为了保密。

黑手党的保密措施是多样的，因为它毕竟是一个见不得人的地下组织。其中最明显的就是黑话暗语。在长期的犯罪活动中，黑手党形成了一整套的"黑话"。这些黑话有时是用手、头、肩、脚或腰的动作"说"出来，是外人无法破译的"密码"。黑手党的黑话是非常独特的，与一般的强盗土匪的都不"通用"，外人听了或看了更是两眼一抹黑。意大利黑手党问题专家米克莱·潘达莱奥内，通过多年的调查研究，辅以一些黑手党人的"口供"，终于掌握一些常用的黑话，例如：

下水道盖子、开罗猫——巡逻队

吉卜赛人——执勤宪兵

灭灯——杀人

灭灯人——杀人犯

修道院长——女死尸

煤块——神父

黑樱桃——姑娘

丝绒——妓女、情妇

矿山——妻子

围巾——女佣

朋友——黑手党律师

带毛鸡——宪兵

安乐椅——富翁

骑马人——背枪人

捡烟头的——偷鸡贼

落水者——被宪兵抓走的人

朋友的朋友——为黑手党服务的政客

公牛——杂牌匪帮头目

碰鞋跟——保镖

假的——陌生人

公寓——监狱

仓库——兵营

种白菜——标准左轮手枪

吹气的——小口径步枪

柳条——军用步枪

脏东西——黄金

鸟嘴——给黑手党的保护费

沾湿鸟嘴——给黑手党送礼

有经验——逃往外国

搬开绊脚石——报仇

⋯⋯⋯⋯⋯

这些黑话暗语不仅在意大利黑手党当中流通使用，后来随着意大利黑手党人的外迁，这些黑话又流传到国外，基本上成了全球黑社会的一种公共的语言。有时流亡在外的黑手党人，可以偶尔运用这些黑话，找到自己素昧平生的同伙。所以，凡是黑手党人，都得掌握这些黑话暗语，这是他们身份的标志和谋生的工具。

维托的"光荣社团"的创建和发展，使意大利黑手党开始告别早期的"二领主"时代，发展成一个"黑手党王国"。当年，在意大利巴勒莫省及市区，黑手党的帮派组织发展很快，官方文件中记载在档的有名称的派系就有三十九个之多，其中奇尼西、里加诺、博尔杰托、乌迪托雷、圣朱塞佩·亚托、布兰卡乔、卡卡莫等派系组织都是有相当实力的。

"光荣社团"在创业之初，最主要的方式就是敲诈勒索，也就是向各个行业收取"保护费"，这些行业由赌场、旅店、酒馆、妓院、戏院发展到交通运输、农场企业，最后连杂牌犯罪团伙，甚至是乞丐小偷都得向黑手党"进贡"，其范围几乎无所不包，其手段更是层出不穷。各行各业为了保护自己的生命财产不受侵犯，都得向黑手党缴纳一定数量的钱财，比例大都在 20% 左右，从江湖医生、小摊小贩到富商巨子，甚至达官显贵都不能幸免。那些小偷小摸只要交了保护费，就可以放开胆子去偷，但到了晚上，就得把一天的所得，按一定的比例向黑手党中的"朋友"上供。那些街头乞丐只要缴纳了保护费，就不会受街头小流氓和某些店主的欺负，每次行乞也不会空手而归。

到后来，黑手党利用保护之便，开始渗透到各种行当，成为这些行业的"合伙人"。这些行当只要有黑手党的股份在内，他们不仅生意红火，同时还能逐渐形成垄断之势，成为这一行业这一地区的"龙头"。当时他们形成垄断的行业大致有建筑施工、果品销售、码头搬运、水利工程、面粉加工、屠宰市场、私人门诊以及不动产代理等。在这些行业中，黑手党通过在各行业的代理人坐收渔利。因此，维托也开始成为各方面受"尊敬"的人，成为他们的保护神。

这时的维托在他的势力范围内，既是一位"圣人"，又是一位"法官"，各种人都不由自主地拥护他、服从他，什么事情都去征求他的意见，请求他的批准；同时，他又是一位残暴的统治者，为了维护他的"光荣社团"的"荣誉"和面子，他什么事都可以做得出来。

有一次，特拉比亚的兰扎亲王和他英国的女友在西西里旅游，他那件昂贵的皮大衣突然丢了。兰扎亲王连夜拜访了维托，请他出面帮忙找回自己的大衣。兰扎亲王说，他既不愿在他的女友面前丢自己的面子，更不希望丢他维托的面子。

当时的西西里，由于是维托的管辖范围，其社会秩序似乎非常好。不管是来自乡村的"受尊敬的人"，还是来自罗马的政要人物，或是到西西里做客的朋友，如果是在这个地区丢失了东西，只要维托发个口令，那么，凡是丢失的小提箱、旅行袋，或者是贵重的手表和珠宝首饰都会有人送回来。但是，这一次维托却"栽"了。

他也同过去一样，向"光荣社团"发出了一道命令：凡是这几天偷的所有的皮大衣，都立即送到巴勒莫来。

维托的命令下达后，不出六个小时，各式各样的皮大衣立即送来了四十多件，但是，兰扎亲王那件贵重的皮大衣却不在其中。

维托尴尬极了。因为他知道兰扎家族在西西里是一个名门望族，兰扎亲王的先人自从在九百年前来到西西里，一代又一代的人都成了西西里的显赫人物。其中担任国王的顾问、总督、将军及海军元帅的不乏其人。他们在这块土地上，不仅拥有无数的城镇、河流、城堡、邸宅和别墅，还拥有西西里三分之一的土地。这样的一个家族，能找到维托的头上，当然是维托的光荣。但是，他却连一件皮大衣都找不回来，岂不太煞风景。

维托深表歉意，在送走兰扎亲王之后，继续命令各路人马进行调查。他就不信在他的管辖范围内，还有查不出来的东西。经过三天三夜的调查，事情终于有了着落——一位"光荣社团"的成员伙同另外三个家族的马菲亚，偷走了兰扎亲王的皮大衣，但这件皮大衣在当天下午就"飞"到美国去了。

事情弄明白之后，维托异常冷静地处理了这件事。

他找来"光荣社团"的那位参与者，命令其他人将这个家伙绑在柱子上。他接过一碗意大利葡萄酒，猛地向这个家伙的脸上泼过去，然后，他亲手握着一把锋利的刀子，扎进了这个家伙的左眼眶，手腕轻轻地一旋，就把他的眼珠子剜了出来……

一位目击者事后回忆说："这是我第一次看到维托亲自动手，刀子很沉，刀法却很熟练、精湛，仅一剜，眼珠子就滚落了。那个人的眼珠子滚过来，滚过去，活像一颗玻璃珠子。"

维托废了这个人的眼睛以后还心犹未甘，当夜，他就乘班机飞往了美国。他一定要把兰扎亲王的皮大衣亲自找回来，然后交到他的手中。

1889年5月5日，维托又回到了阔别整整十年的美国。

当维托走下飞机，找到原来的马菲亚人时，他发现这里的马菲亚人并没有发生多大的变化。但是，美国社会却发生了惊人的变化。这些马菲亚人依然是以前的那种生活方式，当年从西部农场带来的那种农业经营方式，依然是他们主要的生存形式。维托这时已经不再把兰扎亲王的那件皮大衣放在心上了，他所想到的是如何把西西里的"光荣社团"的那一套，尽快地移植到这个日益膨胀的金元大帝国中来。他意识到这种迅速发展的经济，给黑手党的生存和发展留下了无数的空间，美利坚合众国将会成为"光荣社团"滋生成长的另一块沃土和乐园。同时，由于美国的全面开发，一个新的移民潮正在兴起，大批的移民正从世界各地涌向这块土地。维托认为，这是一个千载难逢的良机。

于是，维托与西西里的黑手党取得联系之后，就决定留在美国。他这一留，就差不多又留了二十年之久。在这二十年当中，维托做了两件大事：一是组织了大批西西里黑手党，利用这个移民的机会，乘虚迁入美国，使他们成为美利坚合众国的合法公民；二是利用原来的马菲亚人和迁徙美国的西西里黑手党，及时地组建了一个新的帮派组织，也就是后来让美国人谈虎色变的暴力集团——美国现代派黑手党。

从此，维托又成了美国现代派黑手党的开山"教父"。他领导现代派黑手党同老一代马菲亚人进行了几年的生死搏斗，终于奠定了美国现代派黑手党的社会基础和经济基础，夺走了马菲亚人的江山，摧毁了他们的事业，让现代派黑手党在这块国土上迅猛地崛起，成为全世界仅次于意大利的黑社会组织。

正如美国《洛杉矶观察》的一篇评论所说的那样——"好像老农一般，唐·维托在这片土地上留下了他20世纪现代派黑手党的组织，并且这个组织又跟西西里的'光荣社团'结成了联盟"。

从此，维托成了横跨大洋两岸的黑手党的"教父"，被黑社会誉为"唐"。唐·维托从此功成名就，名声大振。

但是，正当唐·维托在美国恣意妄为时，西西里岛的黑手党却面临着新的危机——意大利国内的法西斯政权正在崛起，新一代法西斯枭雄墨索里尼即将脱颖而出。如何处理与墨索里尼的关系，让西西里的"光荣社团"面临新的难题。于是，维托决定重返西西里老家，同意大利的法西斯政权进行斗争。

20世纪初的1908年8月，维托又一次风尘仆仆地飞回了西西里，投入了一场新的斗争。

从1889年来到美国，到1908年8月飞回西西里，维托在美国差不多待了二十年。

在这二十年当中，维托以美国的洛杉矶、波士顿等东西方沿海大城市为据点，迁徙了大量的西西里人，组建了现代派黑手党组织。这个组织大都拥有自己庞大的捕鱼船队，但他们的捕鱼船并不是用来捕鱼，而是有两种用途：一是专用于将偷盗来的牲畜运到突尼斯等地销赃；二是帮助在意大利国内被通缉的罪犯或遭对手报复追杀的黑手党分子偷渡出境，从公海上换乘大轮船逃往美国，为美国社会输送大量"犯罪学校"的合格"毕业生"。

这些逃亡到美国的"移民"和犯罪组织，迅速同维托的现代派黑手党靠拢，汇集成一个按照西西里黑手党的模式组织起来的罪恶组织。这个组织起初叫"黑手党"，后来称"科扎诺斯特拉"，意为"我们的事业"，再后来就与意大利西西里岛一样称为"黑手党"（即"光荣社团"）。

这种黑手党人，不仅仅是同美国国内的另一个犯罪组织"辛迪加"匪帮一样穷凶极恶，而且在新的国土上继承了西西里的风格。正如意大利作家奥纳多·沙沙所写的那样："在和移居美国的许多西西里人的交往中，我获得这样一个印象：他们把参加黑手党、服从黑手党法规的约束看作是某种很自然、很光荣的事情。"

现在，这个维托又回到了西西里——第二次返回西西里的维托，再也不是二十多年前，第一次来到西西里的惶惶不安的"马菲亚"了，现在，他是德高望重的"唐·维托"了。

第三章

元首受辱　法西斯屠刀出鞘

一个美国警探来到西西里，刚走上码头就一命呜呼，却永远找不到凶手和证人。

墨索里尼自命不凡，却没有得到西西里一张选票；他亲自视察西西里岛，那顶高贵的帽子却不翼而飞，迎接他的除了牲口就是一群乞丐……

有名的"屠夫"莫里出任巴勒莫总督，法西斯的屠刀在黑手党头上高悬。

1909年2月的一天，一艘轮船靠上了西西里岛的一个港口，从甲板上走下一位身材高大、头戴意大利高筒礼帽的人。此人名叫约瑟夫·彼得罗西诺，他是美国纽约警察署的警探。因他身上流淌的是意大利血液，所以他在警察署被分配在意大利侦缉分队，任该分队的队长。这一天，他奉命来到意大利，与西西里警方一道调查美国犯罪组织与西西里黑手党的关系。

由于维托在美国的"建树"，美国现代派黑手党已成为一个无人不知的犯罪组织。维托虽然回到了西西里，但美国黑手党并没有陷入群龙无首的混乱状态，他们在维托指派的代理人的领导下，形成了强大的帮派体系，迅速聚集了强大的力量，渗透到各个领域，无恶不作，制造了一起又一起的暴力事件，让美国当局大为震惊。

纽约警察署通过多方调查，发现美国黑手党的犯罪事实，大都与西西里有着千丝万缕的联系，另外从逮捕的一些罪犯来看，大部分是西西里移民。因此，美国警方就把视线转向了大洋彼岸的西西里岛，决定派人来西西里查个水落石出。

分队长约瑟夫·彼得罗西诺既是意大利侦缉分队的队长，又是西西里人的后裔，这个任务就责无旁贷地落到了他的头上。彼得罗西诺是一名很精干的警探，他成功地破获了许多让警方感到棘手的案件，从而在纽约小有名声。他这次奉命前往西西里的消息，引起了纽约新闻界和有关方面的极大兴趣，许多人都对他寄予厚望，认为他会马到成功。于是，多家报纸都在对他跟踪。在他成行之前，当时的《纽约时报》在极为显眼的位置报道说：

彼得罗西诺试图搜集移居美国的意大利犯罪分子的情报，而这些情报意味着有上千人失去自由！……

当这些报道传到西西里之后，立即引起了维托及西西里黑手党的警觉。通过这些报道，他们毫不费力地掌握了彼得罗西诺的行动情况，特别是他抵达西西里的准确时间。于是，一场谋杀彼得罗西诺的行动计划，很快在维托的心里形成，他决定亲自出马，干掉这个敢于同黑手党作对的大胆警探。

如果不出意外，彼得罗西诺所乘的那艘轮船将于这天的中午抵港。老谋深算的维托便在这天上午 10 点左右，来到巴勒莫市一位名叫菲库扎的议员家做客，并在码头上埋下了"眼线"。维托的突然造访，让菲库扎几乎受宠若惊，于是，他马上又通知了其他三位好友（其中有一位医生、一位议员、一位校长）前来他家，他准备了一席丰盛的午宴，请他的三位好友作陪，好好地款待一下这位"受人尊敬的人"。

当菲库扎家的午宴进行到一半的时候，他家的院子里忽然飞来一只灰色的鸽子，在窗前盘旋了一番又飞走了。这只灰鸽子的到来并没有引起任何人的注意，但对着窗口坐的维托却心领神会，他知道这是码头的那个"眼线"发出的信号，彼得罗西诺坐的船到港了。维托漫不经心地向菲库扎和其他几个人打了个招呼，离开了餐桌。他走出大门，街道转角处一辆马车停在那里，他飞快地走过去，刚一跨上马车，四个轮子就飞转起来。当他赶到码头的出口处，一位他从照片上多次见过的高个子正走出检票口。几位迎接他的西西里警探就在出口处不远的地方，但维托还是若无其事地走了过去，二话没说，迅速掏出一支大口径左轮手枪，对着彼得罗西诺的大脑门就是一枪。当维托扣动扳机时，他愤怒地对彼得罗西诺说：

"你去死吧，因为这是纪律！"

彼得罗西诺还没有看清对方是谁，他的大脑袋就开花了，高大的身子沉重地倒在刚刚踏上的西西里码头上。

维托几乎在他倒下去的同时，就迅速地跳上马车，这时，他才听到身边响起了枪声……

回到菲库扎的官邸，维托又谈笑风生地和他们共进午餐，他饶有兴致地将一大杯葡萄酒一饮而尽，好像任何事都没有发生一样。菲库扎和他的三位好友也没有想到，自己的客人会在这么短的时间内，就干净利落地干掉了一位远道而来的美国警探。

彼得罗西诺被杀后，立即引起了美国政府的极大震动。他们向意大利施加压力，意大利司法部门和巴勒莫市警方全力以赴进行侦查。虽然案发时，码头广场上有几百名旅客和接送客人的家属及马车夫、小车司机，还有几名巴勒莫市的警官和码头的职员，但是当警方寻找见证人时，却毫无结果。有的说根本没有听到枪响，有的说"很遗憾，我没有发现凶手"，还有的说"枪响的时候我的行李刚好掉地上散包了，所以我只好去重新捆扎我的行李，根本没有时间去东张西望"，甚至连那几位警官也说，他们没有来得及辨别子弹发射的方向凶手就不见了。

尽管后来维托也被指控为嫌疑犯，出席了巴勒莫法庭的听证调查会，但是，那位很有权势的议员菲库扎和他的三位有身份的朋友，立即在听众席上要求作证，菲库扎说，案发时维托一直在他家做客，他们正在喝着去年秋天酿制的葡萄酒，他的客人从未离席半步。那三位朋友也提供了同样的证词，关于维托杀人的指控也就成了无稽之谈。

纽约警官彼得罗西诺被杀，无论是对美国警方还是对西西里的司法部门，都是一个有力的警告信号：关于西西里黑手党的事，今后你们还是少插手为妙，否则，彼得罗西诺就是你们的榜样。

1913年意大利修改选举法后，维托利用自己的权势和在议会的关系，使曾为他出过力的人民党议员菲库扎和拉普利塔等人，成为其在巴勒莫市议会的代理人。维托集团成了巴勒莫地区一股举足轻重的政治势力，甚至可以左右市议会和地方政府。这是西西里黑手党向政界渗透的开始。

从此，维托成了巴勒莫地区炙手可热的人物。虽然他没有任何官职和头衔，在议会也没一席之地，只是一个见不得人的犯罪组织头目，但是，他却是当地上层人物家中倍受欢迎的座上宾，是许多高级饭馆求之不得的免单客人。他慷慨地挥霍钱财，广为施舍，却又装成一个无暇点数钞票，也没有时间去考虑钞票来源的人。他乐于助人，不厌其烦地亲自为他人排难解忧，就像一位圣人和法官一样。每当他"出巡"时，当地的市长、镇长有时甚至出城几里远迎，并卑躬屈膝地行吻手礼以示欢迎。

在他的"统治"下，巴勒莫地区出现了相对的和平与安宁。但这种秩序并不是官方统治下的那种秩序，他的黑手党仍然在制造各种暴力事件。与此同时，黑手党不断地渗透到各种赚钱的行当坐收渔利，维托成了当地最富有的人。但是，这种局面并未持续多久，意大利法西斯政权的崛起，正在威胁着维托的黑手党的命运。

第一次世界大战以后，意大利的法西斯党发展很快，1919年3月，墨索里尼在米兰成立了"战斗的法西斯党"。1921年的大选，为法西斯的上台铺平了道路。1922年10月20日晚，法西斯总部下令全国总动员，最高司令部也发表了对全国国民的檄文，宣布向罗马进军。一切准备就绪之后，10月24日，法西斯党代表大会在那不勒斯举行，墨索里尼正式发出向罗马进军的命令，于是，由十多万"黑衫党"组成的黑色大军浩浩荡荡地杀奔罗马。到11月1日，墨索里尼的法西斯军事部队人员已达五十万人，普通会员达一百万人。墨索里尼辞去《意大利人民报》总编职务，由他弟弟阿纳尔多担任，他自己在为走上意大利政坛做准备。12月31日，意大利国王维克托·埃马努依三世任命墨索里尼为政府首脑，出任意大利总理。从此，一个法西斯独裁政府诞生了。

对于法西斯的上台，意大利黑手党一开始就持冷漠态度。在1921年底决定法西斯上台的关键选举中，西西里没有向意大利议会输送任何法西斯议员，让墨索里尼一开始就在西西里吃了"闭门羹"。1922年10月，墨索里尼在罗马宣誓就职时，西西里又没有派代表去向他表示祝贺，连应酬联络的"礼仪惯例"也免了，"光荣社团"认为那是多此一举。维托不屑一顾地说："如果这种不入流的家伙也能统治意大利，那我们就命里注定该统治西西里。"

1923年秋，墨索里尼出任意大利总理后，第一次出访西西里岛。在巴勒莫行政长官官署，他与西西里的行政长官、警察首脑、社会名流在一起磋商一些紧急事务，维托和一些著名的"荣誉社团"（即"光荣社团"）头目也出席了这次会议。

身为总理的墨索里尼打扮得像赛马场上出身高贵的交际家。他身穿早礼服，脚戴鞋罩，手持文明棍，在大厅里踱来踱去。他非常瞧不起这一群西西里的乡巴佬，自恃口才出众，便喋喋不休地侃侃而谈。他一边口沫横飞，一边不时把文明棍在地上敲得"笃笃"响，一口气胡说八道了六个小时，不给任何人以插嘴的机会。在场的黑手党头目都显得非常不耐烦甚至反感，但又不好当场发作，只好忍着听下去。只有维托不动声色地坐在那里，一直看着这个"不入流的家伙"在拙劣地卖弄。他在等待自己一手安排的一场"闹剧"出台。

当会议结束时，墨索里尼竟找不到自己的帽子———一顶高筒圆顶硬礼帽，这是他在一些重大场合总要戴的。墨索里尼顿时尴尬得失态，在场的西西里人全都哈哈大笑起来。

维托自然也开怀大笑，这正是他安排的一场小小的"闹剧"———总理的帽子已被"荣誉社团"的神偷高手偷走了，他要给这个自命不凡的独裁者一个小小的下马威。

帽子找不到，墨索里尼又气又羞，回到罗马之后，他接连摔碎了两只名贵的波斯花瓶。尽管如此，他的帽子也永远不会回到他手里了，黑手党已把这顶帽子作为胜利的象征"珍藏"起来了，他们要让这位法西斯头目清醒：西西里的"荣誉社团"是不好惹的。

对于墨索里尼这位独裁者，西西里的黑手党领袖们并没有把他放在眼里，认为他不过也是意大利历史上一位走马灯似的人物，一个过眼云烟般的小丑，根本用不着去理睬他。当时，墨索里尼对于自由民主的践踏，并没有引起西西里人更多的反应。近似麻木的西西里人对什么是真正的民主和自由几乎一无所知，他们这些年来所见到的自由民主，只不过是黑手党与政府的狼狈为奸，是政府官员的营私舞弊和对老百姓的欺诈愚弄。真正欢迎法西斯的，只有那些贵族血统的遗老遗少。因为他们原先是西西里的主人，只是由于农民的造反和黑手党的横行霸道，才让他们失去了往日的天堂。因此，他们很希望借助法西斯的力量，洗刷自己的耻辱。这就是当时西西里的政治气候。

自从丢了帽子以后，墨索里尼心中明白，西西里的黑手党绝不是一群乌合之众，在那里有一个组织严密、力量强大的黑手党王国。如果不趁早收拾这个组织，将会后患无穷，直接危及他的统治。他对 1921 年大选时，西西里人对他的那种冷淡还耿耿于怀。因此，随着乡村农民斗争的被镇压，匪患的肃清，梦寐以求的警察王国的建立，墨索里尼已经有足够的力量来对付黑手党了，他决不允许有任何一股势力来直接威胁他的法西斯政权。

不到一年后的 1924 年 5 月，墨索里尼又第二次"驾幸"西西里岛，他准备在这里巡游几个礼拜，把他的威风摆足。

但是，当他的专机降落在西西里首府巴勒莫机场时，墨索里尼又一次感到情况有些不妙。空荡荡的机场上没有礼炮，没有鲜花，也没有他在意大利其他地方所见到的欢呼的人群。眼前只有稀稀疏疏的几个人影，一片冷落荒凉的景象。墨索里尼从机舱里走出来时，不由得对左右的随从冷笑地说："这种场面倒也令人耳目一新！"

　　他哪里知道，这种场面正是他的老对手维托别出心裁的安排。

　　没有欢迎的人群，墨索里尼也不感到过分的寂寞。在他自己带来的几百名警察的簇拥下，他还是拄着文明棍，披着黑色的斗篷，来到巴勒莫市政大楼前。这时，巴勒莫市市长、黑手党人奇乔·库恰才从市政大楼前那高达六百五十级的台阶上走了下来。这位市长先生又矮又胖，其貌不扬，人称"基亚纳洛图"（意即"小木桶"）。此时他正缓缓地"滚"下台阶，不紧不慢的步伐使他显得那样雍容华贵而又风度翩翩。这情景完全是一位雍容华贵的阿拉伯国王在接受一位远道而来的朝圣者的觐见一样，哪里是一位市长在迎接一位万人之上的国家总理。

　　站在高高的台阶下的墨索里尼，只好耐着性子仰视着库恰市长一步一步地走下来，心里真有一种说不出的滋味。

　　"啊，尊敬的阁下，你为什么要调动这么多的警察？这笔开支简直就是一种浪费！如果西西里人想做什么，那是没有任何力量可以阻挡的，你的这些警察就会像木偶一样，毫无作用。当然，只要我库恰在你身边的时候，你是不会遇到任何不愉快的事情的，阁下！"

　　库恰市长一边往下"滚"，一边忙里偷闲地啰唆。当他说完这番"欢迎词"时，他也差不多来到墨索里尼跟前了。

　　墨索里尼真想抬起手来，给眼前这个丑陋的侏儒狠狠的一巴掌。但是他却没有这么小家子气，而是拿出一副元首的派头，很威严地说：

"不许用这种口气跟我说话，我是意大利元首！"

"可是阁下，这儿是西西里！"库恰及时的回击，让墨索里尼几乎忍无可忍。他真想一脚将他踢翻在地，然后命令侍卫把这"小木桶"用乱枪打成马蜂窝，可是他还是忍住了。他这次来西西里的目的，就是要收买黑手党，从心灵上征服他们。因为墨索里尼知道黑手党就同他的"黑衫党"一样，都是一股可以利用的力量，而且具有极大的破坏性。这种人虽然成事不足，但败事有余，最好的办法就是让他们变成自己手下的走狗。因此，墨索里尼对库恰的挑衅和威胁并不十分在意。这时，又听到库恰在说："阁下，我们是民主社会，我们都拥有自由的事业，您在西西里想干什么都行，我会满足您的一切愿望。"

墨索里尼说："谢谢你，市长先生，现在请你带领我们参观巴勒莫市区吧！"

这种要求对库恰来说，当然可以遵命。于是在长长的摩托车队的护卫下，墨索里尼的车队行驶在巴勒莫的市区。但是所到之处，同样是冷冰冰的，荒凉的街头上稀稀疏疏不见几个人影，这真让这位不可一世的法西斯领袖感到大煞风景。墨索里尼当然清楚产生这种场面的原因，但他并没有对这位黑手党市长发作，只是冷冷地对他说："西西里真让你治理得井井有条，你的功劳不小啊！"

库恰笑笑，不置可否。

在巴勒莫市区兜了一圈之后，墨索里尼突然心血来潮地对库恰说："市长大人，你这里是不是有一个叫希腊村的地方，我要去那里看一看。"

库恰一听，心里不免一惊。心想，这个家伙怎么知道这个希腊村呢？这地方他能去吗？希腊村是巴勒莫近郊一个不显眼的小城镇，墨索里尼也是临动身来西西里时，在一本什么旅游指南之类的小册子上，发现这个希腊村的。这里有一座举世闻名的古希腊教堂，全村都是阿尔巴尼亚侨民，至今仍保持着当年阿拉伯的民俗。当年，这里曾是西西里农民斗争的中心，是反对外来侵略、点燃复仇之火的火山口。这里的人曾经把无政府主义思潮发挥到了极致，他们从来不相信任何政府和官员。村民们一个个凶蛮慓悍，向来是我行我素，只相信武力，不相信真理，更不要说什么法律了。这几年在黑手党的"统治"下，这个几乎被上帝遗忘了的小村镇，才开始买维托的账，而奇乔·库恰又是一位黑手党市长，所以希腊村村民才开始尊敬他，称这位专横的市长为"奇乔先生"。如今墨索里尼要去这么一个地方，会不会出什么意外，库恰心中还没有底。万一发生什么暴力事件，他将对维托，对墨索里尼，对希腊村几方面都无法交代。所以，当墨索里尼提出要去这么一个地方，库恰免不了心中大吃一惊。既然他执意要去，库恰也只有奉陪到底。

实际上，墨索里尼要去这么一个地方，他倒并不是真的要去瞻仰那座举世闻名的希腊教堂，无非是要到这么一个民风刁蛮的地方去摆摆威风而已。

库恰在墨索里尼的邀请下，同乘一辆车子前往希腊村，长长的车队两旁是元首的摩托车护卫队，荷枪实弹的卫士们前后左右寸步不离，这种架势哪里像是去视察？库恰深感不快。他倒真希望到了那里，村民们真的能干他一家伙，让这些在罗马耀武扬威的"黑衫党"见识一下西西里。

但是，当他们的车队驶进希腊村时，奇怪的是却不见一个人影，所有的大门都紧闭着。只是这小城镇的街道上撒满各种家畜的粪便，猪屎牛屎、羊粪马粪遍地都是。当墨索里尼的车子停在村头，他正要走下车时，突然从一条小巷里涌出几十头脏兮兮肥猪向他们奔来。那些侍卫们赶忙连吆带喝将它们驱散了。等到猪的队伍过后，又从另一条小街上跑来一群羊，足足有一百多头，在"咩咩"地前呼后拥地向墨索里尼的车队挤来。

墨索里尼一看，心里真不是滋味，人没见到一个，见到的倒是一群又一群的畜生。猪和羊的队伍过后，迎面而来的又是牛啊马啊，还有骡子的队伍，弄得他的侍卫忙不迭地驱赶阻拦。墨索里尼恨恨地说："回去吧，真是一群畜生！"

库恰这时也连忙说："对，阁下，真是一群畜生！"

墨索里尼对希腊村的"视察"结束了，当他的车队掉转头朝巴勒莫市开去时，那古希腊大教堂的钟楼上，突然响起了沉闷的钟声。钟声就像丧钟一样，一下一下地响着，回荡在这空旷的原野上，在为墨索里尼送行。墨索里尼回头凝视了一眼那钟楼高高的塔尖，在钟声里灰溜溜回了巴勒莫市。

这时，库恰才放心地笑了，他没有想到，维托会给法西斯的元首安排这么一个"欢迎"的仪式。

库恰随同墨索里尼来到了他下榻的巴勒莫警察署。这时，墨索里尼才恢复了来时的威风，他恶狠狠地对库恰说："我看你这个市长管理市民不行，管理那些畜生倒蛮在行！"

库恰不卑不亢地说："是，阁下！"

墨索里尼看了他一眼，找不到发作的理由，只好对他说："我命令你今天下午2点，召集一次市民大会，我要发表演讲，明白吗？"

"明白！"库恰很干脆地回答了两个字。他心里早就窝着一肚子的火气，正想找个机会发泄一下。现在机会来了，他真差一点儿对墨索里尼大声嚷道："看我下午怎么收拾你！"

当天下午 2 点整，巴勒莫广场上聚集了近十万市民。他们很有秩序地排成一个个方阵，在等待元首的演讲。墨索里尼在库恰的陪同下，走上了装饰华丽的大理石讲台，他一见到这种场面，心中不由得一喜：这位市长先生还是很听话的。尤其是看到那一个个整齐的市民方阵，墨索里尼心里几乎有些激动。他想到国会中的那些议员们，今天真应该把那些议员带来，看看这整齐的方阵。这是一块多么有秩序的地方啊！

正当墨索里尼心怀喜悦之时，库恰市长已非常有礼貌地在做开场白了。他说："市民们，朋友们！下午好！……"

台下顿时掌声雷动，打断了库恰的问候。墨索里尼又心中一喜：这些市民还是很有教养的，别看是一群衣衫不整的乡巴佬。

等到掌声稀疏下来了，库恰市长清了清嗓子又接着说："我们的元首阁下，不辞辛苦来看望大家来了，这是我们的光荣。下面，元首将要发表精彩的演讲，希望大家认真地听。在我们这个自由的社会里，元首无论说什么都不过分，自由的社会带给了我们自由的思想和自由的言论，当然，你们也同样可以做出自由的选择，因为自由属于每一位意大利公民……"

"好吧，市长先生，下面该轮到我了！"站在一边的墨索里尼这时实在有些不耐烦了。他明显地听出了库恰开场白中挑衅的意味。他想，如果让库恰这样乱说下去，谁知又会出现什么样的结局。

听到墨索里尼这么一说，库恰恰到好处地打住了，他那小木桶似的身子往后一滚，并及时做出了一个优雅的姿势，把他的元首请到了前台。

这时，墨索里尼抖了抖精神面对台下的十万听众，他需要的就是这样的场面，他喜欢的也是这样的场面。这些年来，他凭自己天才的演讲艺术和三寸不烂之舌，驾驭了多少这样的场面，征服了多少意大利的听众，使自己赢得了身价、荣誉和今天的高位。今天，他也要凭自己的口才，征服这些桀骜不驯的西西里人。他想，只要他一开口，他那美妙的辞令就会像人人喜爱的意大利葡萄酒一样，让台下这十万之众如醉如痴。到时候，他就可以毫不费力地征服这座西西里岛，然后名正言顺地把这位黑手党市长送上断头台了。

可是，当墨索里尼被库恰优雅的手势请到前台时，还没有等他开口，台下一块块方阵突然变成一列列纵队。像是有一只无形的大手操纵着整个广场似的，一队队的人群往后撤去，几个面目狰狞的家伙站到前面，向墨索里尼挥舞着拳头大声咆哮着："滚回罗马去吧，元首！别在这里耽误我们赚钱！"

不到五分钟，广场上已经空荡荡的，十万人都不见了。这时，不知从哪里突然冒出二十多个乞丐，排着整齐的队伍向演讲台走来。他们一个个伸出一双双黑炭似的手齐声哀号：

"我的元首，救救你的子民吧，给我们一口饭吃！"

眼前迅速发生的这一切就像变魔术一样，让墨索里尼和他的侍卫呆若木鸡。他像木桩一样怔怔地站在那里呆了四五分钟，他的侍卫长迅速掏出手枪，指挥一群侍卫把库恰市长团团围住。

但是，墨索里尼毕竟不愧是百年不遇的盖世枭雄，命中注定穷凶极恶的黑手党要栽在他的手里。这时他像狐狸一样机警地发现，巴勒莫广场四周的高层建筑物上，已经埋伏着手持火枪的杀手。这时他只要一招不慎，四面的枪弹就会像蝗虫一样向他飞来。

墨索里尼头脑一转，就像一位落水的人捞到了一根救命稻草一样，他猛然转过身喝退了对库恰市长剑拔弩张的侍卫，自己却微笑着走过去和库恰紧紧地拥抱在一起——他知道只有如此，才能让自己不至于被乱枪打死。他满脸堆笑地对库恰说：

"市长先生，您是对的，有哪一个西西里人有工夫站在这里听我胡说八道呢？"

"不错，这里的每一个人都不是你的内阁部长，请你放聪明些，阁下。"库恰这时再也没有必要装孙子了，他忍不住大声对这位元首说，"即使上帝来到西西里，也要面带微笑，发怒会把自己毁掉的！阁下！"

墨索里尼不由自主地点了点头，他从此牢牢地记住了库恰市长的这句"金玉良言"。

三天之后，墨索里尼结束了他原定三个星期的巡游计划，带着奇耻大辱，也带着剪除西西里黑手党的决心，仓皇地回到了罗马。所幸运的是，他这次西西里之行，到底没有像历史上的罗马暴君那样，被抛尸在巴勒莫市街头。

墨索里尼一回到罗马，就召集了意大利法西斯国会。在会上，他原形毕露地对那班议员歇斯底里地叫嚷："我要向西西里的那班绑匪发动全面的战争！"

1924 年 5 月 10 日，墨索里尼重新起用隐退到佛罗伦萨的心腹之臣、前内阁部长萨雷·莫里，任命他为巴勒莫省省督，并授予他肃清黑手党势力的一切权力。

他对莫里说："我命令你指挥全西西里岛的军队、警察和行政部门。为了肃清黑手党，你可以采取任何行动，不要管什么社会民主，也不要管什么合理统治，你想怎么干就怎么干好了，因为这样做符合国家的利益。"

莫里时年 50 岁，素以凶狠著称。他是镇压农民运动的刽子手，也是清剿匪患的铁腕人物，在意大利只要一提到他，无论是盗贼还是帮会组织无不胆战心惊。莫里看上去显得苍老而又干瘦，一颗小脑袋几乎是光秃秃的，但那对深凹的鹰眼却不时闪着犀利的寒光，让人不寒而栗。刀脸又窄又长，尖削的下巴，紧闭的嘴唇，让他的面目显得有几分狰狞。莫里喜欢穿军装，一套将军制服永远套在他那干瘪的身体上，以显示他颐指气使的将军风度。他曾在佛罗伦萨担任行政长官长达十年之久，刚接任时，那可是一座盗贼横行的城市。最能证明佛罗伦萨治安混乱的例子，莫过于该市前任总督的"裤子的故事"——前任总督有一次捕获了几位盗贼，可是当天晚上，他的裤子却被人偷去了，挂在佛罗伦萨大剧场的帷幕上"示众"。吓得这位总督连忙把那几位盗贼放了，因为他想到今天示众的是自己的裤子，说不定哪一天会换上自己的头。

可是，莫里上任后不到短短的五个月，就将这座文化名城治理得井井有条。不仅盗贼销声匿迹，在大街拾到钻石戒指都有人交给警察，佛罗伦萨成为全意大利犯罪率最低的城市。

现在莫里被任命为巴勒莫省督，舆论界都认为这是元首一个英明的举措，许多报纸都连篇累牍地对莫里进行报道和评说。在评论他的功绩的同时，还分析了他功成名就的原因，有的说莫里骁勇善战，有的说他对各种犯罪分子心狠手辣，决不心慈手软，有的则说是由于他的性格使然。《欧洲人报》对莫里的评述是：

虽然他天性好静，与世无争，但他光明磊落，疾恶如仇。他的这种性格恰恰像一条狗，正好与西西里人的凶暴相斗，从而成为黑手党的克星……

莫里对舆论界的褒贬无动于衷，他只是欣然地接受了元首的这一任命。他知道生命对他来说已不会有再多的慷慨，这将是他一生当中最后建功立业的机会，因此，他对自己的行动相当谨慎。他知道晚节对一个人意味着什么。

接受任命之后，莫里没有立即去西西里走马上任，而是蛰伏在罗马的家中，对黑手党进行一番认真的研究。整整几个月时间，他找来了各种卷宗、报告和一切有关黑手党的报道的报纸。这些报道除了西西里的，还有美国黑手党的，他知道这两地的黑手党是一脉相承。

在这期间，墨索里尼曾几次催促他前去上任，但是莫里都以参谋人员或突击队员还没有配齐为由给顶回去了。有一次墨索里尼实在等得不耐烦了，亲自登门来到莫里的家中对他说："坐在你这舒适的罗马家中，躺在你这书房的安乐椅上能消灭黑手党吗？先生！你的骨头是不是被西西里的那伙帮匪给吓酥了？如果是这样，我只有走马换将了，莫里大人！"

对于元首的这种幽默，莫里当然心中有数，他不紧不慢地说："元首阁下，请您再给我一个礼拜的时间，到时候我将还您一个佛罗伦萨一样的西西里。还有一个礼拜的时间，我就一切就绪了。"

墨索里尼信任地点了点头说："放心去吧，莫里，我当你的后勤部长，凡是你需要的一切我都会满足你，包括枪支弹药、大炮、马队和警察，还有你需要的法律和命令。"

莫里对墨索里尼的这种慷慨当然心存感激，但他还是很淡漠地说："元首，到时候我会给你一个清单。"

一个礼拜后的 10 月 3 日，莫里带着一班随从悄悄地"潜入"西西里岛，他在岛上周游了四十多天，几乎把这个小岛走遍了。他几次来到地中海的海岸边，望着汹涌的波涛感叹不已，西西里是地中海上的一颗明珠，也是意大利皇冠上的一颗蓝宝石，他要让它熠熠生辉，结束那蒙尘的时代。

莫里的"微服私访"，还有在岛上的一切行踪，都已在维托和库恰的监视之内。他们派出的跟踪人员，不时向他们汇报。维托知道莫里是来者不善，就叮嘱库恰不要对其进行骚扰，免得打草惊蛇。如果要杀掉一个莫里，在西西里随时都有机会。这时，维托已经是一位年过花甲的老人，几十年的人世沧桑，让他变得成熟和老成。他希望的结局是使莫里同黑手党合作，那么西西里就永远是黑手党的天下。如果要与莫里兵戎相见，那只会两败俱伤。

但是，莫里并不是维托想象中的那种软弱之辈，结束了对西西里的私访之后，就到巴勒莫正式上任。这次莫里不仅有墨索里尼的"尚方宝剑"，还带来亲自从罗马警察部队精选出来的四千名别动队员，而且武器装备精良。加上巴勒莫原有的六千名警察，西西里一时大兵压境，省督莫里对清洗黑手党似乎成竹在胸了。

莫里上任之后，干脆在巴勒莫的警察总署办公，因为他的主要政务就是清洗西西里黑手党，其他一切公干都是以后的事。对于莫里的这种意图，维托不免感到有点棘手。在莫里上任的第二天，他就安排库恰去警察总署拜访莫里，以探听虚实，看他是真心清剿还是给罗马做个样子。

第二天一大早，库恰就以市长的身份，驱车来到警察总署拜访莫里将军。在警察总署大门口下了车，库恰就叫司机把车停在一边等候，自己往办公楼走去。这里已今非昔比，森严的大楼前拉起了铁丝网，除了门口有三道岗哨之外，大楼顶上和对面的高楼上都有重兵防守。黑洞洞的机枪口封锁了整条街，没有任何一个死角。全副武装的巡逻队不时驾驶着装有防弹玻璃的摩托车在大街上来回巡逻。

对于莫里这种戒备森严的架势，库恰心里不由得冷笑一声：原来也不过如此！于是，他叫卫兵回到车内，自己一个人"单刀赴宴"。他认为在西西里，即使是面对大名鼎鼎的莫里，带上几个保镖也实在是多此一举。

库恰这时又像一只小木桶一样，大摇大摆地向总署大门口"滚"去。第一道岗哨是巴勒莫的警察把守，这几位警察自然认得这位市长，见库恰走了过来，他们不由得"啪"地来一个立正，库恰满脸笑容地挥了挥手，从容地走了过去。第二道岗哨的卫兵也是库恰的"老朋友"，库恰还没有走到跟前，他们老远就彬彬有礼地举手致意，库恰点了点头走了过去。

第三道岗哨设在大门口紧靠台阶的地方，垒起来的沙袋有半人高，构成了一个战场上常见的单人掩体。在两个掩体之间是一道带刺的铁丝网，旁边有一个仅容一个人通过的小门。库恰又大摇大摆地朝这里走来，但却遇到了麻烦，因为这里的四名卫兵是莫里从罗马带来的别动队员。

库恰刚走近掩体，他们就"咔嚓"一声拉动枪栓，大喊一声："站住！什么人？"

库恰先是一惊，马上哈哈一笑："啊，怪不得这么面生，原来是四个'骡马仔'。本人是巴勒莫市市长奇乔·库恰，前来拜访萨雷·莫里将军，请通报！"

卫兵当中的一个头目举手致礼说："市长阁下，请稍候！"说完就转身朝大门里走去。

一会儿，大门里走出一位警官，对库恰说："市长阁下，请！"

于是，卫兵拉开小门，库恰矮小的身子刚好钻进去。库恰走过去后又回头看看，心想："这小门好像是专门为我设计的！"

库恰随同那位警官走上了台阶，小门随后关上了。库恰走进警察总署大厅，发现这平日熟悉的地方也变了样。一进大门本来是一个大厅，现在却变成了一个接待室，里面摆着一张登记用的长桌子和一排沙发，几个警官分别坐在不同的地方。库恰一走进来，坐在沙发上的一位高级警官立即站起来喊道："来人是奇乔·库恰市长吗？"

库恰不免有点冒火："知道了何必还要再问，西西里容得你们如此放肆吗？"

那位警官却不卑不亢地说："市长先生，我们是执行公务。莫里将军说你今天来投案自首，我们不能弄错了人。"

库恰一听，冷笑了一声，用眼瞟了一眼那警官的肩章，然后语气平和地说："小伙子，看来你还是个上校，跟西西里人开这样的玩笑，难道不觉得不合适吗！太不够朋友了吧！"

不料那位上校警官一听，却一步闯到库恰面前大叫道："谁是你的朋友，你这只猪猡！我以莫里将军的名义向你宣布——你被捕了！来人，给我铐上！"

上校的话音一落，旁边立即扑上几位警员，"咔"的一声，一副明晃晃的手铐铐住了库恰的双手。

库恰大叫起来："混账！你这个骡马仔，你要为这种无礼付出代价的！"

上校笑着说："该死的黑手党，到现在还执迷不悟。给我押下去！牢房里有一套西西里传统的刑具卡塞塔，如果你再要大喊大叫，就叫你尝尝卡塞塔的滋味。"

两位警官将库恰向后面推去，库恰还在大叫："我要见莫里，谁也无权侮辱我的人格！"

"猪猡，见鬼去吧！你还有资格谈什么人格！放心吧，莫里将军会见你的，先滚到你的地牢里去吧！"

库恰被押下去后，这位上校警官立即走出大门，通过岗哨，走到库恰的专车前，对那个司机说："市长被捕了，你必须离开这里！"他又指着其他几位库恰的保镖说，"还包括你，你们！你们立即给我滚开！这是命令！"

司机和那几位保镖冷眼地看了这位上校一眼，他们并没有过分吃惊，然后发动车子，缓缓地开走了。

库恰的司机和保镖并没有把车子开进市政府，而是开到了维托的住处，向他和其他的黑手党头目报告了这一消息。

维托说："知道了，你们立即带上武器到警察总署前集合。我知道莫里这家伙会这么干的！"

司机走后，维托立即对其他几位头目说："现在唯一的办法是给莫里施加压力，让他把库恰放回来。不过暂时不能动武，收拾他们是以后的事，现在必须给莫里一点'甜头'，因为他是一条来自罗马的狼！"

其他几位头目虽然怒目圆睁，但也只好听维托的。他们对莫里早有所闻，如今人在他手里，弄得不好会凶多吉少。

不到半个小时，巴勒莫警察总署的门前和大街上，已经聚集了成千上万的巴勒莫市民，他们在高呼："我们要市长！""莫里滚出来！"

莫里将军此时正在一间宽大的办公室里，听他的下属汇报。当他听到那位上校警官说已经把库恰押入了地牢时，他兴奋地把嘴上的雪茄拿下来，大声地赞赏说："干得好！必要的时候还叫他尝尝卡塞塔的厉害，那可是一种他们都很喜欢的古老的刑具啊！"

这时，一位警官进来报告说，警察总署门口的大街上已汇集了几万名带武器的暴徒，有的人正在向岗哨冲来。

莫里一听，甩掉手上的半截雪茄，杀气腾腾地吼道："大胆！传我命令，四千名别动队和六千名警察全体出动，我要血洗巴勒莫！"

"是！"在场的警官立即分头散去。

莫里举起了在佛罗伦萨用过的钢刀！

第四章

大兵压境　西西里血雨腥风

　　一万名训练有素的别动队大兵压境，黑手党市长当众出丑，最后被押上囚车流放海岛。

　　为追捕黑手党，意大利又恢复了死刑。审判时废除了法律程序，不要证据，只凭法官的"感觉"和许多中世纪的刑具……

　　"甘集之战"黑手党几乎全军覆灭，五位"德高望重"的"唐"被机枪扫成一堆肉酱。但是，黑手党的"教父"却逃之夭夭——最后他自愿走进了监狱，而监狱又成了他的天下。

　　莫里由侍卫穿好将军服，全身披挂地向警察总署的大门外走去。

　　他站在警察总署大门口高高的台阶上，几十名贴身保镖荷枪实弹地护卫在他的左右。在他的安排下，警察总署楼顶上和周围高层建筑物顶上的掩体里，已伸出了一排排黑洞洞的枪管，枪口都对准了一个共同的目标——警察总署前的大街上几万名手持武器在狂喊乱叫的暴徒。

面对几万名穷凶极恶的黑手党，莫里才真正地领教了他们的厉害。在罗马的几个月，他在家中各种各样的文件和资料中就见识了这一切，但那毕竟是纸上谈兵。那时他并没有想到西西里的黑手党竟有如此的组织性和战斗力，远远超过了他手下的那些训练有素的别动队，至于当年佛罗伦萨的盗贼和帮会，就更是不可同日而语。现在已经是箭在弦上了，今天的这一幕将是他能否在西西里站稳脚跟的关键。他知道在他手中的库恰市长是巴勒莫黑手党中的关键人物，但在他的背后还有一双巨大的黑手，在操纵这个幕前的傀儡。他知道这个人就叫维托，今天他也许就在这几万名暴徒之中，或者正隐藏在他看不见的某个窗口边，正在窥视着这里的一切。库恰只不过是为他前来探路的马前卒，莫里决定今天就拿他这个马前卒开刀。

凭着手中现有的一万名训练有素的警察和元首给他的"尚方宝剑"，还有背后横行意大利的法西斯党，他坚信他是完全可以制服眼前这几万名衣衫褴褛的暴徒的。

这时，只见莫里在台阶上站定，猛地把腰间的佩剑嗖的一声拔出，向空中一挥，划出一道寒光，然后紧紧地握在手中，指着门前的三道岗哨大声命令："把岗哨撤了，把铁丝网拉开，放他们进来！别动队机枪准备！"

说也奇怪，刚才还在闹哄哄地往前冲的黑手党党徒，听到莫里这么一喊，反倒安静地站在原地不动了，眼睁睁地看着那道铁丝网在慢慢地向两边拉开。随着莫里的一声令下，警察总署大门前，立即架起几十挺机枪，别动队员都趴在地下严阵以待。这时，整条街道竟悄无声息，就像死一般凝固了，只听到一辆辆的大卡车和装甲车载着全副武装的别动队和警察，从大街的两头急驶而来；一排排黑洞洞的枪口同样对准了警察总署门口的人群。

眼看包围圈已经形成了，莫里知道现在该是"主角"登场的时候了。他突然大喊一声："把那个黑手党市长库恰押上来！我要让他当着他的崇拜者的面，像野狗一样趴在我的脚下当众哀号！"

库恰立刻被几个全副武装的彪形大汉押到大门口的台阶上。他戴着明晃晃的手铐，沉重的脚镣在花岗岩的台阶上拖得叮当作响。当他刚一在大门口出现，大门前的人群中一阵骚动。但是，这骚动马上平静下来了。只见库恰那矮胖的身子在台阶上站定后，仍然像往日一样面带笑容地说："朋友们，感谢你们来看我。其实这没有什么，法律经常有出现错误的地方，我们得给它以改正错误的机会和时间！"

库恰的声音使人群顿时平息下来，有许多人把拿在手中的鲁帕拉冲锋枪又背到肩上去了。他们都认为这只不过又是一场闹剧，库恰的手铐和脚镣马上就会被取下来，他马上又会回到他们中间，然后同他们一道平安回家。

库恰刚一说完，莫里就大声说："市民们，这将是你们的市长最后一次向你们表演，你们很欢迎他，但是我却要在这里以元首的名义宣布：库恰侮辱元首，蔑视法律，对抗政府，将被永久放逐到圣索罗岛！宣布完毕！"

莫里的宣判犹如晴天霹雳，把所有的人都击蒙了，半晌没有回过神来。这时，库恰简直不敢相信这是真的，当他意识到这是现实时，立刻面如土色，泪水夺眶而出，大声哀求："将军，我不能离开西西里，我是西西里的儿子……"

他几乎是跪着向莫里哀求。

莫里斜视了他一眼，冷漠地说："市长先生，我的宣判是不能改变的。有地中海的波涛伴随你宁静的晚年,你该心满意足了吧?"

"不!不……"库恰在歇斯底里地狂叫。

几十名从罗马来的记者,及时地摄下了这难得的镜头——一位堂堂的黑手党市长竟当众痛哭求饶的镜头……

"叭——叭——"

突然传来两声枪响,人群顿时骚乱起来。原来是两个黑手党党徒在向莫里瞄准,还没有扣动扳机,就被两个别动队的神枪手击毙了。

莫里愤怒地高喊:"我不会死在这里,抬出去的只有黑手党人!囚车过来,将这位亲爱的市长先生立即送往圣索罗岛!"

一辆黑色的囚车开了过来,库恰真像一条脱毛的野狗一样被拖上了囚车。在两辆装甲车的护送下,囚车开动了,驶过大街,向郊外呼啸而去。人群追随着囚车,但被全副武装的警察拦住了,双方发生冲突,有些人当场倒下。莫里见囚车走远了,便抓过麦克风大声宣布:

"要回去的市民尽管回去,我并不妨碍你们回去赚钱,但必须把随身携带的武器留下。所有的别动队撤回!"

随着莫里的命令,别动队让开了路,闹哄哄的市民陆陆续续地散去,但大门前的广场上,只留下了几支破旧的毛瑟枪和一些原始的刀剑,大批的人神态自若地肩扛着崭新的鲁帕拉机枪向外走去。

莫里并没有让别动队强行收缴黑手党人的武器,他今天的目的已经达到了,逮捕了黑手党市长并让他当众出丑,这是元首墨索里尼当日都无法预料的胜利。

第二天,整个罗马城轰动了,各大报刊都同时刊载了昨天发生在巴勒莫的新闻和照片,人们争相购买传阅这样的报纸。

《库恰市长当众出丑，莫里将军首战告捷》；

《库恰流放圣索罗，莫里扬威巴勒莫》；

《别动队弹无虚发，两暴徒当场毙命》；

…………

一条条醒目的通栏大标题，一篇篇图文并茂的报道告诉人们，原来黑手党也不是天兵天将，同样是凡夫俗子。

《罗马每日新闻》刊登一个记者的文章说："当初我应莫里将军之邀前往西西里，原以为几个月后，也只不过才能发回一些诸如警察被杀、黑手党连占上风的坏消息，没想到来到巴勒莫的第二天，就让我亲眼看到了黑手党市长当众伏法的精彩场面……"

莫里走马上任就首战告捷，连墨索里尼也惊叹不已。在得到逮捕库恰的消息之后，他几乎要大叫起来。莫里总算为他出了一口恶气。当天，他立即召开国会，在法西斯国会上，通报了对莫里的嘉奖令，并大声宣布："在三个月内，莫里就会把西西里变成意大利的花园。"

但是，身在西西里的莫里将军，并没有那么乐观。

"库恰事件"发生之后，维托和一些黑手党头目意识到，他们遇到莫里这位屠夫，真是在劫难逃。于是，维托和他的部下，便开始策划对莫里和他的别动队的暗杀。他们把巴勒莫地区的黑手党按照帮派，组成了十二个暗杀小组，每个暗杀小组为三到五人，都是由一些职业杀手或"荣誉社团"的骨干分子充当。这些人有一个共同的标志，就是每人在左臂上别一块黄色的方形布块，上面绣一个大写的英文字母"C"。这个"C"字是西西里正在崛起的黑手党头目唐·卡洛杰罗·维齐尼的代号，几年以后，他成为西西里黑手党的第二代"教父"。如今，维齐尼是暗杀行动的总指挥。

暗杀行动极大地打击了莫里的信心，有力地遏制了那些别动队的暴行，使他们不敢在巴勒莫市或乡村随意抓人打人或敲诈勒索。暗杀行动的第二个目标是针对那些违背黑手党《噤声律令》的人。随着莫里对巴勒莫大兵压境，一些黑手党人在威胁和利诱之下，开始出现叛变行为。他们为了自身的安全或是保全自家的生命财产，往往向别动队告密，泄露黑手党活动的规律和联络的暗语，结果使黑手党受到重大的损失。许多人在接头联络时，经常被一些化装成黑手党的别动队捕获，因为这些别动队掌握了他们的暗语，使他们误以为是前来联络的弟兄。对于这种叛变行为，负责暗杀行动的维齐尼深恶痛绝。如果发生这种情况，遭到暗杀的不仅仅是某一个黑手党党徒，有时是他的全家所有会说话的人，甚至"株连九族"，一杀一大片。杀过之后，他们把一条条的舌头割下来，用铁丝串起来挂在作案的现场示众，以示警告。

在"库恰事件"发生后的一年当中，维托亲自策划了六十多次暗杀行动，其中针对莫里的就有三十七次之多，但是却一次也没有成功。尽管如此，还是让莫里"三个月内使西西里变成意大利的花园"的希望落空了，使莫里在西西里残酷的军事行动，一直持续了一年多。

逮捕库恰之后，莫里一鼓作气，在短短的两个星期内，指挥法西斯军警逮捕了近千名黑手党分子。他只要一听到风声，一发现形迹可疑的人就抓起来。在军事行动的同时，莫里还遵照墨索里尼的指示，未经国会提议和审批，就取消了有关西西里人的"民主权益"的法律条款，废除了许多对西西里人有保护作用的法律、法令。莫里甚至下令西西里法院停止工作，他疯狂地指出："西西里法院是黑手党最大的庇护所。"他授权自己带来的军队全权处理法律事务，不仅任意拦路设卡，随意搜查盘问来往行人，还授权对那些他们认为的"不法分子"开枪。

那些被逮捕的近千名黑手党嫌疑犯，有许多人在以前也进过监狱，在关押一段时间后，因为无人愿意或不敢出庭作证，便很快被宣布"无罪释放"，理由是"证据不足"。但是现在却是另一种情况了。莫里调来西西里各级法院以前的卷宗，他随便地翻阅了一下，便大发雷霆："这些狗屎不如的法官，什么证据不足！对于黑手党，感觉就是最好的证据。只要有必要，抓起来就是了；只要有必要，就发出枪决令！"

这样一来，被抓的近千名嫌疑犯几乎没有经过什么法律程序和审判手续，就予以定罪；而那些以前因"证据不足"而被释放的黑手党党徒，这一次又被重新抓起来投入监狱，或被拉出去枪毙，或被流放到荒无人烟的海岛上去。一时间，整个西西里风声鹤唳，枪声不断，巴勒莫市的大街上，经常是囚车呼啸而过，警笛刺耳狂鸣。乡间小路上，同样可以看到一队军警，押着一串蓬头垢面的黑手党匆匆而去。在军事法庭上，这些囚犯如果还想装聋作哑，故伎重演，再次制造"证据不足"的法律效果，那么等待他们的不再是二审、三审，而是被那些别动队毫不犹豫地拉出去枪毙，叫你永远缄口不开。

西西里此时已经没有法律了，一切都凭感觉和莫里的意志行事，西西里又回到了历史上最黑暗的时代。在一年多的时间内，西西里至少有两千五百多人被判刑、流放或枪毙。事后，连那些以前借助镇压黑手党之机青云直上的法官，还有那些专为有钱人辩护而大发横财的律师也不得不承认：从1925年开始，在西西里，法律已堕落到丧失了起码的公正；手段和目的之间已不存在理智的关系。既要保护一个倒行逆施的罪恶制度，又要摧毁一个同样令人切齿的罪恶制度的凶恶代表——黑手党，法西斯的这种做法本身就是可笑的，但事实上在那些年代里的确这样做了。

莫里倚仗法西斯刚刚上升时的强大势力，凭借国家元首墨索里尼的"尚方宝剑"，滥用特权，为所欲为，在西西里几乎到了滥杀无辜的地步。

墨索里尼执政以前，意大利的宪法上没有死刑，为了巩固法西斯统治，墨索里尼一上台就恢复了死刑，而率先恢复死刑的地方就是西西里。莫里的军警几乎可以不通过审判，就可以把那些缄口不言的黑手党嫌疑犯拉出去枪毙，而不会受到任何的谴责。

不仅如此，在审讯黑手党嫌疑犯时，许多曾在中世纪宗教裁判所使用过的酷刑，这时又在莫里治理下的西西里岛公然搬上了法庭。其中除了有前文提到的"卡塞塔"之外，还有一种叫"牛筋木箱"的刑具，至今还令西西里人心有余悸。

"牛筋木箱"是一个长100厘米、宽70厘米、高50厘米的木箱，受刑人被仰面按在这比身子短得多的箱子上，手脚悬空，用细铁丝捆在箱子两侧，然后全身淋上盐水，用特制的牛筋抽打。受刑者奇痛难忍，身上又不留任何伤痕。如果还不招供，接下来便一撮一撮拔掉全身毛发，一个一个敲掉指甲，最后还可能用烙铁烫脚掌，用钳子夹生殖器，两手还接上电源……最后受刑者的全身被塞进这只木箱，任人宰割，直到招供为止。

此外，还有一种刑罚就是用一柄长管漏斗塞进受刑者的嘴里，堵住鼻孔，一边审讯，一边往漏斗里灌盐水或辣椒水，直到把肚子灌得鼓胀欲破为止。"牛皮衣"也是当时常用的刑罚。牛皮衣就是一张浸了水的整牛皮，包在受刑者的身上，全身扎紧只留下一张嘴巴在外，然后扛到太阳底下曝晒，浸了水的牛皮在慢慢地收缩，可以把受刑者压迫窒息而死。当时，莫里的军警在审讯黑手党时，几乎是无所不用其极，有许多人被当场折磨致死。凡是被抓进去的黑手党人，除了流放的外，几乎没有几个能活着回来。即使是有一条性命，也已经被折磨得全身瘫痪，以致终生残疾。经过一年多的打击和搜捕，西西里的黑手党已经被抓被杀得差不多了。1926 年 10 月，莫里在巴勒莫发表就职一周年演说，他说：

"差不多两年前，愚蠢而骄傲的库恰曾在这里侮辱过我们敬爱的元首，今天我在这里代表所有蒙昧无知的西西里人向元首和罗马政府忏悔。库恰将在地中海的一座孤岛上了此残生，愿他死后灵魂能进入天堂。这场对黑手党人的战争并不是一场警察运动，必须唤起全体西西里人的觉悟和行动。现在是到了最后消灭黑手党残余的日子，愿西西里如我们的元首所言，变成意大利的花园……"

1926 年冬天，莫里对西西里黑手党人展开了最后一次毁灭性的军事行动。这次军事行动彻底打垮了黑手党在西西里的势力，此后不久，西西里黑手党的一代"教父"——"光荣社团"的创始人唐·维托也被逮捕入狱。这次军事行动，就是意大利历史上有名的"甘集之战"。

12 月中旬的一个夜晚，睡梦中的莫里被电话吵醒，两名别动队的司令官几乎是同时向他报告，西西里最后的一个黑手党集团在军队的围剿下，退缩到西西里中部重镇甘集。

莫里接到报告后，睡意全无，立即命令两名司令官率领别动队配合军队，把这伙黑手党包围在甘集之内，然后马上调动离甘集最近的一个炮兵团近千名士兵，迅速带着大炮赶往甘集待命。他命令部队向黑手党发出最后通牒：限令他们在六个小时内走出藏身之所，向军队投降。

下达命令之后，莫里立即披挂上阵，一身戎装坐上了专车亲自赶往甘集指挥这场战斗，他要亲眼看着这些"受人尊敬的人"束手就擒的下场。他之所以给黑手党以六个小时的期限，是因为他从巴勒莫赶到甘集，最快的速度也要花上六个小时。因此，他再次命令包围的部队围而不攻，等他赶到了再发动进攻。

在预定的时间内，全副武装的莫里带着他的别动队和侍卫风尘仆仆地赶到了甘集。当地所有的老百姓也被军队驱赶到一块空地上，他们是被迫聚集到这里接受"教育"的——凡是加入黑手党者绝没有好下场！

但是，这些老百姓对莫里的企图却无动于衷。因为经验告诉他们：罗马政府的政策、法律在西西里永远不会兑现，黑手党才是西西里岛上真正的政府，它的势力在这里的作用和影响，远远超过了罗马政府和教皇。西西里的事情，连罗马政府都鞭长莫及，莫里不过是一个政府派来的人，还能有多大的能耐对付黑手党。

莫里似乎看出了老百姓的蔑视和不屑，便故意派头十足地拉长语调，下达命令："炮队就位——！"

莫里一声令下，顷刻间，九十四门大炮乌黑的炮口，对准了甘集镇，一队队的炮手和装填手已把整箱的炮弹摆在炮座下，只等莫里的第二道命令，就向甘集镇开火。

莫里的第二道命令还没有下达，因为离最后通牒的时间还有五分钟。莫里高扬着佩剑恶狠狠地说："再等五分钟，我就要下令开炮了！我不要巷战，让黑手党人肮脏的血玷污我的士兵的手是可恶的，我要让他们全部变成炮灰，让甘集镇变为一片废墟！"

这时，聚集在那里的老百姓倒真的注意了莫里手中高扬的佩剑，知道只要那把剑往下一劈，这九十四门大炮真要开火了。莫里又得意地抬起手腕，在微弱的晨光中看了看表，大声命令："全体注意，还有一分钟，我开始倒计时！"

炮座下一阵骚动，炮管在移动、瞄准，随之而来的将是一阵地动山摇的爆炸声。

然而就在这时，甘集镇的街道上响起了嘚嘚的马蹄声，五匹高头大马正沿着镇外的那道高坡飞驰而下，每匹马上都稳坐着一位威风凛凛的骑手——他们就是西西里黑手党军团的五位头目。在他们的背后，是五百名腰插手枪、肩扛鲁帕拉冲锋枪的黑手党党徒。

跑下高坡之后，是一片开阔的平缓地带，五名黑手党头目为了显示他们各自的权力和威风，便拉开距离，一个跟一个地依次往前走。他们面对莫里乌黑的炮口，就像将军在检阅一样，缓缓前行，一个个毫不在乎而又镇静自若。他们经过的地方，老百姓都惊慌地低下了头，有的人转过身去避开他们的眼睛，有的人竟捂着脸哭了起来。老百姓都担心自己被他们认出来，如果明天他们卷土重来，那么自己就会变成他们第一个报复的对象。

莫里静静地站在那里，用毒蛇一样的目光注视着马背上的这五个人。他们的嘴脸早已被自己记得烂熟，他们曾经羞辱过罗马政府，曾经一次次地派人谋杀过他这个现在的省督，其中的任何一条罪行都可以判他们枪毙一百次！莫里清楚地认得，走在最前面的就是大名鼎鼎的西西里黑手党"教父"、"荣誉社团"的创始人唐·维托，跟在维托后面的依次是来自皮亚尼镇的唐·厄扎苔，来自卡尔塔尼塞塔镇的唐·庇托，以及维拉穆拉的唐·马库奇和从帕帝尼科来的唐·昆塔。

这时，莫里不由得打了个冷战，因为还有一个"唐"没有出现，此人就是在这一年里，多次执行暗杀计划的总指挥唐·卡洛杰罗·维齐尼，今天却让他漏网了。莫里根据掌握的情报，清楚地知道维齐尼如今在西西里黑手党中的地位仅次于维托，相当于二号人物。要不是自己率领重兵在西西里清剿，那么，时年64岁的维托，早就把自己的第一把交椅让给维齐尼了。现在这个维齐尼到哪里去了呢？也许是临时侥幸走脱了，也许是藏到某个地方。莫里已经容不得这五位"唐"死到临头的这种傲慢，他也没有时间再去慢慢地审讯了。

　　五位"唐"已经快到跟前了，在距离莫里还有15米的地方，一队荷枪实弹的士兵冲上前去，将这五位"唐"挡住。第一个停下来的是走在前面的维托，紧跟着，其余的四个人也都勒住了马。双方在冷漠地对峙着，淡淡的晨光再一次让莫里注视着这五位罪魁祸首。

　　莫里再也无法容忍这种对峙了，容不得这几个西西里乡巴佬继续在他面前摆臭架子。他大喝一声："把他们拉下来，让他们跪在我的脚下向上帝忏悔！"

　　五个"唐"还没有反应过来，就被一队训练有素的别动队员一拥而上从马上拉了下来，反剪着双手押到莫里的跟前。但是他们却一个都没有跪下，站在那里冷冷地看着莫里。

　　莫里连看都懒得再看一眼，他转过身去，登上一部卡车，手举佩剑声音洪亮地高声宣布："我决不能让他们再套上什么勇敢、富于牺牲精神的光环，我要战胜他们，让他们受到法律的制裁，还要让西西里人亲身感受他们其实不堪一击。现在，我以上帝和元首的名义处决他们，让他们见鬼去吧！开——枪——！"

　　随着莫里歇斯底里的一声狂叫，一阵狂风暴雨般的子弹倾泻过来，把五位还站在那里的"唐"打得掀了起来……沙地上顿时烟尘弥漫，人群中一阵骚动，有人害怕地发出惊人的惨叫。随着枪声的停止，烟尘散处，沙地上的五个肉团就好像屠宰场上还未完全僵硬的猪一样，在一次次地抽搐和痉挛。

莫里接着下令，将那几百名黑手党统统用手铐和绳子穿起来，徒步经过他们的家乡，押到离此一百多里的监牢去服刑。他要让这些平时在家乡的乡亲面前耀武扬威的"受尊敬的人"，在乡亲们面前威风扫地，从此再也抬不起头来。

甘集镇这次最后的军事行动，使长期以来盘踞西西里的黑手党组织土崩瓦解。从此，黑手党在其后的十七年当中一直销声匿迹，一蹶不振，直到法西斯政权垮台。

但是，西西里黑手党并没有由此而绝迹，除了正在崛起的二号人物维齐尼漏网之外，还有一位"唐"也逃之夭夭——当莫里跳下卡车，走到这五团僵硬的"肉团"跟前，用手中的佩剑将他们一个个地拨转验明正身时，他惊异地发现：

倒在最前面的那个"维托"并不是一个64岁的老头子，子弹剥落了他那花白的假发和伪装的胡须之后，露出来的却是一张酷似维托的娃娃脸。一双还带稚气的眼睛并没有闭上，呆呆地凝望着甘集镇上空灰蒙蒙的天空。

这时，天已经大亮了，东边似乎有太阳要升起来。莫里连忙命令将这五具尸体拖在一起，盖上柴草，浇上汽油，再点上火。

熊熊的大火燃烧起来，一缕带着肉臭的黑烟升上半空。

莫里凝视着空中的那缕轻烟，似乎看到了维托那张熟悉的脸，在烟雾弥漫之中向他狞笑着……

"撤！"莫里下达了回巴勒莫的命令，自己率先钻进了车子。

1926年圣诞节，罗马国会大厦。

墨索里尼正在台上手舞足蹈，庆祝甘集镇胜利的大会正在进行。莫里将军被元首召回了罗马，这时正端坐在前排。他马上就要被元首请到台上，墨索里尼将要亲手授予他"骑士勋章"。

这时，只听到墨索里尼说："一年前，我曾在这里预言过，不出三个月，我亲爱的莫里将军就会把西西里变成意大利的花园。现在，随着五位黑手党的'唐'的尸首化为灰烬，这一预言正变成现实，尽管时间推迟了几个月，但是，我还是要将一枚代表最高荣誉的'骑士勋章'授予我亲爱的莫里将军。下面，请莫里将军上台受勋！"

国会大厅爆发出一片热烈的掌声。在掌声中，莫里穿着整齐的将军服走上台去。

这时，议员席上一位满头花发的议员站了起来，他高声说："阁下，我以一头白发作证，你亲爱的莫里将军不是一个诚实的人，他欺骗了您！"

许多人都转过头来看着这位议员，大家怀疑他是不是疯了。掌声停止了，墨索里尼几乎不相信自己的耳朵，他也大声说："议员先生，我相信你是一位诚实的人。但是，你除了你的一头白发以外，还有什么证据来证明你的诚实和莫里将军的不诚实吗？如果没有，请原谅我认为你是另有所谋。"

这位议员其实也是一位黑手党人，昨天，维托来到他的家中，亲手交给他一封信，要他在议会搞垮莫里。维托对他说："'荣誉社团'已元气大伤，我将为我的失策殉职。莫里是我们报复的对象，希望你能代我借刀杀人。"这位议员当时拥抱了维托，他们商量了对策之后，维托就回巴勒莫去了。

这时，他拿出维托的信说："阁下，这里还有一封信，是唐·维托昨天亲手交给我的，请让我在这里当众宣读完毕，你再命令人把我枪毙。"

一提到唐·维托这个名字，在场的国会议员无不大吃一惊。他不是几天前在甘集镇就化为灰烬了吗？刚才元首的演讲也证实了这一点，他怎么还能在昨天送来一封信呢？

当然，吃惊的不仅仅是议员，还包括墨索里尼，更包括莫里将军。

墨索里尼一听，大度地说："既然如此，你就念吧，先不谈什么枪毙不枪毙的事。同时请你到台上来宣读。"

这位满头白发的黑手党议员离开了座位，缓缓地走上台去，他高声地念道：

尊敬的墨索里尼元首阁下：

我就是你亲爱的莫里将军向你报告的五位化为灰烬的"唐"之一的维托。对于我，你也许并不陌生。我第一次让人偷走了你心爱的帽子，第二次又让库恰市长使你在巴勒莫出丑。但是，对于你的上台，我一开始并不十分地反感。你还应该记得，在 1924 年 6 月，我曾遵照你的旨意，指派我的部下阿梅里科·杜米尼干掉了你的政治对手——社会党领袖加科莫·马泰奥蒂。同时，我们的黑手党议员维托里奥·埃马努埃尔·奥兰多路也曾公开支持过你的法西斯党和你的政府，只是后来他要继续他过去的民主和自由，我们才反目为仇。你应该记得奥兰多路曾在一次演讲中公开宣称："如果说所谓黑手党就是指通向夸张的荣誉感，是获取胜利的保障，那么我宣布我是黑手党分子，并且为之感到高兴。"

黑手党与你的法西斯党本来是可以合作的，但由于你对 1921 年的大选一直耿耿于怀，埋怨我们西西里没有为你输送一个议员，这并不完全是黑手党的过失。不过，你从此与我分道扬镳，并派有屠夫之称的莫里将军来西西里大开杀戒，才使我们背道而驰越走越远。

　　如今我们的"荣誉社团"似乎元气大伤，但我们的事业并没有绝迹。你亲爱的莫里将军并没有将五个"唐"化为灰烬，但你却相信了他的夸张的胜利。圣诞节之夜我将要在巴勒莫广场进行演说（也许是最后的一次）以戳穿作为一个政府的谎言。如果一个政府轻信这样的将军迟早是会得到报应的。

　　祝你圣诞愉快，元首阁下！

　　圣诞节之夜在巴勒莫广场见。

　　…………

　　这位满头白发的黑手党议员宣读完了这封长信之后，就倒在讲台上死去了。他站在那里吞下去的一颗药丸，足以毒死一头非洲大象。

　　他是法西斯国会中最后的一位黑手党议员。他的名字也许没有被写进意大利的近代史，但却让无数人记住了他。

　　国会大厅顿时一片混乱，许多议员纷纷离去，他们都担心自己的座位底下藏有定时炸弹。墨索里尼没来得及为莫里授勋，就连忙打发他立即赶回西西里岛，务必抓住那个维托。现在他也没有时间去追究他的不诚实了，一切等抓到了维托再说。

　　圣诞节之夜，巴勒莫广场人头攒动，唐·维托又站在市政府门前库恰当年站过的大理石讲台上。他的出现让无数的西西里人流下了眼泪，他们跪在地上祈祷。有许多人拥到讲台上同他拥抱，但在这时，莫里的别动队驾着装甲车风驰电掣地冲进了广场。维托很有风度地站在那里，当莫里全副武装地走近他时，他几乎要同莫里拥抱。他只是奇怪墨索里尼为什么没有枪毙莫里，他觉得墨索里尼很聪明。

莫里命令手下给维托戴上了手铐，许多在场的记者摄下了这一历史性的镜头。维托毫不沮丧地走向囚车，他边走边对与他同行的莫里说："也许我犯了许许多多的罪行，可是你们拿不出任何证据，你们唯一能证明的是我无罪。但是，刚才的那些照片，会向全意大利证明你是好大喜功的骗子，你的元首同样不会放过你。"

囚车开走了，维托被关进巴勒莫警察总署的地牢。广场上这时响起了枪声，莫里的别动队在驱散聚会的西西里人。

这是巴勒莫市近代史上，最热闹的一个圣诞节之夜。

莫里无论如何也没有想到，维托很快就在整个监狱里建立了自己不容侵犯的权威。他虽然被关在防范最为严密的 X 区，这里又称"黑手党区"，共关押着三百五十九个重刑犯，他们全是黑手党的"名人"，争强斗胜是他们天生的性格，但是在这里，维托平息了一切争吵，帮助了许多难友解决了属于私人的困难。他可以通过一定的渠道，给黑手党贫困的犯人家属送去救济金，给朋友要结婚的女儿送去厚礼。哪里如果出现了酗酒、斗殴的事情，监狱长只有来求助维托。当维托随同监狱长来到那里，口里叼着大雪茄，往那里一站，一切都变得风平浪静。就连刚才醉醺醺地装疯卖傻的犯人，这时也似乎清醒了，乖乖地躺在那里打呼噜。他成了这里名副其实的监狱长。

维托很清醒地知道，从走进监狱的那一时刻起，自己注定了终生再也走不出去，只有在此度过自己的晚年。但是，他却十分喜欢这里，他把这里称作"乡村俱乐部"，在这里同样可以找到他需要的乐趣。

只有夜深人静的时候，他才像一个真正的老人那样，把自己的一生仔细地回忆、揣摩一番。这时，他往往从遥远的少年，甚至是童年时代，把一桩桩、一件件的往事细细地编排。令他印象最深的还是那遥远的大洋彼岸的梅德城的那段生活，雷汉马场的那片草场让他至今难忘。他记得他亲手杀的第一个人是那位神偷维斯孔。自己为什么要杀死他呢？原因当然不是为了钱。也许是从那时开始，自己就懂得做人关键是诚实和信念。维斯孔是一个不诚实的人，为了钱居然可以去告密。维托现在想起来，还觉得维斯孔该杀。

维托还认真地反思了黑手党与墨索里尼的恩恩怨怨，正如他在写给墨索里尼的信中所说的那样，他对墨索里尼有过好感，但又觉得这个家伙太狂妄了，他最不喜欢的就是他那长篇大论的信口开河和动不动就教训人的自命不凡。其实，墨索里尼也应该很好地想一想，自己当年师范毕业后，流落街头的落魄生涯，想想他那段乞讨的日子。维托直到这时还为这个政府担心，这样的领袖总有一天会把意大利拖入灾难的深渊。维托有时也想到，如果让自己当意大利的总理，将是怎样治理这个国家。每当想到这个问题时，他就不再往下想了，他觉得很可笑。现在还想这样的问题，他甚至怀疑自己的脑子出了毛病。

1927年的春天，维托的"监狱长"的特权被莫里剥夺了，他被关进了单人牢房，禁止同外界一切人接触。原因是他在监狱里的威望太大了。但是，这种单独监禁，并没有隔断他同黑手党囚犯的联系。就像他刚从美国来到西西里不久，第一次被关进监狱一样，一进单人牢房，维托就提出了一个要求，他要看书。本来这个要求是完全可以得到满足的，但是当监狱长把这件事向莫里提出来后，莫里马上说："可以，但只能让他看一本书，那就是《圣经》，其他的书报一律拒绝！"

第二天，狱卒给维托送来了一本《圣经》，维托当然表示感谢，他很认真地看起来。以前在外面，他还没有时间去认真地读这部书。维托整整读了二十天，把这部《圣经》读了一遍，又想了几遍。有一天，莫里突然来到维托的牢房，说要单独和他谈一谈。自从关到这里之后，维托很少有机会和人说话，他担心自己的发音功能会失灵，现在莫里要同自己谈谈，当然很高兴。虽然自己是被他关进来的，但维托还是像对待一位老朋友一样，同莫里谈起来了。

莫里说："维托先生，我们差不多是同时代的人，过不了多久都要去见上帝。听说你最近在研究《圣经》，不知你有什么收获，能否交流一下？"

维托看了他一眼，觉得这个干瘪的老头，也同他的元首一样自命不凡，便说："莫里将军，恕我无可奉告，因为我不是犹大！"

莫里一愣，马上冷漠地说："你认为你以后会进天堂还是地狱？"

"反正不会和你去同一个地方。"维托毫不犹豫地说。

莫里没有说话。他知道无法"交流"下去，便知趣地走了。

第二天，监狱长将维托的《圣经》收回了，再也不给他什么书看。维托当然知道这是莫里在报复他，便给外面发了个信号。于是，当天晚上整个监狱的囚犯都拒绝吃饭，进行绝食斗争。在那戒备森严的 X 区，犯人还利用放风的机会，打伤了管理人员，整个监狱都处在一片混乱之中。

监狱长马上把这里的情况报告了莫里，莫里一听，自然心中有数，但他还是不以为然地说："不要紧张，三五天是饿不死人的，饭照常送，过几天再说。"

三天过去了，绝食没有缓解，有些体弱的人开始昏迷，害得狱医跑来跑去给这些人灌药打针。第四天依然如故，更要命的是，一大群当地的记者，提着摄像机、照相机、话筒来见监狱长，要进行采访。这一下可捅了马蜂窝，监狱长连忙派人去请莫里来挡驾。

莫里当然没有这么笨，派人传来指示：部分地开放采访范围，但绝对不能让记者进入 X 区，更不能见维托。而这批记者正是冲着 X 区和维托来的，不让他们采访，监狱长无法交代，只好出动大批军警严加防范，双方争吵不休，一些记者便开始抢拍军警阻拦甚至与记者撕扭的镜头。于是，第二天市民打开当天的报纸，就看到军警殴打记者的照片，除巴勒莫的报纸进行曝光外，罗马的几家报纸也进行了报道，弄得全国都沸沸扬扬。

莫里知道事情闹大了，连忙向墨索里尼报告。墨索里尼是靠办报纸起家的，自然懂得新闻舆论的厉害。他把莫里骂得狗血淋头，然后问他，下一步打算怎么收场。

莫里想了想说："唯一的办法，是把维托从巴勒莫弄走。"

"弄到哪里去？总不能马上就杀他。"墨索里尼火气又上来了。

莫里说："把他送到马美区监狱，在那里他人生地不熟，总不会兴风作浪。"

墨索里尼想了想，只好批准了莫里的计划。连忙调来一架 C-130 型美国空军飞机，秘密地把维托送到马美区监狱去。一切工作都在高度保密的情况下进行。

根据莫里原订的计划，这架飞机从巴勒莫起飞后，秘密地降落在离罗马 15 英里处的罗马机场马林空军加油站，然后由意大利情报部门派出三十名特工人员，分乘三辆装甲车和两辆军用吉普，将维托直接从马林加油站押往马美区监狱，并在加油站布防一百五十名特工和军警，以防劫持和记者采访。一切都安排就绪后，莫里就派出二十名全副武装的别动队员，去巴勒莫监狱将维托押往机场，并在从监狱到机场的大街上，三步一岗，五步一哨地实行戒严，配有足够弹药和轻重武器的摩托车和装甲车队集结在警察总署的大街上待命。

当监狱长带着别动队来到维托的单人牢房时，维托早就站在那里，他正在牢房的墙壁上刻字。他的手铐已经打开了，提在一只手里，这真让所有的人都大吃一惊。只见维托在墙壁上深深地刻上了一句话——"落难时节见真心！"

监狱长一直等他刻完了，才挥手叫人把维托抬上了警车。警车开动时，整个牢房都骚动起来，所有的囚犯都在大喊大叫或伏在地上祷告，就像欢送一位国王一样。

当警车开到机场时，莫里突然接到一个报告：马林空军加油站出现了几十名罗马记者，还有成千上万的市民，在等待押送维托的飞机降落。

莫里一听，心想这些黑手党真是手眼通天，这么机密的行动都打听到了。他立即驱车来到巴勒莫机场，命令这架飞机改变航向。

维托被抬上 C–130 型美国空军飞机，飞机迅速地滑向跑道升空了。维托紧闭着眼睛，没有向他的故乡告别。

这架飞机将飞向何处，恐怕只有莫里一个人清楚。

第五章

二战爆发　黑手党东山再起

　　第一代"教父"尽管关在戒备森严的大牢，但在周末他依然在监狱长家里玩牌；他越狱的计划是用牛奶和咖啡喂大三只猫，最后他却在狱中寿终正寝。

　　二战爆发给黑手党带来了新生的契机，第二代"教父"已应运而生。虽然他15岁时使一个姑娘怀孕了，但并不影响他日后的前程。

　　在罗马北部30英里的地方，有一个临时空军基地，押解维托的C-130美国空军飞机，在这里徐徐降落。

　　这里离罗马机场的马林空军加油站有六七十英里，等候在那里的罗马记者和市民，已无法一睹维托的"风采"了。维托被抬下舷梯后，放眼打量了一下这个陌生的地方，他知道这里已经不是西西里了。

　　三辆大轿车很快开过来，随机军警将维托抬了上去，直驶马美区监狱。

　　维托被送进马美区监狱后，狱方立即对其进行强制进食。稀释的牛奶、维生素药片和糖，通过插入他鼻孔的导管，源源不断地输入维托空空如也的胃中。维托的精神状态和体力恢复之后，被关进一间阴暗而潮湿的囚室。囚室四周布满了岗哨，狱警荷枪实弹，杀气腾腾。此外，还有流动巡逻队每天二十四小时都巡逻在囚室周围。通往囚室的长长隧道里，每3米就布置着一挺机关枪，明晃晃的电灯泡日日夜夜将这里照得如同白昼，一根针掉在地上也能看得见。警报器装在看不见的地方，但只要动任何一个机关，它就会骤然炸响，刺耳的嘶鸣经久不息。这一切都是按照莫里的要求而布置的，他对马美区监狱长下达了死命令：如果这里再发生与巴勒莫监狱类似的事件，他将被撤职，并送交军事法庭严惩。当然，莫里自己也无法向墨索里尼交代了。他要把这位65岁的黑手党"教父"终身囚禁在这里，直到他无声无息地死去或疯掉。莫里说："最好的办法就是让他像一块老化的岩石一样，在岁月的风雨中最后变成一堆无声的沙子。"

监狱长忠实地执行着莫里的命令。维托被关进马美区监狱半年多了，外界一直不知道他的去向。即使是同监狱的囚犯，也不知道那间密室关进了一个什么样的人。维托就这样无声无息地在这个世界上"消失"了，无论是巴勒莫和罗马的报纸上，还是政府的任何文件中，都看不到关于他的任何一个字眼。莫里希望所有的人从此把他尘封在记忆之中，最终把他忘记。他知道，人们一天不忘记维托，西西里的黑手党就一天不会绝种。

在这漫长的两百来天中，除了监狱中那位送饭的狱警外，几乎没有人知道维托是怎样度过的。即使是送饭的狱警也是两个星期换一次，任何有机会接触维托的人都不会超过二十天，莫里再也不敢低估维托的"人格魅力"了。

来到马美区监狱这么多日子，马美区的监狱长除了第一天认真地看过维托之后，还没有和维托交谈过。马美区监狱是意大利全国有名的"模范监狱"，曾关押过无数的重刑犯。这位年轻的监狱长上任快三年了，从没见过上面对任何一位囚犯如此"重视"。这种"重视"让这位年轻的监狱长——一位狂热的法西斯党徒不禁好奇起来。他除了从移交过来的一些公文档案中知道维托是一个什么人之外，他对维托是一无所知。尤其是几个月来，所有的情况反映都证明这是一个十分安分的囚犯，他不明白莫里为什么还如此神经过敏。每天在维托身上耗费大量的人力和物力，他认为有点多此一举。因此，这位监狱长打算见见这位维托，和他好好地谈一谈。

　　一天，监狱长走进了维托的囚室，吩咐人打开了囚室外监视孔的那盏灯。灯泡射出的光柱，立即把这间约8平方米的囚室完全裸露在监狱长面前。囚室里除一张嵌在水泥地上的铁床以外，就是一张小桌子，桌子的四条腿也是固定的。低矮的墙壁上有一只嵌在墙上的壁橱，墙角处有一个茶杯口大小的下水道，维托的大小便就是通过这个小下水道流到室外。刚一开灯时，几只小猫一样的老鼠便吱吱喳喳从这个下水道逃了出去。

　　监狱长走进来时，维托正坐在床上，靠着墙壁闭目养神，那几只老鼠就是从他的身上逃去的。监狱长如果不是亲眼所见，无论如何都难以想象，当年那么一位呼风唤雨的人，如今只有终日与老鼠为伴。一头长发已经全白了，覆盖在他那布满皱纹的脸庞上。灯光一亮，维托也许很不习惯，眼睛眨巴了几下才睁开了。他挺直腰杆端坐在床沿上，那架势依然像一位德高望重的绅士。他似乎朝监狱长点了一下头，仅此一下就停住了，大概意识到这是在监狱而不是客厅。

监狱长威严地看了他一阵子，然后戏谑地说："见到你真高兴，维托先生，在这里过得如何？"

　　维托似乎听出监狱长的弦外之音，便微笑着说："我只能回答'很好'，否则你会不高兴的，大人。"

　　监狱长不由得点了点头，心里很佩服维托的机智，便产生了和他谈下去的兴趣。于是，他吩咐身边的狱警弄来一把椅子，他在维托面前坐了下来，并叫狱警退到门外去。

　　他们交谈了近两个小时，在整个谈话的过程中，维托始终表现得极有礼貌和理智。他举止谦恭文雅，言谈洒脱幽默，60多岁的人思路敏捷缜密，使监狱长想起了自己罗马城中那位身居高位的祖父——他深深地为维托渊博的知识和语言的魅力所折服。

　　临走时，监狱长很真诚地问维托："你有什么需要我帮忙吗？我会在法律的允许下尽力而为。"

　　维托说："我不会上诉，也不希望减刑，我愿这样暗无天日地坐下去。如果你不为难的话，请答应我两件事——一是让我每天出去劳动半天，我可以去厨房洗菜、洗碗，请放心我不会投毒，还可以去院子里的花圃里栽树和护理花草；二是让我养几只猫，你看到这里的老鼠实在太多了。"

　　监狱长说："这两件事我现在就可以答应你，维托先生。同时，我会尽我所能改善你现在的待遇。"

　　监狱长走了。从此，他们成了朋友，每次周末，维托都被邀请到监狱长家里去打牌。平时，他就在院子里劳动或在厨房里帮忙。监狱里本来是禁止饲养动物的，但维托还是被允许养了三只猫。他每天都有喝不完的牛奶、果汁和咖啡，还有蛋糕和稀饭，他就用这些东西养他的猫。

这样，维托又成了马美区监狱一个特殊的"客人"，当然这一切是瞒着莫里的。

　　但是，几个月以后，一场意外终于发生了——维托囚室里的那个下水道被人从外面戳了一个脸盆大的缺口，成了越狱的通道。但是，维托自己却没有走成，他只是利用这个通道把几十名关在这里的黑手党输送出去。

　　这是一个很周密的计划，维托和外边的联系都是通过这个下水道，由那三只猫去承担。他用暗语写成的纸条由猫带出去，那些纸条都是装在一只只死老鼠的肚子里。纸条上有整个越狱的计划、具体的时间和监狱的警力配备图，还有越狱后这些人员逃亡的安排。外面的人也用同样的方式和维托联系，并在一个漆黑的夜晚凿通了这个越狱的通道。

　　不幸的是由于越狱的人太多，需要分几批进行，结果计划被泄露了。除了最先侥幸逃脱的几个人之外，后面爬出去的都被狱警打死或抓了回来。

　　事情发生后，莫里亲自来到了马美区监狱，那位年轻的监狱长真的被送上了罗马军事法庭。维托对此并不感到对不起他，他事后对莫里说："如果他是我，有了这样的条件，他不见得不会这么干。逃生是人的本能之一，你不能过分地去追究这位年轻人的责任，他还是你们当中较优秀的一个。"

　　但是，莫里并没有因为维托的话，而改变对那位监狱长的惩罚。

　　越狱失败后，莫里对维托的惩罚就是将他再次转狱。这一次，他要把维托秘密地转移到看管更加严密的都灵监狱。

　　这时，远在美国的黑手党五大家族的"教父"们，已经得到了维托再次转狱的准确时间和飞机航行的路线。1927 年 10 月 23 日，即维托转往都灵监狱的前一天，他们已经驾驶了一架军用飞机，并组织了一个由二十人组成的突击队来到了都灵。他们的飞机已通过外交部的内线，特别照会罗马政府，停在都灵民航机场。他们准备等维托一到都灵，就将他劫持去美国。他们要把美国黑手党的创始人，也就是这位"教父"接到洛杉矶去安度晚年。在美国洛杉矶机场，美国现代派黑手党组织已组织了几千人的庞大欢迎队伍，等维托到洛杉矶走下飞机时，他们将举行一个盛大的欢迎仪式。同时，他们还通过绑架的手段，将洛杉矶六家电台、电视台和大报的记者弄到了机场，强迫他们进行现场转播和报道这盛大的欢迎仪式，以造成轰动效应。

但是，当10月24日上午8时，按照预定的安排，莫里亲自带领五十名全副武装的别动队队员、军警，还有两名随行医生来到马美区监狱押解维托去机场时，却发现这位黑手党"教父"已在他的单人囚室里寿终正寝了。当莫里他们走进囚室里，维托已经安详地躺在那张单人床上。两名随行医生进行检查后向莫里报告说，维托是死于心肌梗死，停止呼吸的时间是当天凌晨4点左右。

这时，莫里"很有人情味"地走近维托的遗体，仔细地打量了一番，然后亲自拉起那张陈旧的床单，盖住了那张他并不陌生的脸。莫里凝视着这个被床单遮住的老人，默默地站了一分钟，才悄无声息地转身走了出去。旁边的人员发现，莫里站在这里时，整个身子挺得笔直，完全是一种标准的军人姿势；当他转身离去时，他竟把一个向后转的动作，明显地分解成三个规范的动作。

这时，刚才龟缩在床角里的那三只猫，又爬到维托的身边，静静地坐在那里陪伴着他。监视孔里的灯光熄灭了，只有那三只猫的眼睛，在黑暗中闪着几点幽幽的光。那扇沉重的矮铁门这时又锁上了，只是在锁的时候，狱警没有让它发出"咣当"的声音，是轻轻地拉上的。

维托死了，宣告了西西里黑手党王国暂时的结束，但罗马政府对黑手党的追捕并没有结束。据有关资料统计，从 1925 年至 1931 年，罗马法西斯政府对黑手党先后进行诉讼约六十次之多，每次送上被告席的都超过百人，而且均被处以重刑。在莫里几年的治理下，整个西西里岛的犯罪率直线下降。意大利官方资料确认，1925 年，黑手党至少制造了八百二十三起杀人案件；在 1929 年仅有二十四起。据说当时有许多黑手党分子在潜逃多年之后，又主动回来向莫里这位省督投案自首。

随着甘集镇的失利及唐·维托的去世，西西里黑手党基本上转入地下，直到离此约十七年之后，他们又重新崛起，成为西西里真正的"政府"。而此时西西里黑手党的掌门人、新一代"教父"，便是前文出现的黑手党"二号人物"——唐·维齐尼。

唐·维齐尼由此便成了本书的第二位传主。

20 世纪 70 年代风靡欧美的历史巨著《意大利人》一书中曾这样写道：

"自从莫里行政长官把黑手党分子，包括唐·维托本人，送进监狱，或者流放到地中海某个荒凉的孤岛上以来，'荣誉社团'就不存在了，只是后来到了唐·维齐尼手里，该'社团'才起死回生。"

唐·维齐尼的崛起约在 1943 年第二次世界大战结束前夕。但在此之前，他就是蜚声西西里的黑道人物，在他 40 岁时，就被黑手党人尊称为"唐"了。他之所以能在 1943 年已经 66 岁以后，还能成为西西里黑手党的"龙头老大"，以至统治西西里长达十一年之久，成为继维托之后的又一代黑道领袖，从历史的观点来看，维齐尼完全是沾了第二次世界大战的光。

因为到了1943年上半年，随着蒙哥马利北非战场的胜利和艾森豪威尔及巴顿将军向北欧的挺进，德、意法西斯"轴心国"在战场上遭到了毁灭性的打击，已成强弩之末。盟军强渡英吉利海峡的大决战在即，第二次世界大战的胜负已泾渭分明。由于共产党和社会党领导的反法西斯抵抗阵线日益壮大，这一形势令西方大国开始为意大利法西斯政权垮台之后，由什么力量来主宰这个国家的命运而担忧。他们提出的口号是：意大利在战后无论如何也不能"赤化"。于是，他们左思右想，最后选择了黑手党作为他们的合作伙伴和西西里岛未来的主人，因为黑手党同样仇视法西斯和人民运动，更不会让西西里"赤化"。在这种形势下，西西里黑手党便开始死灰复燃，由地下转入公开，由幕后走上前台，开始进入"西西里新主人"这一角色的操练。维齐尼也就在这个时候开始进入新的角色。

但是，作为新一代黑手党领袖人物，维齐尼却为自己的上台，进行了半个世纪漫长的预演。

唐·维齐尼的全名为唐·卡洛杰罗·维齐尼，1877年出生于西西里岛卡尔达尼塞塔省中部的维拉巴镇。此地原是离西西里首府巴勒莫约40英里的一个山村，在巴勒莫的南面，后来成为西西里著名的地方。

维齐尼出生时，他的名字前面并没有冠以这么一个"唐"字，他那目不识丁的父母亲都是老实巴交的庄稼人，并且都是虔诚的天主教徒。当他们给自己这个刚出生的儿子取名时，他们无论如何也不会想到，他们的儿子在后来会取得"唐"这种称号。父母在他受洗时，给他取的名字是"维齐尼·菲索"。"菲索"这种名字，只有热衷于宗教的父母才取给孩子，而"唐"则是西西里人奉送给黑手党领袖的最高荣誉，意思是保护众生的"教父"。

维齐尼自小受到家庭的溺爱，始终热衷于世俗功名，而不是效仿他的两个哥哥，在一懂事时就过早地穿上僧侣的长袍。他没有念过一天书，像他的父母一样是真正的文盲，但他却一直以此为荣。他常常为自己能无师自通口算出一些复杂的数目，或者是能轻易签署一些大宗合同，并且能在合同上歪七竖八地签上自己的名字而自鸣得意。

从青少年时代开始，维齐尼就显示出一种犯罪的"天才"。他整天无所事事，游手好闲，和那些流氓、窃贼混在一起，很早就学会了走私贩毒、敲诈勒索。他打架斗殴、偷鸡摸狗样样在行，加上他那自以为是，绝不服从任何人的狂妄个性，使他很早就成为当地的"小霸王"。

同时，维齐尼很早就开始同女人厮混。大约在 15 岁时，他就开始了第一次性生活的体验。那一年，他居然把村里一位姑娘的肚子搞大了。那位姑娘曾同他在一些宗教剧目中配过戏。当年，维齐尼长得很瘦弱，由于父母对宗教的虔诚，所以每年的复活节，他都在宗教剧目中扮演基督的角色。那位姑娘则经常在宗教剧中扮演那种纯真无邪的从良妓女，于是"基督"就对这位刚刚发育成熟的"妓女"产生了非分之想。那位姑娘怀孕之后，唯一解决的办法就是嫁给维齐尼，但是维齐尼却坚决拒绝娶她为妻。他声称他完全可以不必为那位姑娘的肚子负责，因为他们完全是由于受到剧中宗教的热情感染才干了这样的蠢事，因此他应该得到宽恕。

对于维齐尼的这种理由，那位姑娘的父亲气得暴跳如雷。他大声对他吼道："混蛋，这算什么理由，如果你不娶我的女儿，你是活不过这个圣诞节的！"

对于这种恫吓，维齐尼自然也有点害怕。他知道人只要一急，什么事都能干得出来。他本来自命不凡，认为自己前途无量，才不想要这位名誉扫地的姑娘。现在看来真遇上了大麻烦，弄得不好连性命都难保。"三十六计，走为上计"——维齐尼和家里人一合计，便连夜逃进了深山老林。因为当地的大山里，正有一伙打家劫舍的强盗，经常弄得村子里鸡犬不宁。维齐尼心想，只有投奔这些人，那个暴跳如雷的老家伙才不敢对自己怎么样。于是，维齐尼逃到深山，入了伙，很快成了一名盗匪。一个月以后，当他斜背着盒子炮出现在村里时，那位姑娘的父亲果然不敢抬头看他了，悄悄地带着自己的女儿堕胎去了。

也就是从这个时候开始，维齐尼同黑手党接上了关系，成为"马菲亚"的一员，开始成为"受人尊敬的人"。不过，维齐尼当时毕竟天良未泯，几年以后，当他成了黑手党的头目时，还私下派人去同那姑娘的父亲和解。他付了一大笔钱，让那位姑娘以寡妇的身份去了美国，投靠了她在美国的一位亲戚。从此，这位姑娘就在美国住下来了，再也没有回到维拉巴来，维齐尼的这桩风流案再没有人提起。

15岁时那桩搞女人的麻烦事儿，并没有给维齐尼留下深刻的教训。自从成为黑手党之后，他在这方面更是有恃无恐，经常以"保护人"的身份，对那些被"保护"的对象的女人进行骚扰。由于黑手党在当地的势力强大，维齐尼总可以得心应手。无论哪家的姑娘，只要他看中了，他总可以让她跟自己上床，享受一时的快活。不出一年，维齐尼便得个"花盗"的雅号，他总是劫色不劫财，不知糟蹋了附近多少人家的姑娘。

1894 年，年仅 17 岁的维齐尼竟心血来潮，爱上了本地一位如花似玉的姑娘。但是，他却不希望经过什么漫长的恋爱过程，想直接娶那位姑娘为妻。维齐尼的这种有悖当地习俗常理而又不负责任的企图，不仅遭到了那位姑娘的拒绝，而且也遭到了当地地方法院的一位年轻的书记官的阻挠。那位年轻的书记官名叫安德烈阿·帕伦蒂，他同样对这位漂亮的姑娘也怀着倾慕之心。

维齐尼见自己的如意算盘难以实现，便原形毕露地耍出了流氓手段。有一天，他看到帕伦蒂走进了那位姑娘的父亲开的杂货店，便立即纠集几位狐朋狗友来到那家杂货店，指使其中一位向那位书记官挑衅。双方发生争吵之后，维齐尼这一伙人就一拥而上，不分青红皂白地拳打脚踢，把那位书记官打得瘫在地上不能动弹。事后，维齐尼虽然被带进了警察所，但有他那位当主教的舅父出面调停担保，又加上黑手党组织出面向当地法院施加压力，发出警告，维齐尼仅仅只被关押了一个晚上，第二天就大摇大摆地回家了。那位书记官也只有自认倒霉，白挨了一顿揍。

从此以后，当地再也没有哪一位小伙子敢打那位姑娘的主意。那位姑娘虽然是当地的一枝花，但再也没有人敢上门求婚了。这其中原因大家都很清楚，于是，那位姑娘最后还是嫁给了维齐尼。

结婚以后，维齐尼似乎暂时对女人失去了兴趣，将这种兴趣转移到钱财方面去了。他不择手段地到处敲诈勒索，其聚敛钱财的手段真是非同一般。

当时，地中海海岸有一家比较大的磨坊，离维拉巴镇大约 80 公里，当地的农民大都把自家的粮食运往那里出售或加工。而这 80 公里的路程有一半是荒无人烟的山路，道路两旁是土匪经常出没的地方，他们杀人越货，经常搞得那些农民人财两空。维齐尼一想这是个赚钱的机会，因为当年他逃进深山时，就同这伙土匪的头目有交往。于是，他就跑到山里，找到这伙土匪的头目一合计，谈成了一笔"生意"。下山之后，他就放出风声，说他愿意保护农民运粮的车队安全到达那家磨坊，但必须收取百分之二十的"保护费"。

因为维齐尼在当地本来就小有名气，许多农民相信了他，向他交了保护费，果然来去畅通无阻，安然无恙。而那些不相信他的人家，不但丢了粮食，还险些赔进了性命。从此，大家都乖乖地向维齐尼缴纳保护费了。维齐尼把这些钱，一半送进山里，一半自己留下来。他做了许多黄色的小旗子，每面旗子上，他都用黑色的颜料涂上一个大大的"C"字，这就是他的标志。运粮的农民只要把这样的旗子往车上一插，即使遇上了土匪也会被放行。

几年下来，这条山路为维齐尼赚了不少的钱，而这种有"C"字的黄色旗子，后来便成了维齐尼独一无二的标志。

除了保护运粮食的农民之外，维齐尼后来进一步与其他的匪帮盗贼和黑社会团伙勾结，把这种"保护"的范围扩大到运输、加工和种植等许许多多的领域，从中坐地分赃，牟取暴利，聚敛了大量的钱财。通过几年的这种"空手道"的鼓捣，维齐尼很快成为当地巨富之一，顿时身价百倍。

1898年，一起绑架行凶案把维齐尼送上了法庭，他被指控为这起案件的同案犯，但由于证据不足，拘留了一个星期后便被"无罪释放"。但到1962年，维齐尼又"三进宫"，原因是这一年，那伙一直同维齐尼合作"保护"运粮车的匪帮被政府军队打败了，其头目保罗·瓦索罗纳被逮捕。

保罗·瓦索罗纳匪帮是卡尔达尼塞塔省中部一伙臭名远扬的强盗，早就成了政府打击的目标。这次破获以后，从他们的老巢搜出了几面写有"C"字的黄色旗子，于是维齐尼就以"勾结土匪罪"被送上了被告席。

奇怪的是，在开庭审讯时，许多受过"保护"的农民都出庭作证，为维齐尼歌功颂德。这些诚实而贫穷的证人都说，那几年要不是维齐尼保护，他们还真不知道怎么活；还有的说，维齐尼发给他们的这种旗子，不仅保护了他们运粮食的车队，还给了他们很大的安全感。他们只要把这种旗子插在家门口，那么他们家的牲畜、庄稼都不会受到侵害……

面对维齐尼的这种"功德"，法庭又查不出他勾结强盗土匪的新的证据，法庭只好再一次宣布维齐尼无罪。这次释放，为维齐尼赢得了空前的荣誉。当他在法庭受审时，街头上聚集了成千上万的群众，他们举着那种黄色的旗子支持他。当他一出现在法庭门口，欢迎的人群拥了上去，高呼着"维齐尼大叔"，几乎是把他抬着回到了维拉巴镇。从此，"维齐尼大叔"名声大振，无论谁见了他，都毕恭毕敬地称他一声"维齐尼大叔"，即使是那些白发苍苍的老人也不例外——尽管他当时还只有 25 岁。

没有多久，"维齐尼大叔"的名声传遍了西西里农村。维齐尼成了真正"受人尊敬的人"。

第一次世界大战爆发后，维齐尼离开了从未离开过的农村，混入了军队。他并不满足于在农村做一个受人尊敬的"维齐尼大叔"，他希望靠枪杆子打出一片新的天下。但是，他很快发现当兵并不是理想的出路，弄得不好还性命难保，于是就开小差回了家，纠集了一伙黑手党党徒做黑市买卖。当时，军队急需粮食和马匹，维齐尼便抓住这个发财的机会大显身手。他想出了几种发财的办法：一是威胁家中养有健壮骠马的人家，向黑手党缴纳保护费，否则，他家的马匹就会不翼而飞；二是强迫那些家中有生病或羸弱牲口的主人，把这样的牲口以最低价格卖给他们，他们稍微调养或治疗了一下就以几倍的价格卖给军队；三是派人四处偷盗牲口，遇到阻拦不惜动武和开枪。通过这三种办法，维齐尼一伙弄到了大批的牲口。他们以次充好，或优劣搭配地将这些牲口卖给军队的征购队，并同时贿赂或威胁这些收购人员。常言道"牛马背上无天秤"，一匹马的优劣及价格的高低是没有标准的。这样，维齐尼大发其财，征购队也满意而归交了差。有一次征购队买去了八十头健壮牲畜，而其中只能当肉卖的牲畜却有三十多头。

后来，事情败露了，维齐尼以"坑骗国家，贻误战争"的罪名被送上巴勒莫临时军事法庭。但是，又由于证据不足，他又一次蒙混过关，得到释放。

这时，由于战乱，巴勒莫城内的那些贵族老爷迫不及待地将农村的土地拍卖，想席卷现金逃往国外。但是，这些待价而沽的土地却找不到买主。最后，买主只有一个人，这就是"维齐尼大叔"——这倒并不是他出的价格最高，而是没有第二个人敢以超过他的价格来与他抢购这些土地。通过这次收购，在维拉巴附近方圆几十公里内数千公顷的土地，都尽归他的名下，他是当地最大的地主。

第一次世界大战结束后，维齐尼打着为复员军人争取合法权益的旗号，组建了"复员军人社"。由于他曾在军队中混过，他便以"复员军人"的身份和当时的权势垄断了这个组织。他安排自己的亲属掌管该社的大权，整个家族的日常开支全部由该社负担。由于意大利是一战中的战胜国，这些曾为国家和民族卖过命的复员军人这时更是趾高气扬，从国库中争取了许多的优惠待遇。但是，这些待遇除了极少的一部分与该社的社员分享之外，大部分都进了维齐尼的腰包。当时就有人控告他利用职权侵吞经费，但此案毫无进展，一直拖到第二次世界大战结束前夕的1943年，才有了"结果"，这个"结果"就是维齐尼再次利用自己新的职权，强迫这些人撤诉并承担全部的诉讼费用。

从此，维齐尼成为一个既有权势又十分富有的人，他的黑手党家族也自成一派，成为西西里岛黑社会割据一方的一股势力。

1917年，40岁的维齐尼被正式尊称为"唐"，这标志着他在西西里黑手党领袖生涯的开始。无论黑手党内部发生什么争执，只要他一出面，没有什么事情不能摆平。他天生有外交家的口才，善于交际又通情达理，只要他一开口，总能让人心服口服。所以，当时许多人都说他是"公认的强者，他办事总是合乎逻辑"。又有人说："如果你去求助法律，你知道会有多大损失吗？没有钱就请不起律师，打不起官司。找我们'和平的唐'调解一下，不知能省多少钱。我们信得过他，他有能力把事情调解好。"——"和平的唐"就成了维齐尼的代名词。

唐·维齐尼不仅是一个天才的外交家，而且是一位真正的黑手党领袖。他平时在大庭广众中一派道貌岸然，但他的部下却在那里杀人如麻，虽然你很难把这两者扯到一起来，但事实却是如此。

同时，唐·维齐尼还是一个极有眼光、有远见的人。当时，意大利法西斯势力刚刚出土，但他却预见到这是一股能成大器，能统治意大利政治舞台的势力。因此，他一开始就对法西斯不敢掉以轻心。后来，他对待法西斯和对待墨索里尼的态度，并不像他的大头目、当时在巴勒莫甚至西西里叱咤风云的维托那样暧昧，而是想方设法与之靠拢，并开始从经济上资助法西斯上台。据现存的资料表明：维齐尼与墨索里尼的关系非同一般，虽然一个是乡村的黑手党头目，一个是意大利政坛的风云人物，但他们私下交往频繁，竟然能多次在一起共进晚餐。这是他比维托高明之所在。他并不像维托那样把墨索里尼贬为"不入流的家伙"。

维齐尼为此也曾遭到黑手党内部的反对，但他自己却捞到了别人无法想象的好处。最能说明这种"好处"的，莫过于维齐尼对一个叫托斯卡纳的人的照顾。

托斯卡纳来自意大利中部，当时是一位年轻的法西斯信徒，他狂热地崇拜和追随墨索里尼，在年轻时干出了一系列的不法勾当。那一年在一个赌场上，他竟凭一时之勇，把一位与他争吵的赌友当场打死了。事发以后他遭到了警方的追捕，在走投无路的情况下，他投奔维齐尼，寻求他的保护。

面对这样一位血气方刚而又犯有人命案子的法西斯党徒，维齐尼顶住了黑手党内部的压力，收留了他，把他藏在自己的庄园里保护起来。在日后同托斯卡纳交往的日子里，维齐尼竟接受了他的许多观点，改变了自己对法西斯的许多不全面的看法。这正是维齐尼日后倾向于法西斯的主要原因。

法西斯党上台执政以后，这位曾受过维齐尼保护的逃犯，几年后竟当上墨索里尼政府的外交部副部长，成为意大利法西斯国会议员中重要的角色。于是，维齐尼便开始"收获"他的回报了。

1924 年莫里被任命为巴勒莫省督走马上任之后，当他向黑手党大开杀戒之时，开始并没有把枪口指向尚在巴勒莫南部维拉巴乡村的黑手党头目维齐尼，而是向在巴勒莫市的维托举起了屠刀。但是，维齐尼却因民事纠纷，被人告上法庭。

1923 年前后，维齐尼凭借自己的权势和财势，与另外两个人合伙建立了维拉巴水源公司，从而垄断了维拉巴方圆几十里的农民饮水和灌溉用水。他们投资修建了水库和渠道，每个闸门口都设立了收费站向农民收取水费，从中大获其利。维齐尼等人这种据自然资源为己有的霸道行为，自然引起了当地人的不满，但当地农民慑于他们的权势，也只有敢怒不敢言。真正让维齐尼的水源公司最后关门的还是他们内部的"窝里斗"。

维齐尼的那两位合伙人也不是省油的灯，当他们发现维齐尼贪污甚至独吞水源公司的红利时，便联合起来同他打官司，上告巴勒莫法院。于是，巴勒莫省督莫里便开始注意到了这个贪赃枉法的乡巴佬，下令逮捕维齐尼，准备判他的刑。这时，维齐尼便想到了那位如今任政府外交部副部长的托斯卡纳，他立即吩咐手下的"师爷"连夜给托斯卡纳写了封信，马上派人送往罗马。这位托斯卡纳也是个知恩必报的人物，接到维齐尼的信之后，马上行动。他当然没有必要直接捅到墨索里尼那里，而是找到了同他私交甚厚的内务部长，声称维齐尼是他的"舅舅"，务必请内务部长通知莫里省督，为他的"舅舅"开脱。

莫里也曾任过内务部长，深知这一职位的厉害。当他收到内务部长的亲笔信之后，自然不敢怠慢，连忙撤回他已发出的逮捕令，派人驱车在中途追回了。

但是，维齐尼的那两位合伙人还不甘心，竟三番五次对此事纠缠不休，分别于 1925 年、1929 年，直到 1932 年还第三次与维齐尼对簿公堂。但是，上有托斯卡纳出面（后来内务部长也卷进来，理由是认为对自己"不恭"），下有莫里总督挡驾，官司打到 1932 年，维齐尼不仅没有被判刑，反而把有关他的犯罪档案都销毁了。这桩无头案从此便不了了之。

维齐尼虽然在这件事上没栽倒，但他同维托的关系却成了莫里置他于死地的铁证。

维齐尼成为"唐"之后，自然同维托的关系不一般。在莫里大肆搜捕、镇压黑手党的那几年，维托唯一能对付的办法就是对莫里进行暗杀，并把这一重大行动的指挥权交给了当时还没有引起莫里过分注意的维齐尼。直到甘集镇大战前夕，莫里才知道外交部副部长的"舅舅"的真实身份。

甘集镇的那次军事行动中，维齐尼和维托都在莫里军队的包围圈之中。面对九十四门大炮的炮口，黑手党的头目不想玉石俱焚，只好使出"丢卒保车"的一招，让四位真正的"唐"和一位化装成维托的"唐"去殉难，从而保护他俩潜逃出包围圈。甘集镇战役之后，莫里成了墨索里尼政府中炙手可热的人物，但他当时只把主要精力对付维托，让维齐尼继续逍遥法外。直到维托越狱失败、寿终正寝之后，莫里才将维齐尼逮捕归案。

1933年，莫里以"走私罪"将维齐尼从他的庄园里抓走了，关进了巴勒莫监狱。有幸的是，维齐尼竟"享受"了维托在这里的待遇，他被关进了维托曾住的单人牢房。莫里的这种做法，本想是消除维齐尼对其他犯人的影响，将他彻底地孤立起来。哪知道莫里的这种做法却歪打正着，反而提高了维齐尼的地位和身份。因为在巴勒莫监狱的黑手党囚犯之中，有一条不成文的规矩：他们把那间关押过维托的牢房视为精神圣地，谁关进了这间牢房，谁就是他们心目中的精神领袖。

维齐尼在这里被关押了八个月之后，由于托斯卡纳从中周旋，他又被无罪释放，从法西斯的屠刀下死里逃生。这是维齐尼第几次走出监狱的大门，已无法准确地统计。但在他的一生当中，曾十六次走进监狱大门，这是有据可查的。有人说，维齐尼之所以能一次又一次逢凶化吉，完全是他处世圆通和与人为"善"的结果。

从此，这位"维齐尼大叔"就一直待在维拉巴镇的庄园里，像一位土财主一样，过着富有的田园生活。但是，此时的维齐尼并非像人们所想象的那样循规蹈矩，清心寡欲，而是像一位隐士一样在审时度势，以求再起。

他这样韬光养晦地度过了几年，终于东山再起，成为西西里黑手党新一代的"唐"。第二次世界大战的爆发，让这位年逾60的维齐尼又燃起了希望之火。正是这场战争，彻底改变了他最后的人生。

1939年波兰边境的炮声，拉开了第二次世界大战的序幕，随后，墨索里尼这位自命不凡的战争狂人同希特勒一道在欧洲的大地上狼狈为奸，当欧洲大地沉入火海之时，意大利这个饱经忧患的国家，也沦入战争的深渊。

第二次世界大战的爆发，让墨索里尼再也无暇顾及西西里岛的黑手党了。蛰居在维拉巴农村的维齐尼便抓住这个千载难逢的良机，及时地把在法西斯屠刀下幸存的黑手党党徒联合起来，同时，他派人给流放在地中海那些孤岛上的黑手党死硬分子写信，怂恿他们走出孤岛，卷土重来。在战争刚开始时，他经常焚香祈祷，希望英美盟军打败意大利军队，只有这样，他才有机会出人头地。

二战的头两年，法西斯的势力锋芒毕露，气势逼人，希特勒的党卫军一路摧枯拉朽，席卷欧洲大地，而墨索里尼则跨海挺进非洲，抢占地盘。这种形势，无论是美国、英国还是法国都对战局不敢乐观。但是,维齐尼却不顾战局的影响,他一味地倒向盟军一边。战争一开始,他就命令黑手党的地下组织,营救和保护所有坠机而幸存的盟军飞行员,不让他们落入法西斯之手。同时,维齐尼还同以"幸运者"萨尔瓦托·卢恰诺为首的美国黑手党联盟,策划一大批被关押在美国监狱里的黑手党人回到西西里老家,为盟军的作战收集情报,瓦解敌军,并指使当地渔民破坏德意部队的军火库和舰队,为盟军的军事行动扫除障碍。

1942年10月的阿拉曼战役,英军歼敌五万五千人,击毁坦克三百五十辆,从而扭转了战局。同年11月8日,艾森豪威尔统率英美联军在法属北非登陆,于1943年5月7日攻占突尼斯和比塞大港,二十五万德意军队无船可供撤退,只好于5月13日宣布投降。盟军在突尼斯大捷之后,立即挥师北上,横渡地中海,向意大利本土进军。1943年7月10日,盟军横渡地中海,他们放弃了意军防御力量比较薄弱的撒丁岛,而选择了防御力量相对强大的西西里岛作为登陆地点。对盟军的这一战略决策,时任意大利陆军元帅的彼得罗·巴多里奥深感疑惑不解,他甚至认为这是盟军的一个战略失误。但是,后来战局的发展却出乎这位元帅的意料。

7月10日,乔治·巴顿将军率领的第7集团军联合蒙哥马利元帅指挥的第8集团军,浩浩荡荡地横渡地中海,在西西里岛方向强行登陆。尽管盟军拥有兵力和装备上的优势,但仍然遭到意大利军队的全面阻击。意军负隅顽抗,使盟军伤亡惨重。但登陆一周后的战果却令人大吃一惊——美军竟在七天之内,没有经过任何激烈的战斗,轻而易举地越过了意军重兵把守的卡马拉塔山口要塞,然后长驱直入,直捣西西里首府巴勒莫和军事重镇特拉巴尼,一路势如破竹,所向披靡。而在撒丁岛登陆的另一路盟军,虽然登陆成功，但伤亡惨重。更主要的是，登陆后战局发展极为不利，每前进一步都得付出惨重的代价，往往每次战斗都得丢下几百具尸体才能向前艰难地推进一步。

这种战局的发展，的确令许多军事专家和国际舆论界吃惊。事后，当人们要求艾森豪威尔将军评述一下这次盟军出奇制胜的"闪电行动"时，这位将军却借口属于军事机密，只是含糊其辞地说什么似乎是盟军"总参谋部掌握了战略情报"，以此敷衍搪塞。

至于这次盟军胜利的真相，直到多年之后才大白于天下——原来这一切都与正在崛起的西西里黑手党头目唐·维齐尼有关。

第六章

投桃报李　新"教父"名利双收

　　从美国飘来的一条黄色绸巾，让他成了西西里的
"黑手党将军"；依靠盟军的势力，他又成了"维齐尼
大叔"。

　　分裂主义失败之后，他投入天民党的怀抱，为把
天民党推上意大利的政治舞台，他不惜同分裂主义的
独立军司令联手——一支"罗宾汉"式的土匪部队成
了他手中杀人的工具。

　　1943 年 7 月 14 日清晨，也就是美军在西西里登陆后的第五
天，一架美军侦察机向西西里的维拉巴镇飞去。在紧靠山坡的一块
空地上，飞机盘旋了几分钟，然后丢下一个小降落伞就飞走了。

　　可是，由于风向不对，这个小降落伞没有落到预定的地方，而
是被风吹到了城外，落在意军的阵地上。一名站岗的意大利士兵发
现这个降落伞之后，紧张地拉动了枪栓，严阵以待。但是，从天而
降的并不是敌人的伞兵，而是一只尼龙袋吊在降落伞上，飘飘荡荡
地随风着陆了。这位意大利士兵上前捡起这只尼龙袋，发现里面并

没有其他的东西，而只有一块黄色的绸质方巾，上面绣了一个大写的字母"L"。

这位士兵看不出其中的奥妙，便把它交给了自己的指挥官，而这位意大利指挥官也弄不清楚是怎么回事。不过他清楚的是，美军侦察机扔下的这个尼龙袋，显然不是给他们两个人的。凭一种军人的直觉，他知道事情并没有完。尤其是在两军对垒的战时，登陆的美军就在不远的海边，这也许是一场新的战争的先兆。因此，他立即命令全体驻军，密切注视事态的发展，从今天开始绝不能掉以轻心。

但是，这一天却平安无事地过去了，阵地前并没有出现异常的现象，这位指挥官只是把这件事，记载在当天的战地日志上。

第二天清晨，几乎是在同一时间，一架美军侦察机又嗡嗡地从远处的云层中钻出来，打破了清晨的静谧，又在维拉巴镇上空盘旋。这一次，这架飞机也许是接受了昨天的教训，它没有贸然地在山坡前面盘旋，而是像飞行表演一样，掠过树梢和房顶，在镇中冒险地做超低空飞行。机身上喷涂的星条旗和编号都看得一清二楚，机翼发出的强烈气流，把一些树梢吹得沙沙作响。在这种战争年代，何况刚在一场大战之后，城中的居民对这架飞机的"光临"并没有特别注意。但是，却有一个人，此时正站在教堂的屋顶上，密切地注视着这架飞机。当这架飞机掠过一排排低矮的屋顶，在离教堂不远的空地上又投下一个尼龙袋之后，这个人便飞快地跑过去，从降落伞上解下这只尼龙袋，跑回去交给了他的主人。

他的主人就是维齐尼。

维齐尼拿到这块黄色绸巾，看到上面这个大写的字母"L"之后，心里一切都明白了。二十年前的一桩往事赫然在目。

1922 年的一天，他手下的一位黑手党党徒，竟胆大包天地枪杀了一位警察，受到了维拉巴警方的追捕。手下人惹下了这么一桩人命案，作为一位维拉巴镇的黑手党的"唐"，维齐尼决定出面，一是维护自己的威信，二是保护那位鲁莽的部下不至于落入警察之手。但是，在当时的维拉巴，并不像巴勒莫一样，警察的势力还是很大的。维齐尼要公开袒护这么一位罪证确凿的凶手，不但会没有什么结果，反而会给自己招来麻烦。这时，维齐尼心生一计，吩咐手下人对外宣称，这位杀人凶手是位精神病患者，他杀死警察完全是失去理智控制的结果，同时，还派人把那位凶手送进了当地的一家疯人院。

　　当时那家疯人院的大夫，几乎全是黑手党人。维齐尼就向这些大夫下达命令，要他们利用自己的职业做手脚。不久，当警方还要进一步证实此人是真疯还是假疯的时候，那人忽然在疯人院"死"去了。院方正式出具了一份"正常死亡"通知书。

　　维齐尼叫人弄来一口棺材，在棺材底下钻了几个透气孔，然后把这个人的"尸体"装进了棺材，准备运出城去埋掉。事情到了这一步，维拉巴警察局也开始松动了。因此，当装着这口棺材的灵车驶出维拉巴镇之后，并没有朝墓地走去，而是载着这口棺材一直驶向巴勒莫市。

　　到了巴勒莫市，这位假死的凶手就跳出了棺材，带着假护照和一块绣有大写字母"C"的黄色方巾，偷渡去了美国。他利用标志着维齐尼身份的"C"字方巾，叩开了美国黑手党联盟的大门，投奔美国黑手党领袖、绰号"幸运者"的萨尔瓦托·卢恰诺的门下。从此，这位黑手党党徒就成了维齐尼同美国黑手党家族之间联络的使者，担负着传递双方信息的使命。二十年来，维齐尼与美国黑手党一直保持紧密的联系，即使是在法西斯追捕黑手党的年代，这种联系也没有中断。在这些年代，维齐尼还利用这种关系，帮助西西里的一些黑手党偷渡出境，投奔到美国黑手党家族的门下，成为美国黑手党中一股新的力量。

二十年过去了，美国黑手党并没有遭到西西里黑手党这样的厄运，他们不仅发了大财，而且开始渗透到各行各业甚至是政界，开始"参政议政"，左右政坛风云。在这次大战中，有人竟私下动用美国黑手党与西西里黑手党这种一脉相承的关系，来对付意大利的法西斯政权。因为意大利法西斯政权，曾多次将西西里黑手党置于死地，欲斩尽杀绝而后快。

当1943年的7月15日，维齐尼在西西里的维拉巴镇，展开这块绣有"L"的黄色方巾时，他心中顿时明白了他该做什么。维齐尼虽然目不识丁，是一个地地道道的文盲，但是却没有任何一个人，比他更清楚方巾上大写的"L"的含义——这是美国黑手党的最高首领之一、"幸运者"卢恰诺大名的第一个字母，是卢恰诺的身份的标志，就像他的绣有大写字母"C"的方巾一样。这是卢恰诺给他寄来的一封"信"。这到底是一封什么样的信呢？

面对这封只有一个字母的"无字天书"，维齐尼也心有灵犀地心领神会了卢恰诺的用意：他是使用黑手党中通用的联络方式，向他的盟友——西西里的黑手党领袖人物唐·维齐尼求援，请求他们协助美军进驻西西里岛，扫平西西里岛上的法西斯势力。

"解读"了卢恰诺的"无字天书"之后，维齐尼心里非常激动。经过二十年的风风雨雨，美国的盟友还没有忘记自己，还如此相信自己。这正如西西里黑手党"教父"维托临终前在牢房里的墙壁上刻下的那句话所说的那样，"落难时节见人心"。

维齐尼收到"L"方巾后，立即给穆索梅利镇的黑手党头子、西西里黑手党的第二号人物、人称"佩皮叔叔"的因科·鲁索口授了一封用暗语写成的密信。密信全文如下：

"20日，星期二，一个叫图里的人将把几摞空碗送到切尔达，我自己也将和一群母牛、一头公牛、几十辆马车同日出发，请通知亲友安排草和住宿。"

这封信的实际意思是：20日，星期二，一个叫图里的人（即杰内罗萨地区的黑手党头目图里的弟弟，几年前一直在纽约港当医生，现已随美国机械化部队来到西西里），将为美国的机械化部队（"空碗"）带队，把他们送到切尔达。我本人也即刻起程前往接应，并和坦克部队（"母牛"）、司令官（"公牛"）和大部队（"马车"）一同出发来此，请通知"我党"协助部队作战，并为部队准备食宿。

当穆索梅利镇的黑手党头子朱佩塞·因科·鲁索接到维齐尼的这封密信后，立即行动起来，召集当地的黑手党迎接美国部队。

穆索梅利镇的地理位置十分重要，它是盟军通往巴勒莫和特拉巴尼的战略要道，马多涅至卡马拉塔山之间的防线最重要的军事据点就设在这里。当时意大利军队在卡马拉塔山口要塞布防了一个配有德国坦克、防空和反坦克武器的混合炮兵旅，可以长时间阻止盟军的进攻并给对方造成巨大的损失。指挥这支守军的意大利上校军官萨莱米是一个狂热的法西斯分子，每天都以"宁死不投降"的誓言来鼓舞守军士气。

面对这样一个军事要塞，盟军如果发起强攻，不仅会受到顽强的阻击，贻误战时，还会伤亡惨重。因此，便通过美国黑手党的关系请维齐尼出马。这一年，维齐尼已经66岁了，但他不顾自己年老体衰，先把自己的侄子送到盟军司令部担任翻译，然后自己亲自为盟军带路。他利用熟悉地形的优势，带领盟军穿过山道，绕到对盟军威胁极大的德军炮兵阵地后面，对其形成包围之势，同他的部下鲁索里应外合。

当盟军的部队把德军的炮兵部队连窝端掉的时候，鲁索的行动也取得了顺利的进展。他连夜派出一大批很有影响的黑手党"朋友"，潜入意大利守军的营中，以威胁和利诱来动员这些士兵开小差，并为他们提供便衣，使他们能顺利地逃回家乡。

7月20日早晨，意大利守军上校指挥官萨莱米召集部队上早操时，突然发现一夜之间自己的士兵，有三分之二的人逃得无影无踪，留下的还不到三分之一，其中还有一大部分是伤病员。萨莱米气得暴跳如雷，他立即驱车前往设在穆索梅利镇的参谋部，却正钻进了鲁索等黑手党人的埋伏圈，所以只好束手就擒。

鲁索押着这位指挥官，回到了卡马拉塔山口的军事要塞，用枪指着所有的守军放下武器投降。"谁要是不投降，他就是钻进地下，我们也要把他挖出来，让他粉身碎骨，连同他的家属也一个都不放过！"黑手党的小头目在挥舞着刀枪，对这些群龙无首的意大利守军狂叫着。于是，所有的守军都乖乖地放下武器。

鲁索把解除了武装的意大利守军当场遣散了，然后一边派人向维齐尼报功，一边押着垂头丧气的萨莱米上校回到了穆索梅利镇，把他关押在市政厅里，作为欢迎盟军的"见面礼"。

维齐尼听到鲁索得手的消息后，非常高兴，又亲自带领一支黑手党突击队潜入西西里首府巴勒莫市，将一名正在指挥作战的德国将军绑架了。他把这位德国将军藏在巴勒莫市的一个德军不知道的地牢里。等到盟军杀进巴勒莫之后，他马上把这位关押在地牢里的德国将军献给了盟军，也像鲁索一样，把他当作了一份"见面礼"献给了盟军。

进驻意大利南部的美军最高指挥官此时欣喜若狂，他立即向华盛顿报捷，在电报中把维齐尼称为"黑手党将军"。几个月后，占领西西里的美军都知道了维齐尼这个名字，黑手党的大名如雷贯耳。这位美军最高指挥官给予了维齐尼很高的荣誉和待遇，使他当时不仅持有盟军发给的"美国盟友证书"和持枪证，而且使他成为当时唯一可以自由出入盟军司令部，并在里面享有一个单独套间的意大利人。

美军驻西西里的司令官阿方索·拉蓬托上校原是美国新泽西州的一名高级政客，他虽然是一位带兵打仗没有多少经验的军人，但他却懂得如何做政治交易。进驻西西里不久，他就同维齐尼打得火热，成了亲密的朋友。他几乎成了维齐尼家中的常客，又吃又拿，向来没有谦让推辞一说。他任命维齐尼为美军驻西西里指挥部的最高军事顾问，并致电华盛顿，在电文中称维齐尼"品德高尚，深孚众望"。

美军攻占西西里之后，开始建立行政机构和重建民主制度。由于黑手党在美军进攻西西里岛时立下了汗马功劳，美军这时便开始论功行赏了。他们把黑手党人档案中的污点洗刷掉，并把他们塞进了包括意大利共产党在内的左翼民主人士组成的反法西斯统一战线之中。在重建西西里各城镇的行政机构时，他们把一些重要的黑手党头目安排到各地担任要职，这为维齐尼培植党羽、安插亲信提供了一个极好的机会。

这时，意大利全国，尤其是西西里的法西斯已经冰消瓦解，几乎所有的政府官员和城镇头目都被当作法西斯分子关进了牢狱，政权机构出现了一个空当。维齐尼在当时已是一位炙手可热的人物，是盟军的"座上宾"，加上他又善于见风使舵、八面玲珑，周旋于各派势力之间，充当调停人，使任何一派都不敢得罪他，反而对他毕恭毕敬。这时，他不仅是农民的"维齐尼大叔"，还是各种政治势力的"大叔"。他家里总是门庭若市，高朋满座。每当他走在街上，总有许多政客前呼后拥，上前来与他套近乎，拍马屁。这些人当中，后来有许多人靠自己的钻营和他的抬举，当上了议员或部长，但维齐尼却对这样的高位不屑一顾。他热爱农村生活，几乎没有离开过乡村，他如果凭当时的威望和盟军的关系，弄个部长当当是易如反掌之事，但他还是热衷于他的黑手党"事业"。他知道，只要在西西里恢复了当年维托的"荣誉社团"的秩序，那么，任何部长、议员都不过是一具木偶，任何政府要员都不过是他手中的玩具。所以，当许多人都在为谋一个官职奔走时，他却只要了一个维拉巴镇镇长的职务，而把许多远近闻名的黑手党分子，纷纷推荐给了盟军，让他们当上了西西里各地的市长和镇长。如因科·鲁索当上了穆索梅利镇的镇长，西西里黑手党头目卢乔·塔斯卡当上了巴勒莫市市长。

从此，维齐尼把自己的势力渗透到战后西西里新成立的各种机构之中，而他自己则作为一名传统的黑手党领袖人物，留在幕后操纵这些傀儡。战后的西西里，成了以维齐尼为首的黑手党的天下。为了进一步巩固和发展自己的势力，维齐尼和鲁索等人趁机贿赂驻西西里的美军，故意让这些人占便宜。他们常常把价值连城的古董和年轻貌美的意大利女人送给驻军军官，让他们感到快乐。对那些普通士兵，则更像慈祥的父亲一样，除接二连三地给他们送礼物之外，甚至还让他们到自己的家中寻欢作乐，搜罗周围所有的漂亮姑娘来陪伴他们。所以，后来当这些美军撤走时，许多人都爱上了一些漂亮的西西里姑娘，这其中大多数是黑手党人的女人。

维齐尼和其他的黑手党头目，就是用这种"恩惠"，拉拢和笼络了驻西西里的美军，从而，为扩充他的传统势力和重建黑手党的"荣誉社团"打下了坚实的基础。当然，维齐尼这样做的目的，并不仅仅是重建他的黑手党王国，他利用这种关系，同样为自己捞到了许多实惠。因为他始终是一个爱财如命的人，聚敛钱财是他另一种狂热的秉性。因此，当政府下令要农民把打下的粮食和摘下来的水果，按照官价卖给政府时，维齐尼就向美军借用军用卡车，从农民手中收购粮食，然后运往巴勒莫、特拉巴尼等饥饿的城市的黑市上去卖高价，其价值往往是高于官价的五十倍以上。他从中捞得大量的好处。他有时甚至公开把粮食运往自己在维拉巴、蒙特利波或巴蒂尼可的私人粮仓。即使如此，无论是当地的市长、镇长，还是美军军官，都只是装聋作哑——前者是惧慑于他的权势，后者是回报他的人情。

在当时，维齐尼除了垄断西西里的粮食、水果的价格和行情之外，他还控制了岛上的自流井，就像当年他办的水源公司一样，向居民出售井水，从而获得巨额的利润。此外，他还可以向所有的肉店、咖啡馆、水果市场、赌场及其他娱乐场所征税，甚至连流动乐队也得向他纳税。这时，虽然暂时还没有恢复"保护费"那种名称，但两者的性质都是一样的。如果这些店主或摊主没有按期纳税，那么，他的店铺或摊位就会被停止，执照就得被吊销，甚至加倍罚款——而这一切又都是在合法的名义下公开进行的。维齐尼这样做，似乎比当年由黑手党人去做更舒服，更放得开手脚。他所做的一切都在光天化日之中，而且披上了一层合法的外衣。

从此，维齐尼的腰包一天天地鼓起来了。尤其是他同美国人连成一块铁板后，他更成了西西里岛上发号施令的一面旗帜。他虽然是一个镇长，事实上却成了西西里黑手党的精神领袖。法西斯退出政治舞台之后，黑手党又以原有的"风采"出现在西西里岛上。这时黑手党新的领袖维齐尼扬扬得意地说："现在已经够了。法西斯主义用其特殊的治安法败坏了西西里的名誉，我们被看成是一伙罪犯。今天，西西里应该重新被看成是美国人在地中海的一颗明珠……"

但是，维齐尼并没有如愿以偿。

西西里于 1943 年结束了战争，比其他地区提前了两年。但是，西西里并没有进入和平的年代。当战争还在意大利北部激烈地进行时，南部的这个岛屿并不风平浪静，各种党派的权力之争、分裂主义的出现和土匪的横行，让西西里进入无政府主义的混乱年代。

为了维护黑手党的统治地位，1943 年 12 月，黑手党在巴勒莫召开会议，做出了不惜用武力阻止其他党派召开群众集会的决定。这一决定是在以维齐尼为首的黑手党头目的提议下产生的，从而引起了许多党派的不满。但是，维齐尼却积极执行，并真的付诸武力。

1944 年 9 月 16 日，社会党议员李·考西联合意大利共产党，决定在维齐尼的老巢——维拉巴镇召开一次群众集会，以公开反对黑手党的巴勒莫会议决定。

维齐尼获悉这一消息后非常震怒。他首先按照黑手党的传统方式，向这次集会发出警告，派人在社会党欢迎与会人员的标语上画上黑色的"＋"字，但没有收到预期的效果，集会仍将如期举行。维齐尼又派人送信给李·考西，劝他别开这个会，理由是"不安全"。李·考西当然知道维齐尼这"不安全"的含义，可他是个坚定的共和主义战士，性格刚愎自用，不尊重任何权威，更不惧怕任何威胁，因此对维齐尼这种"温和"的警告依然不予以理睬。

维齐尼见李·考西如此"不识抬举"，便亲自出马，将对方请进一家咖啡馆里。他一边请他们喝咖啡，一边公开地表明自己的意思，但对方还是不收回成命。这时，维齐尼只好开诚布公地对李·考西等人说："如果诸位一定要在本镇集会，那至少应先想想什么该讲，什么不该讲。"

维齐尼说完这句话后，把咖啡杯重重地往吧台上一顿，扬长而去。

李·考西并没有为维齐尼的恫吓所慑服，依然召开了这次大会。但由于维齐尼的干扰，预定要来的三千人结果只到了七十多人。李·考西并没有气馁，他认为不管来多少人，这个会能够召开就说明他胜利了。他登上讲台，面对下面稀稀落落的听众，慷慨激昂地进行演说。当他刚刚讲到维拉巴的农民如今依然倍受剥削，惨遭压迫和迫害时，早就站在会场一角的几位黑手党人便呐喊起来。一声呼啸，几支手枪同时向主席台开火，会场四周的高层建筑物上也响起了枪声，甚至有手榴弹在人群中接连不断地爆炸。会场顿时一片混乱，听众们都惨叫着一哄而散，当场有多人受伤，李·考西本人的一条腿也被炸伤了。他被丢在空旷的广场上，孤零零地一个人躺在那里。

这时，枪声停止了，维齐尼才慢悠悠地踱到李·考西的身边，对正在呻吟的李·考西淡淡地说："李·考西先生，我能帮你做点什么呢？我就是维齐尼。"

李·考西痛苦地睁开眼睛，看了这个瘦弱的老头一眼，脊梁骨上不由得透过一丝寒意。他把头扭了过去……

在这次事件中，左派人士共有十八人受伤。事后，维齐尼和他的同伙被指控为"蓄意制造惨案"，但如同黑手党的其他案件一样，这件案子也一拖再拖，最后便不了了之。

这次事件之后，维齐尼又碰到一件麻烦。当时，曾有人主张将维齐尼的土地分配给无地的复员军人耕种，因为他霸占了太多的土地。这种主张，无疑又是对他的权威的挑战和蔑视，让维齐尼恨得咬牙切齿。于是，他立即召集手下的几位头目，叫他们去调查清楚，是哪些杂种在那里嚷嚷，他要给那些人颜色瞧瞧。

两天后，那些小头目纷纷来向他汇报，他们说叫得最凶的是一个叫普里齐的家伙，此外还有一些人。维齐尼一一记住了这些人的名字。不出几天，那几个叫嚷得最凶的活跃分子可遭了殃：家里的牲畜被突然杀死，牛头和马头血淋淋地摆在他们的家门口；刚刚收割回来堆在院子里的庄稼，一夜之间，被一把无名的火化为灰烬……最惨的要数那位叫普里齐的带头人，几天后，有人在一个山洞里发现了他的尸体，而他的那条舌头却不见了……

这是黑手党人一种典型的报复手段，不需要去调查也知道是维齐尼指使人干的，但却没有任何人报告当地法院。从此以后，再也没有人敢叫维齐尼把土地分出来。

维齐尼以镇长的身份，名正言顺地把当地的农业改革局、自耕农互助基金会等组织的大权统揽在手中。除了从中贪污公款和捞取其他人无法想象的好处之外，他还可以对整个西西里农村，甚至对政府的经济政策产生影响。在他当政的那些年头，这些机构的真正作用，就是为他一个人服务，让其中饱私囊和愚弄老百姓。即使如此，却从没有一个人敢说半个不字或取而代之。

这些年头，维齐尼一直居住在他的庄园里，他给人们的印象总是和蔼可亲、彬彬有礼的样子，完全没有青年时代的那种凶恶和残忍，只有他的目光依然不时流露出他那阴险冷酷的本色。

他身材瘦小，由于风湿病的缘故，他的腰显得有点弯。他穿的是西西里富裕农民穿的那种平绒衣服，头上永远是一顶布帽。每天早晨，他都要到维拉巴广场去活动。他先到教堂去做晨祷，然后在广场上散步。维拉巴广场一边是教堂，一边是居民的住宅，维齐尼那气派的邸宅就在广场旁边。当他从教堂出来之后来到广场时，总有许多人等在那里准备求见他。他们当中有地地道道的农民，有头戴黑面纱的老妇人，有年轻的黑手党党徒，还有那些殷实而富有的中产阶级。他们轮流陪他散步，向他申诉自己的问题。维齐尼在很认真地倾听着，思索着，然后叫过一位随从亲信，交代几句后，那位随从就走开了。这时，维齐尼就招手叫过另一位申请者。对于刚才离去的那位，他有时还拍拍他的肩膀，好像是让他放心似的。他不断地接见一个又一个的求见者，许多人在离开他时都要吻他的手以示感谢。远远近近的人们都知道，只要维齐尼答应了的事，只要他肯点头，那么他们的事就算办成了。好像在这个世界上，没有他办不成的事一样。

维齐尼的那种"保护者"的形象，那种德高望重而又平易近人的姿态，使人们永远都对他流露出感激的微笑。他就像古代的君王在露天开庭审案一样，执掌着正义和公道。但是，在许多人看不见的地方，他的仇敌却一个个地倒下，在满身弹洞刀痕的尸体上，常常留下"这就是对抗唐·维齐尼的下场"的纸条。那些仇敌的遗孀和孤儿，哪怕他们满脸泪痕或呼天抢地，也唤不起维齐尼的半点同情和怜悯，甚至还会再叫人斩尽杀绝。

唐·维齐尼在他的黑手党王国中，俨然是一国之王，但他并不满足。他知道战争迟早会结束，美军总有一天会撤走，西西里总有一天要纳入意大利的版图。到那时候，新的政府成立后，也会同墨索里尼和莫里一样，掉转枪口来对付自己了。与其到那时受制于人，不如趁现在及早分立出来，在美国人的保护下，建立一个西西里人的合法政权，那么，他的天下就可以长治久安了。

维齐尼的这种想法，与当时西西里的政治气候是合拍的。美军在西西里登陆之后，西西里的分立主义势力便开始抬头。在许多的墙壁上，他们常常写上这样的标语——"西西里是西西里人民的，不是意大利的！"

这种主张把西西里从意大利版图上分离出去的分立主义，得到了为数不少的支持。尤其是盟国占领军当局对分立主义者积极支持，鼓励他们同意大利北部的抵抗运动对着干的做法，更助长了这种运动的发展。在西方盟军的支持下，分立主义者确定了自己的"国歌"。他们从意大利著名作家凡尔第的歌剧《西西里的黄昏》中选出了一个曲子，作为未来西西里的国歌。同时，分立主义者还创办了报纸《独立的西西里》，建立并装备了为西西里的独立而战斗的志愿军。

分立主义运动的主要领导人是孔切托·加洛，以及吉卡尔奇公爵和亚美塔男爵，阿普里莱也是分立主义首领之一，其志愿军司令官是西西里最大的土匪头子朱利亚尼。

阿普里莱是当年法西斯上台前的政界名流，加洛是前卡塔尼亚市市长的儿子，这些当年的名流和贵族本来同维齐尼并不是同路人，无论是家世、教养和政治背景都无法把他们拉到一起。但是共同的分立主义主张，却让他们走进了同一条战壕。分立主义者竭力要建立一个受美国保护的独立国家，在他们的建国纲领中，没有任何一条对西西里黑手党的利益构成威胁，有的只是支持和保护。因此，连美军驻西西里司令官阿方索·拉蓬托上校也再三建议，分立主义者和黑手党之间必须建立亲密的合作关系。这位上校的这种建议，当然是针对维齐尼而提出来的，他同维齐尼的亲密交情当然会让他尽力为自己的盟友捞到好处。

对于拉蓬托上校的建议，分立主义和黑手党双方都表示赞成。维齐尼为了表示合作的诚意，在将来独立政府中分一杯羹，他特地将分立主义的首领阿普里莱请到自己的家中做客。

1944 年 11 月的一天，阿普里莱专程从巴勒莫来到维拉巴镇，在维齐尼的庄园里用过丰盛的午宴之后，便在维齐尼的安排下，在维拉巴广场的讲台上发表演讲。

这次集会真是盛况空前，广场上人山人海，维拉巴镇该来的和能来的居民都来了，这同李·考西的七十名听众相比，真是天壤之别。当年的政界名流阿普里莱穿着考究的西服，戴着金丝边眼镜，容光焕发地走上了讲台。面对这一片黑压压的维拉巴乡巴佬，他没有拿出他的讲稿，就口若悬河地侃侃而谈。像所有的政客那样，阿普里莱一开始演讲，首先就提到了他同美国总统罗斯福和英国首相丘吉尔的关系。他像往常一样展读了他同这两位世纪伟人的私人信件，表明他们之间的关系非同一般。然后，他直言不讳地说这两位国家元首都赞成西西里岛有权利独立。这表明他的分立主义主张得到了国际社会，尤其是英美政府的支持，是完全可以成功的。

在谈到西西里独立以后的内政时，阿普里莱当场许诺，只要西西里独立，只要他当政，他就保证岛上的每一位居民都可以安居乐业，发财致富，过上任何时代都没有过的好日子。阿普里莱这一番蛊惑人心的花言巧语，立即博得了台下阵阵掌声。

接下来，阿普里莱故意停顿一下，两眼扫视着全场，一字一句地说："假如世界上没有黑手党，我们也要亲手缔造一个出来！尽管我本人反对暴力，反对犯罪，但我声明，我愿做黑手党人的朋友！……黑手党中的反法西斯战士为你们播种的田地，丰收在望。同这些'抵抗运动'的英雄们在一起，你们就能够得到堪称我们的解放者的人们的嘉奖！"

阿普里莱的这番演讲，这番声明，这种对黑手党人的"嘉奖"，当然受到了维齐尼和他的朋友们的热烈欢迎。这时，维齐尼立即授意人们在维拉巴广场那高高的旗杆上，升起一面早就准备好了的缀有四十九颗星的美国国旗，表明他们最大的愿望，就是让西西里岛成为美国的第四十九个州。

维齐尼的这种做法，可以说是他生平第一次在公开场合，旗帜鲜明地亮出自己的政治观点。他在分立主义问题上再也不藏藏掖掖了。他认识到只有独立的西西里，才能成为他黑手党的王道乐土。

维齐尼在与分立主义领袖们在政治上一唱一和的同时，还在军事上积极支持和配合"为独立的西西里而战斗的志愿军"，极力保护和援助那位土匪出身的独立军司令朱利亚尼，使他能够在西西里岛上纵横驰骋，从一个普通的农民而成为西西里的"罗宾汉"和"芒杰列普雷之王"。

朱利亚尼全名为萨尔瓦托雷·朱利亚尼，1923年出生于西西里的芒杰列普雷村的农民家庭。他从1943年20岁时开始他的强盗生涯，继而迅速崛起，成为二战以后西西里岛上最大的土匪头子和独立军司令。以他为原型写成的历史小说《西西里人》，较真实地介绍了他不可一世的经历和充满传奇色彩的人生。

朱利亚尼一开始并不是一个真正的黑手党分子，甚至同黑手党

"二领主"们还有过正面冲突，但他的强盗生涯却是与黑手党分不开的。某些方面，他也算是一个黑手党党徒，在关键的时候，他不得不投靠黑手党，充当黑手党的一只"鹰犬"。在他短暂的二十七年生涯中，他的所有行为几乎是同黑手党头目维齐尼紧密相连。

1943年的秋天，20岁的朱利亚尼同他的表弟艾斯巴努·皮肖塔赶着毛驴，驮着乳酪和粮食准备去黑市上出售，在途中碰上了宪兵。宪兵对他们进行盘问和搜查，并执意要没收他们的货物。朱利亚尼没有办法，趁宪兵不备时，掏出身上暗藏的手枪将宪兵打死，同皮肖塔逃走了。

事发后，朱利亚尼干脆一不做二不休，同皮肖塔一起，纠集了几个逃犯组成一个团伙，上山落草为寇。刚开始，他们这一伙人在朱利亚尼的带领下，也同当时西西里大多数绿林好汉一样"劫富济贫"，专拿巴勒莫地区的大户们开刀，把抢来的东西分给当地贫苦的农民，从而成为西西里的"罗宾汉"。由此，他们得到了广大农民的支持，一时声势浩大，远近闻名，被当地人誉为"芒杰列普雷之王"。

朱利亚尼的崛起，自然引起了维齐尼的注意。但是，许多农村的黑手党组织还没有恢复，他还没有完全站稳脚跟。为了扩充自己的势力，他便几次派人拉拢朱利亚尼入伙。但是，此时的朱利亚尼并不买维齐尼的账，根本不把黑手党放在眼里。加上当时西西里的广大农民，还深受黑手党之害，这更激起了朱利亚尼的反感和仇恨。他经常杀死那些保护庄园的黑手党党徒，有时还学着黑手党的样子，把死者的头割下来，或者是在死者脸上涂满牛屎马粪，甚至将尸体肢解，然后在死者身上放一张纸条，上面赫然大书——"朱利亚尼如此惩办黑手党！"

面对朱利亚尼的"暴行"，维齐尼一时还腾不出手来对付，因为他的最终目的，还是想收编这支土匪队伍。维齐尼知道，这位乳臭未干的朱利亚尼并不是有勇无谋的一介武夫。他读过书，文学造诣很深，颇有谋略和奇才。他在造反前，还经常给报社写文章，发表过不少的诗歌、散文等文学作品，他甚至还为西西里的分立主义者写过国歌歌词和政治声明。这样的人如果能追随自己，经过培养实在是一位文武兼备的"接班人"。维齐尼这时年事已高，自己的儿子又对黑手党不感兴趣，早早地跑到美国另谋发展去了，因此，他很想趁早物色一位可造就的接班人，继承自己的事业和地位，把他的维齐尼家族延续下去。因此，他对朱利亚尼的所作所为并没有予以反击，而是对其观望甚至是放纵，总希望他有朝一日能成为自己的人。这样，朱利亚尼就找到了一个生存和发展的真空。新政府还没有成立，黑手党又不为难自己，北方还在打仗，抵抗组织还腾不出手来对付自己，于是，他便成了西西里岛上无人敢惹的著名人物。

他的势力的迅速发展和对分立主义的向往，使他立即向分立主义靠拢，带领他的队伍参加了西西里独立军，成为一名激进的分立主义者和独立军司令。朱利亚尼当时一心在为西西里的独立而战斗，希望西西里政府能独立成功，那么，凭他为西西里独立所立下的赫赫战功，他那打家劫舍的历史就会被人遗忘，在新政府中他将会以一个司令的面目出现。但是，1945年4月以后意大利政局的变化，却让他的一切希望都破灭了。

1943年9月3日，意大利法西斯政权在二战中被打败了，在这一天签署了投降书。9月8日，艾森豪威尔率兵入境，对墨索里尼发出了逮捕令。囚禁在格兰萨索山顶"皇帝营"的墨索里尼虽然被希特勒派遣的党卫军冒险救走了，但在盟军攻入罗马之后，还是于 1945 年 4 月 28 日被共产党领导的游击队逮捕，当天下午 4 时以后枪毙于米兰市郊，4 月 29 日暴尸于米兰洛雷托广场。

墨索里尼的死去，宣布意大利法西斯政府最后的垮台，于是一个新的政府正在酝酿之中，意大利的政局即将发生变化。

在意大利抵抗运动的有力打击下，意大利北部法西斯统治的最后堡垒被攻破，新政府迅速成立，七位共产党员作为部长和国务秘书进入政府，反法西斯民主统一阵线取得了最后的胜利。这时，西西里分立主义独立西西里的希望化为泡影，分立派立即土崩瓦解。黑手党一见分立主义大势已去，便立即转向天主教民主党（简称天民党），黑手党头目维齐尼是转得最快者之一。

新政府的成立，使美国及其在西西里的盟友黑手党对分立主义的希望彻底破灭了。他们担心分立主义会遭到全体人民的反对，从而威胁到意大利资本主义制度的存在，威胁黑手党的生存。于是，美国人便把注意力转移到天民党身上，认为只有天民党才有能力阻挡意大利民主制度的恢复。从此，天民党便成为美国人和黑手党新的"宠儿"，而分立主义则被彻底唾弃了。

由于失去了美国人的支持，"为独立的西西里而战斗的志愿军"于 1945 年 9 月惨遭失败，分立主义领袖人物阿普里莱被逮捕，加洛逃亡巴西，分立主义政党被取缔。这时，残余的分立主义分子便把最后的希望，寄托在独立军司令朱利亚尼身上，他被吹捧为"为西西里独立而斗争的英雄"。但这位独立军司令也知大势已去，便把希望寄托在意大利的大选上，希望分立主义在大选中东山再起。

然而，1946 年 6 月 12 日的意大利大选，再一次打碎了朱利亚尼的美梦。这次大选只有少得可怜的两名分立派人物当选为议员，分立派在国会中被彻底孤立了。

新成立的意大利政府在国会通过决议，赦免了包括阿普里莱和加洛在内的西西里独立军的大部分成员，而独立军司令朱利亚尼却榜上无名。不仅如此，更令朱利亚尼气愤的是，意大利新任内务部长罗米塔还明文悬赏：谁抓住了朱利亚尼，不论死活，都奖励300万里拉。

内务部长的这一决定，将朱利亚尼永远打入了"另册"，于是，他不得不再次重操旧业，落草为寇，重新开始了他的强盗生涯。在芒杰列普雷，朱利亚尼下令撕毁所有搜查和逮捕他的报告，并派出部下，在所有能见得到的通缉令上都打上黑色的"＋"字。从此，他率领残部，对新政府进行了全面的反扑，杀死所有追捕他的宪兵，对任何向政府出卖他的告密者绝不心慈手软。

朱利亚尼的故乡芒杰列普雷镇是一个山区小镇，这镇上有一家小理发店，店主叫弗里塞拉，是一位老理发匠。打从朱利亚尼一出生起，他就为他理发，是一位看着他长大的老人。

这年的复活节，朱利亚尼带着皮肖塔和两个保镖悄悄地溜回家，去看望他那年迈的父母亲。理发匠弗里塞拉从一个来理发的顾客口中得知朱利亚尼回家的消息后，便找个机会报告了当地的宪兵队长。第二天一清早，朱利亚尼陪着他的母亲去教堂做晨祷时，宪兵队长就带人包围了他的家来抓他。在村头放哨的皮肖塔和两位保镖发现后，马上报告了朱利亚尼，于是他们便连忙撤回了山里。

回到山里之后，朱利亚尼立即派人下山潜回村里，调查是谁告的密。两天后调查的人回来报告，弄清楚了告密者就是那位理发匠。

第三天清晨，朱利亚尼亲自带着三位冲锋枪手，敲开了理发匠弗里塞拉的店门。这时，弗里塞拉正为当地的一位财主理发，见朱利亚尼闯了进来，还以为是来绑架那位财主。但是，朱利亚尼却用枪指着弗里塞拉说："我要找的是你，你给我出去！"

弗里塞拉心里虽然明白，但还假装镇静地说："孩子，找我何必这么气势汹汹，还拿着枪，派一个人来唤一声就是了。"

这时，他停止了理发，拿着理发剪站在那里。

朱利亚尼带去的一个匪徒马上走上前去，一把抓住弗里塞拉的黄头发就往外拖。朱利亚尼说："你把剪子放下，你去的地方不需要这家伙。"

弗里塞拉被拖到大街上，朱利亚尼命令他跪在碎石子的街道上。这时，弗里塞拉的妻子和儿子都跟了出来，许多居民也在街边上探头探脑的。弗里塞拉知道死到临头，他跪在地上磕头求饶。朱利亚尼说："你先不要求饶，你还没有说为什么要求饶。现在，你就当着你的妻子、儿子，还有你的顾客和这么多乡亲的面说一说，你为什么要求饶。"

弗里塞拉似乎看到了一线希望，他连忙说："孩子，是我错了，我财迷心窍，对不起你。"于是，他就把几天前告密的事说了一遍，并从衣袋里掏出一卷钱说，"这是宪兵队长给的，共 50 里拉，全在这里。"

朱利亚尼说："给你的妻子和孩子吧，现在给你一分钟时间，向神祈祷，使你的灵魂得到安息。"

弗里塞拉看了看周围，无望地低下了头，轻声地祷告着。然后，他抬起头哀求朱利亚尼说："别让我的妻子和孩子挨饿。"

"我向你保证他们会有面包的。"朱利亚尼说完转过身去对站在那里的三个匪徒说："开枪！"

三支冲锋枪同时开火，弗里塞拉的身子被子弹掀了起来，随后摔在潮湿的石子路上。好长的一段时间，周围都没有一点声音。其中一个匪徒走过去，把一张纸条仔细地别在弗里塞拉马蜂窝一样的尸体上。

半个小时以后，宪兵队长带着几十名宪兵驾驶着摩托车飞驰而来，但他们看到的只是一具尸体。他捡起尸体上的那张纸条一看，只见上面写着——"出卖朱利亚尼者的下场"。

宪兵队长没有找到任何证人和证据。街上所有的居民几乎都说，他们不知道半个小时前，这里发生了什么事……

弗里塞拉的死，仅仅是朱利亚尼重新为匪为盗的一个小小的插曲。没有多久，他的势力又迅速发展。他正在以百倍的疯狂对抗着新的政府，迅速地占据了以芒杰烈普雷为中心的西西里西北部的大块地盘，他要用枪杆子把西西里的新政权赶下台，恢复他往日的威风，成为真正的"芒杰烈普雷之王"。

对于朱利亚尼的暴行，维齐尼早就在预料之中。虽然朱利亚尼的行为，也直接威胁着黑手党的利益，但维齐尼还是决定再一次拉拢和保护这支反政府武装。因为在1946年的大选中，他的天民党的命运，并不比分立主义派好多少，几乎被新政府排斥在外。如果新政府的民主制度一旦站稳了脚，得到了广大人民的支持和拥护，那么，下一次通缉的将是他和他的黑手党大小头目。因此，维齐尼需要朱利亚尼的枪杆子为他的天民党卖命，协同他的黑手党推翻或削弱已得势的各党派势力，在下一次的大选中把他的天民党推上台，从而更好地保护他的黑手党，不至于遭到墨索里尼时代的下场。

朱利亚尼虽然一向不买维齐尼的账，但这一次却乖乖地俯首就范，甘做维齐尼的马前卒，这真让维齐尼又惊又喜。

但是，朱利亚尼为什么会来一个一百八十度的大转弯？老谋深算的维齐尼也不知他葫芦里到底卖的什么药。

第七章

事业有成　寿终正寝归天去

　　新"教父"过河拆桥，西西里"独立军"成了真正的土匪，天民党终于走上了意大利权力的顶峰。

　　黑手党由走私香烟到走私毒品，同时还承包了有利可图的建筑工程。"教父"的儿子成了国王的"教子"，"教父"本人也获得国王授予的"十字骑士"勋章。

　　他虽然是一个目不识丁的农民，死后却留下数不清的财产，他被誉为"一个诚实的人"……

　　1945 年，维齐尼又招兵买马，在西西里恢复了黑手党组织"荣誉社团"。当年维托的"荣誉社团"在法西斯的屠刀下灰飞烟灭，但在二十年后，又在维齐尼的手中发扬光大。维齐尼真正成了西西里的龙头老大。

　　正如意大利著名的历史学家巴尔齐尼在评述 1943 年以后西西里历史时所说："在盟军占领下，唐·维齐尼恢复了在法西斯政权下丧失的全部权力。"在获得权力的同时，他还获得了"名声"——"他具有天才的机敏，充沛的精力，一向为人民谋利益，以其善行义举扬名于海内外"。

这就是与维齐尼同代的西西里人对他的评价。

仅仅有了这些还不够，维齐尼用他的权力和名声还换取了无数的财富和实惠。仅在 1945 年，他就一举"买"下了几十座西西里的贵族庄园，成为全西西里的首富。

到 1945 年，仅仅两三年时间，西西里岛农村的黑手党组织就得以全面恢复和重建，当年法西斯制造的创伤已全面愈合。这时，维齐尼已经成了西西里岛呼风唤雨的人物。整个西西里岛，除了西北部一小块是朱利亚尼的地盘之外，其余的地方全都是维齐尼的"天下"。同时，他的势力还开始渗透到意大利北部大陆的商界和罗马政界。

面对维齐尼仅花了几年工夫所取得的"成就"，年轻自负的朱利亚尼再也不敢轻视这位干瘪的老头了。几年来接二连三的挫折，使这位年轻人开始懂得反思，变得聪明和成熟了。他从自己的失败中猛醒过来：要想获得政治上的自由，要想得到法律的赦免，就必须要有政党的支持，要有像黑手党那样的蜘蛛网般的关系，要像黑手党那样先为自己在政界物色一批代理人，并能使他们在政府中成为自己的代言人。只有如此，一切才能迎刃而解。

因此，面对维齐尼的再度"招安"，朱利亚尼便再也不固执己见，刚愎自用，而是一反常态，奴颜婢膝地在黑手党"朋友"面前忏悔自己的过错，请求他们的谅解，并表示愿意向那些被他打死的黑手党党徒的遗属赔偿。他及时地抓住维齐尼向他伸出的橄榄枝，识时务地投入了黑手党的怀抱。

对于朱利亚尼的这种醒悟，维齐尼心领神会。但是，这位老奸巨猾的"教父"并没有把朱利亚尼当成自己的"人"，而是当成自己的一条"狗"或一支"枪",待到自己的猎物一个个被他咬死或打死之后,他也就没有存在的价值了。因为他毕竟是政府通缉的要犯,是杀人如麻的土匪,不能由于他的掺和而坏了"荣誉社团"的"荣誉"。

一旦定下了对朱利亚尼的"政策"之后,维齐尼不由得笑了。他不能不佩服自己的高明,真所谓"姜还是老的辣"。

当时,西西里岛上约有二十股土匪,大小势力不一,但都是杀人不眨眼的亡命之徒。狡猾的维齐尼招安了朱利亚尼之后,便精心策划,指使这些土匪向朱利亚尼为首的西西里独立军靠拢,共同聚集在他的旗下由他指挥。这样,一开始就给了朱利亚尼一个不大不小的甜头,扩充了他的队伍和实力,同时,也便于自己操纵和指挥。

维齐尼公开对朱利亚尼说,他可以用"独立军"的名义进行讹诈、绑架,黑手党人负责定期向他们提供情报,并处理善后工作。这样,朱利亚尼不仅可以有恃无恐地为非作歹,而且还能从宪兵和警察的天罗地网中安然逃脱。维齐尼这样做的目的,一是可以借朱利亚尼打击自己的对手和仇敌;二是使朱利亚尼变成真正的土匪,在这罪恶的渊薮中越陷越深,以致万劫不复。这样,他除了依靠维齐尼这棵大树之外,永远也不会有被宽恕和赦免的余地。他要让朱利亚尼斩断自己的一切退路,只能在维齐尼给他唯一的选择中一条道走到黑。

对于维齐尼的这种老谋深算,朱利亚尼这位涉世不深的匪首,无论如何也猜不透个中玄机,他能感受到的只是维齐尼的"栽培"和"抬举",他唯一能做到的也就是知恩必报死心塌地。从此,朱利亚尼就将自己的全部,交给这位"教父"与恩师全权处理了。

由于黑手党和土匪联手出击,串通一气,西西里岛又是暗无天日。加上西西里人慑服于黑手党的淫威，恪守《噤声律令》的传统法则，从不敢向警方提供线索，因此，尽管当局采取一系列的防卫和剿捕措施，结果不仅一无所获，反而损失惨重。仅在维齐尼与朱利亚尼联手的八个月时间内，西西里警察局就付出了死四十六人，伤七百三十四人的惨重代价。弄得西西里治安总监一筹莫展，最后他们不得不向黑手党求援。

对于西西里当局的这种"厚爱"，维齐尼既不感到愕然，又不觉得荒唐可笑，这一切早在他的预料之中。这时，维齐尼装出一副重任在肩，不负众望的姿态，炮制了一出有名的闹剧——"三省五匪帮案"。

接到西西里治安总监的求援信以后，维齐尼立即命令黑手党党徒马上出动，将一些零星的小股土匪就地抓获，并将一些平时未向黑手党纳贡或缴纳"安全费"的乞丐、小偷和那些不信邪的小财主一起弄来，一下子凑了三百九十二名无足轻重者，当成"三省五匪帮"送交西西里警察局，并以此大吹大擂，把巴勒莫和罗马的新闻记者都请来了。

但是，当那些衣着褴褛、面黄肌瘦、稀奇古怪的叫花子出现在法庭上时，法官和旁听者们一片哗然，那些新闻记者更是哭笑不得，不知从何处拍照，又从何处下笔。无奈西西里警察局早已将此次剿匪的"战绩"吹得天下皆知，事到如此也只好将错就错，一错到底，一边将"三省五匪帮"收押判刑，一边大贺大庆评功授奖一番。

当逍遥法外的朱利亚尼匪帮听到这个消息之后，他们一边为这些"替死鬼"感到可怜，一边对维齐尼的花招佩服得五体投地。尤其是匪首朱利亚尼庆幸自己"醒悟"的同时，更对维齐尼感恩戴德，从此更是忠贞不贰。

1947 年的国际劳动节，巴勒莫省的圣哥皮雷洛、圣米塞佩和皮纳三镇的农民，在左派政党的组织下，准备举行一次集会，来庆祝自己的节日。从法西斯政府上台以后，"五一"国际劳动节的庆祝活动在这里被禁止和取消了多年。今年，这些劳动者准备好好地庆祝一下。由于 5 月 1 日又恰好是圣·罗萨利亚的命名日，所以他们的庆祝活动还可以借用宗教的名义，堂而皇之地举行，而使当局想制止也不好强行干预了。

5 月 1 日清晨，三镇的农民很早就起了床，他们分别朝三镇中间的那块山间平地行进。每个镇的农民几乎是男女老少都参加了，他们排着队，打着红旗行走在山间的小路上。走在前面的是特地从巴勒莫请来参加这次集会的乐队。一路上他们赶着漆得耀眼鲜亮的马车，拉车的马匹全都披上了五彩缤纷的毯子。马车上载着炊具、酒罐、装细条实心粉的木盆和装色拉的大碗，有的马车上还装有冰糖、奶酪、香肠和制作新鲜面包用的面团和炉子，中午他们将在那里举行一次丰盛的野餐。所有的人都穿着鲜亮而干净的节日服装，孩子们欢快地跟在大人和马车旁边，有的跳舞，有的和大人们一起唱着歌，还有的边走边踢英式足球。骑在马背上的男人正在加紧试马，准备参加下午的赛马活动，这将是所有活动项目中最精彩的一项。

上午 9 时左右，三镇的人马会合了，他们高举着红旗和党旗，欢乐而又热情地互相招呼。然后，三千多群众散坐在平地上的草滩上，妇女们在生火烧开水，孩子们在放风筝，男人们在高谈阔论，只有那些会议的主持者和各镇的党的领导人在讨论着大会的议程和报告。会场靠山坡的地方有一座木板搭成的主席台，主席台周围插满了各种各样的旗帜，活跃而又庄严。整个会场充满着一派节日的喜庆气氛。

10点整，大会开始了。当圣朱塞佩镇的社会党支部书记斯基罗登上主席台，在人们的掌声中正要开始演讲时，突然附近的山头上响起乒乒乓乓的响声。人们朝发出响声的地方望去，不禁全惊呆了——原来是一排人伏在那里朝这边开枪！

人们清醒过来了，惊叫着逃命，密集的子弹像雨点一样地朝人群飞来。有人当场中弹倒地，发出揪心的惨叫。会场顿时乱作一团，手无寸铁的人们四处逃散。

这时，枪声并没有停止，地上到处是倒下去的尸体，受伤的人在拼命地惨叫，有许多竟是妇女和儿童。这场虐杀持续了五分钟才结束，眼前是尸首遍地，鲜血在草地上流淌。这时，人们在疯狂地痛哭、呻吟和诅咒，有的则被这眼前的一切吓呆了——但那些开枪的匪徒们，这时却站在山头上，挥舞着手中的枪支朝这里狂笑不止，甚至手舞足蹈。

他们就是朱利亚尼的匪帮。

这次惨案共有十一人死亡，五十六人负重伤。其中有不少是妇女和儿童，这让意大利全国震惊。

继这次惨案之后，在短短的一个月内，相继又有五个镇的农民协会办公处遭到朱利亚尼匪帮的捣毁和焚烧，有两个协会的负责人被活活烧死。有资料证明：从1947年5月到1948年4月18日意大利大选前，巴勒莫省、特拉巴尼省的左派党员、党部、工会及农民协会遭到朱利亚尼匪帮袭击达三十五次之多，在袭击中丧生者达四十余人，伤残人员超过了二百人，大多数是党的干部、负责人和民主运动积极分子。西西里共产党负责人李·考西多次遇险。

朱利亚尼匪帮为什么要接二连三地向左派政党施暴，而且是在大选之前？

这个问题并不难回答——1948年的大选，对妄图执政的天民党来说，又是一次机会。但是，由于战后意大利民主运动的高涨，工人农民的群众组织日益壮大，共产党和社民党左派政党的力量在逐渐强大。如果按照政党的竞选程序，天民党又难好梦成真。因此，为了天民党的利益，意大利当局和黑手党便指使维齐尼，利用朱利亚尼这股土匪势力，制造一起又一起的惨案，从而达到遏制和威胁广大人民群众的目的，以保证大选中天民党获胜。

面对时刻想摘掉"土匪"帽子，得到政府赦免的朱利亚尼来说，这也同样是一次主动的机会。朱利亚尼企图通过对左派政党的一连串的袭击，为天民党在大选中获胜扫除障碍，以换取黑手党对他的信任，早日兑现赦免他的诺言。所以在大选前夕，他显得格外卖力。

朱利亚尼这一连串的暴行，的确收到了预期的效果。在1948年4月18日的大选中，天民党果然大获全胜。尤其是在朱利亚尼的地盘，天民党取得了空前绝后的胜利。

依靠朱利亚尼的暴力，天民党终于如愿以偿，走上了意大利政坛。这时，朱利亚尼便以功臣自居，开始向天民党"讨债"了。他首先向各竞选主任（即负责与他联络的人）发出警告，要他们转告那些当选的政客老爷们：答应的条件应该兑现！

但是，这时无论是黑手党还是其保护者天民党，都认为朱利亚尼这个枪手不仅丧失了利用价值，而且是这种肮脏的政治交易的危险的见证人，现在是到了卸磨杀驴和杀人灭口的时候了。于是，他们不但不兑现诺言，反而欲把朱利亚尼除掉而后快。

当朱利亚尼意识到自己被愚弄、被抛弃时，他几乎气得发疯了，决定对昔日的合作者和朋友开战。朱利亚尼多次企图绑架他的

"教父"维齐尼和另一个许诺者马塔雷拉。他手下的一位支队长泰拉诺瓦事后向法庭供认说："1948 年 4 月 18 日大选结束后，有一次，我向朱利亚尼提出要履行诺言。因为他曾答应过，只要这次为天民党争取了更多的选票，凡是跟着他干的人都能获得自由。当时，他回答：那些政界娼妇们变卦了，不愿意兑现诺言，让我们流亡巴西。朱利亚尼并不愿离开西西里，他对我说：好吧，既然他们不吃软的，那咱们就来点硬的。你先带人把马塔雷拉给我抓来，全家老少都抓来！我说事关重大，最好由他亲自去办。因为我与这些人素无交往，他们不一定让我有空子可钻。"

朱利亚尼的表弟、独立军的二号人物皮肖塔后来也证实了这一点，但维齐尼和马塔雷拉两个黑手党头目凭借自己的狡猾，始终没有让朱利亚尼得逞。

未抓到维齐尼和马塔雷拉，朱利亚尼就向那些宪兵和警察开火，他向他的部下下令："向那个靠我的选票上台的政府进行报复！"于是，在短短的几个月内，他不仅亲手打死了几个镇的黑手党头目，劫持了红衣主教，把亲王的土地分给了农民，还在许多地方同警察和宪兵进行了多次交火，打得他们尸横遍野。

朱利亚尼的部下都是能征善战之人，又是杀人不眨眼的亡命之徒。他们声东击西，突然袭击，往往以少胜多，打得黑手党党徒和警察、宪兵望风而逃。这时，意大利内务部长谢尔巴与西西里大区主席紧急磋商后，决定将"西西里警察总署"改为"剿匪武装司令部"，任命在二战中曾为"沙漠之狐"隆梅尔元帅做副手的卢卡上校为剿匪司令，全权指挥警察和宪兵，对朱利亚尼进行围剿。

与此同时，维齐尼又再次出卖朱利亚尼，把所掌握的匪徒名单和朱利亚尼的联络人送交卢卡上校，使大批土匪纷纷落网。更毒辣的是，维齐尼竟拉拢了朱利亚尼的表弟，他的副手皮肖塔，使他背叛了朱利亚尼。在警察、宪兵和黑手党的三方夹击下，到1950年春，朱利亚尼的匪帮大部分落网。这时，在维齐尼的威迫和引诱下，皮肖塔掉转了枪口，在1950年7月14日晚，将27岁的朱利亚尼在睡梦中送进了地狱。

朱利亚尼被杀后，他的部下全部被歼灭，连卖友求荣的副手皮肖塔也被警察在巴勒莫逮捕归案。皮肖塔被捕后，在法庭上供出了许多鲜为人知的内幕，尤其是天民党、黑手党同朱利亚尼匪帮在1948年大选前的那笔肮脏的政治交易，终于大白于天下。

1950年6月，朱利亚尼匪帮中的一个叫乔马尼·杰诺韦塞的匪徒，第一次在维泰尔博法庭披露了1948年"五一"节惨案的内幕。杰诺韦塞说："1947年4月27日早晨，朱利亚尼颇为神秘地对我说，获得自由的时刻终于到来啦！我问是怎么回事，他说，必须对共产党人采取行动，把参加五一集会的人干掉。"

此后，皮肖塔也向法庭作证说："我并不隐瞒我曾经参加过朱利亚尼匪帮，因为这个匪帮的前身是分立派军队的一部分……后来，分立派完蛋了，天民党和无政府主义者（即黑手党）收买了朱利亚尼。他们合作的条件是：只要朱利亚尼帮助他们在竞选中获胜，他们就利用手中的权力，一笔勾销朱利亚尼的一切罪行，不予追究。即使不能获胜，只要尽力帮了忙，也将使朱利亚尼等顺利逃往巴西，在阿利亚塔亲王买下的庄园里生活，不受法律追究。我本人并不赞成朱利亚尼与这两个政党的这种合作，我提醒过他：留点神，说不定这个党也像当初分立派那样把你卖了！朱利亚尼说此事与我无关。总而言之，那几个许愿的人是：阿利亚塔亲王、马格雷拉……是他们下令在五一节进行屠杀，以打击共产党活动的。"

由于皮肖塔对内幕掌握得太多，最后被暗杀在戒备森严的巴勒莫监狱。他死后据法医解剖尸体分析：他被灌下去的毒药有 20 克之多，足足可以毒死四十条狗。

皮肖塔死后，内政部长下令将巴勒莫监狱的监狱长和几名看守人员撤职调离。新的监狱长上任后查明，巴勒莫监狱事实上已完全被黑手党人控制了，其控制的程度已到了令人难以置信的地步：不仅从牢房里搜出大批凶器和毒药，而且连许多看守、狱医和犯人已沆瀣一气了，有的甚至就是黑手党人。看守和犯人集体偷窃，犯人集体暴动而看守则袖手旁观，有的看守还公开将妓女放进牢房与犯人鬼混……

当时，受黑手党控制的不仅仅是巴勒莫监狱，整个西西里各处的监狱都在黑手党的控制之中。一些黑手党头目甚至可以进入监狱坐镇指挥，干扰监狱里的正常秩序。

皮肖塔虽然被黑手党暗杀了，带走了许多的秘密，但他已供出的"内幕"还是让不少的政界官员的丑恶嘴脸暴露无遗，让许多西西里的政界巨头、高级官员和宪兵头目，一个个垂头丧气地出庭作证。尽管他们是站在证人席上，但他们的所作所为并不比朱利亚尼的匪徒干净。

但是，这里却有一个人——一个天民党政府与朱利亚尼匪帮的"掮客"不用去法庭出丑——此人就是唐·维齐尼。

真正出卖朱利亚尼的人就是维齐尼。因为只要朱利亚尼的匪帮存在一天，他的黑手党就一日不得安宁，他不得不对朱利亚尼下手。

而现在，维齐尼又可以高枕无忧了。

随着天民党的执政，维齐尼又成了西西里呼风唤雨的人。他的黑手党除了进一步向政界和商界渗透之外，又在拓展或者说恢复一条新的生财之道，即贩毒。

贩毒，是世界上所有的黑手党家族无不染指的一门行当。它是黑手党一种古老而又年轻的"事业"——因为这是所有的买卖中最赚钱的一条捷径。

大约从 20 世纪 20 年代开始，西西里黑手党就开始了大规模走私香烟。如果说吸烟是成年人的标志，那么贩烟则是意大利城市黑手党成熟的象征。到 30 年代初，烟草走私进入了鼎盛时期，黑手党将那些独立经营的个人走私团伙拉入他们的走私行列，使走私活动日益猖獗。以前每次走私五百箱香烟就算是大生意，而现在动辄就是以"万"计算，即使是一次走私五万箱香烟也不足为奇。烟草走私，让黑手党中迅速出现了许多财力雄厚的大财团，足以使他们与国家的财力抗衡。

后来随着时代的变迁，黑手党对烟草走私不感兴趣了。到 20 世纪 30 年代末，他们开始把注意力转向能获取暴利的贩毒生意，当时主要的毒品是大麻、海洛因等。贩毒可是一本万利的生意，据资料显示，有一段时期，1 公斤海洛因的价格，在阿富汗是 2000 美元，在土耳其是 3500 美元，在希腊、黎巴嫩是 8000 美元，运到巴勒莫或米兰就可以卖到 1.2 万美元。经过提炼加工后，在欧洲或美国市场，每公斤海洛因的批发价竟高达 12 万至 15 万美元……如此暴利的生意，黑手党自然不会放过。到 50 年代末期，维齐尼随着其财力的雄厚和权力的扩展，把贩毒当作一项主要的生财来源。

维齐尼的黑手党除了贩毒之外，还加工提炼毒品。他们把贩毒的过程发展为买——炼——贩，在岛上各处开设了几十个提炼加工毒品的窝点。他们高薪从国外雇来最好的化学专家，为他们提炼毒品效力。他们的一个加工点，每周就能加工制成价值 5000 万美元的毒品。而每年从东南亚等地运到欧洲的毒品原材料，可多达600吨。据后来意大利和美国警方侦破的结果表明：欧洲毒品的输出，有60%来自西西里岛和美国的维齐尼黑手党家族，占世界走私毒品的三分之一以上。仅在美国，西西里黑手党就控制其全国海洛因贸易的60%。在破获的一起著名的"馅饼贩毒网"案中，就有三十八名西西里黑手党党徒，被指控将16.5亿美元的海洛因非法输入美国，并查出了五十三个黑手党党徒卷入了对美国的毒品贸易。

由于西西里黑手党与美国黑手党非同一般的关系，因此，在美国黑手党里应外合的配合下，美国成了其主要的毒品输入国。毒品的加工也由西西里波及米兰、那不勒斯等北意大利的大陆城镇。以维齐尼家族为首的意大利毒贩，几乎垄断了地中海沿岸及欧洲和非洲所有的毒品市场，从而将以色列、古巴、伊朗、爱尔兰等地的毒贩挤兑得几乎无容身之地，其势力仅次于东南亚"金三角"和"毒品王国"哥伦比亚。

贩毒，让维齐尼家族在短短的数年内，聚敛了无法估量的财富。这些财富除了挥霍和享乐之外，维齐尼又将其向两个方面渗透：一是用以贿赂下至西西里巴勒莫，上至罗马的各级有关政府官员、警察宪兵头目、关卡税收部门的首脑和国家的金融、交通、建筑部门的实权人物，使其在任何行当、任何时候都能一路绿灯；二是转移到其他实业之中，既不要通过关系去"洗钱"，又可以牟取更多的暴利，真可谓是一箭双雕。

当年，维齐尼把持的实业主要有种植、矿产和建筑业。据官方估计，他当时几乎控制了西西里岛上80%的建筑业，其中包括房屋和路桥建筑。这是一项了不起的收入来源，也是转移几十亿里拉毒品交易款有效的途径。建筑业本身就是一种赚钱的行当，尤其是那些大型的建筑项目，更是一本万利。当然，要包揽承建这样的大型项目，不仅要有雄厚的经济基础，而且要同政府有关部门有非同一般的关系，因为签订大型而又赚钱的建筑合同，必须经高级公务人员或主管部门批准。

然而，这二者对维齐尼来说并非难事。常言道："有钱能使鬼推磨"，他可以利用雄厚的资金去同其他的建筑公司竞争，还可以去贿赂那些高级公务人员、技术设计人员或政府主管部门的实权人物。即使在贿赂无效的情况下，他还可以暗中对竞争者、主管人员或设计人员施加压力，威胁和恫吓是他们的看家本领。当时，巴勒莫市要新建一座会议中心，整个工程预算将超过25亿里拉（时值近2000万美元）。这在当时，可以算得上是一项浩大的工程，其利润也是可观的。面对这桩赚钱的买卖，西西里岛上几家有名的建筑公司都出动了。他们明争暗斗，行贿舞弊，想尽一切办法拉拢和贿赂有关部门的官员和技术设计人员，都想承包这项工程。最后的结果，是由卡梅罗·柯斯坦扎的公司承包了这项业务。

奇怪的是，柯斯坦扎公司在西西里岛另一端的卡塔尼亚，而巴勒莫市的许多大公司就在这座兴建的会议中心周围。对于巴勒莫市有关部门这种舍近求远的做法，许多人都不明白其中的缘由。其实事情很简单，柯斯坦扎公司承包不过是个幌子，真正的承包人却是维齐尼家族。在这项工程进行投标之前，维齐尼就通过内线找到了工程的主管官员，明确地对这位官员说，这项工程只能给柯斯坦扎公司，不能给巴勒莫市的其他任何一家建筑公司。事情成功了，这位官员可以得到20%的利润分红；如果没有成功，那么这座会议中心永远也建不起来，建一层，他们就炸毁一层，同时，这位官员的家庭将受到威胁。

面对这种"忠告"，这位主管官员当然不会那么不识时务。为了让柯斯坦扎公司能顺利中标，这位主管官员将这项工程最后的"标底"泄露给了维齐尼的说客，在投标时，柯斯坦扎就可以恰到好处地投标。当时投标的过程看来是十分严肃的，既有市政府官员，工程主管部门、建筑系统的技术监察人员，还有巴勒莫市的法律公证人员。尽管各公司的代表在这貌似公正的场合绞尽脑汁地推敲"标底"，而幕后已经把一切都敲定了。当最后互亮标底时，只有柯斯坦扎公司的标底完全符合工程的各种指数要求，这时，其他的各家公司明知其中有诈，但苦于没有证据，也只好哑巴吃黄连，乖乖地认输。

在后来的运作过程中，维齐尼家族玩的是"空手套白狼"的招数——既不要出一分钱，也不要出一分力，就可以同柯斯坦扎公司平分秋色，坐收 50% 的渔利。柯斯坦扎公司为什么要这样做呢？其目的当然是为了向巴勒莫市渗透。他们知道，要打入巴勒莫市的建筑行业，不投靠维齐尼门下是不行的。因此，他们只有花上一笔几亿里拉的"见面礼"，买一张进入巴勒莫市的通行证。几年后，这家公司果然在巴勒莫市站住了脚，生意做得十分火爆，但任何一笔生意，都要同维齐尼家族坐地分赃。柯斯坦扎公司的"经验"后来被许多外地的公司所效仿。这些公司都心甘情愿地投靠在维齐尼的门下。结果，在后来的日子里，巴勒莫市以及西西里岛的任何一项大型建筑工程，无不打上维齐尼家族的烙印。在维齐尼的核心集团中，从此专门有一批包揽建筑工程的谈判专家。西西里岛的建筑业，基本上在维齐尼的垄断之中。这一项利润，几乎可以同他的贩毒利润相媲美，其收入是外人无法估量的。

维齐尼有了钱之后，烦恼的事情也跟着来了。随着他身价的提高和地位的显赫，他后来又娶了罗马城里一位贵族的大家闺秀做妻子。这位妻子进门没几年，就开始对维齐尼表现了极大的不满。尽管维齐尼让她住的同样是贵族的庄园，其豪华程度远远超过了她的娘家，而穿的用的更是与昔日少女时代无异，但这位娇妻的不满与不敬仍在与日俱增。原因是她看不惯维齐尼那种不修边幅的农民作风，那种不苟言笑、遇事总喜欢横蛮地命令别人的粗鲁。尤其是在个人情趣和爱好方面，那种差距更有天壤之别。不懂诗、音乐、绘画的维齐尼在这位妻子的眼里，几乎是俗不可耐，更不要说夫妻之间的那种粗俗，几乎每一次都让她浑身起一层鸡皮疙瘩。这不由得使这位大家闺秀常常想起昔日罗马城中，那些风流倜傥的追求者和罗马大剧院那富丽堂皇的包厢以及那种有情调的私人舞会。如今，这一切都一去不复返了，面对这么一位只知道杀人和搞钱的男人，她几乎有一种被土匪劫持了的感觉。

当然，这位妻子倒是一个明白人。她知道这里不是罗马，而是西西里，更不是美国和英国。当年，父亲把自己嫁给这位男人，一是因为他有钱有地位，二是慑服他的权威，最主要的一点，还是要保住自己家族那种贵族的名分。当年，维齐尼一向她求婚，其他的追求者都明智地不战而退了。仅从这一点，她就看出了这位男人的分量，因此，尽管对维齐尼不满，但也不敢明目张胆地表示，这让她想到了歌剧中许多红颜薄命的故事。

对于妻子的这种不满，维齐尼心中当然有数。从 15 岁开始就有了性体验的维齐尼，熟悉女人就像熟悉西西里农村的牲口一样，什么样的牲口会咬人，什么样的牲口会蹶蹄子他一眼就能看出来。但是，妻子毕竟不是牲口。对于那些咬人或蹶蹄子的牲口，西西里农民通常用的办法就是用鞭子把它狠抽一通，而对待妻子，维齐尼认为这不是最好的办法。自己现在是有身份的体面人，不能让人看笑话，同时，这位贵族小姐，毕竟是自己喜欢的，应该理解她心中的委屈和她的冷漠。维齐尼心想，自己必须想一个办法，让她对自己另眼相待，从此忠贞不渝，这才是万全良策。

那么，到底有什么办法呢？一段时间以来，维齐尼一直为此事冥思苦想。在一直没有结果的情况下，维齐尼感到很苦恼，便向他的一位心腹一吐心曲。维齐尼的这位心腹叫布朗·马尔钦科斯，是美国芝加哥人，现在是维齐尼家族"智囊团"的智囊人物。

一天，维齐尼找到了马尔钦科斯，很诚恳地向他倾诉了心中的苦恼。马尔钦科斯想想，笑着对维齐尼说："这件事对别人来说是一种苦恼，但对你来说并不这样。"

维齐尼说："你不要奉承我，这件事情对任何人来说都一样，即使是意大利国王也不能幸免。"

"不，因为你不是国王。"马尔钦科斯说，"你的夫人已经有了一个儿子，可在儿子身上做文章。"

"你这话是什么意思？"维齐尼问。

"只要让你的儿子成为国王的教子，你妻子就会对你另眼相待了，她不敢不重新掂量你的分量。"

维齐尼一听，眼睛一亮，他不得不佩服这家伙的心计。他知道，对于一位贵族来说，看重的并不是钱财，物质的享受对他们来说，已经无足轻重了。自己的妻子也是如此，更高档次的物质享受也不能打动她的芳心，她反而更嫌你的钱不干净。他们看重的就是身份和名望，如果能让她的儿子成为国王的教子，那无疑又在她贵族的外衣上镀上了一层耀眼的光晕。据维齐尼所知，到目前为止，为了巩固王族与政府当局的关系，国王至少已经收了一百个教子，这些教子都是那些公爵、陆军元帅以及执政的某些铁腕人物的儿子。凡是国王的教子，都可以得到一份证书、一副肩章、一只小银杯，以此来证明他们荣耀的身份，等他们长大以后，就自然而然地成了皇家骑士，名正言顺地成为全意大利的宠儿。但是，自己的儿子，一个黑手党头目的后代，会得到国王的如此恩宠吗？维齐尼想到这里，对马尔钦科斯说："这主意倒不错，我妻子看重的无疑是这种东西，但这能办得到吗？"

马尔钦科斯说："我看这世界上没有你办不成的事，你不妨这样试试……"

马尔钦科斯就对着维齐尼的耳朵，献上了他的锦囊妙计。维齐尼一听，不由得大叫起来："布朗，我真为有你这样的朋友感到荣幸！你这个计划，恐怕只有先哲亚里士多德才能想出来。"

马尔钦科斯谦虚地笑了笑说："这还要你的权势做基础，如果是其他的人，再好的计划也只能是纸上谈兵。"

维齐尼听了这句话，并不十分高兴，他只是不置可否地点了点头。他知道，一个人如果忠诚到谄媚拍马的程度，那么这个人是不能久留在身边的，总有一天他会靠不住。

不过，这个时候维齐尼还是依计而行。第二天，他拜访了西西里省督，请他向意大利国王发出邀请，请国王驾幸西西里岛，视察一下他忠实的臣民。不过，当时西西里岛的老百姓对国王也的确赤胆忠心。虽然他们都痛恨罗马政府，惧怕黑手党，但对他们的国王却非常拥戴。所以，当他们听到国王接受了邀请，准备访问西西里岛的消息后，一个个都奔走相告，欢呼雀跃。为了给国王接驾，西西里人准备了盛大的欢迎仪式。在这种准备过程当中，维齐尼家族格外卖力。在任何时候，他们都没有同当地政府和老百姓配合得这么默契。在维齐尼的号令下，所有的大小帮派甚至包括零散的小股土匪，都停止了一切与治安有关的恐怖、暗杀和抢劫活动，好像连扒手、小偷都绝迹了。西西里的治安出奇地好，社会秩序空前地安定，人人都成了谦谦君子，巴勒莫街头的警察几乎没事干了。当然，这一切都是因为维齐尼另有所谋的结果。为了让国王能如期访问西西里，他通过手下的大小头目，层层下达了死命令：如果有谁轻举妄动，顶风作案，一切后果自负。

意大利国王如期光临了风平浪静的西西里岛。当他一踏上这个令当局头疼的岛屿后，他惊奇地发现，这里除了热烈的欢迎之外，就是老百姓的安居乐业，整个西西里呈现出一派太平盛世的景象。国王为此无比高兴，他几乎怀疑平时罗马政府关于西西里的种种汇报，完全是危言耸听，甚至是无中生有。他差不多要为他忠诚的子民，长期以来遭到不公平的评价和待遇而愤愤不平了。

到达西西里的第一个礼拜天，国王便到巴勒莫的大教堂去做弥撒。这一活动也是维齐尼特地安排的。弥撒的主持人就是他的堂兄、大教堂的主教诺托。在做弥撒的人群中，维齐尼安排了三百个黑手党党徒——这是实现他那不可告人的目的的关键的一出戏。

弥撒仪式在庄严肃穆的气氛中结束，国王代表西西里的子民，进行了虔诚的祈祷。仪式刚一结束，维齐尼安排的那些黑手党人立即拥进大教堂，把教堂的出口处堵得严严实实的。这时，国王的卫队和巴勒莫市的警察也无济于事，在这庄严的神坛前，他们是不能动武的，在国王周围挤来拥去的人，大部分是维齐尼的黑手党人。这时，国王并没有感到有什么危险和阴谋，面对这人头攒动、万众欢腾的场面，他当然理解为是自己的子民想一睹他万乘之尊的王者风采，所以，他依然是一脸笑容，乐呵呵向周围的人点头致意。国王身穿华丽的骑士服，留着浓密的胡须，光秃秃的头顶上泛着红光。他没有那不可一世的傲慢，有的是与民同乐的慈祥。他多次听人说过，"即使是上帝来到西西里也要面带微笑，发怒会把自己毁掉"。今天，他的的确确是这么做的。

然而，就在这时，一个突发的事件却让他的笑容凝固了——诺托主教突然把一个包在襁褓中的婴儿塞到他的面前，请他为这个婴儿举行受礼仪式，收为教子。面对这项事先未曾安排的议程，国王虽然心中有些不快，但只是稍微迟疑了一下便欣然接受了。他从主教手中接过这个孩子，在他的脑门上轻轻吻了一下，抱在自己的怀中祈祷了一番，然后从主教递过来的圣水盘中，用手掬起几滴圣水，轻轻地洒在这位婴儿的头上……

当国王熟练地做着这一切时，维齐尼挽着他那位大家闺秀的妻子来到了国王的面前。当主教从国王怀里抱过这个已经受礼了的"教子"塞到维齐尼的怀里时，维齐尼的妻子立即跪在国王的面前，激动得热泪盈眶，一叩到地，感谢国王给予了她天大的荣幸和恩典。国王的随从将她搀扶起来，将一份国王亲笔签署的证书交给了她。维齐尼的妻子双手接过这份证书，把它紧紧地按在自己的胸前。整个仪式到此结束，但她那颗贵族的心久久不能平静。从此，她再也没有其他的奢望了，她从心底不得不佩服自己的丈夫——这么一个弱小的瘦老头的魔力。看来在这个世界上，没有什么事他办不到。

维齐尼的"后院"暂时安定了，但又一桩心事让他平静不下来，那就是对马尔钦科斯这个人的智慧，他实在有些不放心。他知道马尔钦科斯不宜久留在身边，他不是那种永远居人篱下的角色，他是那种野心勃勃的"教父"式的人物。如果认识不到这一点，那就会养虎成患。于是，维齐尼通过自己的好友、美国红衣主教斯佩尔曼的关系，将马尔钦科斯推荐为罗马教皇保罗六世的保镖。送走了马尔钦科斯之后，维齐尼总算去了心头之患。

维齐尼的这种做法，不得不令世人佩服，因为他在当时就看出了马尔钦科斯的狼子野心，这实在是有先见之明。

马尔钦科斯当上教皇布朗六世的保镖之后，由于他善于拍马奉承，很快获得了保罗六世的信任，当上了教皇卫队的队长，不出几年，又提升为梵蒂冈银行行长。这时，马尔钦科斯已羽翼渐丰，大权在握，他那"中山狼"的面目开始露峥嵘了，利用自己手中的财权，大肆营私舞弊地去搞钱。他公开声称："向圣母玛丽亚祈祷不会给我们带来一分钱。"他开始把贪婪的黑手，从梵蒂冈伸向罪恶的尘世。

这时，他与意大利黑手党串通一气，大量收购赌场赌票，并向军火工厂投资。1972 年，马尔钦科斯非法地将下属的一家威尼斯银行，转卖给米兰黑手党头子卡尔维，从中牟取暴利。他这一系列的行径，引起了威尼斯天主教界和红衣主教卢恰尼的强烈反对。卢恰尼当时立即赶到罗马，要马尔钦科斯废除与卡尔维的合同，取消这笔非法的肮脏交易。但是，马尔钦科斯却不屑一顾地说："干您自己的事去吧，少来干涉我的行动！"并把卢恰尼从客厅里轰了出去。

卢恰尼一当上教皇（即"保罗一世"），就打算撤掉完全背叛天主教教义的马尔钦科斯。但是，马尔钦科斯还没有被撤职，保罗一世就在 1978 年 9 月 28 日夜间，突然暴死在他的卧室里。一世猝死之后，梵蒂冈权势人物维洛特等人拒绝各方面关于解剖教皇遗体验尸的要求，经过三小时防腐处理后就匆匆地埋葬了。五年以后，英国作家戴维·亚洛普经过长达三年的调查，写出了《以上帝的名义》一书，解开了保罗一世猝然去世的疑窦。在保罗一世去世的当天晚上，教皇宫廷卫队的士兵再次看到了马尔钦科斯出现在教皇卧室附近。亚洛普在《以上帝的名义》一书中说："马尔钦科斯不仅具有杀害教皇的理由（因为他已从维洛特那里知道，他的名字列在被教皇撤职的五人名单之中），而且具有这种现实的可能性。因为他曾长期担任宫廷卫队长，独一无二地了解教皇的保安制度。"

为了弄清保罗一世猝死之谜，罗马检察官阿姆勃罗佐利自告奋勇，着手调查最大嫌疑人马尔钦科斯与黑手党的关系，并动员意大利反间谍专家瓦里斯科中校和警官朱利亚诺参加侦破。结果在1979年7月1日夜，黑手党用四颗子弹结束了这位检察官的性命。一个月之内，瓦里斯科中校、朱利亚诺警官也相继惨死街头。

这次调查虽然夭折，但天主教徒对马尔钦科斯的所作所为却义愤填膺。新教皇保罗二世一上台，就收到意大利米兰市数千名教徒的联名上书，指控马尔钦科斯与黑手党狼狈为奸，谋杀保罗一世的罪行。保罗二世上台两年后，便下令对梵蒂冈银行进行严格审查。1981年3月，梵蒂冈新闻处发布宗教规令，重申禁止一切天主教教徒加入共济（黑手党一分支组织），违者开除教籍。马尔钦科斯为了保住自己在梵蒂冈内部的影响，决定再次铤而走险。他以重金雇用著名的黑手党杀手阿里·阿贾暗杀保罗二世。阿里·阿贾的暗杀虽然没有使教皇保罗二世丧命，却将其刺成重伤。

案发以后，阿里·阿贾在漫长的审讯中，面对法官胡言乱语，语无伦次的供词无法将真正的元凶马尔钦科斯送上法庭，让他又一次逍遥法外，以70岁的垂老之驱，带着一位20岁出头的情妇，去南美游山玩水去了。

对于马尔钦科斯后来的一系列的罪恶，维齐尼已经无法看到了。但是，在当年，马尔钦科斯还是他手下一个小小的"师爷"时，他就能洞若观火，预见出他的野心，并将这一祸胎及时地从自己身边"礼送"出去，这不能不令世人叹服。

从1943年开始，维齐尼统治意大利黑手党长达十一年之久。在这十一年当中，他不但重建了"荣誉社团"，恢复了其前任维托的"人民的事业"，而且借助第二次世界大战的天赐良机，将意大利的黑手党组织发展到一个全新的阶段。在他临终之前，他不仅让他的儿子成为全意大利为数不多的国王的教子之一，自己也被国王授予"十字骑士"勋章。他多次被人称为意大利社会的"恩人""一个充满生命力的雄伟雕像""看到他，就等于看到了力量和善良，无私和正义"。

1954年7月12日，77岁的卡洛杰罗·维齐尼在自己的家乡寿终正寝了。

尽管他只是一个出身农民的文盲，但他的葬礼却比任何一位意大利亲王的葬礼都要隆重。在他出殡的那一天，几匹高头大马拉着漆黑的灵柩车走在铺满鲜花的大道上，成行的牧师和僧侣唱着赞美诗，捧着香炉尾随其后，成千上万的农民穿着丧服走在队列中，主动前来送葬的队伍长达十几英里。其中除了当地的农民和全岛黑手党徒子徒孙之外，来自巴勒莫市和当地的政府要人也在其中，甚至连罗马的中央议会天主教民主党议员，也争先恐后地乘着专车来向这位不同寻常的黑手党领袖志哀。

当地政府和天民党地方党部一律下半旗，并停止办公八天以示哀悼。参加抬灵柩的有穆索梅利市市长、黑手党的二号人物朱塞佩·固科·鲁索和巴勒莫市的黑手党头子保罗·邦塔等一些"体面"人物。巴勒莫市市长亲自致悼词，以华丽的辞藻称赞死者的

"无量功德"。悼词中说"他是穷人的朋友，从来没有拒绝过求助于他的人，他没有自私自利之心"。

按照当地给贵人送葬的传统，当地教堂挂出了巨幅黑纱和缀有"一代英杰、永垂不朽"的挽幛。教堂正门顶上立着悼念的铭文，铭文极尽溢美之词，结尾是：

"他是一个诚实的人，一个讲信用的人，一个有骨气的人，一个可以信赖的人。"

在隆重的葬礼上，人们给他的结论是："在迫害中是伟大的，在不幸中更加伟大，他总是带着微笑，而今天……从所有的朋友那里，也从敌人那里得到了最好的证明：他是一个正直的人。"

维齐尼的去世，不仅震动了整个意大利，甚至从大洋彼岸的美国也传来了"同哀伤的家属团结在一起，同他的亲属和把他视为君主的大家庭团结在一起"的呼声。

唐·维齐尼去世之后，留下了近30亿里拉的个人财产和数不清的土地、房屋、矿产和各项投资，以及一个拥有无数发财机会的庞大帝国。

于是，为了维齐尼遗留下来的财产和权力，一个纷争的时代，在他尸骨未寒之时便匆匆而来——西西里，又面临着一个流血的多事之秋。

第八章

祸起萧墙　新旧两党起纷争

　　第二代"教父"升天之后，意大利黑手党群龙无首，一盘散沙；一批新的黑手党人应运而生，大有后来居上之势。一场内战由此拉开序幕，顿时刀光剑影，殃及无辜……

　　几经拼杀，老一代黑手党人无可奈何花落去，新一代黑手党取而代之。但是，"内讧"并未至此结束。

　　20世纪50年代初期，随着意大利社会经济的恢复和发展，意大利已走出了二战深渊，现代化的工业生产正在同西欧其他国家一样，高速向前发展。于是，像米兰、佛罗伦萨这样的工业重镇和现代化城市正在兴起。这种现代文明的进程，为意大利黑手党的生存和发展，提供了新的环境和空间，因此，一股新的黑手党势力正在应运而生。

　　新黑手党势力的形成，导致意大利黑手党内部不可避免地爆发了一场内讧，这就是意大利黑手党历史上的新旧两党的权力之争。

　　当意大利的黑手党"教父"唐·维齐尼还健在时，这种两党之争还只是一条地下的暗河或潜流，在看不见的地方蠢蠢欲动。但是，待到维齐尼去世之后，这股潜流便形成了一种公开的冲撞，浪花飞溅，白浪滔天。维齐尼的葬礼正式拉开了这场新旧之争的帷幕。

当时，维齐尼的葬礼是按照"荣誉社团"的传统礼仪进行的。按照意大利黑手党的惯例，在葬礼上，谁手执死者棺材左侧的那根绳子，谁就被认为是死者事业和权力的继袭人。这根绳子被称为"灵柩带"，它是一种权力的象征。

为了维齐尼的这根"灵柩带"由谁来执掌，新旧黑手党内部进行了一场非常微妙的交易。交易的结果是由因科·鲁索来执掌。

因科·鲁索是穆索梅利镇的黑手党头子，很早以前就是维齐尼的亲密战友。长期以来，他忠实地执行"荣誉社团"的职责，追随"维齐尼大叔"，实际上，他早就是黑手党的二号人物。在二战期间，他协助维齐尼拿下了穆索梅利这一军事重镇，活捉了卡马拉塔山口要塞的军事指挥官，为盟军收复西西里立下了汗马功劳，为此，进一步得到维齐尼的赏识，并由此声誉日隆，威震西西里。所以，他是继维齐尼之后的领袖人物，是旧派黑手党的代表。

但是，在新派黑手党日益发展的上升时期，为什么还能容得这么一个旧派黑手党头目来执掌江山呢？原因是在新派黑手党刚刚起步时，西西里岛各城市的新派黑手党头子们，都不允许他们当中的任何一个捷足先登，首先登上"荣誉社团"的最高宝座，成为意大利新派黑手党的"教父"。因此，他们在权衡利弊得失之后，便一致推举因科·鲁索执掌维齐尼的"灵柩带"，这样，因科·鲁索就成了意大利继维齐尼之后的黑手党领袖。

但是，他们的这种做法，只不过是一种暂时的权宜之计。一是因为在当时，还找不到任何一位威信和功劳在因科·鲁索之上的人；二是因为在所有的新派黑手党之中，任何一位执掌"灵柩带"，都会在他们中间引起混乱，造成心理上的不平衡。然而，尽管如此，新派黑手党又不愿完全放弃自己的权力，于是，他们在因科·鲁索的身边，又安排了一位代表他们权力的人物，来表明新派黑手党并没有完全放弃自己的权力。这位代表新派黑手党权力的人物，就是来自巴勒莫市的新派黑手党代表保罗·邦塔。

保罗·邦塔是一位完全有别于旧派黑手党的新派人物。在西西里岛这个正在崛起的首府巴勒莫市，保罗·邦塔的黑手党党徒也在从旧派黑手党的胞胎中脱颖而出。他们同意大利各地其他的新派黑手党人一样，脱下了旧日黑手党人的长袍，换上了西装革履和领结领带，手中传统的鲁巴拉猎枪，开始换成了杀伤力极大的冲锋枪、苏式卡宾枪和先进的自动化武器。这些人，大多数再也不是农民或农民的后代，他们是二战以后成长起来的城市市民或产业工人的儿子，有的是中产阶级的后代。他们自称为"年轻的一代"，他们不再戴那传统的鸭舌帽，喜欢时髦的发式并抹上光可照人的发蜡，穿上色彩鲜艳的方格衬衫或意大利皮夹克，打上漂亮的领带。意大利产的尖头火箭式皮鞋更是他们脚下的宠物。他们喜欢驾驶着昂贵的赛车四处兜风，不再是驾着四轮马车和老式的汽车。他们把自己的一切都同旧派黑手党人区别开来，并肆无忌惮地嘲笑他们的陈腐、保守和落后。到 20 世纪 50 年代中期，保罗·邦塔的新派黑手党人，已经在巴勒莫市的经济领域站住了脚，他们的渗透获得了巨大的成功，凡是赚钱的行当都在他们的控制之中，如建筑、机器制造、汽车运输和夜总会，娱乐业、赌场及游泳业都是他们发财的行当，贩毒更是他们牟取暴利的生意。

在 20 世纪 50 年代，意大利黑手党渗透的主要目标不是政界而是经济领域，这是新派黑手党同旧派黑手党的本质区别。因为时代进化到资本主义时代，金钱就成了指挥和主宰一切的魔棒，所以他们一切都以牟利为目的，然后动用手中的金钱去同政府官员和政客进行钱权交易。除了敲诈勒索之外，讹诈和贿赂成了他们生财的主要手段，当然，并不排除暗杀和打黑枪。

新派黑手党的崛起，对传统的旧派黑手党造成了极大的威胁，他们当然不能容忍这些乳臭未干的花花公子，抛弃"荣誉社团"几代人的传统。于是，冲突便不可避免地发生了，流血事件时有发生，而且愈演愈烈。到后来，双方都采取极端野蛮的手段，常常用冲锋枪把对方打得血肉横飞，或者用猎狼枪把对方打得浑身是流血的大窟窿。据不完全统计，从1951年到1959年这几年间，由于新老黑手党相互仇杀而丧命的，仅在巴勒莫市就不下三百人，伤者更是不计其数。这些年，在巴勒莫市的大街小巷，无论是白天还是夜晚，总会突然响起一阵激烈的枪声，许多来不及躲避的无辜者，也往往难于幸免，成了殉葬品。这些无辜者中，大多数竟是老人和孩子，结果弄得城中居民终日惶惶不安，说不定什么时候祸从天降。

意大利新旧黑手党之间的这种内战，最典型的地区莫过于科莱奥内镇。那些年代，这个小镇上所发生的一切，"就是战后西西里黑手党内所发生的各种变化的典型表现"。

科莱奥内是距巴勒莫市不到60公里的一个小镇，原来的居民还不到二百人。从20世纪初开始，这里就是西西里黑手党的老巢，现在又成了巴勒莫地区新旧黑手党的必争之地。

二战以后，维齐尼恢复了黑手党在西西里失去的一切，科莱奥内也成了维齐尼的势力范围。在他的举荐下，黑手党头目维塔洛罗成了科莱奥内的镇长。在维塔洛罗的治理下，科莱奥内成了西西里又一犯罪的场所。

科莱奥内土地肥沃，水草丰茂，是一个天然的大牧场。贝利切河静静地从小镇边流过，给人一种安详宁静的感觉。绿色的河滩和远近的草地上，到处都是成群的骡马，低矮的山坡上和浅浅的山谷中是一片片羊群。然而，正是这成群的牲畜，勾起了黑手党人发财的梦想，他们几乎是一夜之间，把这里变成了一座屠宰场。成群的骡马和牛羊凌晨被屠杀，到处都是黑手党的地下屠宰场。黑手党人从此开始了偷窃、贩运、屠宰牲畜的罪恶勾当，他们把抢劫或者是偷窃来的牲畜，藏在菲古察和其他一些地方的大树林里，分期分批地宰杀。这里离巴勒莫市很近，为他们提供了销赃的场所。到后来，科莱奥内的黑手党不仅操纵了这里的牧场和农村的养殖业，而且还牢牢地控制着官方的畜牧局、屠宰场、各级兽医站和巴勒莫市的肉食管理局。他们把这些官方机构控制在自己的手中，为安全销赃、偷税漏税而获得最大的利润提供了保证。在收买这些组织时，黑手党运用的是他们惯用的手段，那就是恫吓和暗杀。

牲畜贩运是西西里黑手党一种传统的赚钱行当，也是科莱奥内黑手党一桩得天独厚的买卖。科莱奥内的这块肥肉，当然不可能由维塔洛罗一个人独享。面对他那豪华的别墅和数不清的家产，自然有人妒忌和垂涎。于是，为争夺科莱奥内地区的牧场和牲畜，黑手党人在这里多次拼杀。加上当地农民与黑手党之间持续不断的斗争，科莱奥内的犯罪活动连绵不断。从1944年到1948年短短的几年内，这里先后发生了一百五十三起凶杀案，平均每十二天就有一起，是世界凶杀案发生率最高的地方。这里虽然就在巴勒莫的眼皮底下，但巴勒莫省督也只是睁一只眼闭一只眼，对于这种"黑吃黑"的游戏，官方的政策是多多益善。那些惨遭杀害的人有黑手党人，但也有当地的小地主、农民运动的积极分子，而更多的则是当地的贫苦农民。血雨腥风再次弥漫在这荒凉的小镇。

在黑手党人火拼残杀的过程中，老派黑手党的势力日见衰微，镇长维塔洛罗也渐渐地失去了往日的威风。这时，科莱奥内地区各派黑手党新的龙头老大正在脱颖而出，此人就是科莱奥内镇上的一位医生，他的名字叫米凯莱·纳瓦拉。他的出现对维塔洛罗构成了威胁。

新出道的纳瓦拉医生是西西里黑手党新派领导人的代表，他的出道，预示着意大利黑手党新旧两党之争的正式开始。

纳瓦拉医生与老黑手党头目有着根本的区别。他既不是"二领主"出身，也不是大字不识的西西里农民或市井无赖，更不是那种靠杀人放火起家的恶棍，他几乎生来就是一个"体面人"。他是一位受过医学教育的医生，尽管在医学上没有什么真正的建树和辉煌的成就，但他的确在缺医少药的西西里农村挂牌行医，在科莱奥内镇开诊所，为人打过针、开过处方。二战结束以后，他除了继续行医之外，更多的时间和精力用在与各种政治势力的周旋之间。在几年的周旋之中，他的权力就像滚雪球一样越滚越大，成了科莱奥内真正的实权人物。当年维齐尼忽视了他的存在，没有推荐他为科莱奥内镇的镇长，实在是一种有眼无珠的失误。

当 1945 年意大利政府拨巨额经费，扶持意大利农村进行土地改革时，纳瓦拉利用手中的关系，立即成了科莱奥内地区这笔改革经费的管理人。政府拨给科莱奥内地区的这笔为数不少的经费，事实上就成了纳瓦拉自己的钱，他有权决定贷款给谁和不贷款给谁，任何人都拿他没有办法。他利用这种机会和权力，敲诈勒索，横征暴敛，为自己聚敛了大量的钱财。他当时几乎是一夜之间，成了科莱奥内镇最大的地主，拥有几千公顷耕地和成片的牧场、森林和庄园。他把这大片的土地转租给当地那些无地耕种的农民，他的转租户和农民多达三万五千人左右。在这个贫困而荒凉的小镇里，任何事情如果没有他的参与，那将永远办不成。当时，意大利政府在科莱奥内镇新建了一家大型现代化医院，仅仅是因为这位纳瓦拉医生没有当上院长，便让这家医院闲置了整整六年之久，一直没有开张营业。直到他死去之后，这家医院才得以开张。在常人看来，这简直是不可想象的事情，但纳瓦拉却把这无法想象的事情变成了现实。

纳瓦拉当时几乎囊括了科莱奥内镇所有的大小头衔，如自耕农协会主席、三镇天民党党部监察长、天民党党选委员会主任、三镇互助医疗基金会监察员、意大利疾病保险学会成员等。据有人统计，这些大大小小的头衔，总共有三十多个，而每一个头衔，都是他赚钱的门道。同时，他同大主教的关系也非同一般，同罗马执政党又有千丝万缕的瓜葛，并且是西西里岛为数不多的金融巨头之一。在科莱奥内，他是一位说一不二的人物。而到后来，他又将自己的势力，渗透到罗马政界，不仅自己钻进了意大利执政党和参议院，成为执政党的核心成员，而且利用手中的金钱开路，广泛地结交权贵和上层人物。他这种结交是有选择性的，他一方面选择那些将在选举中必定能获胜而又能与他携手合作的政客结为至交好友，同时又将许多黑手党集团的年轻党徒，不失时机地安插进专门培养国家领导人的天主教行动会当中，以此培养自己的亲信和党羽。如曾多次担任意大利政府内务部长的马里奥·谢尔巴和天民党政治家阿莱西、沃尔佩、阿尔迪西奥等都是他的政界亲信和至交。

纳瓦拉的这种做法，完全是向维齐尼学的，把他那培养亲信的一套拿了出来。因此，他也获得了维齐尼当年同样的好处。最明显的一次是 1951 年夏天，由纳瓦拉亲自策划的一次抢劫五十头牲畜的行动失利后，他被警方传讯并被拘留，因为在这次抢劫中，对方有三名农民死于非命。但是，还不到二十四小时，这位主谋便又若无其事地回到了自己的庄园，从此再也没有人去追查。其原因是当时的内务部长马里奥·谢尔巴的秘书给巴勒莫警方打了个电话。这位秘书在电话中很机智地说："巴勒莫市警长先生，听说纳瓦拉医生成了你的客人，而我的长官内务部长命令我向你表示感谢……"

——这个电话，就成了纳瓦拉平安地回到科莱奥内镇的通行证。

纳瓦拉在当时被科莱奥内镇人称为"我们的父亲"，对他顶礼膜拜，恭敬而又虔诚。在他的手下有一位对他非常忠诚的头目，名叫卢恰诺·利焦，是一位杀人不眨眼的疯子，被人称为"地狱里的恶魔"，他是纳瓦拉手中最得力的头目。

卢恰诺·利焦是科莱奥内镇的一位贵族的私生子。随着这个家庭的没落，他便从小流落街头，混迹于偷鸡摸狗、打家劫舍的队伍之中。12 岁时，他打枪的技术就已经超过了职业杀手。19 岁时，他就被科莱奥内黑手党的地下屠宰场雇佣为保镖，专门负责往菲古察大树林中送货，成为当地有名的绿林大盗。在屠宰场中整天与血和屠刀打交道，使他变得更加残忍，嗜血如命。与人只要稍有不和，便会在刀枪上见高低。20 岁时，利焦已是西西里岛上负有盛名的最年轻的"二领主"。不知有多少人死在他的枪口之下，也不知他砍断了多少马腿，烧毁了多少庄稼和果园。

由于其特殊的身世，利焦极端仇视意大利的农民运动，对当地西西里农村进行的土地改革非常反感，对那些鼓吹社会主义的社会党人视若仇人。这种政治倾向深得纳瓦拉赏识。

1948 年 3 月的一天傍晚，几个蒙面大盗将一个人绑架后，塞入一辆吉普车，朝贝利切河上游的山谷开去，最后将这个人在山沟里杀害了。这位被绑架的人就是当时科莱奥内镇农工会的秘书长、社会党人利佐托。由于利佐托多次在公开场合抨击纳瓦拉的黑手党的暴行，被他视为眼中钉。在几次警告无效之后，纳瓦拉便命令他手下的黑手党头目利焦采取最后的行动了。

当利焦等人正在山沟里对利佐托进行残暴折磨时，不幸被一位放羊的小孩发现了。这位仅仅只有 11 岁的牧童，从来不知道刀子割开皮肉时那种惨象是那么可怕。他吓得脸色发青，浑身冒汗，战战兢兢地一边往家里跑，一边见人就说他看见了杀人。他的父母见这小孩已在发高烧，便连夜将他送进了医院。到了医院里，这个神志不清的孩子还在断断续续地说："我看见杀人了，在山沟里……"

这时，纳瓦拉正在医院里，他一见这情景，心中当然什么都明白。于是，他一边装着热心地为孩子看病，并安慰那对焦急的父母，一边在心里做好了杀人灭口的打算。他给孩子测量一下体温之后，便开始给孩子打针。这位道貌岸然的穿白大褂的医生，竟灭绝人性地对这位 11 岁的孩子下了毒手，将满满一注射器的白开水，悄悄地输进了这个孩子的静脉血管，就这样，这位唯一的证人再也无法出庭作证了。

利佐托案件发生后，科莱奥内镇的社会党人举行集会进行集体抗议，利焦等几位凶手作为该案的嫌疑人，由警方关押收审，但关了十几天之后就宣布无罪释放了。法庭既找不到证人，又找不到利佐托的尸体，根本无法开庭审理此案。再加上纳瓦拉用重金行贿，这一案件就这样不了了之。直到两年之后，杀害利佐托的凶手之一的克里梭内，在又一次命案中被警方现场抓获。在审理中，克里梭内为了得到宽大处理，便如实地交代了他所犯的一系列罪行，其中包括同利焦合伙谋杀利佐托的案件。

　　警方根据克里梭内的供词，由他带路，向两年前杀害利佐托的现场走去。在贝利切河的上游，离科莱奥内约20英里的罗卡布桑拉山上，在克里梭内的指认下，警方终于发现了一条平时谁也不会注意的深谷。这是一条深不见底的峡谷，夹在两座山崖之间，最上面的宽度也不过5米，下面更是黑咕隆咚的什么也看不清，陡峭的绝岸怪石嶙峋，只见一股股的雾往上蒸腾。原来这就是利焦一伙人经常杀人的地方。他们经常把抓的人在这里杀害后，就把尸体扔进这条深谷。有时干脆将那些被杀的人捆住手脚，拉到这悬崖边往下一推，随着一声惨叫就完事了，还免得他们多费手脚。

　　找到了这条山谷后，警方立即调来几名消防队员，系着钢索慢慢地摸索下去。直到上面的钢索下垂到70多米的时候，下面才发出到了底的信号。这些消防队员在大堆的骡马骨骸和已经散了架子的白骨堆里，终于找到了一具较完整的人骨架。吊上来后经过多方鉴定，才证实了这就是两年前被杀害的利佐托的尸骨。

　　事情到了这一步，不仅克里梭内和利焦难逃法网，连纳瓦拉也难脱干系。在这种情况下，他们便采取"丢卒保车"的策略，先由利焦干掉了那位乱指乱咬的克里梭内，然后由利焦老老实实地坐上几年牢，不至于把纳瓦拉拉下水去。就这样，利焦被送进了巴勒莫那座戒备森严的大牢，而纳瓦拉则依然在科莱奥内做他的"医生"。

　　这时，随着维齐尼的死去，科莱奥内以至西西里岛老黑手党的势力正在江河日下。新的领袖人物因科·鲁索虽然继承了维齐尼的权杖，但到底无力回天。新派黑手党人正以难遏之势迅速崛起。在埋葬维齐尼的同时，旧派黑手党也被当作意大利封建时代的产物，成了这位"教父"的殉葬品。在巴勒莫保罗·邦塔家族上升的同时，科莱奥内的纳瓦拉家族也迅速地羽翼渐丰，成为当地的一代霸主，与巴勒莫的保罗·邦塔家族遥相呼应。在维齐尼死去两年之后的 1956 年秋天，由他一手扶植上台的科莱奥内镇镇长、该地区的旧派黑手党头目维塔洛罗，终于在一天夜里，被人炸死在他那豪华的花园别墅里。与他同时归天的还有他那位 24 岁的情妇，一位风姿绰约的意大利女郎。从此，纳瓦拉正式接管了科莱奥内地区黑手党的领导权。

到 1957 年为止，意大利的新派黑手党已成了大气候，从西西里岛到北方大陆，到处都是他们的天下。旧派黑手党已随着意大利现代工业化的进程而成为一种历史的陈迹和昨天的故事。但是，旧派黑手党并不会自动地退出历史舞台，交出自己苦心经营了几代的地盘。于是，意大利黑手党之间的新旧两党之争，成了这个国度 20 世纪 50 年代一道独特的风景线。

除了新旧两党之争之外，新兴的新派黑手党也开始了争权夺利、重新界分传统势力范围的争夺战。意大利，从此国无宁日，民不安生。

1958 年 4 月 28 日，在纳瓦拉的周旋和重金贿赂下，他的得力干将利焦终于结束了牢狱之苦，又回到了久违的科莱奥内镇。

几年的牢狱生活，让这位杀人魔王更加疯狂了。出狱之后，利焦立即纠集了昔日的一伙死党，另立山头，他决定不再替纳瓦拉卖命了。因为据他所知，在他坐牢的几年里，纳瓦拉又赚得无数的钱。于是，他立即在维塔洛罗被炸死的花园别墅旁边，建起了一家畜牧公司，专搞偷窃和宰杀牲口的买卖。他执意要打破纳瓦拉在这一行当的一统天下，和他分一杯羹，直到最后把他挤垮。

然而，此时的纳瓦拉医生再也不需要披上医生的白大褂装斯文了，他已经是科莱奥内地区呼风唤雨的人物。对于自己当年的"马前卒"利焦这种所作所为，他是完全可以理解的。为了保住自己，利焦坐了几年牢，当然有向自己讨价还价的本钱。但是，一个人的功劳再大，也不能这样目中无人，自不量力，再说，利佐托毕竟是利焦亲手杀害的。即使抛开利佐托这条人命不说，就是凭利焦平时的任何一桩案子，任何一条罪状，都可以判他个十年八年的。

纳瓦拉本来准备派人将利焦新建的畜牧公司送上天去，就像维塔洛罗的花园别墅一样，但是，他回头一想，还是认为有必要约他谈一谈，他毕竟还年轻，而自己现在又在科莱奥内主坛掌权，也需要这么一杆枪。于是，纳瓦拉就在利焦的畜牧公司刚开张的当天，约他到自己家里坐坐，两个人好好地叙叙旧情。

当天晚上，利焦还算是给了纳瓦拉的面子，如期而至。在纳瓦拉豪华的客厅里，当年这一主一仆心照不宣地坐在一起。纳瓦拉叼着一支硕大的雪茄，问了一些利焦公司开张的情况后，就对他说："利焦，如今你能白手起家，创起这份家业，我当然表示高兴，今天上午也已经向你祝贺了。但是，在科莱奥内什么生意不好做，你偏偏看上了这桩生意。难道你就不知道我已经在这条道上摔打了近十年，投进了自己所有的血本？利焦，你这不是从我的盘子里切去一块仅有的面包吗？"

利焦当然明白纳瓦拉今天请他来的目的。但是，他已经不再把自己看成是纳瓦拉手中的一颗棋子了。他的目的正是要把科莱奥内的这块面包切成两片，和纳瓦拉平分秋色，一人一份。因此，他毫不客气地对纳瓦拉说："这几年你也赚得够多了，现在该轮到我了。我只是要回上帝赐给我的一份，我不能让你再一个人独吞，否则，上帝会惩罚我的。"

真是士别三日，当刮目相看。纳瓦拉没有想到，利焦坐了几年牢，竟坐出了点名堂。这几句不硬不软的话，差一点儿呛得他无话可说。但是，纳瓦拉到底是纳瓦拉，他叼着雪茄看着利焦，好像不认识利焦似的沉吟了半晌，然后突然爆发出一阵狂笑说："哈哈哈哈哈，利焦啊利焦，你什么时候也居然相信上帝了！你知道上帝是什么东西？上帝的家门朝哪开？我告诉你，科莱奥内是我的，我就是这里的上帝！这里本来就没有你的一份，科莱奥内的一切都是我纳瓦拉的，明白吗？"

利焦一听，霍地站起来，指着纳瓦拉说："纳瓦拉，我明白了。但是我也要你明白，如今的利焦再也不是当年的利焦，不信，你走着瞧！"

利焦说完，拎起丢在沙发上的那件昂贵的巴黎西装，就要往外走。这时纳瓦拉走过来一把按住他说："坐下，利焦，我的话还没有说完。"

利焦被纳瓦拉这一举动制服了。因为这是他非常熟悉的一种动作。多年来，无论是自己捅了娄子惹了祸，还是顺利地完成了纳瓦拉交办的某项差事，这位上司总是用这种动作安慰或褒奖自己。今天，利焦又见到纳瓦拉这种姿态，也许是一种习惯使然，他竟安安静静地在沙发上坐了下来。这时，他听到纳瓦拉在说：

"利焦，我是看着你长大的，你也应该知道，如今我在科莱奥内的地位和身份。如果你今天敢冒出来和我对着干，也许明天或者是后天，就会冒出第二个利焦甚至是第三个利焦出来学你的样子，到那时候，吃亏的就不是我纳瓦拉一个人了，我看你也同样捞不到什么好处。你明白我的意思吗？"

利焦说："我当然明白，但是凭我手中的冲锋枪，我不会再让任何人抢我的地盘……"

纳瓦拉打断他的话说："你不要太自信了，想吃这块面包的大有人在。在你之前为什么没有人敢抢这块面包呢？就是因为我们是一家人。如果我们再成为一家人，那么，新的威胁也就不会再发生了。"

"你是让我把畜牧公司交给你？"利焦说。

"不，不是交给我，而是联合。"纳瓦拉连忙纠正利焦的话说，"我们重新联合起来，过从前一样的日子，这样，大家的日子都好过了。"

利焦一听"过从前一样的日子"，当然明白了纳瓦拉的心中所图，不过还是叫自己做他的仆人，为他去抢、去杀、去坐牢、去卖命。绕了半天的弯子，又回到原来的老路上来了。利焦感到受到了侮辱，受到了欺骗，他大叫起来："不，我不要过从前的日子，我要做老板，做科莱奥内的老板！"

"你敢！"纳瓦拉这时凶相毕露了，"如果你不把畜牧公司交出来，我就让它飞上天！"

利焦又呼啦一声站起来对纳瓦拉说："我要你先上天，还有你这客厅！"

望着利焦怒冲冲往外走去，纳瓦拉再也不敢犹豫了。他想："应该狠狠地教训一下这臭小子，趁他的翅膀还没有长硬，然后把他赶出这科莱奥内，否则，将后患无穷。"于是，纳瓦拉便谋划了一场刺杀卡鲁拉的阴谋。

卡鲁拉外号"红衣主教"，是一位典型的意大利汉子。他长着一头极显眼的红头发，平时又喜欢穿红上衣。他既是利焦的好朋友，又是他手下的一员干将。利焦所干的一切，都有他的份。纳瓦拉知道，如果干掉了卡鲁拉，就等于斩断了利焦的一只手，于是他便把打击的目标对准了卡鲁拉，既可以削减利焦的实力，又可以起到敲山震虎的作用。

1958年秋天的一个夜晚，卡鲁拉横挎着一支冲锋枪，摇摇晃晃地从科莱奥内镇东头的酒店出来，发动停在门外的摩托车，准备到离镇不远的情妇家过夜。最近他又在镇郊的梅利尔村，勾搭上了一位年轻的寡妇。当卡鲁拉骑着摩托车，亮着雪白的灯光沿着公路朝梅利尔村冲去时，纳瓦拉布置的杀手已埋伏在村头的树林里。这天晚上的下半夜，卡鲁拉将要带一伙人去附近的村里，抢劫三十头牲畜，运往巴勒莫地下市场。所以他今天晚上，比平时提前了一个小时离开酒店。他的这一切行踪，早就被纳瓦拉的人侦察得一清二楚。但是，当他刚来到村头的树林边时，一梭子子弹迎面射来，在打灭了他的车灯的同时，也将他的身体穿了几个流血的洞。摩托车倒在公路上，他那沉重的身子像面粉袋一样翻了下来，压在还在呼呼转动的摩托车上。这时，又是一阵暴风雨般的子弹倾泻过来，摩托车的油箱被击穿了，顿时燃起一片熊熊的大火。利焦的这位得力助手便在大火之中，同这辆不再转动的摩托车一道烧成了一团灰烬。

利焦在当天晚上下半夜时就得到了这个消息。他除了带着几个人开着一辆车子，赶到这个地方凭吊了一番之后，再也没有表示什么。到第二天清早，他才派人弄来一辆卡车，将摩托车的残骸和卡鲁拉的骨灰一起运走了。他在畜牧公司举行了一个规模不大的追悼会。追悼会之后，他亲自抬着装有卡鲁拉骨灰和那辆破摩托车支架、钢圈的大棺材，走上了罗卡布桑布拉山，把这具棺材推进了那道深不见底的峡谷，就像当年把利佐托的尸体扔下去一样。这一切结束之后，利焦又派人去了梅利尔，给卡鲁拉的那位情妇送去了一大笔钱。因为他听那天晚上同卡鲁拉在一起喝酒的人说，卡鲁拉那天晚上去梅利尔村，主要不是去寻找快活，而是送一笔钱去给他的情妇。现在，利焦代替他的朋友，完成了他一生中最后的遗愿，他觉得这样才对得起他。

从听到噩耗到把卡鲁拉的棺材推下深谷的整个过程中，利焦没有流一滴眼泪。他对人说，卡鲁拉在生前一直对他说，西西里的男人不应该有眼泪，眼泪是女人的装饰品。西西里的男人，有的应该是仇恨。利焦很欣赏卡鲁拉的这句话，因此他们成了好朋友。

卡鲁拉死后，利焦知道自己暂时还不是纳瓦拉的对手，尤其是在科莱奥内镇这个鬼地方。于是，他便带着他的一班弟兄，在这年秋天的晚些日子里，悄悄地去了巴勒莫市，投靠了当时巴勒莫的黑手党头目保罗·邦塔。从此，科莱奥内这地方真正成了纳瓦拉的天下。

利焦从科莱奥内来到了巴勒莫之后，开了一家运输公司。两年以后，他的运输公司由当时的两辆汽车发展到一百八十三辆卡车，几乎垄断了巴勒莫市的汽车运输业。他的公司之所以发展这么快，并不是他的公司装备特别好，也不是靠公司的信誉和服务质量，他靠的还是他和他的弟兄们手中的卡宾枪和苏式冲锋枪。

当年，随着工业的发展，巴勒莫市的汽车运输业是一个相当热闹的行当，从原材料到生产出来的成品，所有的运输大部分是由公路运输来完成。因此，这给利焦公司的生存和发展，提供了一个得天独厚的基础。还有一个更重要的原因，就是别的汽车运输公司的汽车，经常在路上发生事故，即使是在白天，也往往不是司机被打死，就是货物或汽车被抢劫，更不要说夜晚出门。而利焦公司的汽车，无论是白天还是夜晚，都能畅行无阻，从没有发生抢劫或车毁人亡的现象。所以，货主都愿意找他们，尤其是大宗的生意和长途的货物，几乎由他们公司承包了。这些货主都知道，找了利焦的运输公司，所运的货物就进了保险柜，否则，就得提心吊胆。

两年来，利焦在巴勒莫不仅站住了脚，而且赚得无数钱财，手下的兄弟更是人强马壮，忠心耿耿，大家都认为利焦是个人物，能干大事。因此，利焦便当上了老板。他除了按规矩不时地孝敬一下大头目保罗·邦塔之外，就再也没有什么担忧的了。

不过，发达起来的利焦并没有忘记科莱奥内，并没有忘记他原来的主子纳瓦拉，因为他们之间的账还没有了结。因此，他总想找个机会，打回科莱奥内，报当年的仇。

1960 年，意大利政府准备拨给科莱奥内镇 450 亿里拉，治理贝利切河。因为在此之前，纳瓦拉家族一直控制着科莱奥内地区的水源，仅这一桩买卖就为他带来了无数的财富。现在政府决定在贝利切河上游修筑拦河坝，并开辟几条灌溉渠道。这项工程一旦完成，贝利切河中上游的大片农田、牧场和村庄就水旱无忧了。但是，这项工程是由政府直接管理，一切收入都属于政府水利委员会，这样，就断了纳瓦拉家族的财路。于是，纳瓦拉家族就极力反对这项工程的实施。他们既不理睬政府治理贝利切河的苦心，也不顾当地老百姓的利益，更不管当地十几万包工等在工地找碗饭吃的可怜相，纳瓦拉利用自己的权势，从上到下极力阻挠，想把这项工程搞黄。

当地的政府官员和老百姓，慑于纳瓦拉家族的权势，都认为不是他的对手。眼见这项工程真的要黄了，如果科莱奥内镇再不拿出实施方案，政府将把这 450 亿里拉另作他用。就在这时，不知是哪一位聪明人突然想到了如今在巴勒莫市的利焦，认为如今只有利焦才是纳瓦拉的对手，才可以迫使这位狠心的医生改变主意。于是这位聪明人便串通几十号人，联名给利焦写了一封言辞恳切的信，请求他出面，为家乡人办点好事。科莱奥内人并不是忘记了利焦当年在这里的所作所为和他那杀人成性的德行，他们用的是以毒攻毒的办法。只要能促成利焦与纳瓦拉再次相斗，那么相斗的结果将是两败俱伤。

利焦收到这封信后，觉得这倒是一个好机会。既可以趁机打回老家，重新恢复当年的威风，又可以从这项浩大的工程中赚上一大笔钱，另外，还可以同纳瓦拉瓜分一下在科莱奥内镇的权力。这样一桩"一箭三雕"的买卖，何乐而不为。利焦考虑好之后，立即去找现在的老板保罗·邦塔商量。保罗立即赞成利焦的做法，他认为这是天赐良机，要利焦全力以赴。他愿尽最大努力，支持利焦与纳瓦拉大战一场，夺回在科莱奥内失去的一切。

利焦一听，非常感激保罗。当然，他心中也明白，保罗如此慷慨的目的，无非是要把他的势力扩展到科莱奥内，吞并科莱奥内牲畜市场的那桩生意。但是，利焦表面上还是不动声色，心想，只要击败了纳瓦拉，到时候，科莱奥内的事谁说了算还不是一样。

于是，在保罗的支持下，利焦打着为民请命的旗号回到了科莱奥内镇同纳瓦拉摊牌了。利焦这种为当地农民着想的做法，一下子赢得了各方面的支持，在同纳瓦拉的公开决斗中，他首先赢得了第一局。

当利焦卷土重来时，老谋深算的纳瓦拉当然知道利焦是来者不善。利焦不仅再也不是自己当年手下的一个小头目，更主要的是，在他的背后，还有个财大气粗的黑手党头目保罗·邦塔。因此，纳瓦拉对利焦再不敢掉以轻心了，更不敢轻易地派杀手拦路劫杀，只能同利焦进行"合法"的斗争。

这时，利焦提出了三条强硬的建议：

一、治理贝利切河的工程立即开工，由各方面的代表和专门人才组成工程领导小组，立即拿出施工方案。

二、整个工程的一切运输业务，全部由利焦的运输公司承担，任何人不得插手。

三、贝利切河联营公司的董事长，继续由加尔迪内里亲王担任，治理期间，由他全权指挥，治理后的一切营运等事务，也由他及他的董事会全权处理，外人不得干预。

纳瓦拉认真考虑了利焦的三条建议，对于前两条他不置可否。因为工程开工是大势所趋，他已经无力阻挠了。至于运输业务，他知道也只有利焦的运输公司才可以独揽，任何人想插手都不会有结果，看来也没有人敢于插手。而第三条，纳瓦拉是无论如何也不能接受的。贝利切河治理以后，纳瓦拉家族的利益完全被剥夺了，这是一笔巨大的损失。纳瓦拉之所以同意治理这条河，也是准备在治理之后，继续控制这条河的运营和中、上游地区的水源，他打算由他的表弟、科莱奥内地区黑手党的二号人物贞萨尔迪担任该公司的董事长。这样，这条河又可以控制在他们的家族之手。现在，利焦的目的很明显，他无非是要把纳瓦拉家族在这方面的权益全部剥夺，不给自己一点补救的余地。纳瓦拉认为利焦欺人太甚了，他自己可以利用运输业务在整个工程中捞到巨额的好处，而不给自己一点好处。于是二人对这第三条一直相持不下。最后，纳瓦拉提出采取投票选举的办法，双方各提出五名候选人，由当地群众投票公决。

利焦见纳瓦拉接受了他的前两条建议，便认为纳瓦拉已经改变了对自己的态度。在他的心目中，自己再也不是一位无足轻重的小头目，而是一个说话很有分量的人。于是，他便同意了纳瓦拉提出的由群众选举董事长的办法。他自信地认为，这一回如果真的由群众选举决定，他一定能如愿以偿，因为这件事一开始，他就得到了群众的支持。在选举问题上，他也自信地认为，这些群众同样会支持自己，投加尔迪内里亲王的票。

纳瓦拉见利焦同意了投票办法，心里非常高兴。因为他在科莱奥内已经苦心经营了十多年，盘根错节的关系已延伸到当地的每一个角落，他根本不相信科莱奥内的群众会买利焦的账。利焦昔日那种杀人魔王的形象，科莱奥内人并没有淡忘，人们并不会由于他促成了贝利切河的工程，就这么快改变了对他的印象。纳瓦拉希望的就是利焦能接受投票选举这种方法，他知道科莱奥内镇的人对他这位土生土长的体面人信任的程度，和利焦相比，无论是形象、语言还是行动，他都会占上风，都会有分量。利焦这种过分自信仅仅是自己的一种错觉。现在利焦接受了他的要求，等于无形中钻进了他事先设计好的圈套，他的失利已成定局了。于是在投票之前，纳瓦拉立即开始行动。他命令他的部下，到处游说拉票，许愿恫吓，文的武的全用上了。通过几天来的努力，纳瓦拉已稳操胜券，科莱奥内人宁可相信纳瓦拉，也不会轻易相信利焦这位说来就来、说走就走的家伙。

　　果然，在第一天的投票中，利焦的五位候选人一个个都败下来了，连那位加尔迪内里亲王也不例外。纳瓦拉眼看就要大功告成，重新成为贝利切河的真正主人。

　　这时，过分自信的利焦才如梦初醒，他发现自己在这里毕竟不是纳瓦拉的对手。选举的结果令利焦恼羞成怒，他不得不撕下那种装出来的假面孔，原形毕露地大打出手。在选举结果公布的当天夜里，利焦立即派出他的两员大将科多内和科卢拉，各自带领一队冲锋枪手，分别行动。

　　科多内带领一队冲锋枪手，闯进了即将上任的贝利切河联营公司董事长贞萨尔迪的家中，一阵疯狂的子弹，将在客厅里的贞萨尔迪打成了马蜂窝，并将他的一家老小斩尽杀绝。

　　在科多内得手的同时，科卢拉带领的冲锋枪手也来到了纳瓦拉的别墅前。刚好这天夜里纳瓦拉正在医院里没有回来，科卢拉就和他的手下几位黑手党党徒，潜入纳瓦拉的家中，将他地窖里成排的酒桶打得稀巴烂。地窖里顿时成了游泳池，香喷喷的酒在地窖里流动。整整两个星期，周围的居民都被这浓烈的酒香熏得不能入睡。

过了几天，纳瓦拉家的水井又被炸得一塌糊涂，羊群突然遭到冲锋枪疯狂的扫射，成片的羊群倒在地上。地里成熟的麦子找不到人收割，因为农民们都受到了利焦的警告：谁为纳瓦拉收割了麦子，就杀光谁的全家。几个月来，利焦带着他的黑手党党徒，在科莱奥内制造一次又一次的恶性事件，将纳瓦拉家族打得措手不及，防不胜防，许多人成了枪下之鬼，科莱奥内镇又沉浸在恐怖之中。

1960 年 10 月 24 日，纳瓦拉和他的五位保镖分乘两部劳斯莱斯轿车，从一个"农村互助医疗基金会"的医生家里回来，在离科莱奥内镇 13 公里的一个急转弯处，撞上了利焦事先布置在那里的一辆大卡车。还没有等他们明白过来，那辆卡车就爆炸了，走在前面的那辆劳斯莱斯便连人带车被卡车上的汽车炸弹送上了天。坐在后面那辆车上的纳瓦拉和另外两个保镖，急忙从猛刹住的车门里滚了出来，正准备向公路边的树林里逃去，但已经晚了。从后面风驰电掣地冲来了摩托车，车上的枪手同时开火，将纳瓦拉和他的两位保镖打成了一堆肉泥。

纳瓦拉死后，利焦取代了他的地位，成了科莱奥内地区的黑手党头目。两年以后，利焦的势力迅速膨胀，扩张到米兰、都灵一带，他的科莱奥内匪帮成了意大利最具实力的黑手党家族之一。他们控制了这些工业重镇和港口，除了继续从事运输业和建筑业之外，还利用这些港口走私和贩毒。同时，狡猾的利焦这时也同所有的黑手党大头目一样深居简出，跻身于上流社会，由他的妻子和亲属出面挂牌注册开办各种公司，实际上由他在幕后操纵，大发其财。因此他到底有多少钱，恐怕连他本人也说不清楚。没出几年，利焦已由一位从小偷鸡摸狗的私生子，一个流落街头的弃儿，变成了一位亿万富翁，光他手上的一枚钻戒就价值9000万里拉。

到20世纪60年代初期，意大利黑手党完成了新旧交替的过渡。老一代黑手党人已渐渐地销声匿迹，他们的"事业"和地盘已由新一代黑手党人取而代之。而新一代黑手党的势力范围的界分也至此逐步完成，一个个"后起之秀"已脱颖而出，各霸一方，成为新一代的领主。

到了20世纪的70、80年代，科莱奥内帮的黑手党首领，已不知不觉地爬上了意大利黑手党的最高领袖位置，科莱奥内帮成了黑手党中的黑手党——不过，这时利焦本人却在米兰的铁窗之中，只有他手下的另外两员大将萨尔瓦托莱·里纳和贝尔纳多·普罗文扎诺钻进了黑手党最高委员会。他原来手下的两位杀手科多内和科卢拉早已死在纳瓦拉家族的枪口下。

利焦是1974年5月16日在米兰被捕的，他被指控从事贩毒和杀人抢劫。利焦真是生不逢时，他虽然"英雄"一世，但到死都没有成为意大利黑手党的"唐"。

在他死后，西西里岛的黑手党势力，逐渐被那不勒斯的另一派系"卡莫拉"取代，意大利黑手党的新一代"教父"正在崛起，此人就是拉法埃莱·库托洛。

几年之后，库托洛就成了意大利赫赫有名的黑手党新卡莫拉组织的头目。他同维托和维齐尼一样，成为在意大利叱咤风云十几年，甚至蜚声全球的新一代"唐"。

然而，他的崛起却是那样艰难。

第九章

艰难崛起　库托洛黑道称雄

那不勒斯，一个南方贫穷的小镇，但一代枭雄却在此崛起。

20岁时他因杀人被判处监禁二十八年，但他在监狱里却被称为"教授"。一场生死决斗让他不战而胜，从而成为"卡莫拉"新的领袖。

拉法埃莱·库托洛别名拉费莱，小名拉费，1941年12月10日生于离那不勒斯仅20公里的维苏威山下的屋大维镇。

这是一个贫穷而落后的地方。库托洛的祖祖辈辈都是农民，依靠土地养家糊口，到了他父亲这一代，生活十分潦倒。因此，他从小就饱尝了生活的艰辛。不过，尽管家庭生活是那么艰难，他那位望子成龙的父亲还是节衣缩食，让他上了五年小学两年中学。因此，他是后来黑手党头目中极少数不是文盲者之一，这给他和他的"事业"带来了很大的方便。

读中学的那年冬天，他的父亲被镇上的地主传去，逼他交拖欠了两年的地租。库托洛随父亲前往，在地主那像皇宫一样的家中，他亲眼见到了父亲流泪哀求的样子和所受的凌辱。这时，库托洛心中非常痛苦又充满着仇恨，他由此辍学了。第二年他16岁，就在家中同父母和兄弟姐妹们一起种田、打柴，干着繁重的体力活。镇上的那位地主又派人逼租来了，抢走了家里仅有的一头耕牛，眼看家里的田地没有办法耕种，年老的父亲急得直流泪。第二天，父亲带着他进山去了，去求一位叫马伊斯托的黑手党头目。

马伊斯托是屋大维镇一带的名人，关于他的传说就像故事一样，人们在农闲时常坐在一起讲述，就像讲波旁王朝时代的英雄一样。库托洛从小听得最多的，就是马伊斯托制服瓦利贾的故事。

瓦利贾是维苏威山下的一位牛马贩子，其实是一个恶棍无赖，手下有十几个兄弟，经常在这一带胡作非为。有一天，瓦利贾带着几个兄弟，凶神恶煞似的来到屋大维镇，硬以最低的价格收购农民的牲畜，简直和抢劫没有什么两样。马伊斯托闻讯，立即赶到屋大维镇。他见到瓦利贾以后，二话不说，一把抓住他一直往铁路上拖。这时，一列火车正在呜呜地从远处朝这里开来，马伊斯托趁机把瓦利贾打翻在地，拖到铁轨边，把他的头按在铁轨上。火车越来越近了，人们已经能看到它冒出的黑烟和那庞大的身影。这时马伊斯托一直不放手，吓得瓦利贾又哭又叫，请他放开自己，并向围观的农民赔礼道歉。眼看火车就要开过来了，围观的群众都捏着一把汗。直到瓦利贾答应以五倍的价格，将这批抢购来的牲口买去，马伊斯托才松开了他的大手，随后抱着瓦利贾滚下了路基。这时，那列火车正风驰电掣般从他们身边掠过。

从此，马伊斯托成了屋大维一带的英雄，成了农民的保护神。后来，他拉起一队人马进了维苏威山，专门劫富济贫，为穷人打抱不平，就像"罗宾汉"一样，穷人有难都去找他。

在维苏威山的一条山沟里，库托洛和他的父亲终于见到了这位传奇式的人物。马伊斯托居然很客气地在客厅里接见了他们，并叫手下的卫兵给他们泡了茶，耐心地听库托洛的父亲诉说。父亲说完了以后，马伊斯托就说："你回去吧，你的牛明天就会回到你的牛棚里。"果然在第二天下午，库托洛的牛回来了。那位送牛来的人还带来那位地主的一张条子，叫库托洛的父亲免交两年的地租。

这件事对库托洛的影响很大。他想到父亲是人，马伊斯托也是人，但人与人却有这样的不同。从此，他在心里对自己说，自己一定要做个像马伊斯托那样的人。

后来，父亲不甘心自己的儿子在家种田，就送他去学手艺。库托洛先后当过辅祭师、木匠徒弟和肉食店的伙计，但这一切都不能改变他的命运。到了 20 岁时，他又去学驾驶汽车，后来在全家人的支持下，库托洛终于买了一辆破旧的汽车。从此，库托洛就成了一名汽车司机，开着自己那辆破车到处兜生意赚钱。然而这辆汽车不但没有让他发财，反而把他送进了牢房。

1963 年 2 月的一天，库托洛开着这辆旧车回家。途中车子突然发动不了，他只好和助手下车来修理。这时，走来两位年轻的女子，她们来到库托洛身边，很轻薄地勾引他。她们把他当成了那种"野司机"，认为可以从他身上捞几个钱或者是做笔不大不小的"生意"。库托洛本来就不是那种人，虽然已经 20 多岁，且长得白白净净，一表人才，但他还没有碰过女人。这时他正在摆弄这辆破车，又气又急，见这两位女子这么轻佻地来纠缠自己，便不由得吼了起来：

"滚蛋吧！你这婊子！"

就在这时，旁边一位自作多情的"白马王子"便跳下车来，为这两位女子打抱不平。他指着库托洛的鼻子说："你这个臭司机，这么不识相，如杲她们是我的姐妹，你就别想活着回去！"

这位青年说着，还拍了拍腰里插的一支手枪。库托洛一见，以为他要对自己开枪，便先下手为强，丢下扳手，也立即从口袋里掏出一支手枪，对准这位青年的胸膛开火了。这位青年当即倒在血泊中死去了。

库托洛从此失去了自由，被送到千里迢迢之外的西西里岛西部的波焦雷亚莱监狱服刑，他被判处了二十八年监禁。

从此，他的人生发生了根本的变化，开始走上另一条路。

意大利的监狱是个出"人才"的地方，关押着许多有名望的人。这些人一边在牢里服刑，一边指挥着监狱外的凶杀、抢劫、贩毒走私和各种敲诈勒索。

早在18世纪波旁王朝时代，意大利的监狱里就有一种秘密而又极有权威的地方组织。这个组织的名叫"刮波"，曾一度让从上至下的统治者胆战心惊。因为凡是"刮波"的头目所下达的每一道命令，在监狱外都会不折不扣地执行，无论是杀人放火还是刺杀某位政界要人，从来没有打过白条。对外是如此，而在监狱内，这些头目实际上就是监狱长，而真正的监狱长则是他们的保镖和仆人——除了负责他们的安全之外，还得听他们使唤。这些人在监狱里发号施令，为所欲为，无法无天。他们可以走出监狱回家去和家人团聚，可以将白酒、毒品、凶器和妓女带到牢房里来，而监狱长和任何一位狱警都只能装作没有看见，否则，遭殃的将是他们本人或他们的老婆孩子。

到了库托洛被关进监狱的时代，"刮波"已经不复存在了，另一个组织"卡莫拉"取而代之。卡莫拉继承了一百多年前"刮波"

的传统，并且将这种传统发挥得淋漓尽致。在任何一座监狱中，凡是卡莫拉分子，都可以享受一切特权而不受狱方的限制。尤其是卡莫拉的头目，其享受的特权简直无法想象。

当库托洛被押进波焦雷亚莱时，这座五百多人的监狱中的卡莫拉总头目叫斯帕沃内。这是一位身材高大的汉子，当时40来岁，灰白色的头发向后梳理得一丝不苟，黑色的眼睛有些暗淡，但深藏杀机。斯帕沃内平时总是衣冠楚楚，仪表堂堂，他常穿丝绸衬衫，不是米色就是天蓝色，领带是黑白相间的斜纹图案。他一个人住在30平方米的牢房，地上铺着瓷砖，宛如一间客厅。每天至少有三个人为他打扫卫生，整个牢房收拾得干干净净，井井有条。房内有办公桌、皮转椅和沙发，靠椅是一排摆满各种书籍的书架。另一边墙壁下是一个精致的矮柜，里面摆满了咖啡、奶粉之类的营养品，此外还有男人用的化妆品和一台大屏幕的彩色电视机。房中间的空地上是不锈钢的健身器材。此外，还有一间私人洗澡间，二十四小时备有冷、热水。唯一遗憾的是他没有私人卧室，一张宽大的席梦思床摆在窗子下非常显眼的地方——也许只有这一点，才能看出他是一位囚犯而不是一位真正的富翁。

斯帕沃内平时沉默寡言，很少有人见过他大声说话，更不要说发脾气。他大多数的时间是坐在那里看书或写字，有时也看电视和进行健身活动。白天，他总是一个人单独放风，背着手在指定的地方踱步。犯人们对他非常尊敬，连狱警甚至监狱长都称他为"安东尼奥先生"。晚上，他经常同监狱长及两位太太一起玩牌，其中那位年轻一点的太太是他的情妇。在狱警的庇护下，那位年轻的太太只要丈夫不在，就神秘地来到监狱里同他幽会，然后到看守的值班室里过夜，在那张狭窄的床上与他共度良宵。斯帕沃内是一个很有魅力的成熟男性，他从不显得粗野、傲慢和自吹自擂。他的魅力常常令见过他的女人神魂颠倒、想入非非，但他永远有极严格的选择标准。同时，他常常给自己的妻子写信，用花言巧语骗得她心甘情愿地担惊受怕和独守空房，而自己却不放过任何寻欢作乐的机会。在这一点上，斯帕沃内和所有的黑手党头目没有什么区别。

总之，他就像一位来波焦雷亚莱度假的王子或内阁成员。在这五百多名囚犯当中有 80% 是忠于他的卡莫拉成员。而在监狱外面，他的部下在不断地为他聚敛钱财。他有五个私人账号，分别在不同的银行，每天都有人往他的账号上存钱。这些钱分别来自西西里、米兰、都灵、佛罗伦萨和罗马，有的还来自秘鲁、哥伦比亚和美国的芝加哥。

这就是六七十年代意大利卡莫拉组织的头目狱中生活的缩影。凡是有卡莫拉组织的地方都有一个这样的"斯帕沃内"，而他们在狱中的生活只不过是大同小异——当库托洛了解这一切之后，他才发现自己以前是多么孤陋寡闻。那时，他只想做一个"马伊斯托"，而现在，库托洛的目标是要当"斯帕沃内"。

然而，当 1963 年的那一天，他被押进波焦雷亚莱监狱时，所遭遇的一切却是那样令他触目惊心。当时，22 岁的库托洛虽然身材瘦小，但却英俊潇洒、风度翩翩。一头金黄色的卷发，戴一副金丝边近视眼镜，俨然一副书生的派头，同一个杀人犯的形象相去甚远。他一走进监狱，就引起了所有犯人的注意，那些蓬头垢面、粗俗不堪的家伙，顿时被这位年轻的小伙子震住了。但是，在自惭形秽之后，随之而来的是一种妒忌的恶作剧。

按照以往的规矩，新进来的犯人都要自报家门，然后交代自己进来的原因，这次也不例外。库托洛刚一进来，还没有来得及适应这个肮脏和黑暗的环境，正站在牢房中间东张西望时，脚下就被人使了一个绊子，他突然扑通一声倒下了，引得一阵哄堂大笑。只听到一个公鸭子似的声音在叫："还挑三拣四的，什么地方不好睡。告诉你，这里可没有姑娘身上舒服啊！"

库托洛一下子给摔蒙了，眼镜也掉到一边去了。他好不容易趴在地上摸摸索索地找到了眼镜，刚要戴上，却突然伸来一只手，一把夺了过去。只听得那人说："你是人还是拉磨的驴子，戴上这个眼罩吓唬谁！"

库托洛只好哀求地说："大叔，我眼睛近视，看不见，快给我吧。"

"给你？没那么容易。"那位"大叔"说，"有烟吗？全拿出来孝敬大家。"

库托洛说："没有，我不抽烟。"

"不抽烟？哈哈，不抽烟，"另一个声音在像鬼一样尖叫，"那么，你喝茶吗？"

库托洛还没反应过来是怎么回事，立即过来两个人把他往马桶那里拖。他们一边拉一边说："来，请你喝茶去，新来的伙计是不能怠慢的，先请你喝一杯这里的西西里茶。"

库托洛已经闻到了一股尿臊味，他当然明白了是怎么一回事，便拼命地挣扎。周围全是幸灾乐祸的叫声和笑声，那些人在一个劲儿地起哄："快去啊，多好的茶啊！""就是嘛，难道连茶也不喝，怪事！""喝，快去喝！"……

这时，有的人在用脚踢库托洛的屁股，有的人过来助阵。库托洛的衬衫被撕裂了，鞋子也掉了一只，眼看他的头就要被按到马桶边上了，刺鼻的臊味熏得他流出了眼泪。然而就在这时，突然听到一个人威严地说："放开他，让他到我这里来！"

周围的人一愣，马上松开了手，库托洛被扔在潮湿的地上。他们马上明白了是怎么回事，因为那发话的是这间牢房里的头儿。于是，他们又闹哄哄地说："去吧，过去啊！""头儿在叫你呢，你这小白脸有福气了。""是啊，这家伙长得可真像骚娘们⋯⋯"

库托洛还没有明白过来，只听到那个头儿又在说："过来，到我这里来，听见了吗？"

这时，有人把他的眼镜送过来。库托洛戴上眼镜，终于看到了一个肥猪一样的家伙靠着墙壁躺在那里，一双淫邪的目光盯着自己。

库托洛犹豫地站在那里，不知道是过去还是不过去。这时，又是那头儿在说："哪一位帮他一把，看来他还不好意思哩。"

"是，头儿。"马上走过来一个大个子，将库托洛几乎拽到了头儿的身边，把他摔在头儿的被子上。

这头儿马上伸过一只手臂，揽住了库托洛，另一只手在他的脸上抚摸着。他一边摸一边自言自语地说："娘们儿，多水灵啊，简直就像大姑娘一样，嘿嘿嘿⋯⋯"

头儿一边淫笑着，一边把一张臭烘烘的嘴拱了过来，就要往他的脸上凑去。库托洛终于明白了这头儿要干什么，马上一翻身，挣扎着坐了起来。全牢房的人立即大笑起来。

头儿先是一愣，紧接着又哈哈大笑起来。他一边笑一边又把手伸了过来。库托洛挡开他的手说："先生，你看错了人！"

"呸！什么杂种，到这里来充大头！"头儿啪的一巴掌打了过来，"说，你是怎么进来的？"库托洛一愣，似乎明白了什么，他站了起来，以一种很自豪的口气说："一个杂种侮辱了我，我对准他的胸膛开了三枪，我就这样进来了。"

"真的？"

"一点都看不出，你还敢杀人！"

"哟，是一条汉子嘛！"

这时，周围传来了各种声音，头儿也怔怔地看着库托洛，说："你是西西里人吗？"

"不，我是屋大维镇人，那里有个马伊斯托，你们知道吗？"

头儿一听，突然站起来，在库托洛的肩上狠狠地砸了一拳，然后对他说："小子，你说马伊斯托是你的什么人？"

库托洛听他这么一说，心里一动，似乎看出了一点门道，便神秘地说："马伊斯托是我的恩人，我那支杀人的枪是他给的，现在你们该明白我为什么敢杀人吧。"

头儿一听，抱住库托洛说："好小子，差点儿委屈了你。告诉你，马伊斯托也是我的恩人，我是在为他坐牢的。来，睡在我身边吧，我不会再把你当女人了，我是你的朋友。"

就这样，库托洛总算蒙混过去了，没有像其他的犯人一样，刚一进来，就被牢里的犯人折磨得七死八活。然而，这件事也让库托洛明白了一个道理：在这个世界上，无论是牢里还是牢外，都不能做一个老实人，否则，你只有挨宰。这位头儿叫吉吉涅洛，曾是马伊斯托手下的一个小头目，一个亡命之徒。他也是一个杀人犯，现在在这里坐牢，一家老小都是马伊斯托在帮他照顾。从此，库托洛在波焦雷亚莱监狱，再也不会受到侮辱和惩罚了，他同吉吉涅洛成了好朋友。

来波焦雷亚莱监狱有些日子，库托洛慢慢地了解到，关在这里的犯人，大部分是出身贫苦的农民，有的是流浪汉，有的是小偷，他们都是因为一时糊涂或者是贫穷误入歧途，有的甚至是因为偷了一只羊或抢劫过一次汽车，就被关进来了。由于他们既不识字又不懂法，又无钱请律师打官司，结果就被法庭荒唐地判了个十年八载，甚至是终身监禁。这些人大都很年轻，关进来后，开始是痛苦，然后是失望，再后来就是麻木不仁，醉生梦死。他们对生活失去了希望、信念和目标，反正是"死猪不怕开水烫"，便在牢里无法无天，残忍无比。有的便拿新来的犯人开心，寻求刺激，有的则互相打架斗殴，来打发这漫长而无望的寂寞。于是，监狱里便经常有恶性事件发生。在这里杀死一个犯人，就同杀死一条狗一样，几乎没有任何人去过问。因此，许多老实的犯人，便在这无缘无故的折磨之中死去了。

当库托洛了解这一切之后，他心中久久不能平静。他不再憎恨和仇视这些人，而是同情和理解他们。他觉得自己有文化、有知识，虽然暂时也是他们的同路人，但在心理上，毕竟比他们多了一份承受力。于是，库托洛开始同这些人交朋友、谈心，把书中读到的知识告诉他们，唤醒他们的良知和做人的尊严，重新点燃他们人生的希望之火。

有一天，库托洛对吉吉涅洛说，他想得到一些书，希望他能出面同狱方交涉。因为他知道，像吉吉涅洛这样的犯人头儿，在那些看守的心目中是很有分量的。狱方就是依靠这一个个的犯人头儿，来维持这里的秩序。

吉吉涅洛虽然在这里关了三四年，但他并没有完全麻木。他见库托洛提出这样的要求，居然同意了。于是，在吉吉涅洛的要求下，狱方果然派看守送来了一大捆书和报纸。库托洛一边自己贪婪地阅读，一边鼓励和怂恿其他的犯人也去读。对那些不识字的文盲犯人，库托洛就把书和报纸上的故事和新闻念给他们听，使他们能和另一种世界沟通起来。开始，大部分犯人都在嘲笑库托洛，说他是无事找事，干这些事实在是像蠢驴。库托洛就一边劝说，一边借助吉吉涅洛的威力，请他出面强迫这些犯人去读书或听他讲故事和念报纸。没有多久，这些人开始改变了对库托洛的看法，变得喜欢这种生活了。除了放风和睡觉之外，他们都静静地坐在那里，听库托洛谈天说地，就像学生听老师讲课一样。从此，他们称库托洛为"教授"，开始尊敬他，把心中的话也对他说。这时库托洛身边开始有了一群追随者。库托洛为他们写家信，写申诉状，并为他们同外面的律师联系，有许多犯人由此而得到了好处，有的减了刑期，有的和失去了多年联系的家人接上了头。他们除了感谢库托洛之外，更多的是信任他，尊敬他，把他当成了自己的"头儿"。

这时，库托洛凭直觉知道吉吉涅洛的权威受到了威胁。有些犯人表面上还是听从吉吉涅洛的，但在心里却对他很淡漠，有事也不再找他而是找自己。他知道这样发展下去，吉吉涅洛会恼羞成怒，说不定还会给自己找麻烦，因此，他便尽量维护吉吉涅洛的威信。比如在分监饭时，他总是第一个给吉吉涅洛送去一份，数量上明显地比其他人要多。当犯人之间发生争斗时，他也总是请吉吉涅洛出面调停，尽量维护他的意见，然后再说服其他犯人。

对于库托洛的这种良苦用心，貌似粗鲁的吉吉涅洛当然看得出来。他开始认识到库托洛是一个正直而又有气量的人，是一个值得信赖并能引为知己的朋友。于是，有一天，吉吉涅洛就对库托洛说，他准备把自己的位子让给库托洛，他说只有库托洛，才可以真正让这些犯人心服口服。同时他还把波焦雷亚莱监狱里卡莫拉组织的情况告诉了库托洛，并对他说："昨天放风时，我已经同总头目斯帕沃内介绍了你，他同意你加入卡莫拉，准备找个机会同你谈谈。"

这时，库托洛对卡莫拉这一组织还很陌生，当他了解这些情况之后，对这个组织很感兴趣。他很感激地对吉吉涅洛说："朋友，我不会夺你的位子，决不当这里的头儿，这是你打出来的天下，请你相信我这是实话。不过，我非常感谢你能介绍我加入卡莫拉，我们要利用这个组织，团结这里所有的人，为了减少痛苦和烦恼，争取最大的权利。"

从此，库托洛成了波焦雷亚莱监狱中卡莫拉的一员。他利用这个组织，尽量扩大自己的影响，在他的身边团结了一大批犯人，而这一切又都尽量隐藏在吉吉涅洛的身影之下。他的目的，是要充分利用这个黑手党头目的威望，发展自己的力量。从此，他这间牢房再也没有发生打架斗殴和闹事的现象，成为这座监狱中的一个典范。他的"教授"的大名也传开了，其他牢房的犯人都想结识一下这位大名鼎鼎的人物。

谁知没过多久，麻烦的事情也来了。

有一天，波焦雷亚莱监狱卡莫拉的总头目斯帕沃内突然对吉吉涅洛说："你说的那个屋大维镇的库托洛是个什么样的人？为什么别人都称他为教授？现在，在整个波焦雷亚莱监狱，我的权威受到了严重的威胁，我要和他进行决斗，夺回我的权力。"

听斯帕沃内这么一说，吉吉涅洛也有些莫名其妙。他不知道这位总头目对库托洛为什么如此恼火。

原来在前天晚上，斯帕沃内同监狱长的那位年轻的太太，又一次在看守所的房间里幽会时，那位平日那么多情的太太，这次却心灰意懒了。更为严重的是，她竟非常反感斯帕沃内那种变态的性交方式，而在平时，她却是那样如鱼得水，求之不得。这天晚上，她竟对斯帕沃内说："你这种做爱的样子，简直是一头驴！"

此言一出，气得斯帕沃内顿时萎缩了。他一下爬下来，坐在她身边，真想用双手将这个女人掐死。但他还是克制住了，只是问她：

　　"太太，我到底哪里出了毛病？"

　　"谁是你的太太？"监狱长年轻的太太躺在那里，拉过旁边的毯子遮住自己的胴体说，"你不要忘了你的身份！我以为你是位绅士，没想到你是这么一个粗鲁的无赖。你以为你真的是这里的总头目吗？告诉你，我已经对你失去了兴趣，我现在感兴趣的，是那位被称作教授的从屋大维镇来的年轻人。我倒真想马上成为他的情人，我想他一定比你富有情调……"

　　"好啦！"斯帕沃内打断了她的话，愤怒地说，"什么教授，我要掐死他！"

　　"我知道你会这么说，"太太说，"你除了这么说，还有什么别的能耐？告诉你，我昨天从窗子里，看到他戴着眼镜在读书的样子，我的心几乎要跳出来了。哎呀，上帝啊，那样子真是一位教授。"

　　斯帕沃内与这位年轻的情人不欢而散。回到牢房后，他又想到了近日内，监狱里许多犯人都在议论这个年轻的"教授"。有些犯人竟变得规矩起来，在开始读书和看报了。这让他想到这位屋大维镇来的年轻人，实在是一位不可轻视的人物。如果不给他点厉害瞧瞧，让他收敛一点，那么，这间像客厅一样的单人牢房，将是属于他的了。于是，斯帕沃内考虑了一天一夜之后，便向吉吉涅洛详细地了解了库托洛的一切。他问吉吉涅洛："你说，那个什么库托洛，真的免费为犯人提供辩护律师吗？他真的把别人送给他的衣服，甚至金表送给其他的犯人吗？"

　　当吉吉涅洛诚实地点了点头之后，斯帕沃内真的感到不可思议，怪不得连他的情人都被感动了。于是，他决定同库托洛进行决斗。他认为只有用这种办法，才能战胜这位年轻人，除此之外他别无选择。

从吉吉涅洛那里得到斯帕沃内要同自己决斗的消息后，库托洛是既高兴又担忧。他这几个月的努力终于有了结果，这种结果就是对斯帕沃内造成了威胁，否则，他不会同自己进行决斗。

自从成为卡莫拉的成员之后，库托洛就对这个组织的过去和现状进行了深入的研究。他知道这个组织同自己家乡的马伊斯托的黑手党一样，是一脉相承的孪生兄弟。当年，他的理想是要成为一个像马伊斯托一样的人，现在，他要取斯帕沃内而代之，成为卡莫拉的头目。如今，斯帕沃内提出要同自己决斗，这实在是天赐良机。但是，让库托洛担忧的是，万一自己斗不过斯帕沃内或者是死在他的手下，那么，自己二十多年的日子就白活了。现在，摆在库托洛面前的只有两种选择——"是生还是死，这实在是个问题"——库托洛就像忧郁的哈姆莱特王子一样，经过冷静的思考之后，决定接受斯帕沃内的挑战，公开决斗。

第二天上午，按照狱中的惯例，库托洛请吉吉涅洛做公证人，并正式通知斯帕沃内同意决斗。

根据双方的约定，决斗是在第三天的中午分监饭时进行，地点是在监狱走廊的交叉点上。双方决斗的武器是弹簧钢刀，决斗的胜者将成为波焦雷亚莱监狱卡莫拉的总头目。

当这个消息传开后，波焦雷亚莱监狱立即沸腾起来，其程度并不亚于当年内务部长马里奥·谢尔巴陪同红衣主教来视察时的情景。这主要的原因是很多人都认为，决斗双方的地位、身份和实力太悬殊了。一个是大名鼎鼎、威震一方的黑手党大头目，另一个则是名不见经传，且又是才 23 岁的无名之辈。这种决斗与其说是决斗，倒不如说是一场谋杀与被谋杀。许多人都为库托洛捏着一把汗，认为他即使当场取胜，也会被斯帕沃内的部下杀死，何况他取胜的机会几乎等于零。如果真要这样去送死，倒不如趁早退出，俯首称臣，常言道，好死不如赖活着嘛。当然，称赞和佩服库托洛这种勇气的也大有人在。以他这样的实力去同斯帕沃内叫板，无异于老虎嘴里拔牙。真是初生牛犊不怕虎，有点男子汉的勇气。许多犯人还根本就不认识库托洛，便到处打听库托洛到底是个什么样的人，很想认识一下。于是，大战未来，胜负未见分晓，库托洛就成了大名人。就连监狱长那位年轻的太太，也娇嗔地要求她的丈夫以巡视为名，带着她到牢房去见一见库托洛。她已将自己视为他的红颜知己，她说她要见见这位勇敢的"烧炭党人"。但是，她的丈夫因为这种视察有公开支持这种决斗之嫌为由，拒绝了她的要求，她继而又要她的丈夫暗中保护库托洛，以防斯帕沃内的部下背后下毒手。监狱长笑着把这位小美人搂在怀中说："你真是一个多情的女人，竟为这么一位自不量力的犯人去担忧，难道你真的爱上了他吗？"

年轻的太太不置可否地莞尔一笑说："你知道了就好，免得到时候又少见多怪。"

监狱长大度地说："我是见怪不怪，你放心好了。"

年轻的太太不再说什么了。

除了这位年轻的太太之外，最替库托洛担心的，还是他牢房的犯人头目吉吉涅洛。他是看着这位年轻的小伙子进来的。走进牢房的第一天那难忘的一幕，他还记忆犹新。当时，他真想把他当成一个"小女人"，结果没有如愿，却把他当成了朋友。他似乎到这时还不相信，这么漂亮潇洒的一位小男孩，真的会朝侮辱他的人的胸

189

脯连开三枪……吉吉涅洛很想取消这场决斗，不做这个公证人，但是，他已经没有这种力量和机会了。

至于库托洛本人，已经不再犹豫了。因为每当他走过斯帕沃内那客厅一样的牢房的窗前，窥见那里面的一切，他都不由得妒火中烧。他常常想：他也是一个犯人，一个杀人犯，为什么他坐牢能坐得这么舒服，就像王子或贵族老爷在这里做客度假一样？他也知道，斯帕沃内并没有三头六臂，也不过是位平常之人，但他凭什么能成为监狱长家中的贵宾，牌桌上的牌友，成为他的太太的情人；为什么在这高墙之外，会有那么多人替他赚钱，为他铤而走险，杀人玩命……库托洛明白，这一切都是斯帕沃内自己赌来的，把他的身家性命和勇气当成筹码押了上去赌来的。结果他成了赢家，才有了今天。因此，库托洛也想赌一把，碰碰自己的运气。他想到家中的父母和兄弟，就是没有赌一把的勇气，结果受苦挨累一辈子。现在斯帕沃内把这个机会送上门来了，他岂能放过。如果他赢了，那么他的一切就是自己的了。

但是，随着决斗时刻的临近，库托洛却变得越来越清醒了。既然是赌博，除了赢之外，还有一种结果就是输。赢和输这两种结果几乎是以相等的概率出现在任何一位赌徒的面前。当时，库托洛想得多的都是赢，而很少想到另一种结果。而现在，赢的结果在开始慢慢地淡化，他开始产生一种恐惧。他坐在牢房里，等待那个时刻的到来，他的身上在冒冷汗，他似乎闻到了一种死亡的气息。

特别当一些犯人从他的窗前走过，就像在动物园看猩猩一样对他指指点点时，他更受不了。他不由得朝这些人看上几眼，甚至恨不得蹿过去，用手中的弹簧钢刀把他们捅上几刀。

这时，库托洛开始真正体验到什么叫害怕。原来，害怕竟是一种如此奇妙的感觉。这感觉会让你的牙齿不由自主地咯咯响，会让你的嘴唇自动发干，会让你时不时地想要尿尿……

库托洛这时唯一能做的事，就是把那把决斗用的弹簧钢刀，机械地擦了又磨，磨了又擦。他并不是怀疑它锋利的程度，而是以此排遣决斗前这难挨的时光。当吉吉涅洛再一次关照他要当心时，他勉强地挤出一笑来回报他的好意。他心中明白，自己的这一丝微笑也是硬装出来的，吉吉涅洛一定看出了破绽。一名看守一边在库托洛的牢房门口例行公事地踱来踱去，一边时不时地唠唠叨叨地说："你这蠢货，真是活得不耐烦。你这个蠢货，真是个教授……"

但是，库托洛却没有对他发火，只是看了这位看守几眼。他清醒地想到，如果惹火了这个家伙，到了决斗时，他恶作剧地把牢门锁上不放你出去，或者是吹起哨子报警，那你也只能是干着急。因为这次决斗在整个监狱几乎是尽人皆知，监狱长之所以没有加以防范，完全有他自己的目的。他原则上不希望发生这样的事情，但他又希望天天发生这样的决斗。因为一个政府的监狱长，大小也是一位政府官员，如果整天去奉承巴结一位犯人，即使这位犯人的地位再高，也总是一件不愉快的事。更不要说还把自己那可爱的夫人赔进来，如果这位监狱长了解这一切，那就更不愉快了。因此，对这次决斗，监狱长此时也同库托洛一样，正在焦急地翘首以待，他也希望早点知道结果。

决斗的时刻终于来了。

在离中午分监饭的时间还有五分钟时，所有的牢房都打开了，犯人们都排着队，朝那走廊的交叉点走去。这是整个监狱的中心点，南北交叉的四排牢房就像个十字架一样，由这个交叉点辐射出去。这个交叉点有一块不大的露天场地，是监狱中犯人经常集中的地方。尤其是开饭的时候，这里起码聚集着一半以上的犯人。库托洛当时之所以选择这样的时间，这样的地点，也是为了趁开饭的机会，在混乱之中尽快地结束这场决斗，让更多的人看到自己是如何干净利索地击败斯帕沃内的，从而提高自己的威信。

随着吃饭的队伍，库托洛咬了咬牙，装出一副若无其事的样子，身上藏着那把锋利的弹簧钢刀，朝决斗的地点走去。在他的身后，紧挨着他的都是他的支持者，主要是预防斯帕沃内的部下趁机捣乱。当库托洛走过一间间的牢房时，那些犯人都心照不宣地在窗前望着他。有的对他挥挥拳头，有的对他无声地一笑……

库托洛无意去理睬这些人的评价，此时他的心里只有一个念头，那就是早点结束这场决斗。无论是"英雄"还是"驴子"，他似乎都不在乎了。为了这一关键时刻的到来，他已经熬过了像死一样的痛苦等待。他现在唯一的希望就是能手持利刃，直面斯帕沃内，痛痛快快地拼一个鱼死网破。是输是赢，也许在冥冥之中，万能的上帝已经安排好了。

走廊里的犯人越聚越多，决斗的消息不胫而走，刺激着这些已经近似麻木的人。在这种地方，看一个人流血或痛苦地死去，也许是这些人最痛快的事情。库托洛终于来到了走廊的交叉点，走到了这个十字架的中心。但是，他抬头四望，却不见斯帕沃内的影子。

库托洛心里一愣，他根本不相信自己的眼睛。他在百倍的警惕当中谨慎地搜索，以防不测。他知道斯帕沃内是一个心狠手辣的家伙，这世界上似乎没有他干不出来的事，他不能不防一手。

然而，五分钟过去了，十分钟过去了……按照约定的时间，已经过去了整整十五分钟，但是决斗的对手还没有露面。

"这是怎么回事？"库托洛不由得问身边的公证人吉吉涅洛，

"难道他害怕了？"

吉吉涅洛也茫然不知所措，眼睛在人群中骨碌碌地转，还是没有看到斯帕沃内的影子，甚至连他手下那几位贴身的保镖都没有出现。

这时，库托洛有了一种预感，这预感让他浑身战栗，心在狂跳。他居然忘记了这是什么地方，居然拔出弹簧钢刀高举过头，一边挥舞着一边大声喊："斯帕沃内，出来！斯帕沃内，有种的就出来！不怕死的就出来！"

库托洛就像疯了一样。他那惊人的狂叫把聚集在这里的几百名犯人吓了一跳。大家都不约而同地看着他，看着他那吓人的样子。

然而，斯帕沃内还是没有出来。

"斯帕沃内，胆小鬼！斯帕沃内，孬种！脓包！混蛋！……"

随着库托洛再一次狂叫，他的支持者也在随声高呼。围观的几百名犯人终于明白了什么，也不禁跟着高呼："斯帕沃内，胆小鬼！斯帕沃内，孬种……"他们真没有想到，这位在波焦雷亚莱监狱称王称霸、养尊处优的卡莫拉头目原来真的是这么一个胆小鬼。犯人们的高呼声此起彼伏，有的发出内心的受骗的愤怒，有的在推波助澜地戏谑。而其中有不少是平日对斯帕沃内诚惶诚恐的老实人，甚至有他那些忠诚的部下。

在犯人们的狂呼声中，斯帕沃内就像一座辉煌的高楼大厦一样，顷刻之间轰然倒塌，土崩瓦解。周围高楼上的狱警吹起了警笛，拉响了枪栓。几十名看守在挥舞着警棍，驱散在这里的犯人，包围了库托洛和吉吉涅洛以及他周围的支持者，一位看守头目走过来，夺下了库托洛手中的弹簧钢刀。

尽管如此，库托洛还是脸带笑容，满面红光地站在这个十字架的交叉点上，享受着他那不战而胜的荣誉。他看到那些被驱赶的犯人频频地回头向他微笑，有的人向他挥舞着手臂，有的人以"V"形手势祝贺他的胜利。

从此，斯帕沃内在波焦雷亚莱监狱销声匿迹，库托洛脱颖而出，成为卡莫拉一位新的领袖人物。

一代黑道枭雄，由此艰难崛起。

第十章

黑道混战　红色旅惹是生非

卡莫拉的崛起，让他的单人牢房像客厅一样豪华；他不仅有七间牢房，还有秘书、保镖和管理人员；一位神父成了他的专职采办人员，每月的薪水在 1000 万里拉以上。

他几次越狱，"疯人院"是他向往的地方。

红色旅绑架天民党议员，又让他漫天要价，有机可乘……

20 世纪 80 年代前后，随着经济的发展和政治的腐败，意大利的黑社会组织走过了二战以后近三十年的恢复期，已形成了一股全国性的恶势力，并开始呈多头状态辐射到每一个角落。这时，西西里"荣誉社团"的黑手党组织虽然占主导地位，但由于经过新旧两党的内讧之后，无论是维齐尼的继承人因科·鲁索，还是新崛起的保罗·邦塔以及纳瓦拉"医生"都不具备在黑手党内称"唐"的素质，因此，只有自愿或不自愿地退出历史舞台，逐渐地销声匿迹。在此三人之后，黑道"新秀"卢恰诺·利焦脱颖而出，领衔主演，似有重整山河之势。但无奈此人也回天乏术，虽称雄一时，最后也不得不锒铛入狱，成为政府的阶下囚。

利焦入狱之后，虽然余勇可贾，余威犹在，但以一囚犯之身，到底难以驾驭大局。于是，各路诸侯便趁机攻城略地，混战一场。最后划地为界，割据一方，从而形成了以巴勒莫五大家族为主要势力的大大小小的派系一百多个。于是，像维托和维齐尼那样一统天下的时代一去不复返了。

不过，尽管如此，"荣誉社团"的势力，在意大利黑道社会还是占主导地位。尽管是一盘散沙，但他们却有一个黑手党"最高委员会"为他们的领导核心。这个经常是由九位成员组成的委员会，将以前的"唐"变成"集体领导"的形式。这种领导形式的转变，就像议会制代替了封建的君主制一样，标志着黑手党新旧之争的结束，封建的旧黑手党已经嬗变为资本主义的新的黑手党。

在黑手党组织演变的同时，与黑手党的性质大同小异的多种形式的黑道组织，在这时也趁黑手党内讧和演变混乱之机，从夹缝里钻出了地面。在当时形成了一定气候的组织，据有关资料记载，大致有前文介绍的以库托洛为代表的那不勒斯帮的新"卡莫拉"和以雷纳托·库尔乔及莫雷蒂为首的恐怖组织"红色旅"。

这三股黑社会势力，在20世纪80年代前后的意大利，几乎是呈三足鼎立之势，将这个国家搞得乌烟瘴气，并且祸及东西欧、南美及美国等许多国家和地区。

无论是黑手党（"荣誉社团"），还是卡莫拉和红色旅，都是黑社会组织，都是"社会不公正、滥用权力、歧视、贫困和失业的产物"（库托洛语），在一般人的心目中，它们都是"黑手党"。但是，它们却是不同形式的黑道组织，无论是实现的目标和犯罪的手段都不尽相同。

黑手党由于其源远流长的历史和社会基础，它始终是意大利黑道社会的老大。其组织严密，人数众多，根基深厚。到了这时，它的主要目的是赚钱、参政。往往是从大处着眼，小处落笔，所做的都是大买卖。在经济领域中实行行业垄断（如娱乐业、建筑业、股市、金融等）和跨国贩毒，在政治上向政界渗透，控制地方政府和议会，成为议员和上流社会的"体面人"，这是其主要目标。其手段除了权钱交易之外，当然也不排除武力和暗杀。

卡莫拉的目标和手段与黑手党几乎是同出一辙，所以前文曾称它为黑手党的"孪生兄弟"。不过这位后出生的"弟弟"实在晚得太多了些。由于它出现的时间不长，因此，无论是从实力、气度和作风上，都无法与黑手党同日而语。同时，卡莫拉又分成"卡莫拉"和"新卡莫拉"两大派系。卡莫拉的历史虽然不长，但却经历了长达六年之久的内战，内战的结果是以拉法埃莱·库托洛为首的"新卡莫拉"战胜了斯帕沃内所在的那一派，从而裂变为诺瓦·法米利亚和诺瓦·卡莫拉两大派。库托洛成了诺瓦·卡莫拉的首领。六年的内战是残忍的，八百多人在这场内战中丧生。

卡莫拉的目标是黑手党的，而它所使用的手段却同红色旅的没有多大的区别。

红色旅是一种地地道道的恐怖组织，暗杀、绑架、劫持几乎既是它的目标，也是它的手段。这样的一种组织，既没有社会基础，又很容易成为政府首先打击的对象，因此，它的短命也是必然的结果。

同时，由于红色旅的主要活动地域又同库托洛的卡莫拉同处于那不勒斯地区，因此，这种"一山不容二虎"的形势又决定了它与卡莫拉之间，只能是你死我活。"黑吃黑"是卡莫拉与红色旅之间的主要表现形式，联合永远是短暂的。结果在卡莫拉的挤对和意大利政府的打击下，红色旅这一恐怖组织在短短的八年之内，就烟消云散了。

但是，尽管红色旅的历史短暂得如同过眼云烟，但在意大利黑道社会中，却是一个令人谈虎色变的角色。

1978年，红色旅出道伊始，便做出惊人之举，绑架并杀害了意大利天主教民主党主席、曾五次担任政府职务的著名政治家莫罗，并在绑架时当场击毙了莫罗的一位秘书和一位保镖。红色旅这一"奠基之作"真是一鸣惊人，让意大利全国陷入一片恐怖之中。

面对红色旅的穷凶极恶，意大利政府采取了紧急措施，立即派出赫赫有名的卡尔洛·阿贝尔托·达拉·基耶萨将军去对付红色旅。由于红色旅在国会中没有"内线"，这项决定很顺利地付诸实施。于是，红色旅遭到了灭顶之灾。

基耶萨将军，可以说是意大利武装部队中最优秀的军人。他出身于军人世家，二战期间，他参加了反法西斯游击队，曾立下赫赫战功。二战结束后，他继续在宪兵部队中服役。当他还是西西里岛科莱奥内地区一位年轻的中级军官时，便开始了同黑手党斗争的生涯。

有一次，他率队搜捕到了一伙谋害工会领导人的黑手党党徒，将他们一个个逮捕归案关进了当地的大狱。但是，当法庭开庭审理这伙暴徒时，在场的西西里群众由于害怕黑手党报复，谁也不敢走上法庭作证。于是，最终由于证据不足，让这伙暴徒逃脱了法网，未得到应有的惩罚。这件事，让年轻的基耶萨既懊丧又痛心，让他深感不安，认识到黑手党是危害意大利社会的罪恶之源。作为一位具有正义感的年轻的意大利军人，他发誓要与黑手党斗争到底。

不久，基耶萨调离了西西里，回到军队中服役。几年后，他荣任意大利武装部队少将司令官，对黑手党和恐怖主义分子给予了致命的打击，立下了汗马功劳，维护了一方治安，让许多黑手党暴徒闻风丧胆。

当天民党主席莫罗被害，黑色恐怖笼罩着意大利时，基耶萨将军又奉命出征西西里，捕剿红色旅。当时，很多人都为这位将军担忧，但他却义无反顾。来到西西里后，他立即真刀真枪地干起来了，从政治、经济和社会生活的各个方面，采取强硬的措施，扼制黑手党的公开发展，并多次亲自率部对黑手党的头目进行侦缉和追捕。最能证明他的决心的，是他建议政府在离罗马 300 公里远的荒漠地带，专门建了一座福尔内利监狱。他当时立下誓言，要把红色旅的创始人库尔乔和弗朗切斯基尼等杀人魔王，亲手送进这座有特殊防范装置的监狱，让他们在这个暗无天日的监狱之中结束罪恶的一生。

果然，在福尔内利监狱完工后的三个月，在一次对红色旅毁灭性的捕剿中，库尔乔和莫雷蒂等匪首落网，被关进了这座监狱。

库尔乔等人的被捕，对红色旅来说实在是一个灭顶之灾。从此，这个横行一时，令人谈虎色变的恐怖组织便一蹶不振，土崩瓦解，只有一些漏网的残部在不时地兴风作浪。

基耶萨将军由此被公认为是打击黑手党的专家，被意大利人誉为"黑手党猎人"。他也由此被晋升为西西里宪兵总司令。

但是，红色旅虽然元气大伤，但并没有完全覆灭。在红色旅那不勒斯支队头目乔瓦尼·森扎尼的策划下，红色旅又于 1981 年干出了一件震动意大利的"壮举"——

1981 年 4 月 27 日早晨 7 时 30 分，罗马广播电台突然播出了一条"爆炸新闻"：那不勒斯地区天主教民主党的著名镇政府委员奇罗·奇里洛在"希腊塔"镇上的家中被绑架。此镇坐落在那不勒斯湾东岸维苏威山下，离那不勒斯约 10 公里之遥……

这条新闻一播出，令朝野震惊，尤其是那些天民党内的政界要人，更是惴惴不安，惶惶不可终日，大有灾难临头之状。

一个镇政府委员被绑架，为何令这些大人物如此震惊？

原来奇里洛虽是一位地方政府委员，但却是一位手眼通天之人。此公是天民党内派系的核心人物，是帮派的灵魂。在他的手中掌握着党内的许多重要机密。三十年来，天民党的政客们滥用职权、敲诈勒索和进行欺骗活动及危害国家的种种伎俩，都在他心中藏着。他还掌握着政府部门的许多高级官员在承包工程、审批营业许可证和意大利南方开发基金谈判的内幕及银行信贷方面的丑闻。如果他一旦经受不住死的威胁和折磨，将这些内幕和丑闻泄露出去，那么，将会对天民党造成无法估量的损失，甚至会动摇整个政府的根基。那时，又不知有多少政府显要人物被押上历史的审判台。

因此，在这条新闻还没有播出之前，政府内务部、公安部、警察总署及有关部门的官员就以极为少见的速度迅速召开了联席会议并及时采取了措施，决定立即探明奇里洛的下落并紧急营救。

几乎是在新闻广播的同时，当局就出动了大批军警，三步一岗，五步一哨，在那不勒斯的重要路口设立了一百多个岗哨，封锁了陆地上所有的路口和那不勒斯湾的港口，搜捕绑架者，检查所有来往的车辆，禁止港口的任何船只出港。与此同时，从罗马军用机场起飞的十五架军用直升机，立即飞临那不勒斯地区上空，监视和搜索维苏威山麓和周围的城镇、村庄。

上午 10 时许，有关方面得到了准确的情报：绑架奇里洛的是红色旅那不勒斯支队，主要策划人是该支队头目乔瓦尼·森扎尼，但奇里洛被关押在何处却下落不明。

这个情报传到天民党总部之后，这些政府大员们异常忧虑和恐慌。时任天民党政治书记的弗拉米尼奥·皮利科立即命令意大利警方，尽快探明奇里洛的下落，不惜一切代价，在三天之内将其从红色旅手中营救出来。

意大利警方接到命令之后，一方面继续加紧封锁和搜索，另一方面派出大批高级密探，前往那不勒斯地区侦查奇里洛的下落，甚至连有名的王牌警探帕齐恩扎这样的人物都用上了。但是，三天的时间过去了，奇里洛依然踪迹杳然，甚至连红色旅的消息都没有得到，好像不复存在了一样。在这三天当中，抓得最多的却是库托洛的卡莫拉分子，在许多关卡上他们纷纷落网，许多走私的物品被查获，车辆被扣压。但是，这时意大利警方对这一切都不感兴趣，他们要的是奇里洛和红色旅，而不是他们。

不过，许多卡莫拉分子相继落网，却让卡莫拉的新头目库托洛十分不安。尤其是那些遍地密布的关卡、岗哨，对他们的行动造成了极大的威胁，成了他们行动的障碍。库托洛当然清楚，只要奇里洛没有被红色旅释放，这些关卡的岗哨就永远不会撤。如果长期这样下去，卡莫拉就会遭到巨大的损失。

因此，当他从电视中得知奇里洛被绑架的消息之后，他几乎是与罗马政府在同一个时间内，在狱中召集了他的得力部下、二号人物卡西洛，外号"野兽"的杀手帕斯夸莱·巴拉和护法人拉法埃莱·卡塔帕诺等人，召开了一个紧急"碰头会"。在会上，库托洛果断地向他的部下下达了三条死命令：一、立即停止对红色旅的攻击，包括关在狱中的红色旅分子和外面的那不勒斯支队乔瓦尼·森扎尼的部下；二、必须在意大利警方之前，找到奇里洛的下落，并同乔瓦尼·森扎尼取得联系，使他不要杀害奇里洛；三、尽快做好同罗马政府和天民党谈判的准备，争取红色旅能把奇里洛"引渡"过来，使他成为卡莫拉手中的一张"牌"。

库托洛的这三条命令，立即通过各种渠道，传达到了那不勒斯地区所有的卡莫拉组织和周边地区，无论是关在监狱里还是在外面继续为非作歹、贩毒走私的卡莫拉分子，都立即不折不扣地执行。库托洛这样做的目的，当然不是为奇里洛和天民党担忧，一切都是为了他的卡莫拉。他要利用这次机会，去同罗马政府和天民党讨价还价，因为他知道，能找到奇里洛的，能把奇里洛从红色旅手中解救出来的，也只有他的卡莫拉。当然利焦的黑手党家族也有这种能力，但他们远在西西里，并且他们也没有兴趣过问此事，他们感兴趣的是赚钱。

现在，遍地的关卡和岗哨，使卡莫拉的行动受阻，更让库托洛感到他的决策及时和正确。他对这几天卡莫拉所受的损失并不担忧。他知道，凡是被政府查获的物品和扣压的车辆、人员总有一天会完璧归赵的，关键是要尽快找到奇里洛。只要找到了奇里洛，他就会赚一笔狠的。但三天过去了，各地反馈过来的信息，也让库托洛着急。他知道比他更急的大有人在。那些人就是天民党人和罗马政府的某些要员，他们肯定像热锅上的蚂蚁一样度日如年。因为他们既知道奇里洛是一个贪生怕死的软骨头，也知道乔瓦尼·森扎尼是一个无恶不作的恶棍和虐待狂。当年红色旅的总头目库尔乔被捕时，乔瓦尼曾一口气亲手连杀了二十名基耶萨将军的别动队队员，并将五十名俘虏装进麻袋，用棍棒打成肉饼后抛入那不勒斯湾，震惊了罗马政府和意大利整个黑道社会。被称为"杀人魔王"的黑手党头目利焦听到这个消息后都说："我一次最多只能一口气杀十五个人，杀二十个我恐怕做不到。"

所以，在这漫长的三天当中，奇里洛受到了什么样的折磨，他供出了多少内幕，这是令意大利当局和天民党最为胆战心惊的事情。库托洛预料到：不在今天就在明天，天民党或意大利当局的人就会来监狱里找他。因此，他充满信心地在等鱼上钩，并在心里设计好了一条寻找奇里洛的途径。他知道，只要找到了奇里洛，他就可以"卖"个好价钱。

果然不出库托洛所料——第五天一清早，卡西洛就来到库托洛的单人牢房。他不是来报告奇里洛下落的，而是对库托洛说："拉费，有两个便衣警官、米利亚诺镇的镇长格拉纳塔和亚科拉雷进了监狱长的办公室。我想这些人的到来一定同你有关。"

库托洛一听，便点一点头，心中有数了。因为在来的四个人当中，有两个同他有密切的关系。一个是镇长格拉纳塔，他是库托洛的老朋友，又是天主教民主党人，他的到来，显然是受天主教民主党之托。另一个亚科拉雷，既是库托洛的从小的恩人和偶像马伊斯托的外甥，又是自己一名忠实的区域头目。这两个人无疑是天民党的说客，前来游说自己。至于那两位警官是何许人也，库托洛暂且不管许多，他只是立即按照自己设计的计划，理清了一个达到目的的思路。

一会儿，果然来了一位看守对库托洛说："监狱长请你去一下，库托洛先生！"

这种公开的客气，显然是这四位来人的吩咐，库托洛更证实了自己的判断。

当库托洛一走进监狱长办公室，格拉纳塔等人立即迎上前去，就只差没有热情拥抱和吻面颊。

稍微客套了一下后，格拉纳塔首先单刀直入地直奔主题："拉费，我们请你帮忙，救出奇罗·奇里洛。他是个好人，对很多人有用，又是一个称职的丈夫和父亲。"

库托洛不由得冷笑了一声说："请你不要从这个角度去评价那位尊敬的镇委员，镇长先生，只要说他'对很多人有用'就够了。我理解你们的心情，我也知道他不是一个普通的人。但是你能告诉我，是谁派你们四位来找我的吗？"

格拉纳塔微笑了一下，两手一摊，耸了耸肩膀，做出了一种无可奈何的姿势，好像在说"无可奉告"。

亚科拉雷一见，便上前一步说："拉费，请你不要为难格拉纳塔，就看在我舅舅马伊斯托的分儿上帮他一次……"

"得了得了，"库托洛毫不客气地对亚科拉雷说，"你舅舅是个体面人，我拉费如今也是个有身份的人。格拉纳塔，我的朋友，如果你们贵党真有诚意求助于我，真有诚意尽快地解救出你们的委员先生，请原谅我的直言，我必须坦诚相见，派能说话算数、在党内有分量的重要人物来见我，不要派你们这样的朋友来和我叙旧。请你们回去转告我的意见。再见。"

库托洛说完，转身就朝门外走去。

库托洛为什么敢如此傲慢？他真的是如他所说的那样，是一个"有身份的人"吗？这时他所在的监狱是意大利中部的马尔凯大区的阿斯科利皮切诺，而不是位于西西里岛西部的波焦雷亚莱监狱——他又是如何从波焦雷亚莱监狱来到阿斯科利皮切诺监狱的？在这里有必要把这些过程补充交代一下。

在波焦雷亚莱监狱那场同斯帕沃内不战而胜的决斗中，库托洛一时声誉鹊起，顺理成章地取代了斯帕沃内的地位。库托洛利用这一良机巩固自己的地位，进一步用各种手腕扩充自己的势力，收买人心。于是，没有多久，他的羽翼就迅速从监狱内发展到监狱外，抢占了那不勒斯地区的大片地盘，同诺瓦·法米利亚家族大动干戈。卡莫拉的内战结束后，库托洛就成了卡莫拉新的头目，在那不勒斯地区独霸一方。尽管库托洛这时还在狱中，但他已成为在黑道社会呼风唤雨的人物。外面的朋友特地从老远的屋大维镇来看他，给他送东西和送吃的。维苏威山下的圣朱塞佩维苏村一家服装厂的老板，专门开着汽车来到狱中找库托洛，要把他厂里三分之一的股份送给他。库托洛觉得有些不理解，问他为什么要送他这么多股份。这位老板实话实说："送了你股份，才不会有人来敲诈和捣乱，否则，我的服装厂要关门了。"

库托洛一听，就笑着对他说："你不用送我股份，我也会保护你的，你放心好了。"

这位老板还是不相信，硬是要库托洛接受他的股份。谁知库托洛被他缠火了，他大声说："你把我看成什么人了？为什么不相信我？如果我不想帮你，即使接受了你的股份，我也可以不认账。我看你还是收回去吧，我说话是算话的。"

这样，这位老板才千恩万谢地走了，而他的服装厂从此再也没有人敢来找麻烦。

1976年4月的一天，波焦雷亚莱监狱发生暴动，许多犯人都逃到屋顶上不肯下来，抗议当局将他们长期关押而不进行审判。狱警和宪兵包围了他们，双方僵持不下。监狱长担心闹出大乱子难脱干系，只好请库托洛出面。库托洛爬上了屋顶，和他们商量了一下，并向狱方和司法部门提出了条件。监狱长马上答应了他们的条件，库托洛也愿出面担保。犯人们知道库托洛的威望，相信这些条件都能兑现，便从屋上下来，自动地走回监狱，一场暴乱就这样平息了。第二天，电台和报纸都报道了这条新闻，库托洛成了新闻人物，整个意大利和黑道社会都家喻户晓。果然几天之后，法院派人来调查审理，许多犯人由于证据不足而被无罪释放。库托洛也由此身价倍增，成为名副其实的卡莫拉领袖。

1976年年底，在卡莫拉内部最后的一次火拼中，斯帕沃内被库托洛的部下打得面目全非，鼻子没有了，耳朵丢了一只，嘴巴被子弹打去了半边，躺在医院里奄奄一息。这时，他才知道自己根本不是库托洛的对手，在意大利根本没有他立足的地盘。在他伤势稍微好一点的情况下，便悄悄地移居到美国芝加哥他的弟弟那里去了。斯帕沃内后来在芝加哥进行了整容，修复他的鼻子、眼睛、耳朵，据从芝加哥传来的消息说，在斯帕沃内的那张脸上，至少嵌进了三十多块塑料代用品，才使他的面目变得像个人样。整容的费用花去了8000多美元。

从此，斯帕沃内再也没有回意大利。

从1963年入狱到1977年，库托洛已经在不同的监狱关押了十四个年头。他现在已经是大名鼎鼎的卡莫拉的首脑，无论在哪座监狱里，他都能享受到当年斯帕沃内一样的特殊待遇。他有像客厅一样的单人牢房，牢房内有书橱、彩电、健身器材、私人浴室及电话和许多豪华家具，同时还有打字机和私人秘书。他每天就像国家总理一样批阅文件、写信和口授各种指令，由私人秘书打印好，等他亲自签字后通过地下交通网发往那不勒斯及周围的卡莫拉组织，由下面大大小小的头目去执行。但是，他这种身份和处境，毕竟不利于卡莫拉的发展。

于是，卡莫拉的二号人物卡西洛便通过上层关系，于1977年

5 月 12 日，迫使那不勒斯法院做出了"库托洛精神不正常，是个疯子"的判决，并下令将库托洛立即转入疯人院进行治疗，治疗时间至少是五年。

对于这种判决，库托洛简直哭笑不得，他真不知道监狱外面的那些卡莫拉人用了什么魔法，居然能调动那么多律师、精神病医生、心理学专家和法官，共同制造这么一个谎言。他在心里说，这些人倒真是疯子。

三天后，库托洛真的被送到了那不勒斯的圣埃弗拉莫司法疯人院，并受到了疯人院院长全家的热情欢迎和盛情款待。库托洛知道，疯人院是他重新获得自由的第一步。想到自己马上又要恢复失去了十四年之久的自由，他不禁心潮澎湃，激动无比。晚上他难以入睡，便提笔写了一首长诗，庆贺自己的胜利，讽刺这视庄严为儿戏的法律和法庭。

库托洛在诗中写道：

> 法庭突然变得寂静 / 庭长只不过是奴仆 /……律师甘杰里·斯皮耶齐亚和马扎发表辩护演说 / 库托洛是疯子一个 /……法庭内气氛紧张而又严肃 / 死一般的沉寂 / 庭长宣布判决 / 库托洛应进入疯人院 / 让他养病五年时间不为多 /……匪首库托洛与众人告别 / 像无罪的人那样离开了法庭。

进入圣埃弗拉莫司法疯人院之后，库托洛实际上等于被释放了。院长和看守完全成了他的仆人和跟班，他可以吩咐他们为自己做任何事情。在这里，他竟可以随便用院长的电话，除了同国内的卡莫拉组织联络外，还可以打国际长途电话，连电话费都不用自己掏。在疯人院的几个月内，他竟利用院长的电话，同南美的秘鲁和哥伦比亚等国的毒品贩子，做成了几宗可卡因的大买卖。

尽管在疯人院有这么多的自由，但这毕竟不是久留之地，不是真正的自由。作为一名卡莫拉的总头目，他最终的目的是通过这个疯人院来逃出监狱。随着卡莫拉组织的扩大和经济实力的膨胀，卡莫拉急需库托洛去主持大政。于是，一个越狱计划便悄悄地出笼了。

1978 年 2 月 5 日清晨，一声巨响打破了疯人院的沉寂，许多真正的疯子都吓得手舞足蹈。疯人院的围墙炸开了一道几米长的大缺口。许多看守都涌向这个缺口，而库托洛则在另外几个看守的护卫下，坐上了一辆崭新的雪铁龙小轿车，从大门口出去，急速地朝意大利的南方逃去——他们炸开围墙的目的，只不过是给警方的调查释放的烟幕弹，好为疯人院的院长和看守们开脱。

库托洛顺利地逃出疯人院之后，隐蔽在距那不勒斯 100 公里远的南方小镇埃博利市的一位农民的家中。当晚，他从电视中看到了大批警察和宪兵搜捕自己的报道，他同周围的部下开心地笑了。从此，他利用搞来的假身份证开着车到处联络，会见各地卡莫拉的头目，召集各种会议，并去了一次屋大维镇，回到阔别了十四年的家中，见到了苍老的父母和妻子、儿子。他当年走的时候，儿子还在妻子怀中嗷嗷待哺，如今却是一位英俊少年了。库托洛不禁感叹唏嘘良久。

库托洛利用这段难得的自由时光，整顿了卡莫拉组织，健全了各种机构。他还会见了许多黑社会的头目，做成了几桩大生意。并强迫屋大维镇的镇长，为自己的家买下了一幢有三百六十五间房间的贵族庄园，把它装修一新。他让他的家人搬进去住，他把这庄园叫作别墅。他希望有朝一日自己真正自由了，来这别墅享受一下，每天晚上睡一间房间，一年轮换一次，尝尝那种贵族老爷的滋味。

在那不勒斯活动了一段时间后，他又化装成一名建筑企业家，戴着金丝边眼镜，穿着高档的西服，结着领带，提着高级旅行箱，利用一张假护照，从米兰国际机场乘飞机，去了一趟美国纽约，会见了纽约两个重要黑手党头目弗朗索瓦和甘比诺。美国之行让他在黑道社会获得了意外的声誉，奠定了不可动摇的地位。

库托洛在潜逃期间所做的这一切，虽然也有时会碰到一些麻烦，但每次都是有惊无险，逢凶化吉。这其中有他化妆术的高超，也有许多次是检查的宪兵和警察故意装聋作哑，给他卖个人情，为自己留条后路，免得今后狭路相逢时都不好说话。库托洛把这些聪明的军警都一一记住了，并在记事本上写下了他们的地址和姓名。

最风光的一次是在那不勒斯城内卡拉乔治大街夜总会的集会，这次集会，是为了庆祝库托洛在米兰亲自同西西里的黑手党头目弗朗哥斯·图拉泰洛谈成的一桩毒品买卖的大生意。这桩大宗可卡因生意，是由库托洛的卡莫拉从秘鲁进口，运到米兰，再由图拉泰洛的部下，通过在伦巴第大区的网络销售。这桩买卖是卡莫拉同黑手党联手合作的第一笔大生意。在后来的运作过程中，双方既避免了以前的那种冲突，又合作得愉快且成功，而且收益颇丰。从此，贩毒成了卡莫拉最大的生财之道。

米兰之行的成功，让库托洛成为卡莫拉的英雄人物，庆祝会在那家夜总会举行。当卡西洛、罗萨诺瓦、萨尔瓦托雷等卡莫拉头目，簇拥着库托洛走进夜总会时，其他的顾客一见阵势不对头，便纷纷离去，使得卡莫拉的几十号弟兄玩得相当开心。尤其值得一提的是，库托洛的情妇拉迪亚也特地从鹿特丹赶来了。

拉迪亚是突尼斯人，漂亮而又性感，是库托洛一生当中最中意的女人。拉迪亚 27 岁时与库托洛相识，两人一见钟情，坠入情网。尽管库托洛一直身陷囹圄，她却痴情不改，多次去监狱探视并在那里过夜。不幸的是，那时库托洛也只能像当年斯帕沃内同监狱长的太太偷情一样，到看守的值班室去共度良宵。但这样并不影响他们爱得死去活来。他们生有一个女儿，名叫约斯娜，已经5岁了，天真又可爱。在这次晚会上，拉迪亚始终含情脉脉地站在库托洛身边，或与他翩翩起舞，或同他频频举杯，就像一对新婚夫妇，把这次晚会变成了他们的婚礼，让库托洛风光十足，让其他的头目嫉妒而又眼红。

从美国回来之后，库托洛经常藏身在阿尔巴内拉的一个住处。这时，意大利警方和国际刑警组织已根据掌握的情报，加紧了对他的搜捕。结果，在他越狱潜逃十五个月后的1979年5月14日，又被警方在阿尔巴内拉的藏身处逮捕归案，重新关进了波焦雷亚莱监狱。

当天晚上罗马电视台的电视新闻节目播放的这一新闻，震动了意大利全国。库托洛也从自己单人牢房的电视中看到了这一新闻。他对那位主持节目的小姐口口声声称他为"新卡莫拉组织的头目"，感到非常自豪，尽管他被捕时没来得及刮胡子，被戴上手铐时的样子似乎有些狼狈。

这时，波焦雷亚莱监狱的规模又扩大了，犯人比库托洛第一次进来时多得多。仅关押在这里的卡莫拉组织成员就有五百多人，除此之外还有黑手党和红色旅分子及其他罪犯，加起来不下一千人。但这里依然是卡莫拉分子的天下，他们除了在人数上占优势之外，还拥有各种武器，包括手枪、冲锋枪和各种烈性炸药制成的"手雷"，此外还有刀、匕首之类的多种冷兵器和充足的弹药。这些武器加起来，几乎可以装备一个连。

库托洛"二进宫"，让这里的卡莫拉分子欣喜若狂，他们就像欢迎一位国王一样欢迎他，就只差没有放礼炮。从早到晚，到库托洛牢房拜访的人络绎不绝，并为库托洛专门安排了清洁工、多名工作秘书和生活秘书，保镖是由那些够资格的小头目轮番充当，每天至少五个人。

库托洛就像一位休假归来的总理一样，又在他的"办公室"一天忙到晚，接待来访者，处理各种信件和包裹。这些来访者中，除了监狱里的黑道人物之外，还有外面的黑帮头目，经常化装成巨商名人，开着车子来找他汇报或谈判。那不勒斯、米兰及西西里等地许多企业家、老板、银行家也时常来拜访这位卡莫拉头目，有的来寻求他的保护，有的是专程送钱送物来的。维苏威山下的那家服装厂的老板，一次竟专程送来了两百套高级夏季服装。库托洛这次却没有推辞，自己留下几套后，把其余的送给了其他犯人和看守。有许多老板是主动来向卡莫拉捐献活动经费的，以求得他们的保护，其中有米兰的跑马场、那不勒斯的一家西红柿加工厂、米兰豪兴公司（即赌场）等几家老板出手都是 30 亿里拉以上。甚至连罗马一家歌剧院的老板也专程来"孝敬"了 20 亿里拉。

1980 年 9 月，即库托洛被捕十四个月之后，那不勒斯法庭对他进行公开审判，同时出庭的还有十二个卡莫拉头目。这次审判惊动了全意大利和世界黑道社会，国内外各路记者来了三百多人，法庭旁听的门票竟炒到 5000 万里拉一张。罗马、米兰、佛罗伦萨等地的许多社会名流和贵夫人及小姐们，竟为一睹库托洛的"风采"，不远千里而来。当库托洛衣着整洁华贵、谈笑风生地出现在法庭上时，旁听席上一片哗然，那些太太小姐都说他像一位"正经人"，摄像机、照相机一阵狂拍。库托洛那幽默风趣的自述和辩护，那落落大方的谈吐，加上他文质彬彬的儒雅风度，配上一副近视眼镜，让许多所谓的名流自叹弗如。旁听席上一位下台的内阁部长不禁悄悄地对旁边的人说："真像一位年轻而成熟的教授。"

在法庭辩论休息时，罗马阿韦利诺足球俱乐部主任、建筑企业家安东尼奥·西比利亚，竟让有名的球星朱亚里走到被告席上，代表他授予库托洛一枚伊尔皮足球队的金质奖牌，并献上一只签了名的足球。金牌的一面刻有一只狼，另一面是"致敬"两个字。这一插曲让整个法庭一片疯狂。库托洛佩着金牌，双手高捧着足球，让那些记者们拍个够。

这次审判像一台闹剧似的草草收场，未对库托洛和他的同党做出任何实质性的判决，但却让他们又一次大出风头。

1980年11月30日，星期日，是个探监的日子。库托洛的家属和辩护律师们一起来到监狱。他的律师告诉库托洛，法庭将又会很快地做出他是一个"疯子"的判决，并又会很快将他送进疯人院去"治疗"。

库托洛当然知道这又是他重获自由的前奏，但他对这种故伎重演并不感兴趣。他对他的律师说："你们就不能来点新的花样换一种手法吗？好像我们卡莫拉的人都是神经不正常的人。"

那些律师一听，马上收起了得意的笑容，连连说："我们另想办法，一定会让你满意。"

然而，律师们的新招还没有出笼，波焦雷亚莱监狱所在的那一带，就突然发生了一场6级的大地震。地震中心虽不在这里，但这里同样是雷鸣电闪，暴雨倾盆，监狱的围墙和牢房都倒塌了，许多犯人都在一片混乱之中四处逃走。这时，卡莫拉的几位头目也要库托洛趁机潜逃，但库托洛却拒绝了，他说："这样出去很不光彩，我们要体面地走出监狱的门。"

库托洛虽然没有逃走，但却命令那些关押在这里的卡莫拉分子一哄而散，并指派几个头目，将关押在这里的八个红色旅的头目全干掉了。这件事干得神速而又隐蔽，让他的部下心服口服，惊叹不已。

地震之后，众议院议员米尔泰洛来波焦雷亚莱监狱视察，其实，这位议员此行的主要目的是为西西里的黑手党当信使。黑手党最高委员会从报纸上得到波焦雷亚莱监狱发生了地震和八名红色旅头目丧命的消息后，都知道这是库托洛干的，便决定同库托洛的卡莫拉和平共处，并就共同关心的问题达成协议。

在一位狱警的陪同下，米尔泰洛议员以官方的身份，在库托洛的单人牢房里，单独"视察"了这位能"认罪守法"，没有趁地震之乱越狱潜逃的要犯，然后悄悄地交给他一封信，轻声地对他说："卢恰诺·利焦向你问好。"

库托洛先是一愣，然后会意地点了点头，将这位议员送到了牢房门口，目送他向监狱长办公室走去。

这是利焦写给库托洛的一封长信。此时利焦虽然也在狱中，但他手下的两名大将萨尔瓦托莱·里纳和贝尔纳多·普罗文扎都已经是意大利黑手党最高委员会的成员。在最高委员会的九名成员中，利焦的科莱奥内黑帮占有两名委员，从而使这一派成了黑手党这座宝塔的塔尖，西西里五大黑手党家族都要仰他的鼻息，看科莱奥内帮的眼色行事。

利焦在信中希望卡莫拉能同黑手党握手言和，成为大家庭的一员，他说："骷髅永远不会吉利，休战彼此都没有损失。"他还在信上对库托洛上次的米兰之行，同黑手党头目弗朗哥斯·图拉泰洛签订的那份可卡因生意的协议表示满意。他认为这就是"休战的开始"。同时，还对库托洛及时果断地处理了八名红色旅头目的行为大加赞赏。利焦在信中说："近年来，你的卡莫拉一年都要杀死三四百人，但这些人大都是该杀的，不过希望你今后还是少杀人，除了万不得已；而红色旅则是一个杀人的疯子，败坏了我们大家的名声，消灭他们是应该的。”

米尔泰洛这次视察波焦雷亚莱监狱，除了给库托洛送来了利焦的信之外，还为他办了两件事。一是为地震灾区发放了 500 亿里拉的贷款，帮助灾民修建倒塌的房屋和重建市区的几条公共汽车线路。库托洛当时对他说：“灾民都住在露天里，市区也破烂不堪，你回去可以以我的名义，叫那不勒斯的那些银行老爷们清醒一点，叫你的政府清醒一点。”二是帮库托洛本人办成了转狱的事。库托洛说：“我必须尽快地转到阿斯科利皮切诺监狱去，我那里有很多朋友和几笔大宗生意，我不在那里很不方便。另外，伊玛科拉娜小姐也愿意随我去那里，她说她很适应那里的气候。”

伊玛科拉娜是库托洛的另一位情妇，也是库托洛喜欢的女人。她很年轻，长得很甜美，像好莱坞的艳星玛丽莲·梦露。库托洛总觉得自己配不上她，有时总是对她百般迁就，没有同拉迪亚之间的那种老夫老妻的感觉。当伊玛科拉娜经常说想去意大利中部时，库托洛便答应了她。这也是他希望尽快转狱的原因之一。

这位天民党的众议员米尔泰洛回到罗马后，立即去了一趟司法部，于是，库托洛便很快由波焦雷莱亚监狱，转到了位于意大利中部的阿斯科利皮切诺监狱。这是意大利全国最贫穷的地区之一，全市只有五万人口，但有三分之一的人家住在用木板和茅草、油毡搭成的窝棚里。

但是，库托洛转到这里的阿斯科利皮切诺监狱后，却一共占据了七间双人牢房和五间单人牢房，分别供他的秘书、保镖和服务管理人员居住。他自己的单人牢房内的陈设，除了照波焦雷亚莱监狱的模式一切应有尽有外，还增加一台上下双门的立式电冰箱。这里的神父马里亚诺·桑蒂尼除了专职为他布道祈祷之外，还是他的狱中临时采办，除采购食品、水果之外，还负责采购衣饰、鞋袜、电动剃须刀架和花露水之类的化妆品，因为他的情妇伊玛科拉娜现在几乎是与他同居。监狱长科西莫·乔尔达诺为自己的监狱能住进这样一个"大人物"而感到自豪，从而也受到许多同事的尊重，所以，他不惜一切地讨好这位"大人物"，生怕库托洛过不了多久又"跳槽"。当然这种优待也是上司授意的。

每天早晨晨祷之后，这位神父采办就开始了他一天的另一件工作，往往一直要忙到深夜，而库托洛付给这位采办的工资也很可观，每月都在1000万里拉以上。

库托洛每天照常繁忙地工作，接见、开会、处理文件，下达指令或玩情妇和其他女人，只有到周末才会有空去监狱长家去做客，只有在监狱长家中的餐桌上和书房里，他才能喝点高度的白酒，因为这时他可以休息，头晕点也没有关系。何况，这位科西莫还是一位十分宽容又通情达理的朋友。

——这就是库托洛为什么能如此傲慢，丢下那四位官方说客夺门而去的原因。这也是他这几年来，从波焦雷亚莱监狱到阿斯科利皮切诺监狱的人生历程。从以上这冗长的补充叙述中，不难看出，他确实是一位"有身份的人"，库托洛并没有说假话。

这时正是1981年的春天，库托洛在这里尽情地感受春天的气息。到这一年的12月10日他才刚满40周岁，正是人生的盛年。虽然在这四十年，他差不多有一半的时光是在监狱中度过的，但他并没有为此而懊悔。

因此，每当黄昏时，他总要站在窗前，眺望着高墙外那些荒凉的小山，看看那些葱茏的新绿和在风中摇曳的野花。但更多的时间，他总是捧着一本意大利那些古往今来著名诗人的诗集在轻轻地朗诵。他读得最多的是但丁的《神曲》，但却不喜欢他的《地狱》。

他也经常写一些诗，派人送到罗马或佛罗伦萨，用化名发表。但那些知情人知道是他写的，因此许多人都把他称作"魔鬼诗人"。

库托洛对此也很自豪。

如果不是红色旅节外生枝，库托洛这年夏天是很惬意的。奇里洛的被绑架让他没了诗意。因此，他有些恨这些惹是生非的红色旅分子，他不仅要尽快地找到那个被绑架的委员奇里洛，还要趁此机会借刀杀人，最后剿灭红色旅的残部。不过，在政府面前，库托洛认为一定要把姿态做足，否则，自己就太不值钱了。他知道在这关键的时刻，能帮天民党一把的，只有他库托洛了。

果然，当库托洛站起来要向门外走去时，两位警官立即走上前来拦住了他。其中一位几乎是以哀求的口吻对他说："您能否立即同红色旅分子进行联系？如果愿意这么做，我们可以提供一切方便，比如说，把那些在押的红色旅头目立即带到您这里来……您说呢？"

库托洛看了这位警官一眼，很傲慢地说："我是应该这么做。但是，我是有条件的。不过这条件没法同你们谈。"

"我知道了，"镇长格拉纳塔立即走上前来对库托洛说，"拉费，我明白你的意思，我们立即回去向上级汇报你的意思。"

库托洛说："好吧，但愿你们的上级也能如此。"说完，他就头也不回地走出了监狱长的办公室。两位看守就像跟班一样，随同库托洛回到了他的单人牢房。

一回到牢房，他立即叫一位看守去把卡西洛叫到这里来。

他知道现在该行动了。

第十一章

英雄末路　卡莫拉改换门庭

天民党议员"完璧归赵"，他却由此失去了使用价值，到头来聪明反被聪明误。

元首下令将他转狱到阿西纳拉岛，他知道此去终生难还，有幸的是第二个情妇与他相伴，他们在监狱"喜结良缘"。

红色旅覆灭之后，卡莫拉也在劫难逃，黑手党虽然江山一统，但又成了众矢之的。

卡西洛是库托洛最得力的心腹和部下。几年来，库托洛终于把他由一位小头目，培养成为卡莫拉的"二号人物"。这些年来，库托洛一直身系牢狱，卡西洛在外面，一直是库托洛的代言人。他指挥着卡莫拉的一切活动，并负责同黑手党、红色旅和其他黑帮进行周旋，干得非常出色。对于卡西洛的所作所为，库托洛既赏识又放心。

现在，又是重用卡西洛的时候了。库托洛知道，摆在他面前的"奇里洛绑架案"是一盘相当棘手的棋，也是一盘很有走头的棋。他知道是否能走好这盘棋，卡西洛是一位关键的助手。

卡西洛来到库托洛的牢房之后，库托洛立即招呼他坐下来，然后对他说："罗马已经在行动，因此我们也得行动。但是，罗马方面很狡猾，那些厚颜无耻的政客们，一方面要我们帮助他们，另一方面又不愿放下架子。所以，我刚才很气愤地拒绝了那几个人。"

卡西洛说："应该如此，拉费，我们没有那么贱。"

"你说对了一半，卡西洛，"库托洛以从未有过的忧虑对卡西洛说，"我的拒绝是一种假象，其实是我们心中无底。直到今天，我们也同罗马当局一样，不知道奇里洛这个该死的委员在哪里，也不知道红色旅那些亡命之徒到底要干什么。还有两点我们还没有底：一是罗马政府将以什么样的形式解救奇里洛，是要红色旅将奇里洛干掉，让他带着一肚子的机密和内幕去见上帝，然后给他们一笔钱或变相地放出他们几个人，还是要一个活的奇里洛委员？如果是要人而不是要尸体，那罗马政府又将准备多少钱？这是我没有底的第一点。"

库托洛说到这里，停了一下，拿起桌上的茶杯呷了一口。卡西洛发现，库托洛的茶杯今天装的居然是酒，而且是白酒。这是极少见的现象。他本来想给库托洛换杯茶来，但刚一站起来，库托洛就制止了他，对他摆了摆手说："不碍事的，你坐下来听我说。"

好像是为了证明不碍事一样，库托洛又呷了一口白酒接着说："我第二个没有底的，是不知道天民党的那班政客们，对我们开什么价。事成后，他给我们多少，答应我们多少条件，还是把我们当成当年的西西里独立军司令朱利亚尼？你还没有忘记我给你讲过的那位50年代横行一时的'芒杰列普雷之王'朱利亚尼吧。他帮天民党消灭了许多工会、农民协会的头目，干掉了社民党、共产党的许多干部，把天民党送上了内阁总理的宝座。结果到头来却一脚被人家踢开了。天民党既不兑现当初的诺言，又不认账，就像朱利亚尼骂的'政治娼妓'那样，最后还把人家干掉了。这是天民党那些政治娼妓们的惯用伎俩。所以，他们是不是想在我们身上重演这一幕，把我们当成朱利亚尼呢？只要天民党得到奇里洛那个家伙，不论是死的还是活的，他们都会这么干，都有这种可能。他们不会这么便宜地把内幕留给我们，他们有这么傻吗？你说呢？卡西洛。"

卡西洛点了点头说："这就是你的第二个没有底？"

库托洛说："对，我不能做第二个朱利亚尼，也不能让我们的卡莫拉成为西西里独立军，所以我一定做到心中有底才答应他们。"

卡西洛说："拉费，你的忧虑很周到，也很全面，前后回想起来一共有四个'没有底'是不是，这真难为你了。这样吧，这四个'没有底'我们分开来承担，好吗？我认为说到底，就是我们现在要分别对付两个方面，一个是红色旅，另一个是罗马政府。我看这样吧，我来对付罗马政府，因为我在外面方便；你来对付红色旅，你是头儿，他们会买你的账。"

库托洛一听，脸上的忧虑不见了。他觉得卡西洛已经练出来了。经他这么一说，事情就明白了。他说："就照你说的马上行动。我立即通过关押在狱中的红色旅头目，找到奇里洛的下落，而你马上去罗马见那位高级密探帕齐恩扎，这是一个手眼通天的家伙，他不但同议会，同天民党的政治主席弗拉米尼奥·皮科利有联系，而且同红衣主教和梵蒂冈都有来往。你能说服他与你联手，我就心中有底了。"卡西洛点了点头，马上动身去罗马。

第二天上午，镇长格拉纳塔和那两位警官又来找库托洛了。

格拉纳塔对库托洛说，他的上司目前正在罗马忙成一团，分不开身，来不了。他们授权他为代理人，答应库托洛提出的任何条件。而库托洛必须出面同红色旅方面联系，尽快打听出奇里洛的下落。

库托洛想了想，没有答应，并且愤怒地对他说："朋友，不是我不帮忙，我是要有一个保证，保证找到奇里洛之后，你们贵党能履行诺言。你能保证吗？还有你们，两位可爱的警官先生？你们都不可能。我昨天说了，我是个有身份的人，我只能同级别相等的人谈判。请你们再回去告诉你们的上司。如果你们的上司实在太忙，那就等他们忙完了罗马的事，再来忙那位奇里洛狗屁委员的事，行吗？"

两位警官见库托洛说得也有道理，其中一位便对他说："你是否先同红色旅联系一下，这总不需要什么保证吧？"

另一位也说："对，你需要找哪些红色旅分子，请告诉他们的名字，我们负责把他们送到阿斯科利皮切诺狱中，你随时可以找他们。"

库托洛一听，想了想说："如果你们警方不介意的话，我愿意效劳。"

因为他觉得这倒是个机会，可以省去自己许多麻烦。何况自己派出去的人直到今天也还没有探听到什么消息。

两位警官见库托洛答应了，很高兴。他们叫库托洛给他两个红色旅分子的名字，请示上司后立即把他们送来。

库托洛要过一张纸，考虑了一下，然后写下了"博索"和"诺塔尔尼古拉"交给了那位警官。因为他知道博索是红色旅那不勒斯支队头目乔瓦尼·森扎尼的妻子的弟弟，而诺塔尔尼古拉则是红色旅总头目库尔乔当年的财务总管。乔瓦尼绑架奇里洛，很可能与这两个人有直接的关系，可能是把奇里洛当人质，换这两个人出去。一是好向妻子交差，二是可以打听到当年红色旅存在各地银行的钱。如果把这两个人抓在自己手里，那就主动多了。只要自己判断没有错，乔瓦尼可能会主动找上门来。

博索和诺塔尔尼古拉果然被警方用军用直升机，从罗马的福尔内利监狱，押送到了阿斯科利皮切诺监狱，关在这里一座戒备森严的地牢里。随后那两位警察又来找库托洛，告诉他"货"已运到，他可以随时去取。

但是，一晃过了两天，库托洛却一直没有去"取货"。这令格拉纳塔和两位警官很是奇怪，他们又来找库托洛。

库托洛说："要我去取货并不难，但是我还没有提条件。"

格拉纳塔说："拉费，你早该告诉我们条件，好像不好意思开口似的。"

库托洛说："我的条件很简单，既然我开始插手奇里洛委员的事，那你们就回去告诉你们的上司，把设在公路上的关卡岗哨全部撤走，不要妨碍我们做生意。另外，把前些日子扣压的货物还给我们，把扣留的人放出来。先答应这个条件，我再去找那两位红色旅。"

格拉纳塔和两位警官对视了一下，马上说："我们马上回去汇报，二十四小时以内给你答复。"

果然还不到二十四小时，帕斯夸莱·巴拉和拉法埃莱·卡塔帕就来告诉库托洛："公路上从傍晚开始就干干净净，所有的岗哨都撤走了。"

库托洛问那些扣留的人是否都放出来了，巴拉说正在陆续放回，并且是连人带物。库托洛听到这个消息，心想：看来罗马政府这是想动真格的。于是，他便找到监狱长科西莫·乔尔达诺，对他说："朋友，我准备见见那两位新来的客人。"

监狱长高兴地说："行，我先准备一个你们见面的地方，晚上来我家喝一杯，再带你去见见他们，你看怎样？"

库托洛说："行！我可要和以前那样喝白酒。"

乔尔达诺笑了笑说："那当然。"

在一间秘密的地下室，库托洛终于同博索和诺塔尔尼古拉见面了。旁边没有陪同的人，只是在地下室的出口处，布置了几名看守人员。但是，在库托洛看不见的地方，却有三台微型摄像机从不同的角度对整个地下室进行了严密的监控，连接监狱长办公室的窃听器都可以分辨得出他们三个人不同的呼吸。不过，这一切都在库托洛的意料之中，因为他向监狱长提出"喝白酒"的要求时，就想好了两种谈话的内容——如果乔尔达诺不让他喝白酒，他就是一种谈话的方式；既然乔尔达诺答应了他喝白酒，那么，谈话的内容就将换成另一种。总之，他不能让天民党一箭双雕。

库托洛和博索及诺塔尔尼古拉以前都不认识，但名字都彼此熟悉。互相介绍了一番后，他们就像老朋友一样交谈开了，轻松而又自如，一点也不觉得紧张。但是，在监狱长办公室的那些人却忙得不可开交，因为他们经常看到这里的三个人，常常在不停地打着手势，录下来的话中常出现一些莫名其妙的单词。

谈话持续了近一个小时，最后听到库托洛高声说："奇里洛那个老混蛋该杀，但拿他来换钱也不是个坏主意。博索，你应该早日告诉你那个狗屁姐夫乔瓦尼，拿那个奇里洛换你俩出去，我知道你们在罗马的福尔内利监狱并不好受，那里潮湿，不通风，又没有阳光，还有跑来跑去的老鼠……好吧，我要回去了，朋友，现在电视正在播放新闻，我要去看看罗马又有什么好戏。再见吧，朋友。祝你们晚安。"

库托洛像绅士一样站了起来，按了一下椅子上的电铃，立即跑来两位狱警打开了那道铁门。库托洛对那两位狱警说："我们的谈话结束了，送我回房间吧，还有他们两个。"

这时又进来了一队狱警，库托洛认得其中还有一个头儿。狱警押走了博索和诺塔尔尼古拉，那位头儿对库托洛说："你留下来，有人要见你。"

库托洛知道他们会这么做，否则，那不证明他们已经知道自己谈什么了吗？也许是他们知道得不详细，或者是想欺骗自己，以证明他们的"诚实"。

一会儿，进来了五个人，监狱长乔尔达诺、镇长格拉纳塔和那两名熟悉的警官，另外还有一位年纪很大的人。库托洛心想，这个新角色看来有些来头。

又是格拉纳塔先开头，他说："拉费，能告诉我们有什么结果吗？噢，介绍一下，这位是参议员西尔维奥·加瓦，专程从罗马来的。"

库托洛朝参议员西尔维奥·加瓦点了点头。然后大声说："告诉你们一个很不幸的消息，你们的委员奇里洛先生已不在人世了，在绑架的当天晚上，他就被红色旅的一个混账的家伙打死了。不过不是有意的，是那个家伙的枪走了火，他的一个同伙也受了伤。所以……"

"拉费，你是在开玩笑吧！"格拉纳塔连忙打断他的话说，"我们不是来听你编故事的。"

"朋友，听我说完。所以十多天过去，乔瓦尼那个家伙没有派人找你们谈判，因为他已经拿不出能要挟你们政府的筹码。他只好带着红色旅的残部偷渡出境，好像是去了古巴还是南美洲，我想他们已经到了目的地。我的汇报完了，送我回去吧！"

"你的故事编完了吗？先生！"一位警官终于在沉默中开口了，"你应该知道我们都是成年人，在这里还有一位甚至可以做你父亲的老人，你难道不为你的不诚实而感到不安吗？"

"诚实？"库托洛不由得大笑起来，"诚实？你们也配说诚实？你说，格拉纳塔先生，你说，乔尔达诺监狱长，你们都是诚实的人吗？还有这位可以做我的父亲的西尔维奥议员先生！"

库托洛说完了，他静静地看着这五个人，地下室里死一样地静。库托洛更证实了他们的不诚实，他接着说："你们还有什么要问的？如果没有什么话说，你们可以去喝酒、打牌。何必要坐在这个鬼地方消磨时光。如果再要问我关于奇里洛的问题，我还是那句话——他死了！再见吧，先生们！"

库托洛再一次往外走去。这时，那位参议员也站了起来，对其他人说："今晚就到此为止吧，监狱长先生，送这位年轻人回房间吧！"

所有的人都站了起来。几位狱警押着库托洛走出了地下室。现在，库托洛心中有底了。他不但知道那位被绑架的委员奇里洛没有死，而且知道他就关押在那不勒斯那栋大楼的地下室，几乎就在那不勒斯警察局的眼皮底下。他甚至连看守他的是哪些人都一清二楚。乔瓦尼·森扎尼开始的确是准备拿奇里洛换取博索和诺塔尔尼古拉，但后来见当局太强硬了，这样做说不定偷鸡不成蚀把米，引起当局对他们两个人的"重视"，便改变了主意，要拿他来换50亿里拉。这就是他一直没有与天民党谈判的原因。现在，乔瓦尼正在找与罗马政府"拉皮条"的人。

库托洛想，这个中间人非自己莫属，问题是看乔瓦尼想没想到这一点。如果他真的找上门来了，自己还是"辛苦"一回，当然，所得的好处一定不能比红色旅的少。

博索和诺塔尔尼古拉被押回罗马福尔内利监狱的第二天，红色旅的一位特使化装成一位企业家，来到阿斯科利皮切诺监狱找库托洛来了。这个人送来了乔瓦尼的一封亲笔信，要库托洛立即派一个人去见见他。

库托洛本来准备等卡西洛来了再派他去，但此时卡西洛还在罗马。于是他派了他手下有名的杀手帕斯夸莱·巴拉去了。因为他知道这样的买卖不是一次就可以成交的，再说也不十分了解那位杀人不眨眼的乔瓦尼真实的目的，巴拉去了好应付一些。他叮嘱他一定要见机行事，一定要活着回来。

巴拉果然活着回来了。

巴拉回来后告诉库托洛说，乔瓦尼对他很客气，并带他去见了那位被绑架的奇里洛委员。乔瓦尼亲口对他说，要用这个天民党的委员去换 50 亿里拉，请库托洛出面找天民党的政治书记弗拉米尼奥·皮科利拍板。因为奇里洛正在开始出卖天民党政府的内幕，他已经饿了四天，再不用这些内幕去换饭吃，就会饿死。从目前泄露出来的材料看，事关这位政治书记的最多。仅仅是把已经交代的内幕捅出去，这位政治书记也得判处终身监禁。因此，叫他赶快拿钱来赎奇里洛和堵乔瓦尼的嘴。

乔瓦尼还交代了付款的方式和地点，并向巴拉保证，收到款后二十四小时以内放回人质。

获得这一重要的情报后，库托洛现在心中有底了。他知道，现在他不再需要两面出击，只要专门对付天民党就行了。

他立即通过内线通知卡西洛，叫他立即去找那位手眼通天的帕齐恩扎高级密探，告诉他红色旅已经"开价"了，看他有何动作，然后详细商量，制订下一步行动方案。

第二天，卡西洛就从罗马赶回来了。出乎库托洛意料的是，随同他一起来的，还有那位高级密探帕齐恩扎。

帕齐恩扎很年轻，穿一件非常合身的大衣，库托洛想，这一定是在巴黎定做的。里面是米色的绸衬衫，罩一件西服背心，蓝色的领带上面有黄色细条纹。中等身材，微胖，嘴里叼一支粗大的雪茄烟，很客气，看起来不像是那种鬼头鬼脑的密探，头上也没有戴鸭舌帽。库托洛一见，心想，这是个不简单的家伙。

在谈话中，帕齐恩扎提到了天民党的政治书记弗拉米尼奥·皮科利的名字。他坦率地对库托洛说，"他"对释放奇罗·奇里洛之事很关心，甚至有点坐立不安，希望能尽快解决这件事——库托洛当然知道，帕齐恩扎话中的"他"自然不是指他自己。

帕齐恩扎对库托洛说，某种迹象已表明，那位奇里洛正在"走钢丝"，他比在1978年被红色旅绑架的那位天民党主席阿尔多·莫罗要软弱得多。莫罗到底是一位高级政治家，善于同绑架他的人周旋，往往会使对方陷入被动，而奇里洛没有这种素质。帕齐恩扎还说："我以前是一位医生，而且读了八年心理学专科，是一位很称职的心理学医生。从这个角度上看，我认为奇里洛无论是肉体上还是精神上都正在开始崩溃，这种人的承受力有多大我能称得出来。我认为心理医生干侦探这一行并不矛盾，两种职业似乎都顶适合我。"

帕齐恩扎是一位很健谈的人，风趣幽默，说话很有乐感。所以，尽管他喋喋不休，库托洛还是很愿意听下去，因为好久没有找到这种谈话的对手。

帕齐恩扎这时正掏出一张名片递给库托洛。"这是弗拉米尼奥·皮科利叫我带给你的，你收起来，今后也许有些用途。他说你可以谈任何条件，关于你个人的，你们组织的和红色旅的都可以谈，你提出任何条件都可以由我答应，即使是把关在福尔内利监狱的红色旅的首脑库尔乔、莫雷蒂等人带来见你都可以办得到。"

库托洛说："我没有这种要求，我的要求是关于我的组织的。先生，我们可以把我的要求打印在纸上，一式三份，双方都签上字，并把这张名片印封面行吗？"

帕齐恩扎想了想，笑着说："我能叫你小名吗？拉费？"

库托洛也笑着点一点头。

"那你，拉费，我对你说，你说的这种做法我不反对，也愿意这么干。尽管那位书记没有授权我，但我认为只要能满足你，我愿自作主张这么办。不过，我想你应该明白：一个政府，一个执政党，不是一张纸可以打倒的。有些人连《宪法》都不在乎，哪里还在乎你和我签名的东西。当然，你坚持要这么办，我不反对。"

库托洛想了想说："我还是坚持。我认为，有一张纸总比没有一张纸好，哪怕这是一张废纸。"

帕齐恩扎点了点头，算是答应了。

库托洛对他的私人秘书口授了一份协议，其中主要的有三条：

一、减轻库托洛和其他所有新卡莫拉分子的刑期，并把他们转送到他们认为比较安全的监狱里去；二、承认库托洛患有精神病，给予特殊照顾；三、从达成协议时起，把公路上还未撤掉的关卡全部撤干净，并把收缴的物品和扣押至今未放的卡莫拉分子全部释放。

协议很快达成了，帕齐恩扎和库托洛都在上面签了字，在复印时，皮科利政治书记的名片印在上方，像是签字，又像是批示。库托洛交给了帕齐恩扎一份，另外两份由他的秘书锁进了保险柜。

库托洛似乎很高兴，对帕齐恩扎说："来点酒怎么样？我这里有白酒，顶纯的。"

帕齐恩扎说了声"谢谢"，然后同库托洛的杯子碰了一下。他说："我希望在四十八小时以后结束这笔买卖，免得奇里洛坚持不住出卖得太多。这次将奇里洛领回的'订货人'将是便衣警察头子圣维托将军，你大概知道这个人吧？"

库托洛点了点头："不过没打过交道。"

"今后有机会的，"帕齐恩扎笑了笑说，"不过最好不要碰上他，拉费。如果要见他，最好选择好场合，比如夜总会或赛马场什么的……"

"哈哈哈……"库托洛竟被他逗得忍不住地笑起来了。他们笑得像老朋友一样。

"好了，拉费，"帕齐恩扎笑过之后说，"我们还是抓紧办正事吧，我想请你的巴拉带路，带我和卡西洛去见见乔瓦尼那个家伙，我还没见过他呢。借用你的人，你不会介意吧！"

库托洛说："要我随你前往吗？"

帕齐恩扎说："不劳大驾。好了，我们该动身了，我说过要在四十八小时之内结束。"

于是，巴拉带着卡西洛陪同帕齐恩扎一同乘车走了。

"一路顺风。"库托洛站在走廊上，向他们挥了挥手。

当晚，天民党政治书记弗拉米尼奥·皮科利和曾任内政部长的天民党议员安东尼奥·加瓦又在电视新闻中发表讲话。虽然他俩的面部表情都很痛苦，但皮科利的口气仍然同前几个晚上一样坚定。只听到他对站在前面的一排记者十分肯定地说："天主教民主党永远不会同恐怖分子进行谈判，永远不会同红色旅达成任何肮脏的交易。我们同样会像当年对阿尔多·莫罗事件那样，采取只有打击，没有妥协的强硬路线。任何恐怖分子和任何恐怖行动都吓不倒我们的政府，只有乖乖地交出人质，放下武器才是唯一的出路，否则……"

"啪！"库托洛猛地把电视机关上了，并将手中的酒杯摔得粉碎。

"无耻、无耻！这群无耻的政客！"库托洛挥着拳头在房间里走来走去，把地板顿得"咚咚"直响。

"皮科利啊，你明明在哀求我去找红色旅谈判，却这样欺骗、撒谎，你简直不是人。我要把今天的协议书印成传单，散发到罗马的大街上去，散发到你的议会大厦去，当众摔在你的脸上！"

正当库托洛发怒时，卡西洛和巴拉回来了。库托洛迫不及待地问："结果怎么样？"

卡西洛说："乔瓦尼同帕齐恩扎达成了协议，赎金由50亿里拉降到15亿……"

"什么？你说什么？"库托洛打断了卡西洛的话，惊讶地说，"真是他说的那样吗？巴拉，你告诉我！"

巴拉说："当时是乔瓦尼、帕齐恩扎和卡西洛三人在里面的小客厅里谈妥的，我想是这样的。"

库托洛看了卡西洛一眼，并没有问是什么原因，把赎金降到15亿，他只是对卡西洛说："既然赎金已经定了，那交款的方式呢？他们什么时候放人？"

卡西洛似乎有点不自然地看着库托洛说："明天下午3点，由奇里洛家属派可靠的人将装有15亿里拉现款的密码箱，在公共汽车上交给红色旅的密使，交款后四十八小时之内释放人质。如果交款时发生意外，红色旅就撕票。"

库托洛点了点头说："好吧，你们回去。这桩生意马上就要结束了，我们也该好好地休息一下。"

巴拉和卡西洛站起来向外走去。刚到门口，库托洛突然说："卡西洛你回来一下。"

卡西洛一惊，走过来问库托洛："拉费，有什么事？"

"你能去找一下监狱长乔尔达诺先生吗？"库托洛说，随后把那天晚上在地下室的感觉告诉了他。库托洛说，"我要证实一下他的忠诚，你如果感到为难，就不必勉强。"

卡西洛说："我尽力而为吧，你放心。该休息了拉费，祝你晚安。"

"晚安。"库托洛非常疲劳地看着卡西洛走了出去。他似乎有一种痛苦。他又打开电视机，随便调到一个地方台，然后吸了点可卡因，才提了点神。奇里洛的事总算结束了，这一阵忙晕了头，这时，库托洛才想起来，已经有两个星期没有见到伊玛科拉娜了。于是，他便给她拨了个电话，问她是否来过夜。伊玛科拉娜在电话里说："今天太晚了，还是明天吧，拉费。"

库托洛叹了一口气说："明天就明天吧，小婊子。"说完就挂上电话。

谁知半个小时后，伊玛科拉娜突然出现在他的牢门口。库托洛打开了门，吻了吻她。稍微收拾了一下，他们就上床了。但是，这一夜，库托洛一次都没有成功，库托洛很沮丧，他对伊玛科拉娜说："你说，我是不是出毛病了？"

伊玛科拉娜说："怎么会呢？拉费，我看你是有什么心思，要不就是太疲劳了。"

"二者兼而有之。"库托洛在那里望着房顶说，"恐怕这世界上，没有一个我能信得过的人。二十年了，你难道就不想想以前，不想想我给你的一切……唉，天民党能给你什么？这是一个不诚实的政府，全是一伙骗子，难道你不明白吗？……"

"你说什么啊？拉费！"伊玛科拉娜推了推他说，"我看你真有些不正常了。"

"我在说我的朋友……一个即将离开我，也离开这个世界的人。"

这是伊玛科拉娜从未见过的样子，她不禁为这位男子汉感到难过。但是，她依然爱他。

第三天晚上，电视里播放了奇里洛被释放的情景。关押了二十多天，他已经显得疲惫不堪了，说话有气无力。他的妻子和儿女们围在他的周围，旁边还有许多前去慰问的朋友。里面有几个奇里洛认识的黑手党头目，他们带去了许多昂贵的慰问品。天民党政治书记弗拉米尼奥·皮科利是第一个去探望的政府要人，当场有记者采访他，皮科利仍然底气十足地说：

"天主教民主党没有屈服，没有付任何赎金，也没有进行任何谈判……"

库托洛又"啪"地关上了电视机，对着没有任何动静的屏幕大叫："撒谎！又在撒谎！这伙无耻的骗子！"

这时，他虽然想到了保险柜里的那份协议书，想到了上面赫然印着皮科利的名片。但是，他知道这实在是一张废纸，已经没有任何作用了。他不得不佩服那位高级密探帕齐恩扎的高明，自己真是太愚蠢了。

第二天，一位素不相识的人送来了一封信，没留下一句话就走了。库托洛拆开一看，原来是利焦写来的。利焦在信上说："你是第二个朱利亚尼，你把自己一钱不值地卖了。红色旅得到 15 亿里拉，你却一无所获。你唯一得到的就是和朱利亚尼一样：罗马政府送给了你一个'皮肖塔'——你得当心啊，拉费！……"

库托洛很感激这位黑手党头目，他知道自己已经没有任何价值了，自己的末日快来了。但是，他对自己说："我决不能死在'皮肖塔'的枪口下，在我离开这个世界之前，我一定要同他算清这笔账。"

卡西洛哪里去了呢？他一直没有来告诉库托洛找监狱长的结果。库托洛知道他不会再来了。再说，监狱长科西莫·乔尔达诺，还有那位镇长格拉纳塔、那两位不知姓名的警官和那位只见过一次面的能当自己父亲的老议员，都是什么样的人，是不是诚实，现在对库托洛来说都没有任何意义了。

"他们毕竟没有出卖我。"库托洛在心里说。

在奇里洛被释放的第三天，库托洛的儿子罗伯托被当局逮捕并送进了监狱。这是他唯一的儿子。库托洛知道，这就是天民党政府兑现他们承诺的开始。

罗伯托是在自己的家里被捕的。当时，他和他的姑妈——库托洛的姐姐罗塞塔，还有屋大维镇的几个卡莫拉的头目和一位议员正在开会，那不勒斯警察局突然派出几十名警察，像发了疯似的突然袭击了库托洛的家。双方展开了激烈的枪战。罗塞塔在众人的掩护下拼死逃脱。听到这个消息之后，库托洛没有悲伤，他知道自己也在劫难逃了。

正在这时，阿斯科利皮切诺监狱的监狱长派人来告诉库托洛，他可能要转到别的监狱去，叫他做好准备。

这个消息在库托洛的意料之中，他已经不在乎转到什么地方。现在他担心的是他的卡莫拉。如果一旦他与卡莫拉失去了联系，那么，这个组织就会群龙无首。他决定在转狱之前，办好这件事。于是，他给利焦写了一封信，请人送给米兰的图拉泰洛，再由他转交给利焦。库托洛在信中对利焦说，请他照顾好这些无家可归的卡莫拉成员。

1982年，被意大利新闻界称为"灾难之年"。在卡莫拉与其他黑帮的决斗中，仅那不勒斯地区就死了四百多人。公众舆论将凶杀、抢劫、勒索、贩毒等全部罪责全部归罪于库托洛的卡莫拉组织。一时间，卡莫拉成了万恶之源，库托洛成了罪魁祸首。

当时与卡莫拉组织作对的努沃莱塔家族、巴尔德利诺家族、迪福尔切拉家族等各种黑帮组织，出于共同利益的需要，联合起来走私贩毒、经营地下彩票、赌博，进行敲诈勒索。但是，在墙倒众人推的形势下，他们也借机将全部罪责推到卡莫拉的头上。这时，库托洛的卡莫拉已无立足之地了。

面对这种局面，在议会的压力下，意大利总统佩尔蒂尼不得不下令，将卡莫拉总头目库托洛转送到阿西纳拉岛监狱，进行终身监禁。

阿西纳拉岛位于撒丁岛西北面的大洋中间，远离大陆，与世隔绝。从 18 世纪开始，这里就建有监狱，专门关押那些重刑犯和有影响的政治犯。关押在这里的犯人，近两百年来，极少有人生还。在这与世隔绝的地方，即使再坚强的人，不被逼疯也会绝望。在这么多年中，唯一生还的人就是 1836 年波旁王朝的一位海军头目，因在一次宫廷政变中，有谋杀王室成员之嫌而被关押到这里。在一次放风时，他利用一只抢来的橡皮囊潜入水中，逃出了卫兵毛瑟枪的射程。当他在远离大陆的大海中精疲力竭时，一艘路过的商船救了他。他自称是一位落水的船员，后随这艘商船远航到了土耳其。历尽千辛万苦回到意大利之后，他才揭穿了这座海上地狱的秘密。

所以，凡是在押犯人一听说要被转送到阿西纳拉岛监狱，就等于听到被宣判了死刑。现在，库托洛听到这个不幸的消息后，不无感慨地长叹一声说："这就是对我解救奇里洛生命的报答！"

在即将启程的前夕，库托洛让他的秘书整理好文件，分门别类地装入一个个的密码箱，然后通过巴拉和拉法埃莱·卡塔帕等人，分别送往罗马、米兰和都灵等地。其中有一只箱子，他特地请他的情妇伊玛科拉娜专程带到米兰，亲手交给图拉泰洛，要他转交给西西里岛的利焦。这个箱子里装的全是卡莫拉组织成员的名单、各地组织机构和头目名单及存入意大利国内银行及国外各大银行的存折和密码。其中还有与罗马政府和天民党议员的来往书信及联络信号，如与那位高级密探签署的那份协议也在其中。这只箱子可以说是卡莫拉的命根子，库托洛特地把它编为"13"号。他当时的意思是想把这个卡莫拉组织，交付给利焦的黑手党最高委员会接管。

谁知这只"13号密码箱"真的是不吉利。它在图拉泰洛那里藏了将近一年，一直没有机会交给黑手党最高委员会，后来竟落入"黑手党猎人"基耶萨将军之手。结果在1983年6月中旬，罗马当局发出了九百份逮捕令，在全国统一行动，警方按图索骥，按照这个箱子里的名单，将卡莫拉分子一网打尽。这种结局，真是库托洛当时连想都没有想到的。

当库托洛做完这一切之后，他有一种从未有过的伤心，往日的那种自负和骄横一扫而光，他有一种末日来临的感觉。

这时，他身边的人大部分都离开了他，他在等待转狱的命令。这时留在他身边的，只有那位曾追随他出生入死的杀手巴拉。有一天，库托洛突然问巴拉，他们会不会在海上杀死他？因为在海上杀死他的借口是非常好找的，只要说他企图逃跑就万事大吉。

但是，巴拉这时却表现出相当的聪明。他对库托洛说："拉费，我看他们不想这么轻而易举地杀死你。如果要这么做，何必要由总统兴师动众地下命令呢？当年许多关在狱中的黑手党头目，不都是被毒死在监狱中？他们如果要你的命，难道不可以用这种办法吗？"

库托洛认为巴拉的话也有道理，于是又恢复了一点自尊。他又对巴拉说："你说我是不是一个大人物？如果不是，为什么要由总统下令转狱呢？我想，我应该是一个大人物，你说是不是？"

"这是没有疑问的，拉费，"巴拉为了安慰这位有点不正常的"大人物"，便顺着竿子往上爬，"你永远是库托洛！无论是现在和将来，你都会在意大利的历史上留下一页。"

巴拉的这种安慰让库托洛觉得很中听。他不禁兴奋地说："对，巴拉，我库托洛成了拿破仑、希特勒和墨索里尼一样的人物了！"

巴拉望着这位威风凛凛的头目，觉得他很可怜。

转狱的日子终于来临了。

1982年6月18日清早，一架军用直升机飞临阿斯科利皮切诺监狱上空，随后降落在围墙内一块空旷的平地上。飞机上走下一队宪兵和便衣警察的总头目圣维托将军，他们径直向监狱长办公室走去。

等候在那里的监狱长科西莫·乔尔达诺接待了他们。只听到圣维托将军说："你快去通知他吧，免得夜长梦多。"

科西莫·乔尔达诺奉命和神父桑蒂尼走向了库托洛的牢房。桑蒂尼作为采办的使命完成了，现在他在庄严地履行一位神父的职责，为库托洛做了最后的一次祈祷，然后举起胸前的十字架对库托洛说："拉费，吻一吻它吧，上帝会保佑你的。一路平安，阿门。"

库托洛面无表情地走出了牢房，走廊里站满了犯人，他们全是库托洛的部下。这些平日趾高气扬的卡莫拉分子，这时都一个个哭丧着脸，低下了头，有的还流着眼泪，在胸前画着十字。

库托洛为了不失往日的威风，故意昂头挺胸大声对这些人说："我现在挺好，很快就会回来。这里永远是属于我们的，你们永远是库托洛的好孩子。"

这时，一队看守冲了过来，把这些犯人赶进了牢房。在宪兵的押解下，库托洛朝停着直升机的空地走去，他的手上又戴上明晃晃的手铐。

当他走上直升机时，帮他提着箱子的巴拉走上前来对他说："拉费，我还欠你50亿里拉，你记得吗？"

库托洛一愣，马上明白了这位心腹的意思，他大声地对巴拉说："巴拉，你说错了，不是你欠我的，是你的朋友欠我的，欠我15亿里拉。你代我要回来吧！"

巴拉知道库托洛理解了他话中的隐义，便说："拉费，是15亿里拉。我一定帮你收回来，你放心去吧。"

这时，库托洛已经走进了机舱，他向巴拉挥了挥手。他的一桩心事总算了结了，他觉得巴拉才是自己真正忠实的部下。

在库托洛被送到阿西纳拉岛监狱后不久，他的最得力的副手、曾是卡莫拉"二号人物"的卡西洛在罗马丧生。

卡西洛是在一辆小轿车里启动马达时被炸死的。他那辆"高尔夫"牌小轿车在一声巨响中升了天，和卡西洛一道被炸成了满天飞舞的碎片。这辆小轿车停在罗马的一条大街上，旁边就是意大利秘密警察的总部。卡西洛现在正在为秘密警察服务，那位高级密探帕齐恩扎是他的介绍人。据说在同红色旅头目乔瓦尼·森扎尼谈判之前，帕齐恩扎曾将他引荐给了天民党政治书记弗拉米尼奥·皮科利，于是，他就成了库托洛身边的"皮肖塔"。当时他把"高尔夫"停在这里时，以为万无一失，哪知道同样逃不脱卡莫拉的惩罚。

爆炸声惊动了秘密警察总部所有的人，但当场并没有抓到肇事者。现场调查结果表明，爆炸用的是烈性TNT炸药。所用的数量极其可观，足足能够炸毁一辆苏式坦克。

事后秘密警察头子圣维托将军亲自指挥手下人，对这一案件进行调查，并去阿西纳拉岛提审了库托洛。当库托洛听到这一消息后，并没有感到吃惊，他只是觉得巴拉是一位可以办大事的人，重建卡莫拉的希望在他身上。他只是为卡西洛的不忠感到惋惜。

但是，巴拉并没有复兴卡莫拉这一黑社会组织。在库托洛转到阿西纳拉岛监狱一年之后，意大利当局又对黑社会组织进行了一次空前的大扫荡，首当其冲的是黑手党，而红色旅和卡莫拉也在劫难逃。在这次大扫荡中，红色旅全军覆没，乔瓦尼·森扎尼等全部落网。卡莫拉的主要头目也大都捉拿归案，巴拉也在其中。司法局和警察利用卡莫拉组织内部的矛盾，分化瓦解，各个击破，掌握了大量的内部资料。尤其是库托洛的那只"13号密码箱"帮了意大利政府的大忙。结果，卡莫拉分子大都落网，而那些潜逃在外的便改换门庭，投靠了有联系的黑手党家族。从此，卡莫拉组织不复存在。

然而，就在卡莫拉组织遭到灭顶之灾的 1983 年 8 月，被关押在阿西纳拉岛的总头目库托洛，却同他的第二位情妇，年仅 21 岁的伊玛科拉娜在监狱里的教堂举行了婚礼，正式结为夫妻。但是，结婚之后，当局将他们分开了，使这对"患难夫妻"成为一对难以相见的"牛郎织女"。当七年后的 1990 年 12 月 20 日，库托洛唯一的儿子罗伯托被人杀死在狱中后，库托洛多次向当局申请，请求与时年 28 岁的伊玛科拉娜同房一个月，以便让其怀孕生下一个儿子或女儿，为他的家族留下一脉香火，但遭到了拒绝。理由是库托洛杀人太多，罪孽深重，不能像其他的刑事犯一样，得到这种特殊的照顾。后来，库托洛又要求采取他的精子，以试管婴儿的方式生下一个属于他的孩子，但同样遭到了拒绝。于是，这位杀人如麻的卡莫拉总头目，便含恨终天，在那座离地面 20 米深的地牢里，度过他暗无天日的余生。这时，他仅有的一点诗意全部消磨殆尽，他再也不去朗读但丁的《神曲》了，因为他已身在真正的地狱。

随着红色旅和卡莫拉组织的覆灭，意大利黑社会成了黑手党的一统天下。尤其是西西里岛巴勒莫的五大家族，利用政府在对付红色旅和卡莫拉之机，猖狂地走私贩毒，向政界、经济界渗透。这时，暗杀和贩毒成了他们最主要的两大职业，不仅将意大利全国搞得乌烟瘴气，而且祸及美国及周边地区，成为世界社会的一大公害。

于是，再次扫荡黑手党，成了意大利罗马政府势在必行的当务之急。

一场新的较量又战幕重开。

第十二章

海外贩毒　大毒枭财源广进

　　黑手党的两大职业是凶杀和贩毒,20 世纪 70 年代
以后发展到无以复加的地步。

　　大毒枭内外勾结,创建了"法兰西贩毒网"和美
国的"馅饼贩毒网",他们的网络遍及美国、法国、加
拿大和东南亚、南美洲及中东地区……

　　贩毒网络虽然被相继破获,但大毒枭依然逍遥法外。

　　在黑手党、卡莫拉及红色旅等多种黑道组织横行于意大利,并
祸及世界其他地区及国家的年代,许多有识之士都忧心忡忡,深感
不安。他们一致认为,政府如果对这种状况软弱无力,那将后患无
穷。与此同时,世界其他受害的国家,如法国、巴西、尤其是美
国,都通过外交途径,态度强硬地照会意大利国会及外交部,要求
他们务必采取有力的措施,坚决打击和遏止黑势力的滋生蔓延。

　　1982 年 3 月的一次会议上,意大利西西里地区共和党书记、
全国众议员皮奥·拉托雷,出于道义和职责,致函时任意大利总理
的斯帕多里。拉托雷在信中义正词严地抗议说,黑手党"上百万美

元的毒品产业和国际销售网络及其对政界的渗透，已经使它成为意大利当今面临的最严重威胁之一"。拉托雷还在信中建议，立即召开国会会议，制定一项有关法律，对黑手党及所有黑道组织进行严厉打击，并调查、没收黑手党及其同伙的资产，取缔其所有的注册企业。

皮奥·拉托雷的上书，在参、众两院引起了强烈的反响，得到了绝大多数与黑手党及其他黑道社会无瓜葛的议员的支持。一时朝野上下，呼声四起，罗马政府再也坐不住了。

从20世纪70年代开始，新旧黑手党的内战结束之后，新黑手党人揭开了使用苏式卡拉什尼科夫冲锋枪的新篇章。同时，他们在光天化日之下，使用大缸量摩托车和汽车在罗马及各大都市的大街小巷行凶杀人或互相追杀的场面，令人惊心动魄。他们杀人有时是为了钱财，有时是为了权势，有时则名曰"自卫"实为报复，而有时却仅仅是因为"他们必须证实他们可以滥用权力，杀人只是一种手段而不是一种目的"。也就是说，只要在大街上留下尸体，给人以活生生的信息，他们就达到了目的。

黑手党杀人是一种职业，被杀的对象是很广泛的，除了普普通通的工人、农民、妇女和儿童之外，还包括许多著名的政治家、律师、法官、警察、企业家和银行家。他们乐此不疲，制造一连串的凶杀事件。下面略举几例予以证明：

1971年5月，西西里大法官彼得罗·斯卡廖内博士被杀；

1977年8月21日，负责调查西西里黑手党的宪兵上校朱塞佩·鲁索被杀；

1979年3月9日，巴勒莫警察局副局长、刑警队长博理斯·朱蒂亚诺在酒吧间被炸死；

1980年1月6日，西西里大区主席原蒂·巴塔雷拉暴尸在自家门口；

1980年8月6日，共和国检察官加埃塔诺·科斯特丧命……

这样的名单还可以继续开列下去。新一代黑手党人似乎要以这血淋淋的凶杀告诉意大利各界人士：凡是以黑手党为敌者，只有死路一条。

果然，当那位西西里地区共和党书记、全国议员皮奥·拉托雷在3月的那次议会上仗义执言，上书总理还不到两个月，就于4月31日，在巴勒莫市街头遭到伏击，他同他的汽车司机当场毙命。伏击的时间是人流如潮的中午11点30分，凶手逃之夭夭。

除了凶杀之外，黑手党更大的危害是跨国贩毒祸及美国及周边地区，制造了世界近代史上有名的"法兰西贩毒案"和"馅饼贩毒网"。

意大利黑手党贩毒的历史，可以上溯到二战以后。

战后意大利建筑业兴起和房地产的投机买卖，为黑手党提供了大发横财的良机。由于黑手党在二战后期，为盟军占领意大利立下了汗马功劳，于是便成了当时意大利的新主人。他们利用手中的特权，在盟军的支持下，侵占了大片的土地，垄断了这些行业，聚敛了大量的钱财。他们利用这些钱财，从事贩运香烟的勾当，并同美国的地下组织联手，组成销售联盟，大量贩运美国香烟和麻醉品，从中牟取暴利。当时最大的香烟贩子，后来被《意大利先驱晨报》称为"意大利毒品犯罪团伙的开山鼻祖"的露西亚诺就是这种行当的"佼佼者"。

露西亚诺是意大利西西里岛人，后移居那不勒斯。关于他在二战以前和二战期间的经历，现有的资料中记载得并不十分详尽，但他二战以后的"业绩"却是赫然在档。

早在二战期间，身在美国纽约的露西亚诺，就将移居美国的二十四个意大利黑手党家族的成员，组成一个以纽约为基地的全国性的行动委员会。当时的任务除了贩毒、暗杀之外，就是帮助盟军解放意大利，打回西西里。

　　该委员会当时干得十分成功，致使美国当局一直没有机会将美国黑手党家族的首领推上被告席。而作为创始人的露西亚诺，则因帮助美国人解放西西里岛立下了"战功"，被有关方面称为"战斗英雄"而荣归故里，回到了久违的故乡巴勒莫。从此，露西亚诺就成为西西里黑手党家族中的一位强权人物。

　　自从西西里黑手党第二代"教父"唐·维齐尼登天之后，黑手党内部硝烟弥漫，派系林立，露西亚诺就同当时最有权势的黑手党派系之一的萨尔瓦托·格雷科家族狼狈为奸，结成联盟，成为西西里黑手党五大家族中实力最大的一派。这时，他所从事的工作除了谋杀政府官员和派系火拼之外，主要的就是创建了一个错综复杂的毒品销售网络。这个销售网络规模之大，几乎是全球性的。

　　随着吸毒者需求的提高，露西亚诺再也不把目光投向曾认为是可图大利的香烟贩运，而是垂青于毒品中的高档产品吗啡碱和海洛因。他当时的构想是：从中东贝鲁特等地区把那种从罂粟中提取出来的吗啡碱偷运入境，然后在马赛和西西里等地分别设立实验室，将吗啡碱提纯为海洛因，再将这种能赚大钱的白色粉末，通过美国黑手党盟友的关系，倾销美国和世界各地，由此而组成一个全球性的毒品销售网络。他认为这种设想是暴富的一条捷径。据他手中所掌握的一份市场需求量材料表明，以美国为例，二战结束时，美国吸毒人数约为两万人，到1952年，已增加到六万人，而到1960年，吸毒人数就猛增至十五万人之众。而这种增长的势头正以迅猛之势向上飙升。露西亚诺认为，既然有如此广阔的市场前景，世界这么大，他即使只占领其中极小的一块市场，也能让他发财梦成真。于是，露西亚诺从此便专于此道。

露西亚诺最初的货源是来自意大利的一家药行。这家药行名叫希亚帕莱里药行，是一家讲信誉、口碑好，而业务量又大的药行。当时，由于意大利主管部门生产药用的海洛因控制松懈，几乎不加以管理，因此，露西亚诺就采取贿赂的手段，并借助于格雷科家族的黑势力，仅在四年时间内，就获得海洛因700多公斤，并迅速远销美国、加拿大及西欧市场。仅在此四年之中，露西亚诺获得了多少利润，恐怕连他本人也难说出个准确数字。

然而，美国联邦麻醉局终于从"麻醉"状态中清醒过来了，破获了这个贩毒集团之后，向意大利政府施加压力，迫使意大利当局对药用海洛因进行了严格的控制管理，并将该药行的有关人员，作为"同案犯"全部拘禁在狱。露西亚诺的"货源"由此截断了，于是，他便开始按照当初的设想方案，把目光转向中东地区，开辟新的货源。当时，世界上最具实力的吗啡碱供应商萨米·艾尔柯侯瑞是中东地区的黎巴嫩人，与贝鲁特的上层社会、麻醉剂警察分局、机场总裁及黎巴嫩海关都有千丝万缕的联系。于是，露西亚诺便通过关系，立即同这位供应商接上了关系。在他的配合下，许多高质量的粗炼鸦片，便成吨地从土耳其走私入境，然后再出口到西西里岛和马赛。

当时，露西亚诺贩毒集团偷运这些鸦片的办法，同今天的毒贩所运用的方法大致相同。他们都是把这些鸦片混装在各种货物当中，由中东的货船偷运到国际海域，然后从这里接货后，再由小船偷运到那不勒斯湾或巴勒莫港口，再送往西西里的提炼场。那时，露西亚诺集团在西西里各处有几个提炼海洛因的场所，他称之为实验室。这些实验室又由其他的招牌做掩护。当时在巴勒莫的一家实验室是一家糖果厂，这家糖果厂便一边生产真正的糖果，一边生产海洛因。

几年来，露西亚诺贩毒集团利用这种方式，偷运和提炼了大量的海洛因。虽然在偷运途中经常遇到一些麻烦，但由于供应商萨米·艾尔柯侯瑞和各处的关系，即使碰到一些麻烦，也是有惊无险。当然，也有关系和金钱都失灵的时候，遇上这样的情况，贩毒集团的办法是"打得赢就打，打不赢就跑"。因此，小规模的枪战时有发生。所以，露西亚诺算是首开武装贩毒之先河，对后来世界各地的大毒枭进行大规模的武装贩毒起到了了示范和预演的作用。由于走私的路线长，而且是经常重复几条常走的线路，因此后来这种偷运的方法，引起了沿途各国有关部门的注意，查禁越来越严。特别是1958年4月12日，罗马一家报纸的记者，通过多次的跟踪调查，在报纸上刊登了一篇题为《用纺织品和糖果掩护走私》的文章，并配上一家"糖果工厂"的照片，露西亚诺的这种贩毒方式便很不顺利。意大利警方在有关的港口和沿海地区加强了警力，进行稽查和缉私，使露西亚诺受到了一定的损失，许多鸦片落入警方之手，贩毒分子也经常被警方捕获。这时，露西亚诺便一方面不断地改变路线，有时采取声东击西的办法蒙混过关；另一方面又通过上层关系，开辟空中航线，直接用飞机空运。这样既能避开巡查的警察，又迅速快捷，而且比较安全。这时，露西亚诺贩毒集团已发展到相当大的规模。

当时，露西亚诺贩毒集团之所以在法国马赛有一批提炼海洛因的基地，是因为他在那里高薪收买了一批化学专家。因为从粗鸦片提炼成海洛因是一种技术难度较大的过程。

专业技术不精良的化学家，再加上简陋的设备，只能制造出低劣的海洛因，而这样的海洛因是很难脱手的，至少是卖不到好价钱。由于技术要求相当高，假如不是专门从事这个技术行业的人员，是很难达到这种技术要求的。哪怕是加热时温度相差那么一两度，也会引起一场致命的爆炸事故。

当时世界上海洛因生产最成功的地方是法国的马赛，那里的海洛因是上乘的精品。原因是那里有一个同西西里黑手党一样的秘密犯罪组织"科西嘉联盟"，它控制了马赛这个港口城市的毒品贸易。科西嘉联盟的总头目叫安托尼·格里尼，曾是一位英美间谍。他利用马赛一批一流的化学专家和设备先进的化学实验室，一直在战后从事海洛因生产。这个组织在当时控制了法国毒品贸易的一半市场，并且成为世界毒品市场的中坚力量，意大利的毒品贸易只能望其项背。

为了打破科西嘉联盟在世界毒品市场的垄断地位，财大气粗的西西里贩毒集团便不惜血本，向这个港口城市渗透。露西亚诺通过美国黑道朋友的牵线，收买了一批化学专家，很快挤入了科西嘉联盟的地盘，在马赛提炼海洛因，而且规模越来越大。

由于露西亚诺贩毒集团的入侵，引起了马赛"同行"的不满，于是，一场争夺地盘的毒品战不可避免地爆发。由捣毁对方的实验室、绑架对方的化学专家到炸沉对方的货船和枪杀对方人员，最后发展到大规模的武装对抗和巷战。这样的对抗前后持续了三年之久，引起了两国政府和国际社会缉毒组织的注意。这就是有名的"法兰西贩毒案"。奇怪的是，本来是两个黑道社会的贩毒团伙内部的争斗，后来竟有双方官方机构的介入。介入的初衷并不是共同捣毁这些毒品基地，而是很暧昧地以对待跨国公司的态度来处理和调和这一事件。露西亚诺贩毒集团由于有实力雄厚的意大利黑手党格雷科家族为后盾，始终没有在马赛这块阵地上败下来，最后入侵成功。即使是国际社会缉毒组织出面干预，也没有达到预期的目的。当时缉毒署最有经验的工作人员之一汤姆·特里波迪曾在法国贩毒网处于鼎盛时期，在法国进行调查，事后他做了如下的陈述：

> 第二次世界大战以前，实验室设在西西里岛。战争发生后，那儿的实验室全部转移了，后来又在马赛和尼斯建立起来了。从政治角度而言，这是件幸运的事，因为美国国务院与情报部门在马赛和尼斯码头同势力相当强大的前共产主义工人运动进行的斗争中表现得极为活跃。他们从法国人那里获取的支持是来自科西嘉人，科西嘉人在第二次世界大战期间地下抵抗运动中一向是十分活跃的，他们形成了骨干力量——巴波泽斯。
>
> 毒品实验室设立了，一些人会说这是由于我们自己的财力支持产生的副作用。是否果真如此，我们将永远不得而知，也不予理会。倒是意大利人始终将从罂粟产地流入马赛的吗啡控制在手里，他们一直控制着从实验室流入美国的海洛因。
>
> 法国贩毒网时代，即 20 世纪 60 年代末到 70 年代初，不无巧合的是，我们逮捕了四十多名前法国情报官员。

就这样，露西亚诺贩毒集团依靠西西里黑手党家族的势力，通过法国、土耳其、黎巴嫩和意大利的漫漫长途，将中东地区的罂粟变成海洛因，输入美国、西欧和世界其他地区，建立了一个罪恶的世界毒品市场，在这种罪恶的毒品交易中财源滚滚。

由于入侵成功，露西亚诺贩毒集团提炼的海洛因，已经达到了"科西嘉联盟"的档次，而且是大批量生产。这时，露西亚诺下一步的工作便是开拓国际市场，建立跨国销售网络。

1963 年 2 月，露西亚诺亲自出马，带着几位保镖和随从离开了巴勒莫，开始周游列国，寻找合作者和代理人。

他周游的第一站选择了墨西哥。他的护照、身份证和其他证件上的名字是"马纽尔·罗佩兹·加德纳"。他们一伙来到了风光旖旎的墨西哥城，住在一家上等旅馆。那些随他而来的随从和保镖大都是巴勒莫和那不勒斯市民的儿子，有的还来自那不勒斯的山区。因此，当他们在海滨沙滩上见到那些乳房大得像椰子的墨西哥妓女时，一个个眼睛发光。于是，露西亚诺便给了每人一笔钱，让他们都去过把瘾。同时，他还发给每人一打避孕套和一包海洛因，并对他们说，谁先推销了这第一批货，回去就奖给谁一辆小轿车。而他自己则只是带着一位高级保镖出入高档的夜总会和高尔夫球场，当然有时也去那些当地有名的赌场。他寻找的是大鱼。他身边带着从巴勒莫带去的情妇维拉·吉罗蒂。

一天，露西亚诺见到了一位对他未来产生了极大影响的人。此人是他的西西里老乡，名叫屈赛波·皮诺·卡塔尼亚。卡塔尼亚是20 世纪 50 年代离开西西里来南美洲的，现在在墨西哥城定居，在这里有一处豪华的房子。对于当时意大利黑手党的内战，他虽然知之不详，但他却一眼就认出了露西亚诺。因为他有许多当年黑手党火拼时的照片，露西亚诺多次出现在这些照片上。

三个月以后，他们成了朋友，卡塔尼亚邀请露西亚诺和他的情妇搬到他家"定居"。从此他们以"纺织品推销员"的身份，从事海洛因的推销和网络的建设，成绩斐然。

几个月后，他们又共同来到加拿大的多伦多市，因为卡塔尼亚同加拿大的黑手党家族首领文森特·科特罗尼的兄弟弗朗克·科特罗尼的关系非同一般。因此，在加拿大可以说是一帆风顺，马到成功。

加拿大已经是露西亚诺理想中的毒品市场、美国的外围，他的最终目的是要打入美国市场。刚好，科特罗尼兄弟又与纽约黑社会五大家族之一的伯纳诺家族过往甚密，而且合伙经营几家跨国公司进行走私。就这样，通过卡塔尼亚的引荐，露西亚诺几乎连"见面礼"都没带就突围而入，进入了纽约市场。

纽约是当年露西亚诺出道的地方，他最美好的青年时代是在这里度过的。当然，那时他不过是一个流亡国外的意大利黑手党小头目，亡命他乡，寄人篱下又人微言轻，那种生活当然是凄风苦雨，自然不可与今天这种气派同日而语。但是，旧地重游，露西亚诺来不及，也并没有这种文人之慨。在他看来，当年是在这里杀人抢劫，如今又是在这里销售毒品，这都是他最喜欢而又得意的行当，所以过去和现在并没有两样。

进入纽约之后，在伯纳诺家族的安排下，他们并没有在纽约安营扎寨，而是又回到了加拿大的边界城市蒙特利尔。伯纳诺家族的这种安排可谓老谋深算——蒙特利尔虽然是个小城，但它离纽约这样的大都市仅几步之遥，在交通发达的美国，这根本不算什么距离。蒙特利尔有众多的意大利侨民，尽管不是露西亚诺的西西里老乡而大多是卡布拉里亚人，但在大洋彼岸的异国他乡，这也算不上什么"距离"。最主要的是，由于加拿大同法国历史上的特殊渊源关系，蒙特利尔在很早以前，就是马赛"科西嘉联盟"的海外联络点和避难所，所以，这为同一行当的露西亚诺贩毒集团提供了得天独厚的贩毒基础，免了许多"广告费"。

于是，露西亚诺就同卡塔尼亚联手出击，很快建立了他的毒品销售网络，并物色了一批高质量的毒品推销员，其中的安托尼·第·阿哥斯蒂诺就是最出色的推销员之一。

安托尼·第·阿哥斯蒂诺是出生于阿尔及利亚的科西嘉人。他生得相貌英俊、体格健壮，一身橄榄色的皮肤让他显得高贵而又温文尔雅。长期走南闯北的生涯让他能流利地讲包括法兰西语在内的五种语言，这为他在世界上任何一个地方生存都提供了方便。此人曾是前盖世太保间谍及黑市买卖人，有一份不大不小的家业。1965年他同露西亚诺的门徒安格尼奥·吉安尼合作，正式成为露西亚诺贩毒网络的成员。

安托尼和安格尼奥推销海洛因的手段与走私其他货物的手段并无二致，他们把这种手段称为"吉诺的欧洲之游"。其具体操作方式是，以旅游的名义，组织大批的意大利及美国人，携家带眷乘坐舒适豪华的游艇免费游览欧洲，全部费用由他们支付。到了意大利和法国之后，他们将大批的海洛因藏在这些游客的汽车和游艇中，然后水陆两路运到蒙特利尔或者魁北克省，再由魁北克省途经加美边境，进入美国，送往纽约或通过尼亚加拉瀑布城再返回到多伦多市。这些旅客一路饱览异国风情和自然风光，而他们的屁股底下却是大量的毒品海洛因。这种"免费旅游"可谓互惠互利，皆大欢喜。

除了蒙特利尔之外，另一条"白色通道"便是墨西哥的墨西哥城。当纽约的另一位黑手党家族、纽约黑手党最高委员会成员马加迪诺家族后来同伯纳诺家族，因势力范围之争发生冲突时，与伯纳诺家族过往甚密的加拿大科特罗尼家族，支持安托尼·第·阿哥斯蒂诺返回墨西哥，开辟墨西哥通道。当安托尼·第·阿哥斯蒂诺飞往墨西哥城，进行一番调查之后，发现在那里将海洛因走私入美国比加拿大的蒙特利尔更为容易。

此外，露西亚诺还通过他的一位朋友，与纽约另一个在当时势力最强大的黑手党家族——甘比诺家族搭上了线，并与其中的权威头目保罗·卡斯特兰诺成为拜把兄弟（事后才知道，原来保罗在流亡巴勒莫时，就同露西亚诺是楼上楼下的近邻）。随着这种关系的确立，露西亚诺的贩毒网络如虎添翼。

到 1968 年，欧洲海洛因大约有 60% 是通过加拿大蒙特利尔和墨西哥城这两条路线，源源不断地输入美国的，使美国毒品成灾。直到五年之后，加拿大蒙特利尔这条"白色通道"，才在美国麻醉品总署和加拿大皇家骑警队的联合打击下，得以摧毁，而墨西哥的那个网络还在继续作祟。

在将海洛因打入美国市场的同时，露西亚诺还开辟了南美洲的毒品市场。在挤进南美洲的过程中，一位名叫格斯特·理柯德的前纳粹走狗起到了举足轻重的作用。

理柯德是一个下等无赖，"他唯一津津乐道的是：食物、女人和金钱""此人极乏味，不正派或者说毫无尊严"——这就是报纸对他的评价。

当年他充当纳粹在法国的走狗时是如此，现在他投靠露西亚诺也是这样。

战后，理柯德改名换姓，乘坐"阿根廷明星号"轮船从西班牙流亡到布宜诺斯艾利斯，寻求荒淫奢侈的生活和犯罪的机会。当时，他除了贩卖白奴以外就是贩毒，开始经营海洛因生意。他以布宜诺斯艾利斯和巴拉圭的首都亚松森为据点，和他的同伙将大约

1.1 万磅海洛因输入美国，获利 10 亿美元之巨，让世界遭受到前所未有的灾难。

当露西亚诺找到这个恶棍之后，无疑是找到了一位"贩毒专家"。理柯德毫不费力地收拾好从前的旧部，又重新开张，大张旗鼓地干起了老本行。他利用以前的关系、网络和经验，很快地建立了南美毒品销售网络，而这一切对他来说，实在是不费吹灰之力，令露西亚诺自叹弗如。

理柯德经常化名为"艾尔维乔"或"安德利先生"，在巴拉圭一位将军的庇护下，建立一条空中通道，直接由飞行员、送货人和武装人员组成"飞行军"，将大批的海洛因从马赛等地起运，然后投放南美毒品市场，将灾难再次倾泻在南美这片荒凉、原始而又贫瘠的土地上大获其利。在理柯德的网络中，最值得一提的两位干将是克里斯廷·戴维和克莱德·波斯图。理柯德通过他们把大量的海洛因运到巴拉圭、阿根廷等国度，有时也驾驶载有毒品的轻型飞机，直飞美国的迈阿密和得克萨斯州。这种犯罪活动几乎持续了十年之久，直到理柯德及其党徒竟一次将近 10 吨的海洛因运入美国后，才引起了美国和国际缉毒组织的注意，从而招致灭顶之灾。

随着加拿大、墨西哥和南美几条线路的开通，露西亚诺的国际贩毒网络初具规模，他从中获得了惊人的利润。1970 年 8 月 25 日，他在纽约一家停车场被美国警方捕获，但在当年的圣诞节他就被保释出狱了。当他身穿条纹 T 恤衫，蓄着络腮胡子，从容不迫地走出新泽西州伯根县监狱时，他一共花去了 750 万美元的保释金。他的出狱与其说是保释，倒不如说是用美金赎了出来。

出狱后，露西亚诺非常痛恨警察，尤其是便衣警察，因为他自己就是在纽约被便衣警察逮捕的。因此，他除了继续贩毒之外，还雇佣杀手，不断组织凶杀进行犯罪活动。

当时，西西里的便衣警察居利阿诺正在参加一起代号为"恺撒行动"的调查活动，主要是调查海洛因生产的厂家和在其中工作的药剂师，结果刚从西西里来到美国没有几天，就遭到了暗杀。当时一位现场目击者，事后在证词中这样说：

"我看一个人正在颤抖，脸色苍白。我想他肯定病了。我起初想帮他一把，可当居利阿诺走向大门时，那人却随后紧跟上去。他拔出手枪，对准他的脖子打了三枪。居利阿诺倒下了，那人又在他背上补了四枪。居利阿诺竟没有来得及拔出自己的手枪……"

此后，意大利天民党的临时秘书长米歇尔·雷伊纳又被人杀死在家中，原因是他没有向黑社会做出"必要的让步"。

巴勒莫市检察长盖塔塔·科斯塔一天下班刚走出大楼，一位年轻人就迎面朝他走去，然后在手里的报纸中取出一支左轮枪，在离他5米远的地方，朝这位一生致力于同黑手党做斗争的64岁的老人连开了五枪。

……一连串的暗杀活动在各地进行，露西亚诺不断地用重金雇佣一些亡命之徒，替他对政府和警察进行报复。他觉得他花了750万美元买个自由太冤了。

1978年初，在各大黑手党家族的支持下，露西亚诺在意大利黑手党最高委员会中获得一席之地。这时，他进一步向国家政权提出挑战，继续暗杀知名人士。他建议把黑手党变成像红色旅那样的恐怖组织。在西西里黑手党五大家族中，他的最大支持者就是利焦的科莱奥内帮和格雷科家族。这时的"最高委员会"经过几年的内战后，已由九人增加到十二人，而这两个家族却在委员会中占大多数。尤其是格雷科其人，是一位嗜杀成性的变态者，很乐意参加黑手党的凶杀活动。他最大的乐趣就是疯狂地砍掉一个人的大腿和肩膀，然后慢慢地把这个已无四肢的人的胸膛慢慢地切开，让肠子流淌一地。在巴勒莫市中心的大楼下有一间黑暗的地下室，这是格雷科家族的私刑室，里面全是被绞杀和被肢解的尸体，等待丢到浓硫酸液中去销蚀。而格雷科则经常一个人待在这地狱一样的地方，一待就是几个小时。他在默默地欣赏这些尸体，似乎在欣赏某一件艺术杰作或工艺品。

正是格雷科这种嗜杀成性的个性，让他在后来爬上了黑手党最高委员会的统治地位，被称为当代意大利黑手党的"教皇"。而在当时，他同露西亚诺最为情投意合。然而，露西亚诺最大的兴趣还是走私毒品，杀戮不过是他的一种暂时的报复，或者说是一种手段，一种能使贩毒成功的辅助手段。不幸的是，这时他在纽约的最大贩毒网络——"馅饼贩毒网"又遭到了摧毁。

20世纪70年代末，在纽约黑社会中，有两个与意大利西西里血缘关系最为密切的家族，这就是纽约五大黑帮家族中最有名的甘比诺家族和伯纳诺家族。同时，这两大家族也是在海洛因贸易中最为猖獗的家族。

前文已经介绍过，露西亚诺在伯纳诺家族的支持下，开辟了加拿大蒙特利尔贩毒网，使大量的海洛因通过加美边境而进入纽约毒品市场。进入市场之后，再往下销售，将一包包的海洛因卖到吸毒者的手中也并非一件易事。稍有不慎，就会牵一发而动全身，纽约的警察就会顺藤摸瓜，弄得不好，整个网络就会毁于一旦。因此，具体的营销手段也是很值得讲究的，因为这毕竟是一桩见不得人的买卖。

于是，伯纳诺家族便同甘比诺家族联手，在纽约市区及周边地区，开设了许许多多的意大利馅饼店。美国人向来对饼这种面食情有独钟，如比萨饼、甜脆饼、夹心饼都是方便而又可口的食品，深受市民的欢迎。加上意大利馅饼也是一种具有地方风味的食品，历史悠久，招牌很响，移居意大利的侨民和商人，大都在干这种生意，把家乡的风味小吃介绍给纽约市民。

于是，这两大家族就看中了这种生意，网罗了大量的意大利或非意大利商人，开设这种本小利微的馅饼店，并为他们经销海洛因做掩护。这就是有名的意大利"馅饼贩毒网"。

1981年，甘比诺兄弟被捕之后，纽约的馅饼店便由伯纳诺家族独家经营，而露西亚诺本人也在纽约经营着一家子公司。仅这一家子公司的生意就达10亿美元，足见当年这种馅饼店分布之广，生意之大。在纽约昆斯区有一家上好的面包糕点饼干厂，隔几条街区就是艾尔登特的意大利馅饼店，这是一家由露西亚诺和伯纳诺共同操纵的毒品企业。那些意大利商人得到这种机会后，也乐意为他们的海洛因生意做掩护。当时一家小小的馅饼店，仅一次成交的高纯度的海洛因就是几百公斤。"客户"往往遍及世界各地，他们可以收到从世界各地源源不断汇来的款项。有几家馅饼店做的是另一种"馅饼"生意，这种馅饼中含有大量的海洛因，几乎是一步到位。当然，这种生意的对象都是那些"老顾客"。还有一种生意，就是把微量的海洛因当成人体需要的微量元素一样，悄悄地混在馅饼当中，让没有毒瘾的人吃过几次之后便不知不觉地上瘾，最后落入真正的意大利"陷阱"之中。

因为这种含有微量海洛因的馅饼，味道的确与众不同，你只要吃过一次之后，便会不知不觉地再次光顾。这时，你还以为你找到了一家价廉物美的馅饼店，哪知你正在一步一步地向"陷阱"走去，最后不能自拔。这些馅饼店的老板在制造这种含有海洛因的馅饼时，看样子似乎是做赔本的买卖，但实际上，他已经从这种赔本的生意中，看到一个前途光明的未来。

当时，露西亚诺贩毒集团就是这样同纽约的黑社会联手，利用这种小小的馅饼，在纽约开拓了一个庞大的"馅饼贩毒网络"，除了倾销了大量的海洛因之外，还将许多无辜的人们培养成新一代的"瘾君子"。

那些馅饼商们为了逃脱警方的侦破，他们担心家庭和公司的电话遭到警方的窃听，因此凡是谈及海洛因生意的电话，他们都一律使用暗语和黑话。暗语和黑话是意大利黑手党惯用的一种语言工具，但纽约的这种"馅饼黑话"却是不属于"意大利黑话"的另一种"语系"，有许多都是临时性的。

例如，美国联邦调查局通过对外围资料的调查已表明，那位名叫盖塔诺·巴达拉门蒂的意大利人，的的确确是一位主要的海洛因供应商，他做的都是大宗的买卖。而通过窃听他与客户的通话，却发现他在交易的都是"衬衣""100%纯棉毛裤""20%的丙烯酸衬衣""鞋""苗木""漂染剂材料""番茄""乳酪""沙丁鱼""烤箱"等日用品和一些不登大雅之堂的货物。而这些货物的价格都是几美元一件甚至是几美分一包的正常价格，丝毫也听不出，他们正在电话里洽谈一桩价值几千万甚至上亿美元的毒品买卖。

然而，正是这种不值钱的小买卖，却让这位意大利商人获得巨额的利润。如果是他出手了几箱"沙丁鱼"，那么他所收回的钱便要分别装成几个箱子送往几家不同的大银行。

当年，美国联邦调查局、麻醉品管理总署和美国海关及国际缉毒组织，动用了大量的人力和物力进行调查和侦破。他们对一千多个电话进行窃听、监听、记录并破译，并且在布鲁克林、昆斯、曼哈顿、纽瓦克和费城等街区和周边城市，至少进行了二百多次监视活动。有的监视活动是派专人从一家馅饼店的开张就开始，时间长达几周甚至几个月。对窃听和监视的内容动用了电子计算机进行处理。尽管如此，由于伯纳诺和露西亚诺手段的高超，美国当局对这个在意料之中的"馅饼贩毒网"的真实情况始终一无所获，至少是知之不详。

直到 1981 年，这个庞大的"馅饼贩毒网"才开始败露。最先的突破口还是从昆斯区盖塔诺·巴达拉门蒂的馅饼店开始。

当时，联邦调查局的一名叫弗兰克·斯托的警官，在罗斯福大街认识了一位叫曼尼的人。此人在昆斯区经营着一家意大利馅饼店。有一天，斯托同一位缉毒的特工同去曼尼的店里吃馅饼，他像一位老朋友一样，问曼尼哪里能买到海洛因，他说他有一位亲属需要一点海洛因治病，问他能不能打听一下。

这位曼尼经营的是一家货真价实的馅饼店，他的馅饼是相当地道的，既没放"微量元素"，也没有包藏大量的海洛因，他是一位真正的意大利馅饼商人。同时，曼尼又是一位古道热肠的好心人，他已经把这位斯托警官当成了朋友。现在朋友有求于自己，当然要义不容辞地帮一把。

不过，当时这位斯托警官向曼尼打听时，也并没有抱多大的希望，他根本不相信这样一位老实的馅饼商，会有门路找到他们梦寐以求的线索，引出一个惊天动地的结果来——他只不过是随便地信口问问。也许是由于这是一家馅饼店，一种职业敏感让他和与他一同进餐的那位缉毒人员产生了一种联想。

谁知这个曼尼听斯托这么一问，便毫不犹豫地说："行，我可以帮你问问。"

斯托一听，不禁有点怀疑听错了。他同那位缉毒特工交换了一下眼色后便说："曼尼，你真的能帮我打听吗？这可是一件冒险的事啊，你可得当心。"

曼尼说："不要紧的，我认识一个人，也是一个馅饼商人，据说他可以找到货，我先打个电话问一下。"

原来曼尼所说的那位馅饼商人正是警方一直怀疑的盖塔诺·巴达拉门蒂。

斯托听说他要打电话，便心中暗喜，连忙说："那就拜托你了，但千万不能冒险，朋友。"

说完，他就和那位缉毒特工起身离去，付了钱，并带走了吃剩的馅饼。

一出门，他们立即同昆斯区办事处取得联系，马上去该区的电信局找到了曼尼的电话号码进行监听。因为他们担心曼尼太热心了，便迫不及待地做好了这一切，迅速地做好了监听的准备。

果然没有多久，曼尼就同一个人通话，咨询海洛因的事。那个接电话人这一次并没有使用暗语，而是直截了当地说可以给他一些。只是问了是谁要，曼尼却很有心计地撒了个谎，说是自己用。那位接电话的人以为曼尼也有意经营海洛因，想入伙做这种生意，便爽快地答应了，叫他来拿——因为这种网络不能公开发展，但又不能不发展，当然是越大越好。现在既然有同行找上门来，当然是求之不得的事。他哪里想到曼尼是在说谎呢！

监听的斯托和缉毒特工一听到这个电话，高兴到什么程度当然可想而知。他们那么多人监听、窃听了那么多回，听到的不是"沙丁鱼"，就是令人失望的"裤子"和"烤箱"，而现在却一下子就听到了"海洛因",真是得来全不费功夫。

通过对受话者的查询,他们不禁大吃一惊,原来这位受话者正是他们久攻不下的巴达拉门蒂。这是缉毒组织第一次捕获到巴达拉门蒂的确有海洛因的信息,斯托和那位缉毒特工真是大喜过望,马上向上司做了汇报。

第二天,斯托又来到曼尼的馅饼店。曼尼果然拿一小包海洛因,并叮嘱斯托千万不要泄漏出去,否则,他将会遭到威胁。斯托当然是满口答应,并按照当时的行情付了钱。

斯托拿到这一小包海洛因后,立即交给了那位缉毒特工。缉毒小组化验的结果表明,这一小包的海洛因竟是最上等的海洛因,其纯度为82%。这一结果又让缉毒署的官员们大吃一惊,因为这样纯度的高质量的海洛因,只有从意大利厂家直接进货才能得到,绝不是转手的"二手货"或"三手货"。

缉毒署对从街上的毒品贩子处查获的海洛因经常进行化验,而那种海洛因最高的纯度不超过40%,有的甚至只有20%至30%。因为那种到了街头的海洛因,往往要经过几个不同的毒贩的手,每经过一个毒贩子,他们都要进行一道"加工",这种加工不是提纯而是掺进奶粉或者奎宁等物质,不然的话,他们是无法牟取暴利的。这样,往往1公斤纯度为80%以上的海洛因,到了最后一道毒贩子手中,就变成了几公斤的分量。而海洛因的价格是以克为单位来计算的,所以这种利润是常人无法想象的。这种纯度80%至90%的海洛因,无一例外,全是来自意大利或马赛的原装货。

于是,缉毒署立刻得出了这么一个结论:这一小包海洛因的出售者巴达拉门蒂,直接同海洛因生产厂家勾结在一起,是在纽约的毒品"始发站"或第一代理人。所以,这不是一条小鱼。

那么，巴达拉门蒂的货是来自哪条渠道？他是不是大毒枭露西亚诺的直接下线？这又是一个值得继续研究的问题。尽管这种高质量的海洛因确凿无疑地表明，它是出自意大利或马赛的实验室。但是，当时向美国走私海洛因的并不就只有露西亚诺一家，法国的"科西嘉联盟"和美国国内的黑社会，尤其是纽约当地的五大黑帮家族，都有这种能力和可能性。于是，缉毒署便以这一小包海洛因为突破口，进行了新的部署。他们秘密地传讯了曼尼，并在曼尼的配合下，再次从巴达拉门蒂的馅饼店买到了1公斤同样质量的海洛因，并当场付给他24.5万美元。当时，曼尼财大气粗地对巴达拉门蒂说，他准备从事这桩买卖，但必须是露西亚诺那里的货，因为露西亚诺的货是当今世界上质地最好的上等货，只有他的海洛因才能卖到好价钱。如果巴达拉门蒂不能保证这个，他将直接去找露西亚诺本人谈。"我想他会答应的，"曼尼说，"据说露西亚诺从来不会拒绝任何一位同他合作的朋友。"

曼尼最后的这番话击中了巴达拉门蒂的要害。虽然他没有将海洛因"加工"，但他在价格上却做了手脚。如果曼尼直接从露西亚诺那里进货，就等于断了他的财路。他相信，如果曼尼去找露西亚诺，他一定会答应的。因为露西亚诺对自己说过，他正急于扩大销售网络，在纽约再找一批新的代理商，要他去物色这样的人。但巴达拉门蒂却迟迟没有行动，这其中的原因当然不言而喻。

为了稳住曼尼，巴达拉门蒂当场对他发誓，说他的货绝对是从露西亚诺的实验室来的原装货，没有掺半点假，并说他是一位诚实的人，在纽约和周边地区有许多人都是从他这里取货，并说出了一连串的地名和人员。

谁知巴达拉门蒂这一番诚挚的表白，已经一字不漏地被缉毒署藏在曼尼身上的窃听器录下来了。

后来在审讯室里，巴达拉门蒂一边听着自己的录音，一边看着自己的同伙一个个地从昆斯、布克鲁林、曼哈顿、长岛和费城等各个社区带进来，他知道自己的生意到头了。

1980年5月19日，在掌握了大量的情报以后，美国联邦调查局、麻醉品管理总署、美国海关及美国缉毒署联合各种警力和国际缉毒组织统一行动，一举摧毁了露西亚诺和伯纳诺家族苦心经营了多年的"馅饼贩毒网"，大大小小的代理人、合作商和"馅饼商人"纷纷落网。同时，意大利缉毒署和法国警方也联手出击，在巴勒莫和马赛等地，查封了多处生产海洛因的实验室，逮捕了几百名实验室的药剂师、化学专家和工作人员，查获了成千上万吨的吗啡碱和高质量的海洛因。

这一贩毒网络的破获，让全世界为之震惊，也让意大利当局深感不安。尤其令人担忧的是，在意大利和美国黑道社会的保护下，有"意大利毒品世界犯罪团伙开山鼻祖"之称的大毒枭露西亚诺依然逍遥法外。

面对国际舆论的谴责，面对美国、法国及南美许多受害国家的强烈抗议，意大利政府再也坐不住了。黑手党接二连三的凶杀和猖獗的贩毒走私，终于又将政府中的一位铁腕人物逼上了前台——此人就是有"黑手党猎人"之称的基耶萨将军。

黑白两道，都在注视着这位62岁的老人。

第十三章

将军赴任　出师未捷先断头

　　基耶萨将军有"黑手党猎人"之称，奉命出任巴
勒莫省督，一出山就"孤立无援"——他很希望有人能
陪他在巴勒莫街头"走一走"，但是始终没有如愿。

　　1982年9月3日傍晚，上任才五个月的他却被杀
死在巴勒莫街头。

　　噩耗传来，惊天动地，许多人都说他是被罗马政
府"出卖"了。

　　1982年9月3日，意大利罗马政府做出一项重要的决定，正
式任命卡尔洛·阿贝尔托·达拉·基耶萨将军为巴勒莫省省督。他
的"特殊使命"是协调各部力量，仿效当年墨索里尼时代的巴勒莫
省督莫里的办法，对西西里猖狂至极的黑手党暴力犯罪及毒品贩卖
组织给予严厉而有效的打击。

　　基耶萨将军这一年已经62岁，时任国家宪兵部队副司令，是
意大利一流的宪兵将军和政府中声望最高的人物之一。

　　意大利政府的这一决定，是在一连串的凶杀案和跨国贩毒集团

的活动败露之后，在国际国内舆论的强大压力下做出的。由于基耶萨将军当年在西西里大区打击恐怖组织红色旅的那段光辉经历，让他顺理成章地成为这一"特殊使命"的最佳人选，并最后被委以重任。

当时，罗马政府内政部长罗尼奥尼在解释任命决定的原因时说：

"成为巴勒莫省督的先决条件就是既要得到其主管上级的信任，也要能以其特殊的经验来开展反黑手党、反有组织犯罪这项棘手的工作。选择基耶萨将军出任省督正是出于这一点，当然还考虑到他协调警察行动的水平。"

然而，如今摆在基耶萨将军面前等待他去收拾的巴勒莫省已不是当年的西西里了。经过黑手党几代"教父"几十年的苦心经营，这里已经是一个黑手党的国中之国。黑手党的"法律"和秩序在这里已逐步完善，并已经渗透到各个领域，从而使黑手党真正形成了一个与罗马政府和地方政府三足鼎立的"黑手党政府"，形成了一个与共和国分庭抗礼的"黑手党王国"。特别是近十几年来，黑手党内部的新旧两党之争，使新一代的黑手党脱颖而出。经过十几年的巧取豪夺，新一代黑手党人已经"青出于蓝而胜于蓝"。他们再也不像当年的老黑手党唐·维托、唐·维齐尼等人那样，带着一身的农村气息和乡间小路的泥土，仅仅满足于舒适的住宅和带有家族色彩的权威，仅仅满足于当一方的"调停人""保护人"，再也不为能赢得一个"唐"字而心满意足。

如今的黑手党已通过自己的实力，除了向政界、向国外渗透之外，还牢牢地控制了整个地区的经济命脉，左右着整个意大利的经济形势。他们一个个年富力强，富于冒险精神和现代意识，醉心的是一本万利的大买卖，甚至利用高科技犯罪；一个个都野心勃勃，再不满足于占一方"土地"，当一个"唐"，而是要当实业家、富商巨子、金融寡头……他们要体验一种前一代从未体验过的生活。

为了满足这种膨胀的权欲、物欲和色欲，他们抛开了上一代人留给他们的原始刀枪，换上了苏式、美式的冲锋枪和现代化自动武器。同时，又将成千上万的企业控制在自己的手中。他们利用手中的金钱，与政界、工会、金融界串通一气，结成心照不宣的联盟。以前，黑手党是某些政界要人的帮凶，而如今却相反——这些政界要人反而要看黑手党的脸色行事。没有黑手党的支持，工厂倒闭、股市暴跌、经济崩溃，无数人要失业流落街头。因为他们手中的企业已经是国民经济的支柱和成千上万工人的饭碗。

基耶萨将军自然没有忘记，1962年罗马政府曾大张旗鼓地成立了反黑手党委员会。但是从1962年到1982年已经二十年了，在这二十年中，由于黑手党势力的渗透和冲击，这个委员会已多次被迫解散，名存实亡。如今，一个黑手党家族已走出西西里农村，走向罗马、米兰、都灵、佛罗伦萨等全国所有的大都市，甚至已跨越帮界、省界、国界而形成了一个多国犯罪团体，形成了一个跨国犯罪的"托拉斯"。在他们当中，"经理""董事长""总裁""企业家""银行家"甚至"警察局长""议员""名誉主席"……一个个"体面人"脱颖而出，财大根深。

一份调查黑手党银行家辛多纳的报告就锁在基耶萨将军的保密柜里，基耶萨还清楚地记得这份报告中那段令人触目惊心的结论：

> 新黑手党与其前身截然不同，原先的寄生式的活动正在消失，他们正在跨入生产领域……新黑手党正在跨越旧时不可超越的疆域界线，而且往往是在光天化日之下利用其非法所得的经济资源进行活动。他们与银行界关系密

切，作为地地道道的企业家从事活动。同时，他们在全国和全球范围内网罗犯罪同伙，进行烟草和毒品走私，也使用绑架和凶杀这些极端手段，以确立一个帮伙或一个人物的优势地位，巩固自己的势力。

这个报告是对一位黑手党银行家的调查结果，而这个"结论"却清醒地为意大利黑手党这一"毒瘤"，开了一个权威的"病历"。

当然，在当时的意大利政府中，能开这种"病历"的并不仅仅是这份报告的起草者一个人，而是大有人在。这位即将走马上任的基耶萨将军也是一位能开出这种"病历"者之一，但是，对于政府的这种重用，他再也没有当年的荣幸，也没有当年的雄风。早在得到这一任命之前，基耶萨将军就表现出一种忧心忡忡，然而，这不能完全看成是年事已高的原因。

基耶萨将军有写日记的习惯，他的那些日记如今还完整地保存在档，为人们了解他当时的心路历程提供了一个权威的参照。现摘录几则如下——尽管这些日记是将军对他妻子的倾诉：

1982 年 3 月 2 日

　　昨天我告诉了你，我与总理的秘书长会晤过，我的前程可能是在军队中晋升，也可能让我去做我所拒绝的刑法工作，如果不是对付恐怖主义，至少是去巴勒莫担任对付黑手党机构的头目。

1982 年 3 月 8 日

　　这么多混杂在一起的事情搞得我精神疲惫，心情烦躁。卡普佐将军告诉我,在最近一次政府会议中,你的卡尔洛将被委任为巴勒莫省督,去与黑手党做斗争。这让我吃了一惊。尽管我以前曾给你讲过,这是政府要安排我的几种方案之一,可一旦成了事实,我还是几乎给吓住了。亲爱的,虽然这意味着对我的过去和我的经验的承认,虽然这是让我再一次成为一种诸事皆难的政治的工具,可这一切似乎是要压缩我整个的存在时间,这是武器的时间,军事的时间。是的,我说压缩,我知道是暴力,是创伤,是封闭。这一切是不可抗拒的,是崭新的,是难以捉摸的,是稀奇古怪的,几乎一瞬间,身边的一切全都消失了。你的卡尔洛被召去接受新的考验,去一个不属于他的世界,也许将一去不回了。

　　…………

　　3月31日,是宣布这一任命的一天。当天基耶萨将军在日记中如是写道:

　　　　……今天早晨我被召去内政部。真的,这是个极其重要的决定。当什么总督,甚至是一级的,对我却无所谓……我是在超脱、冷静地思考反省之后接受这个决定的。尽管工作、斗争、困难重重,几乎达到使我窒息的程度……我很高兴能做出我的贡献。早晨我对内政部长说:"接受任务时必须附带一个条件,一个必要的条件,就是要他们懂得黑手党现象不应被视为仅在巴勒莫省存在,而是在世界各地!"

这就是这位将军当时接受这一任命时的心路历程。当总理把这一重任交给他时，他特别强调要得到政界的支持，并在全国统一行动。他说："在巴勒莫的牧场上打击黑手党，而意大利其他地方都无动于衷，那只能是浪费时间。"

　　这句话，表明了他的清醒。

　　当时支持这一任命的大有人在。天民党领袖人物居里奥·安德里奥蒂坚决主张打击黑手党集团犯罪，同时他认为，基耶萨将军是从事这项工作的最佳人选。

　　对于基耶萨将军的要求，意大利总理早就对意大利安全委员会提出过，即对这位省督进行"政治上的支持"。意大利的安全委员会是由内务部长、两大警察机构（宪兵和公安）首脑、军事情报局（CISMI）和国内情报局（CISDE）的首脑组成。但是，当对这一提案进行表决时，投赞成票的只有国内情报局的首脑弗兰西斯科，其余的人都持反对态度——当然，基耶萨将军对这种高层内幕是一无所知。

　　在动身去巴勒莫之前，基耶萨再一次找到内务部长维吉里奥·罗龙尼说，政府如果是真心实意地要打击黑手党，就必须首先拿西西里最显赫的天民党人开刀。内政部长显然对这种建议不感兴趣，但又有苦难言，只好还是像以前多次对基耶萨说的那样对他说："你是宪兵的将军，而不是天主教民主党人的将军。"

　　基耶萨无言以对。这就是他的理解。意大利政坛天民党、共和党等之间的党派之争，导致在二战后近三十年的建国史上，五十次更换总理，这恐怕是当今世界上其他国家绝无仅有的世界纪录，加上黑手党向罗马高层的渗透，参、众两院已有其为数不少的代言人。对于这种政治内幕，基耶萨将军虽然一直在军界任职，但他并不闭目塞听。他知道他希望的"政治支持"也许是一张无法兑现的空头支票，所以才有他日记中那句"也许将一去不回了"的话。

作为一位军人，又受命于危难之中，基耶萨将军只有义无反顾地去了巴勒莫。

——然而，仅仅在正式任命后五个月零三天的那天傍晚，这位62岁的军人就真的"一去不回了"。

一个月以后的4月30日，黑手党就给这位走马上任的省督送来了一份厚重的"见面礼"——那位西西里地区意大利共和党书记、全国众议员皮奥·拉托雷，由于在一个月前直言上书共和国总理，要求政府打击黑手党并调查其同伙的财产，结果在巴勒莫街头被突然杀害。同时丧命的还有他的汽车司机，时间是在上午11点30分的光天化日之下。

拉托雷之死，让基耶萨将军既震惊又愤怒，他在当天的日记中写道：

> 由于一个严重事件，气氛白热化了。在巴勒莫市区，意共区委书记皮奥·拉托雷被杀害了！全意大利为天民党大会前夕发生这一事件而震撼。在巴勒莫，该党由于黑手党活动及其政治权势而名声败坏。对不久前的事，我当然都有所了解。要求我去，实在是完成一件危险而艰巨的任务……在一个危机四伏、神秘莫测、斗争残酷而又孤立无援的环境里，我身边没有一个亲朋好友，没有在与恐怖主义斗争和在军队工作后得到的家庭的慰藉。我突然置身在

这个环境中，一方面是对你的卡尔洛的期待，期待他创造
出什么奇迹；另一方面是诅咒他，诅咒他的到来。我的事
业将是有益的，将一如既往，以我的热忱全力以赴，随时
准备当我触及并理解某些事时被人杀掉，随时准备以付出
生命来尽我的职责。但我是孤独的，请你为我祷告吧！

　　基耶萨将军的这则日记，就像写给他的第二任妻子埃玛努
娜·赛黛的一封情书。在震惊和愤怒之余，他感到的是"孤立无
援"的"孤独"和没有"家庭的慰藉"，同时，他为了自己的职责，
又将随时准备"付出生命"。

　　于是，他冒着随时被人杀掉的危险，开展了大量的调查工作。
他的调查工作开展得十分艰难，因为他在这里是一个不受欢迎的人。

　　上任伊始，基耶萨分别对巴勒莫的地方官员和头面人物进行礼
节性的拜访，但他得到的回报却是冷漠、不理睬和抱怨，甚至是闭
门羹。

　　当时，巴勒莫地区天民党主席马里奥·达吉斯托对基耶萨的拜
访的态度是："对你的任命决定，并没有同我商量。"

　　另一位天民党的高级人物、欧洲议会的成员利马则当众声明：
"本人与这一任命无关。对提名基耶萨将军为巴勒莫省的最高行政
长官，本岛天民党人士认为，此事与自己毫无牵连。"

　　巴勒莫市市长耐罗·马特卢西也大发牢骚，他直言不讳地说：
"该市的诚实人多得是，用不着派一位将军来给我们解决问题。"

　　面对这样的反应，这位走马上任的省督不可能不感到"孤立无援"。

　　这让他回想起当年在西西里当宪兵上校的一件往事。当时在西
西里一个黑手党势力相当强大的村子里，有一位在当地很有正义感

的官员。这位官员叫德·蒙特恰洛，他随时准备对当地的黑手党人进行打击，结果受到了黑手党的警告和威胁。蒙特恰洛心中感到既愤怒又害怕，便想到基耶萨这位宪兵上校，他对基耶萨道出了心中的想法，希望能得到他的支持。

基耶萨很理解这位有正义感的官员。在第二天中午，他特地带上几名卫兵，开上一辆吉普车，全副武装地到这位官员家做客。用过午餐后，他又同这位蒙特恰洛像老朋友那样，手挽着手在村子里溜达，从南头走到北头，几乎走遍了村中的每一条小巷，让村里所有的人都看见了他们这种亲密无间的关系。他同时提议，到河边的那片草地上去聊天，因为那片草地离村里那位黑手党小头目的家不到 50 米，并且正对他家的大门和卧室的窗户，无论从哪里都能看到蒙特恰洛同这位威武的宪兵上校在那里谈笑风生，甚至还能听到他们的笑声。

从此，这个村子里的黑手党人，再也不敢打这位官员的主意了。

如今，基耶萨也成了当年的那位官员蒙特恰洛，他多么希望也有一位巴勒莫省或者是从罗马赶来的权势人物，和他手挽着手在巴勒莫的大街上走一走。但是，基耶萨却没有当年蒙特恰洛的那种运气。他有的只是来自各方面的冷遇、仇视和不合作。

有时，他也会很"荣幸"地收到巴勒莫某位头面人物的请柬，邀请他去参加晚会、宴会和舞会。但是，基耶萨将军却一概拒绝了。他当然明白这种邀请将意味着什么，随之而来的又是什么。于是，由于他拒绝了巴勒莫的上流社会，他也遭到了拒绝。他更加孤独了。因为他知道巴勒莫的上流社会，都与黑手党密切相关，有许多人本身就是黑手党的头目，被称为"体面人"。

当他上任不久，伊丽莎白女王二世代表皇家访问西西里时，受到了巴勒莫上流社会的隆重接待，其中有一位衣着笔挺的贵族后裔阿尔桑德罗·瓦米·卡维罗王子，尽管他一表人才，戴着一副金丝眼镜，无论从里到外都是一位地地道道的王子，但他却是一个地地道道的"体面人"。

又如，岛上有名的萨沃堂兄弟三人，一个是岛上政府的税务官，一个是土地委员会的官员，一个是商界的大亨，但他们的后台老板都是黑手党，都与西西里五大黑手党家族，尤其是格雷科家族有千丝万缕的联系。

因此，基耶萨将军为了清白，也为了自己的"特殊使命"，他只有拒绝这些邀请，远离巴勒莫的上流社会。然而作为一位省督，这是很不合适的，它让自己的任何工作都会陷入孤独和艰难之中，但他实在是别无选择。

幸好在这年初夏的一天，他那位善解人意的妻子埃玛努娜·赛黛从罗马来到了巴勒莫，来到了他的身边。从此，基耶萨才可能少些寂寞和孤独，才有了一种"家庭的慰藉"。这时，他那艰难的调查工作也有了一点眉目，掌握了黑手党各家族一些犯罪的内幕。

基耶萨将军通过调查发现，西西里岛的建筑业，有五分之四控制在黑手党家族手中。其中最主要的建筑公司有卡梅罗·柯斯坦扎和马里奥·化多等人开的几家，这些公司几乎包揽了这里所有的建筑工程，他们有黑手党作为后台，其他任何公司都很难插进来。

这些建筑公司除了能获得大额的利润之外，同时还可以为黑手党"洗"钱，将那些在海洛因贸易中获取的成千上万的"黑钱"转移成房地产开发和市政投资，使之合法化。

"洗钱"是黑手党在各种非法贸易中重要的一个环节。通过贩毒，他们获取了大量的"黑钱"，这种钱是非法的，经不起有关方面推敲，因此，他们要通过"洗"，把非法资金变成合法资金。存入银行是一条途径，但这条途径在一些发达国家都已被堵死了，使他们很难找到存钱的银行。这些钱存了进去就等于扔进了大海。于是，只有找一些闭塞、贫穷的小地方或进行转移。西西里当时是世界上银行最多的地方。在它的西部有一个叫特拉帕尼的小镇，人口仅七万，而小镇上的银行却比意大利的金融大都市米兰和工业重镇都灵都要多，前前后后开张关门的竟有五百多家。在西西里那些最偏远的农村和山区小镇，尽管贫穷而不起眼，但却都有自己的银行。这些银行的主要作用是用来"洗钱"。但这些银行经常会遭到警方及有关方面的查封，有的甚至连窝端。基耶萨将军在上任不到两个月内，就曾一举查封了十五家"洗钱"的黑窝。

许多从海外来的钱，都在这里转化成了各种实业，而其中建筑业是最易转化黑钱的行当，因此倍受黑手党的青睐。这些建筑公司的老板都是黑手党的代理人，有些人本身就是黑手党，亲自介入凶杀、贩毒和投机等犯罪活动。

调查的第二个发现，就是这里海洛因生产的规模和程度，完全超出了罗马警方当时的想象。由于大毒枭露西亚诺和格雷科家族的多年经营，这里的海洛因生产规模在不断地扩张。随着美国、南美洲等海外毒品市场的开发，需求量的不断增加，西西里的海洛因生产已达到了空前繁荣的程度。在巴勒莫市就有"实验室"和以糖果制造为掩护的海洛因生产厂家三十多家，在郊区和边远农村的窝点更是无法调查。由巴勒莫通往那不勒斯湾港口的公路上，不时能查获整车的吗啡碱和同面粉、药材混装的海洛因。

这一调查的结果，让基耶萨将军深感罗马政府任命自己的及时和必要。这时，他已由不安变为愤怒，一位军人的良心和天职让他完全不再考虑个人的安危了。

赌博、赌马、证券投机和黑市交易更是无处不在，无时不在。凶杀更是时有发生，如当时发生在巴勒莫的"环路凶杀案"就是典型的一例。当基耶萨将军率队赶赴现场时，凶手已逃之夭夭。通过验尸表明，凶手使用的正是那种杀伤力可怕的苏式冲锋枪。被击毙者是一位转狱的黑手党小头目，由于他供出了一些黑幕，结果在转狱的途中遭到暗杀，押解的宪兵也一死三伤。

这时，基耶萨将军发现，西西里真的是从头黑到了脚。他将调查的结果打成一份份的报告，送到了罗马当局，目的是为了引起政府的高度重视，加大打击力度，给他更多的特权，他可以利用当年对付红色旅的办法来对付这些黑手党人。但是，令他失望的是，他的报告并没有引起政府的重视，甚至连任命他的内务部长也不来过问一下，更不要说来巴勒莫挽着他的手在大街上走一走。

更令他不安的是，他这位"一级"省督竟随着调查的深入而被架空了。他竟指挥不动巴勒莫的警察局和宪兵队，见不到市长和天民党领袖人物的面。这意味着他完全孤独了，只能依靠从罗马带来的五百名宪兵孤军作战，来完成他的"特殊使命"。

到这一年的 8 月中旬，他已经调查出了科莱奥内帮和格雷科家族勾结罗马上层人士和金融界的罪行；他已经摸到了西西里黑手党家族与罗马政府某些要人狼狈为奸的蛛丝马迹。这时，他不得不给总理斯帕多里尼写了一封长信。这封长信其中有一段这样写道：

……虽然很遗憾会占用您的时间，但我必须在一切均被卷进去之前，提请您注意以下几个相当重要的问题：可

272

能作为省督的任职虽然是一个荣誉，但不能作为我离开现
在职位的单一理由；担任巴勒莫省督一职不能不含着同黑
手党的斗争，然而给人的印象是人们并不理解黑手党为何
意、是何物；是否有同黑手党做坚决斗争的认真打算；要
促成一项特别法律，要有诚意，让献身于这场斗争的人不
仅从那些并无权威又极其敏感的新闻舆论那里得到安慰，
而且能得到切实可靠的有法律保障的支持……

但是，他并没有从总理那里得到可靠的有法律保障的支持。

基耶萨又向内政部长上书，建议在每一个有黑手党活动的省份
中设立直接隶属于省督的调查组，并在中央一级进行协调，不惜一
切代价任用最优秀的协调官员。他认为要从根本上动摇黑手党的权
力基础，就必须斩断它与任何政党之间的联系。在与几位议员的书
信中，他都直言不讳地说，他可能会打击贵党的某些成员，但这正
是为了维护贵党的荣誉。那些议员都为他而感动。

8月10日，基耶萨在巴勒莫召开了一次记者招待会，他公开
地陈述了以下见解：

"过去人们普遍认为巴勒莫是黑手党的所在地，今天，卡塔尼
亚省的黑手党同样十分猖獗，而且还从那里发展到了巴勒莫。征得巴
勒莫黑手党的许可，卡塔尼亚四家最大的建筑公司现在正在巴勒莫开
展经营活动。试想，如果没有黑手党的许可，他们能成气候吗？"

基耶萨这段话的根据，是他在5月份以绝对秘密的方式，向卡
塔尼亚省督询问了黑手党的两家公司的老板及其亲属和公司的经
营情况后获得的。他的办公室主任索尔杰也说："1982年6月，
省督说卡塔尼亚的企业家得以进入巴勒莫，一定是与黑手党勾结

的结果。"

在记者招待会上基耶萨接着说：

"在有七十万人口的巴勒莫市，虽然登记在册的失业人数达十二万人，但是，真正的穷人几乎没有。人们都花钱如水，这是什么道理呢？是黑手党通过收买人，发展其成员、半正式成员和对从事其活动的人给予经费的办法，至少养活着二十万人！"

基耶萨的讲话见报以后，朝野上下一片哗然。他的话已经让"荣誉社团"和那些上层的"体面人"坐不住了。

早在7月份，基耶萨将军就在一份报告中，要求授予他协调指挥全国安全力量的权力，并向全国公布；且向全国发出打击黑手党的紧急法令。但到了8月份，这份报告的结果还杳无音讯。这时他收到的只是一份财政部长发给他的有关黑手党贩毒走私活动的材料，其中涉及三千多人，包括企业家、商人、法官、侦探等，要他火速调查核实，而对他的报告依然没有答复。

基耶萨收到这个材料之后，立即派出宪兵和警察分头去明察暗访，并要求省内所有的市长和镇长上报黑手党承包工程和企业方面的情况。经过调查核实后，他理出了一串名单，并布置军警宪特各种安全力量尽快逮捕第一批罪犯。但是过了一个礼拜却没有动静，这些人根本不听他的调配，更不要说执行他的命令。

基耶萨立即找到巴勒莫警察局长，而这位局长却懒洋洋地说："我们无法接受省督的做法，无端地围捕和设路卡，这是战时的做法，和平时期会扰乱社会秩序，元首也没有要求这么做。我们不能因某一个人的自以为是而失去全城的人心！"

基耶萨将军听完了这位下属的话之后，并没有发脾气，也没有对他进行惩罚。他知道这段话并不是这位警察局长一个人想说，要说的人多得很，只不过是没有机会或者是没有这样鲁莽和露骨罢了。基耶萨将军清醒地认识到：当年他对付红色旅时，全意大利都在做他的后盾，连黑手党也不例外；如今对付的是黑手党，所以得不到必要的支持是理所当然的。

基耶萨将军已经知道自己孤立无援甚至是四面楚歌，但他却忠于职守又不甘退却。于是，一场意料之中的灾难悄悄而至。

1982 年 9 月 3 日傍晚，巴勒莫市已笼罩在夜色之中。

忙了一天的基耶萨将军抬头望了望窗外黑青色的天空和满城的万家灯火，然后打了两个电话，一个电话是给塔楼饭店的老板，告诉他将去那里就餐。多年的特殊职业生涯，尤其是同红色旅这一恐怖组织较量的几年以后，已经让他形成了一整套有节制的安全措施，让他每天都生活在百倍的警惕之中。特别是在巴勒莫的这段日子里，他知道自己随时都有被谋杀的可能。因此，他的生活便没有了一定之规，他吃饭从不预约，总是临时打电话联系。这就如他上班的路线一样，每天都在不断地改变，座车经常更换，外出时间也没有规律，贴身的警卫总是形影不离，而且从不坐带有警笛和警灯的有任何警方或政府部门标志的车。为了预防不测，他的重要文件从不归档，他认为即使锁进保险柜也不保险，总是随身携带，很有一种与之共存亡的决心。

今天的晚餐也不例外。他临时想到了塔楼饭店的鱼很有名，以前自己也去过几回，觉得味道不错，便临时决定去那里吃鱼。同时，他也想到了妻子埃玛努娜·赛黛也爱吃鱼，便打了第二个电话给家里，叫妻子自己开那辆 A112 型的"菲亚特"车来接他，他在办公楼下等。

打完电话之后，基耶萨将军还签署了一封信件，看了看自己那一行龙飞凤舞的花体字签名，然后装进了一个信封，把它交给了他的办公室主任索尔杰。并告诉他自己将同妻子去塔楼吃鱼，他也该早点休息。说完，基耶萨就收拾了一下公文包，离开了办公室，缓缓地走下楼去。他并没有走电梯，而是沿着楼梯一级一级地往下走。他知道妻子还在路上，他可以边走边等，还可以趁机活动一下筋骨。

　　在下楼时，基耶萨将军把今天一天的经历回顾了一下。他这时的心情似乎很好，至少是有点轻松。因为今天上午，他秘密地会见了美国驻巴勒莫的总领事琼斯先生。他同琼斯谈了近来调查的一些情况和罗马的态度。他抱怨罗马政府有点出尔反尔。当初任命时，从总理到内政部长都当面承诺，要授予他一切特权，但是几个月过去了，这些承诺一直没有兑现，让他进退维谷。他希望琼斯尽快地电告美国政府，对斯帕多里尼总理施加一些压力。他说："这也许是我一生当中，担任的最后一项重要工作，我想尽力办好，画上一个圆满的句号。这件事了结了我就退休，回乡下去钓鱼。我故乡的风景很不错的。"

　　琼斯先生很理解基耶萨将军的想法，爽快地答应了他，并说很快会有结果的，美国政府不会无动于衷。会晤结束时，他还像老朋友一样拥抱了基耶萨，并一直将其送出了大门。

　　基耶萨将军为琼斯的真诚所感动，他认为自己总算找到了一条走出困境的捷径，几天来的不快似乎也消失了，直到这时，他还感到一阵轻松愉快。也许是还记得上午说过钓鱼的事，所以下班时他突然想到了去吃鱼。

　　当他缓缓地走到办公楼的最下面一层时，他的妻子也开着车子来了，正在缓缓地开进省督公署。这时，基耶萨将军的贴身警卫多梅尼科·卢索也发动了另一辆车开了过来。他让卢索在前面开路，自己坐上妻子开来的菲亚特 A112。两辆车一前一后地驶出了省督公署大楼，缓缓地上了卡里尼路，向塔楼饭店开去。

在经过设在路口的财政警察营房时，卢索还按响了喇叭，向站在营房门口执勤的朋友尼古拉·卡塞儿塔问候。当尼古拉回头时，发现卢索的车后面有一辆日本铃木摩托，上面坐着两个戴头盔的青年人。卢索的车在减速时，他们也同时放慢了速度，并用前照灯打了几下闪光。但是，这时他也没有介意，两辆车继续朝前驶去。

几乎就在同一时间，又有一辆同是日本产的本田摩托开过来，车上同样坐着两个戴头盔的青年人，他们驾着这辆本田，几乎是同卢索的车并驾齐行。紧接着后面开来两辆小轿车，跟在基耶萨夫妇的座车后面。这时，巴勒莫的伊西道罗·卡里尼大街正是车水马龙，来往的车辆川流不息，所以这后面的两辆轿车，无论如何也不会引起这位反恐专家的注意。

然而，就在他们驶离营房门口不到 500 米的地方，那辆本田摩托上的两位青年突然朝卢索开火了，疯狂的子弹从驾驶室的车窗里飞了进去，卢索当即伏在方向盘上，脑袋开花了。

就在前面枪响的同时，后面的两辆轿车同时也加速赶了过来，左右夹击，分别朝基耶萨将军的座车扫射。基耶萨将军的夫人首先中弹倒向他的怀里，随即，子弹也击中了基耶萨将军的后背，紧接着是头颅。两辆轿车疯狂地扫射了一阵之后，便开足马力疯狂地朝前冲去。这时，前面的那辆本田摩托已跑得无影无踪，只有这两辆受伤的车瘫在大街中间，整条大街上一片混乱。

巴勒莫警察局行动中心接到报案后，立即派出几名防暴警察驱车飞奔现场。由于两辆车都没有任何标志，在赶到现场之前，他们还不知道受到袭击的是谁。当几名防暴警察还未等车完全停稳，就风一样地跳下车后，才发现是基耶萨将军和他的夫人。他和他的年轻妻子被打得浑身是洞，血肉模糊。他的警卫卢索也是一身的弹洞，脑袋开了花，白色的液体和红色的鲜血顺着方向盘往下滴。卢索的枪还别在腰间，当时还来不及掏出来就死去了。

警察分开围观的路人，在车内和现场一共找到了三十二发卡拉什尼科夫冲锋枪的子弹壳和一颗还未炸开的子弹。就在警察现场勘查的同时，在离凶杀地点不远的萨尔瓦托莱·普列西街上，两辆轿车正在一声爆炸中焚烧。这两辆轿车正是刚才作案的工具。当警察赶到时，熊熊的大火已经熄灭，只是在一辆车的残骸上又找到几颗还未炸开的卡拉什尼科夫冲锋枪子弹和一支断裂冲锋枪，另外还有一辆铃木摩托车也被弃置在旁边。

一位目击者告诉警察说，在他们赶到现场的几分钟前，曾有一辆深色雷诺14型轿车从这里飞奔而去。

那位警察点了点头，记住了他的话。他和他的同事们又围着这两辆轿车和这辆摩托车转了几圈，发现这些轿车都是前不久车主报失的车。

警方终于明白了那些偷车人的真正目的。看来这是一桩蓄谋已久的凶杀案。

巴勒莫警方的猜测是完全正确的——从基耶萨将军踏上西西里岛的第一天起，他就处在黑手党的暗杀阴谋之中。

谋杀案发生的第二天，卡塔尼亚的《西西里报》编辑部突然接到一个神秘的电话，对方说了一句"卡尔洛·阿贝尔托行动结束了"，就搁下了电话。

一个叫温琴佐·西格纳的黑手党人也对警方说："在省督来巴勒莫之前我就听人说他是为专门对付黑手党而来的，而且会遇到麻烦。米莱路上的萨尔瓦托莱·洛托罗和菲力普·马尔凯塞都说要他死，而且洛托罗已被指派开始行动。那些参与行动的日本摩托都是受组织支配的，那些车都是藏在圣爱拉斯莫山洞里。"

就连关在狱中的黑手党头目乔万尼·梅卢索也预先知道了基耶萨会被谋杀的消息，他说："加埃塔诺·费丹扎蒂跟我交往很深，他每次见到我都谈论起达拉·基耶萨，对他恨之入骨，破口大骂。在将军遇害前好几天，他就说西西里将要发生一件重大事件。将军被害后，他们欣喜若狂，得意地对我说：'看见了吧，我说要出大事！'"

这些黑手党人的话是事后的"马后炮"，还是真有其事，警方并没有过分地去追究。但从凶杀案的过程来看，这样严密的计划和安排，这样残忍的手段以及杀手的车技和枪法，都不难猜出，只有黑手党才干得出来。

事后，巴勒莫市的弗朗切斯克·帕拉佐罗警长向警方提交了一份详尽的报告，他在报告中说：

"9月3日21点20分左右，我正在岳父家中，而我岳父的家正面临卡里尼大街，离案发地点不过20米。当我听到第一声枪响，我就立即站在窗口向下面张望。这时枪声非常激烈，我凭经验判断出是四声点射，六声连射，再三声点射。随即我看到一辆大缸量的摩托车熄了灯快速驶过，听响声好像是日本摩托。这辆摩托穿过卡尔维和阿尔巴尼亚路的交叉口，朝白墅路驶去。尽管当时天色灰暗，但在街灯的灯影中，我还是看清楚车上是两位年轻人。当我急忙拔枪冲下二楼时，另一辆大缸量摩托也正在加大油门驶离出事地点，然后是两辆轿车……等我跨过马路赶到出事地点时，所有作案的车辆都逃得无影无踪……"

从这份详尽的且带有专业性质的报告分析，整个作案的过程大概为两至三分钟。参与人数至少是八人，两辆摩托和两辆小轿车上都是两人，一人驾车一人开枪。首先出现的铃木摩托的任务是发现目标，将信息传递给那辆本田摩托和后面的两辆轿车。本田摩托的任务是消灭前面的警卫人员，两辆轿车的任务是主攻后面车辆里的目标。这八位凶手的动作配合得天衣无缝，整个过程就像由电脑操纵的一场游戏，没有任何纰漏和失误。事后毁灭作案罪证（烧毁小轿车）的过程也安排得及时而又合理。从时间的短暂、动作的迅速和捕捉目标的准确来看，说明基耶萨将军的座车一出省督总署的大门，就已经被对方盯上了。而暴露自己意图的可能有两种：要么是他的那两个电话被窃听了，要么是塔楼饭店的老板有问题。但事后调查结果表明，是前一种原因。这正好应了那句话，"智者千虑，必有一失"。没有想到，一位身经百战，与恐怖和暗杀斗争了一辈子的老将军，由于一招不慎，便招来杀身之祸。

能及时地捕捉到这种信息，又能及时调配这么多车辆行动的，也只有黑手党人才能干得出来。

当时，警方在调查过程中，都把目标集中在科莱奥内家族。理由是关在狱中的恐怖分子米凯莱·加拉蒂曾对当时巴勒莫警察局大名鼎鼎的刑警队长保罗·甘降尔说过："卢恰诺·利焦不会是基耶萨谋杀案的局外人。因为我发现他虽身陷囹圄，但他还继续领导他的科莱奥内家族进行犯罪活动，而且他本人对基耶萨将军怀着敌意，对他在西西里所做的一切工作始终耿耿于怀。"

但是，一年以后终于真相大白，真正的元凶却是格雷科。

基耶萨将军遇难后，整个意大利震惊了。他是近年来意大利官方遭黑手党暗杀的级别和职务最高的一个人，也是同黑道社会做斗争最坚决的一位斗士，是一位名副其实的"黑手党猎人"。

　　基耶萨将军之死，触动了这个多灾多难的民族的良知。在他遇难的卡里尼大街上，有人写下了一行这样的大字：

　　"西西里所有诚实人的希望在此消失了。"

　　基耶萨将军死后，整个意大利都在"清算"罗马政府的责任。人们都说，基耶萨是一位"被出卖了的省督"，而出卖他的人正是罗马政府。

　　8月14日，《宣言日报》刊登了一篇题为《达拉·基耶萨省督在巴勒莫的朋友和敌人》的文章。该文的作者认为：由于省督断然认定顽固的黑手党人是有罪之人，因此引起了许多人的不满甚至敌视，其中不乏与他关系密切的助手、警察、宪兵和同僚。当有人在走廊议论将军时，人人都只是一笑而已。

　　文章最后披露了整个西西里政界对基耶萨将军的厌恶、冷漠和敌视。

　　9月2日，《二十四小时报》则鲜明地指出：警察局长在罗马说，在反对有组织犯罪活动的斗争中，就该是"警察为主，基耶萨为辅"。

　　9月3日，《西西里日报》有这么一个醒目的标题：

　　引题是——"全意大利刑警头目云集罗马，但谁领导反黑手党的斗争？"

　　正题是——"刑警与达拉·基耶萨存有分歧"。

　　即使不看这个标题下面的文章，也可以看出，这是对那位"警察局长"的态度的印证。

早在基耶萨将军遇害前的 8 月 10 日,《共和国日报》刊登了该报记者乔吉奥·博卡的一篇文章。这是博卡的一篇采访录。在采访了省督基耶萨之后,博卡在文章中写道:

> 在我的谈话中,我有一种感觉——他(指基耶萨)很孤独。地方黑手党人对他不断地恐吓又使他忐忑不安。采访过程中,他和一位我不认识的人通了电话,我估计是地方当局。省督在抱怨那人没有与他合作的诚意。省督对斯帕多里尼和罗尼奥尼颇为失望,他们做出了许诺,但还是食言了……他透露了西西里政界和官僚中大部分人与黑手党罪行有牵连……

这篇文章,后来被认定是基耶萨被"出卖"了的最有力的证据。

如果基耶萨在 9 月 3 日被害的那天上午,与美国驻巴勒莫总领事琼斯秘密会晤时的谈话,在当时被捅出来了,那将又是一条有力的证据。可惜的是,这次会晤的情况直到三年之后的 1985 年 2 月 12 日,才由美国的《华尔街日报》进行了详尽的报道。尽管如此,意大利人对基耶萨将军并没有淡忘,这时又掀起了一场轩然大波。不过当时的承诺人斯帕多里尼同罗尼奥尼等人已不在台上了。

1982 年 10 月 16 日,基耶萨将军的葬礼在巴勒莫市隆重举行。意大利总统佩尔蒂尼、总理斯帕多里尼及内政部长等主要领导人和巴勒莫市红衣主教都出席了葬礼。佩尔蒂尼总统含着眼泪为基耶萨将军的半身铜像揭幕。他沉痛地说:

"我们已忍无可忍。黑手党是一个全国性的问题,对国家的挑衅已达到了不能再容忍的地步了，必须由所有的政治力量联合起来，一致把它打垮！"

红衣主教也打破了宗教的沉默，大声疾呼："杀害将军的毒蛇注定要下地狱，永远得不到神的宽恕！"

但是，当总理斯帕多里尼带领他的部长们出现在人们面前时，却遭到一片谩骂。愤怒的人群大骂："你们是真正的黑手党！""是你们害死了将军！""下台吧！"

这时，群众将带来的矿泉水瓶子砸向内政部长，把雨点一样的硬币朝总理和他的部长头上打去……

葬礼之后，风波并没有平息。基耶萨将军的儿子接着对包括前总理居里奥·安德里奥蒂在内的一伙人进行了控告。在递给法院的诉状上将这伙人指控为"阴谋集团"，认为这是一个政治阴谋，目的是在即将来临的大选中，希望能讨好西西里那些"体面人"，以拉到更多的选票。因此，他们便先使基耶萨将军处于孤立之中，不让罗马政府援手，然后派人杀死他。

1985 年 11 月，巴勒莫法院特意就此案在罗马开庭，听取这位前总理等人的证词。居里奥在听证中反驳了将军之子关于任命基耶萨将军的政治背景的猜测，结果被将军家族的律师以伪证罪对其正式起诉。此案虽然后来经过审理并没有确认被告上述罪行成立，但反黑手党委员会及一些政府官员，还是认真地听取了将军的儿子悲愤的陈述和控诉。他的儿子悲愤地说：

"虽然政府曾做出保证，但我父亲发现政府并没有守约。因此，他千方百计地保留着反黑手党斗争所需要的协调权。他接触了所有重要的政治权威人士，但得到的只是保证，而并不是真正的权力。"

将军儿子的控诉，再次唤起了人们对罗马政府的仇恨，都认为基耶萨将军的被害是一种政治阴谋。一位终生致力于西西里黑手党问题研究的耶稣会神父平塔右达认为：

"达拉·基耶萨将军被派往巴勒莫时是指望得到特权的；他不是一位随便什么人可以任意挑选的高级长官，而是意大利最引人注目的人物之一，因为他曾经成功地打击过恐怖活动。他早就应该得到特权（例如通过《拉托尔法令》，使他能够调查嫌疑犯的银行账户）和最强有力的支持，这是至关重要的。然而国家机构没有给他提供这些条件。他在宪兵队内部也受到了孤立。因而我想说，对他的谋杀是这个国家的罪过，而不是黑手党的犯罪。黑手党是参与了这一阴谋，但将军之死牵涉的面还要广泛得多。我相信，将军对于那些称之为国家的或另外的权力，但不是合法的权力来说，是一个危险人物。因而可以推断，许多人希望将军从这里消失，要么迫使他的行动失败并因此信誉扫地，要么干脆杀掉他。"

这位神父的分析，似乎可以为基耶萨将军的死，做了一个权威而系统的阐述。

这位"黑手党猎人"虽然死去了，但他那些用他和他的妻子的生命和鲜血换来的"调查手记"，却把黑手党的铁幕撕开一个缺口。

他在一份手记中赫然写道：

> C. 第一FE和桑塔帕，他受雇于C，而且经营着"拉·帕拉·乔尼卡"旅馆集团。该集团雇用了来自PA的所有卡塔尼亚黑手党人。
>
> R. 曾经有过一大丑闻：人们在一个大建筑工地的库房里发现了从北方偷来的所有的卡车。这一切的背后是马多尼亚，这位来自PA的黑手党是R的重要承包商。

上文手记中的 C 指的是柯斯坦扎公司,FE 是费利图,PA 是巴拉莫，桑塔帕拉是贝内德托·桑塔帕拉（五大家庭之一）,R 是建筑商伦多。这则手记就清晰地勾勒了卡塔尼亚省的黑手党同巴勒莫黑手党家族互相勾结，进行犯罪的轮廓。

然而，西西里或者是意大利黑手党家族，是一个根深蒂固、错综复杂的网络，要真正揭开它的真面目并非易事。不过，基耶萨将军却艰难地开了个头，并用他的生命唤醒了这个民族的良知。

该是揭开铁幕的时候了！于是，一个空前的"圣·迈克尔行动"开始酝酿。

第十四章

风云突变　黑道元老落法网

　　　　新总理克拉克西走马上任，大法官法尔科前仆后
继——但是，回天无术。

　　　　谁知风云突变，有"巴西教父"之称的西西里黑
手党元老落网，扫荡黑手党又柳暗花明。

　　　　大法官立即飞往巴西，不知这位元老是否肯开
"金口"？

　　1983年夏天，克拉克西再次上台就任意大利总理。

　　克拉克西上台之后，接连发布了三十多号总理令，他发表的
"第一号总理令"就是颁布了五项反黑手党的特别法令，授权警方
窃听涉嫌黑手党人的电话，审查嫌疑犯及其家族的银行账目，检查
其企业的生产情况。

　　这号总理令的发布，拉开了在意大利全境全面扫荡黑手党的序
幕。意大利《共和国日报》撰文说："政治家们终于摆脱了麻木状
态。基耶萨将军多少个月来一直徒劳地要求得到新的法令，在克拉
克西上任一个星期内就颁布了。"

所以，这号总理令足以告慰这位将军的在天之灵。

颁布了五项反黑手党特别法令的总理令之后，克拉克西随后又立即任命全意大利公认为最优秀的法官乔瓦尼·法尔科继续基耶萨将军未完的"特殊使命"，到巴勒莫主持公安司法事务。

法尔科时年仅 47 岁，不仅年富力强，而且深谙法律，疾恶如仇，执法如山，早就蜚声罗马法律界、政治界。他在任何罪恶面前都能舍生忘死，而被人们称为"雄鹰"（在意大利语中"雄鹰"一词与"法尔科"同音）。

法尔科临危受命，踏着一年前基耶萨将军的足迹，到巴勒莫走马上任。在他那办公桌上，竖着一条"座右铭"，上面不是先哲的名言，也不是元首的警句，而是他自己的一句话——"基耶萨将军的鲜血不能白流。他的血应该流淌在我的血脉中"。

一到巴勒莫城，法尔科没有礼节性地去拜访那些地方长官、头面人物，而是一开始就最大限度地利用罗马政府授予的特权进行"大换血"，将巴勒莫的军、警、宪、特各个部门的头目，按照自己的意志重新进行了人事安排，采取强硬的措施，协调了警察和司法部门的指挥权。通过一系列的有力措施，上台伊始，他就牢牢地掌握了主动权，控制了巴勒莫市所有的安全力量，他当然知道，这种局面在很大程度上，是基耶萨将军用生命和鲜血做的铺垫。

大权刚定，他便立即进行全面的调查侦破，以便尽快地拟订出一个全面扫荡黑手党的作战方案。

然而就在这时，一个惊人的消息传来——被意大利和国际刑警组织通缉多年的黑手党头目、西西里黑手党最高委员会体系的创始人、有"巴西教父"之称的黑手党党魁、世界级毒枭托马索·巴塞塔于 10 月 25 日在巴西落网！

一听到这个消息，法尔科不由得兴奋地惊叫起来："好，天助我也！"他知道，只要撬开这位巴塞塔的"金口"，西西里黑手党的铁幕就昭然若揭。10月27日，意大利当局立即电召法尔科回罗马，同副检察长杰拉奇飞往巴西的里约热内卢，去会一会这位大名鼎鼎的黑手党元老。

托马索·巴塞塔，1928年7月31日生于意大利西西里巴勒莫城。他出身低微，中学毕业后混迹于黑道社会，耳濡目染，他很快成为一名合格的黑手党党徒。但是，此人却天生极具男子汉的魅力，中学时代就女友如云。16岁时，他与一位比他大3岁的姑娘迈齐奥拉·卡维罗拉相爱。他们的关系发展很快，不久迈齐奥拉就怀孕了。第二年春天，巴塞塔便娶了迈齐奥拉为妻。

婚后，巴塞塔继承家族的传统职业，在都灵的一家玻璃厂打工。这时，他那种野蛮好斗而荒淫无耻的形象立即引起了西西里黑手党人的青睐。18岁时，他便通过入伙仪式，正式宣誓，成为波塔·纳奥瓦家族的一名成员。由于他那不安分的性格，不久便与家里闹僵了，同时在黑手党家族中也不受欢迎，于是他便带着妻子和刚出生的孩子离家出走，前往阿根廷谋生。到了阿根廷后，他在布宜诺斯艾利斯的郊区一个叫坦波斯的地方安顿了他的家，并在那里开了一家自己的玻璃厂。不久，由于他的妻子不适应当地的生活，他们又移居巴西的圣布朗，在圣布朗开了一家名为康卡多罗的玻璃厂，生意居然很红火。一次，他的哥哥文林佐来巴西探望他们时，劝他还是重返故土，加上他的妻子也不喜欢圣布朗这个地方，于是，巴塞塔又拖家带口，和妻子一同回到了阔别三年的故乡西西里。

这时已经是1951年，西西里黑手党的变化让巴塞塔有了新的想法。他认为在这里专靠在纳奥瓦家族跑跑腿是没有出息的，必须自己当老板。就这样，通过多方联络，加上在国外跑了几年，那些西西里的"乡巴佬"对他崇拜起来，他的"老板"居然当成了——不到一个月的时间，他就拉起一支人马，组成了一个新的黑手党团伙。他给这个团伙取了个激动人心的名字——"豪华社团"，其中的成员全是一些具有冒险精神的西西里青年。

不到几年，巴塞塔的"豪华社团"发展到两千多人。在他的精心训练和操纵下，他们也学会了抢劫和杀人，学会了劫富济贫和维护荣誉、公正与尊严，从此在西西里名声大振。巴塞塔也由此得到其他家族头目的赏识，认为其后生可畏。从此，他便在西西里的黑手党中占有一席之地。

1957年，几位黑手党家族的头目委以他一个重任，任命他和格雷科家族等几个头目，秘密筹备和组建西西里黑手党体系，成立西西里黑手党"最高委员会"。当时巴塞塔年仅29岁，在这样重要的工作中露面，实在是一件很荣幸的事。不久，西西里黑手党"最高委员会"成立，全岛各个家族共选出了九名委员，巴塞塔是其中之一。从此他在西西里名声大振，年纪轻轻就成为黑手党中一位举足轻重的人物。

从此，巴塞塔不再专心致力于他的玻璃厂。从1959年开始，他就涉足于香烟走私，从中获得了比办玻璃厂大得多的利润。1960年1月10日，意大利警方做出打击香烟走私的决定，许多烟贩都赶快躲避收敛，香烟市场一下子紧缺起来。而巴塞塔见这是个发财的机会，不但没有收敛，反而顶风而上，放开手脚大干起来。1960年1月10日到15日仅五天的时间，所获的利润就相当于1959年半年的收入。正当巴塞塔欣喜若狂时，警方找上门来了，不仅收缴了几万箱香烟，还将"豪华社团"的成员抓走了三分之一。

巴塞塔"翻了香烟船"，却没有临阵潜逃。尽管警方正在追捕他，但他却在积极地营救他的"豪华社团"那些被捕的成员。一天，他叫他的总干事长带上 200 万里拉，去贿赂当时的巴勒莫检察长卡特罗伊索，结果遭到了拒绝。

巴塞塔一见，竟亲自出马，带上 1000 万里拉和一支手枪，去见当时审理此案的大法官尼费侬。尼费侬是个很正直威严的法官，他不但不收 1000 万里拉，反而痛斥巴塞塔的这种行为。巴塞塔一听火起，马上拔出手枪朝大法官开了一枪，击中了他的左眼，使尼费侬成了一名"独眼法官"。

不过，巴塞塔也没有走出巴勒莫法院的大门，当场被捕获，并以走私罪、贿赂罪、凶杀罪被判处十年的监禁。

1960 年，巴塞塔被关进了巴勒莫市那座波旁王朝遗留下来的最恐怖的监狱——乌西亚顿监狱。这里关押着一千多名黑手党分子，全都是一些亡命之徒，另外还有几十个形形色色的重案犯。由于巴塞塔枪击大法官，一时在黑道社会身价百倍，结果一押到这里，便受到最高档次的礼遇，并且很快成了乌西亚顿监狱的"头面人物"。这里尽管戒备森严，但它仍然同西西里其他的监狱一样，依然是黑手党人的天下，是策划凶杀、了结旧仇等一切黑社会活动的中心。在黑手党人的控制下，乌西亚顿监狱竟有一条不成文的密令：任何犯人都不准越狱，以免警方把这里搞得不安宁，令同伴们不舒服。从这条密令就可以看出当时黑手党人控制的程度。

乌西亚顿监狱成了巴塞塔人生的一个大课堂，他在这里学到了许多作为一个黑道人物必备的知识。1964 年，他被当局假释出狱。出狱后他又去了都灵，重操旧业办了一家玻璃厂。

正当他干得很有劲时，巴勒莫一位朋友找到他，说："你还在这里干这种生意，你知道西西里的那些人现在干什么？他们都在倒卖海洛因！"

巴塞塔问他那种生意赚钱吗？

那位朋友给他算了一笔账：1 公斤吗啡碱的价格在 6000 至 9000 美元之间，提炼成纯度为 85% 以上的 1 公斤海洛因，就可以卖到 4 万到 5 万美元；走私到美国，在纽约每公斤海洛因的批发价为 20 万美元，大街上的零售价则高达 200 万美元。

"你说赚钱还是不赚钱，朋友？"

听到这个消息后，巴塞塔简直眼睛都在发光：天哪，这可相当于要贩多少箱香烟啊！

于是，巴塞塔二话没说，第二天就同这位朋友偷渡去了美国，把厂子交给了他的弟弟，把妻子和儿子都丢在巴勒莫，想等发了财再接他们去享福。

巴塞塔就这样去了美国，在纽约一待就是六年。去美国后，他利用当年在意大利的黑道上的声誉，很快就和美国的黑社会接上了头。在纽约五大家族的庇护下，他开了三家意大利馅饼店，利用馅饼店做掩护，与那些人联手做起海洛因生意。由于他是走私香烟出身，又有黑道上的朋友相助，不出几年便大发其财。这时，他早把家中的妻子忘得一干二净，在那里养了几个情妇。

当时，他的贩毒网络主要是在巴西。因为当年他曾在那里开过玻璃厂，有一定的关系。同时，他又和当年在圣布朗的小情人接上了头。

这位小情人叫克里斯蒂娜，是一位百万富翁的女儿。当年巴塞塔带着妻子在那里办厂时，她还是一位十三四岁的小女孩，整整比他小 10 岁。但是，由于这里地处赤道附近，热带气候让这位小女孩发育得丰满迷人。巴塞塔虽然带着妻子在身边，但这位情场老手对这种"异国情调"还是很倾心。于是，他利用那种成熟男人的特有魅力，几乎是没费多大劲儿就同克里斯蒂娜勾搭上了，而且让她爱得神魂颠倒，死去活来。到 1966 年他们见面时，虽然过去了十多年，但那种炽热的感情还在。遗憾的是，这时克里斯蒂娜已经是别人的妻子。她的丈夫是巴西航空公司的一位董事，也是一位有钱的主儿。巴塞塔同克里斯蒂娜重续旧好，共同开发巴西贩毒走私网络，既是情人又是合作者。克里斯蒂娜这时已是一位成熟的少妇，加上身份的高贵和金钱的富有，让她在巴塞塔眼中更具魅力，因此他们这几年的合作非常成功。他们经常利用巴西航空公司的飞机，或用带有巴西官方标志的私人高级轿车，直截了当地走私海洛因。在克里斯蒂娜配合下，巴塞塔几年便成了亿万富翁。后来尽管他没有同妻子离婚，但是，他还是在纽约又娶了一位极有钱的富婆，并在外面养了几十名不同肤色的情人。他把走私海洛因赚来的钱投资到正当的企业和股市中去，于是，他的资产就像滚雪球一样多得难以计数。同时，他的贩毒网络也在不断膨胀，除了有美国、巴西招募的"合作者"之外，他又把巴勒莫当年他那"豪华社团"的部下，通过偷渡和其他方式迁移了一千三百多名。从此，巴塞塔成了有名的"巴西教父"，在巴西黑道独霸一方。

1970 年，巴塞塔因非法侨居纽约而被警方逮捕。然而，就在逮捕的当天，他一次性拿出了 7.5 亿美元的保释金交给了美国移民局。保释出来后，他干脆逃往巴西，在那里定居下来。

这时，他已经同克里斯蒂娜到了难分难舍的程度。他们嫌那位航空公司的董事碍手碍脚，便共同策划了一起绑架案。由巴塞塔的部下出面，将克里斯蒂娜的丈夫劫持到一个海岛上。很明显，巴塞塔的目的不是要钱，而是要那位董事的命。所以，当他搂着一丝不挂的克里斯蒂娜一边做爱，一边向警方打电话报警时，那位董事已在那座海岛上死于非命了。

在克里斯蒂娜郑重其事地为她的丈夫举行了隆重的葬礼的一个月后，她同巴塞塔在巴西的一家教堂里举行了婚礼。但是，正当他们的婚礼在很气派地进行时，几名巴西警察在一位神父的带领下冲进了教堂，当场给这位得意的新郎戴上了明晃晃的手铐并推上了囚车。原来克里斯蒂娜的丈夫死了之后，她丈夫的哥哥——里约热内卢警察局的一位高级警探，在破获一起走私案时，抓到了一位巴塞塔"豪华社团"分子。这位小喽啰正是绑架并杀害那位董事的凶手之一。当他受刑时，他的身上还佩戴着一个纯金的小佛像。这个小佛像上有那位高级警探家族的特殊标志。当他的部下发现后，立即报告了他。那位高级警探拿到这枚小佛像之后，不再追究这个吊在审讯室的走私犯的走私罪行，而拷问他这枚小佛像的来历。

在警察的严刑拷打下，这位"豪华社团"分子招供了，于是巴塞塔由此被捕。巴塞塔被捕的当天夜里，那位"豪华社团"分子被人毒死在里约热内卢的看守所里。这是意大利黑手党惯用的伎俩。巴塞塔也由此因证据不足而被关押在那里。但他的身份已经暴露了，巴西警方通知了意大利警方，后通过外交途径，将巴塞塔引渡回意大利。

由于巴塞塔是西西里一位大名鼎鼎的黑手党头目，意大利当局把他在罗马监狱关押了几个月后，便将他押解到巴勒莫，关进了巴勒莫的乌西亚顿监狱。从 1960 年巴塞塔第一次被关进乌西亚顿监狱，到这时已经整整十一年了，巴塞塔在国外兜了一个大圈又回到

294

了这里。旧地重游，真让他无限感慨。就连那些黑手党分子也知道，今天的巴塞塔已不是当年的"豪华社团"的头目了。他不但是西西里为数不多的亿万富翁，而且是在国际刑警组织那里挂了号的国际要犯和赫赫有名的"巴西教父"。他的"豪华社团"已经是巴西黑社会的主要帮派之一。但是，在这乌西亚顿监狱中，巴塞塔再也没有当年的风光和气派了，连那些最不显眼的黑手党小头目也瞧不起他。

这到底是为什么呢？作为一位西西里的黑手党头目，巴塞塔当然明白这其中的原因。

原来在意大利黑手党中，也有一条不成文的道德法则。这条法则在中国封建社会叫作"糟糠之妻不下堂"，而在意大利黑道社会中，却是"结发的妻子永远不能抛弃"。如果违反了这条法则，那你就会威风扫地，永远被"荣誉社团"所不齿。而巴塞塔正是违背了这条法则。

他在1964年去美国时，把他的结发妻子迈齐奥拉留在巴勒莫老家，同时还留下了两个孩子。在美国发迹之后，他并没有按照当初的想法接他们去享福，而是在那里另觅新欢，并且先后在纽约和巴西结了两次婚，并把在纽约的第二个妻子又抛弃了。他一生结了三次婚，娶了三个妻子，并且举行了四次婚礼——再次逃到巴西后，又于1982年同克里斯蒂娜在巴西的里约热内卢举行了第二次婚礼，理由是第一次在圣布朗的婚礼被警察打断了而没有正式结束，他说他对这位妻子"爱得太深了"——所以，他是一位多次违背这一法则的黑手党人。此外，在他一生当中，先后在美国、巴西、土耳其、伊朗等地，一共供养过一百个不同肤色和民族、国度的情妇。

后来在巴西落网后，他自己总结说，他在黑手党内永远也不可能再爬上最高位，"我一生都被女人所误"。他这种总结不是没有道理。而这时，在乌西亚顿监狱，他就开始领教了这种冷遇。

在乌西亚顿监狱，他受到黑手党冷遇的第二个重要原因，就是这时黑手党内部，正在酝酿一场史无前例的"大内战"。这场内战从新旧两党之争到后来的"海洛因之战"，前后持续了五六年之久。而在这场内战中，老一代黑手党大势已去，新一代黑手党脱颖而出，爬上了黑手党的最高领导层。

到1979年巴塞塔越狱逃出乌西亚顿监狱时，西西里岛各派黑帮势力已发生了翻天覆地的变化。当年，由他同格雷科家族共同筹划和组建的黑手党"最高委员会"这时已走马换将了。当时的最高委员会主席加埃塔诺·巴达拉门蒂在大内战中已被卢恰诺·利焦的新黑手党科莱奥内帮赶下了台。如今，在西西里黑手党五大家族中，势力最鼎盛的是科莱奥内帮和格雷科家族。当年，巴塞塔正是依靠巴达拉门蒂帮的势力，才挤进了黑手党最高委员会，如今靠山一倒，他也大势已去。何况他的"豪华社团"在几年前就溃逃的溃逃，倒戈的倒戈，早就烟消云散了。

更为严重的是，巴塞塔出道时，第一次加入的黑手党帮派是纳奥瓦帮。后来他从纳奥瓦帮中叛逃出来，自立山头，拉起"豪华社团"旗号。当时由于有巴达拉门蒂家族为巴塞塔做后盾，纳奥瓦帮才没有同他算这笔账。如今纳奥瓦帮也人多势众，又同最具实力的格雷科家族结盟联手，加上巴达拉门蒂家族的衰败，因此纳奥瓦帮放出话来，要将叛逃的巴塞塔"捉拿归案"。这种"捉拿归案"是什么意思，身为黑帮头目的巴塞塔不是不懂。这样，他不但在这里受到冷遇，而且成了被追杀的对象。而这种追杀是没有止境的，没有期限的，生要见人，死要见尸，这是黑手党的规矩。

因此，当 1979 年巴塞塔从乌西亚顿监狱逃出来之后，没有敢在巴勒莫停留，就急急忙忙地逃出了西西里。

1980 年 2 月，巴塞塔潜逃之前，真如丧家之犬，不知何去何从。当然最好的选择是巴西，那里不但有所爱的妻子克里斯蒂娜，有他和她生的儿子科尔扎，现在已经 6 岁了，还有他的"豪华社团"。但是，他却不能去那里。因为那里还有一位里约热内卢警察局的高级警探，他不会轻易忘记这位有谋杀他的弟弟、妄图与他的弟媳妇团圆的嫌疑犯巴塞塔。那位高级警探对这位有"杀弟之仇"的意大利人印象是很深的。巴塞塔如果贸然前去，无疑是自投罗网。经过一番思考之后，巴塞塔还是决定先避一避。于是，他便在一个电话亭给巴西打了个电话，告诉他的妻子克里斯蒂娜他已经自由了，并告诉了他暂时不能去巴西的理由。

克里斯蒂娜听到巴塞塔的声音后，先是一惊，然后是放声恸哭，最后她才断断续续地对巴塞塔说："我立即去找你的部下，把那位警探也弄到那座海岛上去，亲爱的，等我的好消息，我们的孩子科尔扎不能没有父亲。"

巴塞塔挂断了电话，手持一份写有"乔塞·埃斯克巴"的名字的护照，上了一艘开往伊朗的船。他在伊朗的首都德黑兰生活了一段时间，觉得这里既不安全又浪费时间，便去了土耳其，后来又去了阿富汗，再去了黎巴嫩。就这样，他一路流亡，在一个地方待上几个月。这种流亡的生活，开始让这位化名为"乔塞·埃斯克巴"的西西里人万念俱灰了。这时，他已经 51 岁了，还这样孤魂野鬼一样地漂泊，有家难归。想想自己中学毕业以后的经历，他几乎觉得像做了一场大梦。

巴塞塔不断听到关于西西里黑手党之间"内战"的消息，每一则消息都让他心寒。

从1980年1月他流亡开始，到1982年年底，西西里黑手党的内战，升级到了前所未有的程度。这是一场黑手党历史上时间最长、规模最大、死伤人员最多的内战。这场内战升级的原因，不再是新旧两党为地盘和地位而战，因为新一代黑手党已经取得了稳固的霸主地位。这场内战升级的原因是为争夺海洛因贸易而战，所以又称之为"海洛因之战"。

20世纪80年代初期，由于大毒枭露西亚诺海上毒品市场的开发，贩毒浪潮几乎席卷全球，几乎所有的黑道组织，都卷入了这一罪恶的毒品贸易之中。面对权力和金钱，西西里黑手党投入了一场你死我活的大拼杀之中。他们将手中的武器换成了P-38式手枪，马格努姆-357式手枪和当时最具杀伤力的卡拉什尼可夫冲锋枪，各种烈性炸药和手雷等现代化武器。他们用这种现代化的武器，经常进行一些原始而又野蛮的战斗，其手段残忍异常。凶杀的结果往往是斩尽杀绝，只要被击败的一方还剩下一位男性，他们就要追杀到底，哪怕是追到天涯海角。否则，这场拼杀还不是最后的结局。

在这场大拼杀中，西西里当年最有权势的巴达拉门蒂家族首当其冲，成为"重灾区"。埃塔诺·巴达拉门蒂本人不仅丢掉了主席头衔，而且被迫逃亡海外（后来在巴西见到了巴塞塔），他的整个家族都遭到了毁灭性的打击，手下许多头目都死于这场内战，其余的都逃亡国外，远走他乡。不仅如此，只要是与巴达拉门蒂家族关系密切的帮派，都一律不能幸免。巴塞塔家族在国内的残余势力，几乎是在一个月之内就土崩瓦解。从1980年1月到1982年6月，据不完全统计，先后有三百多名黑手党人在这场内战中丧生。仅在巴勒莫市内，死亡的就有二百五十三人。这些人都是在上班或下班的路上，死在光天化日之下。其中属于巴塞塔家族的就有十四人。这时，远在国外的巴塞塔听到这些消息后，真是不寒而栗，他不能不为自己远走他乡的决策感到庆幸。

1982年6月，当时流亡在黎巴嫩的巴塞塔，悄悄地溜回了巴勒莫，他想以当年的威望和身份，充当这次内战的"调停人"。当他回到巴勒莫时，惊异地发现："'我们的事业'所有的成员都参与了贩毒，我的印象最深的是一方面是'事业'中令人难以置信的财富，另一方面是家族之间和'受尊敬的人'之间关系的严重混乱。这让我马上意识到'我们的事业'最初的原则已经荡然无存了，到了日暮途穷之际……那真是使我痛不欲生的一幕。我已经认不出黑手党来了，这不是我曾在其中度过了许多时日的那个黑手党了。"

——这是他当时对几位老朋友说的话。这时，他知道自己已无回天之力，这里再也不是自己待的地方，只有走为上策了。临行之前，他对那几位老朋友说：

"有朝一日，内讧会使我们的光荣的帝国大厦从里面轰然倒塌。"

他说这句话时，眼里似乎有泪水在转动。这一次他在巴勒莫只住了两天，而且是住在一家隐蔽而又不显眼的小旅馆里，出入都戴一顶老式的意大利毡帽，下巴上粘上了一撮花白的胡须。这一次，他仅仅只是拜访了几位老朋友，既没有去那个他抛弃了多年的"家"，也没有见到他那两个"最最可爱的宝贝"孩子。那几位朋友都对他说，近来风声很紧，罗马派来的那位新省督是一位将军，以前在这里镇压过红色旅的那伙人，他对付黑手党很有一套。

还有一位朋友对他说，现在最得势的是格雷科家族，原来他保护了露西亚诺那家伙，如今露西亚诺家族又来保护他。因为露西亚诺有一个大靠山，就是市长西扬希米诺。西扬希米诺也十分讨厌那位省督，格雷科那伙人正在准备把他干掉。不过，暂时还不行，要看罗马的态度……

巴塞塔对这一切似乎都不感兴趣了，他知道巴勒莫永远是个不安分的地方。他悄悄地来了，也悄悄地走了。他对朋友说："这也许是我们最后一次见面。"

巴塞塔重返黎巴嫩的第三天，就接到了巴西妻子克里斯蒂娜的电话。妻子在电话中对他说，那位高级警探已经"摆平了"，叫他速回巴西。

巴塞塔马上订购了机票。他的护照上的名字是"马·维察德"。这时，他真想很快就见到他的妻子克里斯蒂娜，他只想找一个安静的地方，隐姓埋名地度过他的晚年。

1982年7月，巴塞塔回到了阔别近十年的巴西，回到了圣布朗。十年过去了，克里斯蒂娜虽然老了，但风韵犹存。见面之后，巴塞塔总是想起当年在这里办玻璃厂的往事。他想到那时克里斯蒂娜还是一个快活的小女孩，每天总穿着短短的裙子骑着自行车上学。他想得最多的是那天傍晚，他把她骗进那片大得无边的橡胶园里，第一次掀起她的裙子和她做爱的情景。当时她没有大喊大叫，像那些他见过的那些女人那样装腔作势，而是在那片草地上紧紧地抱住自己，可是眼睛里却流出了泪水。

克里斯蒂娜的泪水令巴塞塔十分感动，他把事情做完了之后，便把她紧紧地抱在怀里，把她的泪水吻得干干净净。这时克里斯蒂娜又甜甜地笑了，这种羞涩的笑让巴塞塔又一阵心动。正当他还想同她来第二次时，橡胶园外远远地传来了妻子迈齐奥拉的呼唤声。巴塞塔只好轻轻地放下克里斯蒂娜，吻了吻，对她说："你在这里躺着别动，我从那边出去。"说着他就从另一边穿过橡胶林，若无其事地走了。

巴塞塔望着已经是自己妻子的克里斯蒂娜，他轻轻地说："命运，一切都是命运……"弄得克里斯蒂娜有些莫名其妙。

晚上，巴塞塔对妻子说，要离开这个地方，搬到里约热内卢去。因为他觉得这周围的人似乎都认识他，他想到一个没有人知道的地方去，这样会踏实些。

这几年，克里斯蒂娜一直同父亲住在一起，帮忙经营着这片橡胶园。她同意了巴塞塔的想法，说要同父亲商量一下。商量的结果是父亲同意了这个计划，并给了他们一笔钱，让他们去过日子。

搬到里约热内卢之后，巴塞塔买下了一幢大房子，并买了一辆雪佛莱车。当时，巴西政府正在推行一项土地开发计划，他们又买下了一片5万公顷的土地，办了一个大农场。巴塞塔指挥那些招募来的农工，在其中辟出一块30公顷的土地，种上了橡胶苗，并在中间建造了一幢很漂亮的房子。他对克里斯蒂娜说："等房子建好了，我们就搬到那里去住，我想我们应该永远住在橡胶树中间。"

克里斯蒂娜觉得巴塞塔的想法很有趣，便问："你为什么这么做，亲爱的？"

巴塞塔说："你是在橡胶树下嫁给我的，你难道不记得那个难忘的黄昏吗……"

克里斯蒂娜终于明白了，她捂住巴塞塔的嘴不让他说下去。她的脸上竟出现少女一样的红晕。

巴塞塔说："我还要同你再举行一次婚礼，一次有排场的婚礼，你应该好好地做一回新娘。"后来，他们果然在里约热内卢的一家很气派的教堂里，举行了一次有排场的婚礼。这在当地成了一大新闻，弄得许多记者都来了。市长还派人送来了一对可爱的雪特兰小马驹，祝贺这位"马·维察德"先生的新婚。

从此，巴塞塔就在里约热内卢近郊经营着这片农场。他每天早晨开着那辆雪佛莱汽车送他的儿子科尔扎去上学，然后到市场上去采买一些东西。他和妻子克里斯蒂娜在这里过着一种"田园生活"，再也不想那遥远的巴勒莫了。他在纽约、巴黎和伦敦等世界许多大城市的银行存有数不清的钱，有美元、有法郎，也有英镑和马克。这时有一些多年以前的部下找他来了，他都把他们安排在农场里，劝他们改邪归正，再告诉他们"我们的事业"快要不存在了。

如果巴塞塔能这样一直平静地生活下去，倒真是他的福分。但是，他毕竟是一个在国际刑警组织挂了号的大名鼎鼎的黑手党元老，这个世界并没有忘记他，西西里人更没有忘记他。因此，他举行婚礼后不久，一切平静都不复存在了。

1982年9月的一天，巴塞塔突然接到一个电话。只听到那个人在电话里说："喂，托马索，你好啊……"

"你是谁？"巴塞塔赶紧凑近话筒，他不知道是谁，居然记得他的真名。

"哈哈，我的大农场主，真的听不出来啦？"

"先生，请不要开玩笑，这里没有什么托马索……"

"不，你就是托马索，托马索·巴塞塔，而不是什么马·维察德！"

巴塞塔终于听出来了，他不由得打了个寒战，连忙说："埃塔诺，您在哪里？"

他再也不敢用"你"去称呼对方了，这是当年西西里最有权威的黑手党最高委员会主席埃塔诺·巴达拉门蒂打来的电话。

"我在柯帕卡巴纳红灯区旁边的一家汽车旅馆，不过，我马上要去贝莱姆摄政旅馆。贝莱姆摄政旅馆你知道吗？好，你赶快去那儿见我……"

天啊，他原来就在里约热内卢，就在自己的身边！

巴塞塔不知道他还要说什么，就搁下了电话。过了好久，他又拿起话筒"喂"了两下，对方已经挂了。

巴塞塔站在电话机旁边半天都不吭声。他不知道该怎么办。

"亲爱的，你怎么啦？是谁来的电话？"妻子克里斯蒂娜见丈夫这个样子，不由得担心起来。

巴塞塔看了她一眼，摇了摇头说："看来我们平静的日子长不了。他怎么找到这里来了呢？"他几乎是在自言自语。

"谁呀？你说的是谁呀？亲爱的。"克里斯蒂娜说，"你有什么为难的事，难道不可以告诉我吗？"

巴塞塔也觉得应该告诉她，便说："我去见一个人，一个你听了就会吓一跳的人。他就是我们西西里荣誉社团的最高领袖，不过他现在不是，现在是和我一样的一位流亡者，他叫埃塔诺·巴达拉门蒂，我多次跟你说过的那个人。你在家里等我，如果我一个小时没有打电话来，你就报警。我宁愿落入警察手里，也不能落到那些人的手中，我不想再和他们搅在一起，你懂吗？"

克里斯蒂娜点了点头说："我明白了，你去吧。"

"还有，"巴塞塔刚要动身又说，"你报警后，立即去学校接回科尔扎，然后找一个安全的地方，最好是回圣布朗你父亲那里去。

我一有机会，就会同你联系的。你记住了吗？"

克里斯蒂娜又点了点头，她几乎要哭出来了。但她还是安慰巴塞塔说："去吧，亲爱的，你会平安无事的，上帝保佑你。"

巴塞塔笑了一下，拥抱了一下妻子，然后出门去了贝莱姆摄政旅馆。

事情并没有像巴塞塔想象得那么严重。在贝莱姆摄政旅馆见面后，巴达拉门蒂只是对他说：

"托马索，西西里乱成了一团糟。内战还在继续，不幸的是你的两个儿子都失踪了。你应该知道，这失踪意味着什么……"

"什么？你说什么？"巴塞塔听到这个消息，先是一愣，然后竟失声痛哭起来。他没有想到自己那两个"最最亲爱的宝贝"儿子，都成了海洛因之战的牺牲品。他哭得很伤心。

"朋友，你不要难过，你看看我的家，我的亲人。还有，你的那个弟弟和他的儿子，也就是你的侄儿，也在都灵的玻璃厂里被打得脑浆迸裂，我来的时候听说也死了……"

"埃塔诺，这都是谁干的，都是谁？"巴塞塔这时不哭了，而是像一头咆哮的狮子。

"谁？都是格雷科那帮混蛋！"巴达拉门蒂说，"不过，你等着瞧，他们也快到头了，他们把那位新上任的省督，那位将军都干掉了，还有将军的夫人。整个西西里都乱成了一团。"

巴塞塔呆呆地望着这位当年是那么威风的人，这让他想起了前不久在巴勒莫听到的那些朋友说的话，他没有想到这么快就发生了。他简直不敢想象西西里现在是什么样子。他真想现在就回到西西里去，杀他个人仰马翻。

这时，巴塞塔又听到巴达拉门蒂说："托马索，你想报仇吗？

这倒是个好机会。我这次来就是想把你们这些人找回去，再跟他们斗一斗。托马索，跟我回去吧，我们一起干。"

谁知巴塞塔却冷静地问："埃塔诺，你还有什么要说的吗？"

"你这是什么意思？"

"我想打个电话。"

"给谁？你……"巴达拉门蒂一惊，马上掏出了一支手枪，"难道你想……"

"不，你误会了，我是给家里打电话。"巴塞塔说，"你反正知道我家的电话号码，你先拨通行吗？"

巴达拉门蒂看了他一眼，果然一手握着手枪，一手拨电话。电话通了，克里斯蒂娜就守在电话机旁边。巴塞塔说："我们正在很友好地谈家常，我马上就回去。"说完，就挂上了电话，对巴达拉门蒂说，"你还有什么要说的吗？"

"你还没有回答我，你跟我一起回去吗？"

"报仇？"

"对！难道你不想报仇吗？"

巴塞塔说："埃塔诺，我当然想报仇，但我认为我已经老了，我看你也老了。我想报仇的方式是很多的。"

也许从这个时候开始，巴塞塔就想到了今后该怎么做。

"你这话是什么意思？我没有想到你这么无能。"巴达拉门蒂愤怒地说，"儿子死了都无动于衷。"

"我怎么无动于衷呢！我不是流泪了吗？难道也要我去死吗！埃塔诺，实话对你说，我对西西里已经不感兴趣了，我觉得你们的做法，格雷科的做法都违背我们荣誉社团的宗旨，你说，这种人，难道还是'受人尊敬的人'吗？"

"哈哈，你这个孬种！"巴达拉门蒂冷笑了两声，然后说，"有钱吗？给我 5 万，我要去美国。"

巴塞塔这时才知道他来的真正目的，便签了一张 5 万美元的支票交给了巴达拉门蒂，并对他说："埃塔诺，我再说一遍，你也老了。祝你一路顺风。"

"再见！"巴达拉门蒂几乎是抢过了支票就夺门而去，完全是一副丧家之犬的样子，当年的领袖风范已荡然无存了。

巴塞塔觉得他很可怜。

1984 年 4 月，这位黑手党领袖在西班牙首都马德里被警方抓获了。

一年以后的 1983 年 10 月 25 日，巴塞塔像往常一样，开着他的雪佛莱送儿子科尔扎去上学。

儿子已经学会开车了，而且开得很稳。在郊外的公路上，巴塞塔还让他过了一把瘾。到了学校的大门口，他把车子开进了停车场，然后走下车来，和儿子拥抱了一下。父子互相道了声"再见"，他看着儿子穿过那块大草坪，欢快地走进校门。然后，才转过身准备发动车去一趟超市。

巴塞塔钻进车正要关车门时，三个巴西警察走了过来。其中一位用手扶住车门对他说：

"先生请等一下，请出示您的驾驶证。"

巴塞塔先是一愣，似乎意识到要发生什么事。但听警察这么一说，便马上镇静下来了，从上衣口袋里掏出驾驶证递给那位警察。

警察接过去看了看，又对照了一下巴塞塔的脸，并没有马上把驾驶证还给他，而是从口袋里掏出一大张放大了的照片对巴塞塔说："马·维察德先生，你认识这个人吗？他长得同你一模一样，可他却叫托马索·巴塞塔，你能解释一下吗？"

巴塞塔一惊，知道这一天终于到来了，但他还是很有风度地说："能把照片给我看一看吗？"

"当然可以。"

巴塞塔伸手去接照片时，突然咔嚓一声，另一位警察冷不防将一副特制的手铐扣住了他的手腕。只听到他说："托马索·巴塞塔先生，照片就不要看了，跟我们去警察局解释吧！"

巴塞塔知道这回逃不了了，便沉着地说："不错，本人就是托马索·巴塞塔。请开个价，告诉我你们三位需要多少钱。我的自由是无价之宝，我的钱也足可以买我的自由！"

"别做梦了，出来坐到后排去，把钥匙给我！"

另一个警察也走了过来，打开了后座的门，把巴塞塔推了进去，他们一个人坐在一边，把他夹在中间。另一个警察接过钥匙发动了车，飞快地朝里约热内卢警察局开去。

一位潜逃了多年的黑手党头目，就这样落网了。事后巴塞塔才知道，问题就出在那张 5 万元的支票上。这真是"大意失荆州"啊！

巴塞塔落网后，巴西警察局立即同意大利政府取得了联系。意大利当局大喜过望，马上采取了行动。于是，第三天下午，意大利有"雄鹰"之称的法官法尔科就同副检察长杰拉奇来到了巴西的里约热内卢警察局。

意大利黑手党的铁幕将由此揭开。

第十五章

铁幕初开　法尔科利剑高悬

　　巴塞塔反戈一击，成为黑手党历史上"第一叛逆者"，他开列的主要头目名单有四百六十七人之多。

　　"圣·迈克尔行动"首战告捷，一举逮捕黑手党党徒四百多人，"当代教皇"也在劫难逃。

　　罗马政府拨巨款300亿里拉，修建了一座"特别法庭"，但没有人敢当陪审员。

　　"世纪性大审判"终于有了结果：三百七十一人"一共判处徒刑三千年以上"。

　　1983年10月28日上午8时30分，意大利法官法尔科和副检察长杰拉奇，终于在里约热内卢警察局的拘留所里，见到了这位大名鼎鼎的黑手党元老托马索·巴塞塔。

　　不过这次见面仅仅是一个礼节性的"拜访"，并没有什么实际内容。法尔科的主要任务是要先认识一下，看看这个被捕的人是不是巴塞塔。他和杰拉奇带去了所有能找到的有关巴塞塔的照片。通过见面，他们终于放心了。三十分钟以后，他们就同巴西方面的陪同人员离开了拘留所，找他们的上司磋商引渡的有关事宜。

结果双方在交涉时卡了壳，巴西方面不愿意马上将巴塞塔引渡给意大利，因为巴西的许多案件都与他有关，需要先搞清楚。了解黑手党实情的人对巴塞塔的"潜在价值"都毫不怀疑。假如他开了口，他知道的东西对查清黑手党邪恶的内战和西西里与美国之间的海洛因贸易都极为有用。意大利政府急于审讯他，这是可以理解的，但是从礼仪上讲，得先让巴西人把他们的案子弄清楚。通过协商，法尔科同意了巴西方面的要求。

巴西警方认为，司法当局在审理巴塞塔一伙时会通力合作，因此许多事情都没有按法律程序办，结果遭到了司法当局的拒绝。资历较深的联邦检察官马特斯说："我声明控告巴塞塔的证据不足，案子应退给警方做进一步的调查……指控巴塞塔非法入境，案情是清楚的。我建议把案子分开来，进行四次不同的指控，因为没有足够的证据来证明被告人犯有同谋罪。不能仅仅因为同一国籍的外国人聚在一起，就认为这是一个共谋贩毒集团。"

巴塞塔的律师奥古斯塔也认为："罗密欧·杜马（巴西圣布朗警察局长）说有一个巴西集团，我一定让他拿出证据来。我提出的首要一点是，巴塞塔之妻玛丽亚·克里斯蒂娜再三叮嘱他犯罪的事别沾边。他不该做的是非法入境巴西，没有别的非法活动。由于他的家庭在西西里的遭遇，他在情绪和心理上都萎靡不振。"

奥古斯塔还说："巴塞塔有一次对我说，'由于我的过去，人们总会怀疑我是一位活跃的黑手党人，谁也不相信我有可能改过'。但我相信他来巴西时早已脱离了黑手党，为了让他回去，他们在意大利屠杀了他的家人。"

1983 年 10 月 25 日巴塞塔被捕后，里约热内卢的《环球》报采访了他。采访中巴塞塔把对他的指控说成是警方和报界的一次阴谋。他说：

"是你们这些人捏造了与我本人不相符的形象。我要和我身为巴西公民的孩子一起留在巴西。我在巴西唯一的集团就是我的家庭。"

但是，巴塞塔在见过法尔科以后，就开始感到不安了。他知道如果一旦引渡回意大利，仍然关进乌西亚顿或其他监狱，那么格雷科家族是绝不会放过他的。巴塞塔对此不抱任何幻想，他的妻子克里斯蒂娜也希望他不回意大利。她几次去美国驻巴西的大使馆，希望能找到人帮忙，把她和丈夫安排到美国去，她认为这样会安全一些，但她的一切努力都是徒劳的。

1984 年初，巴塞塔被转到里约热内卢的另一所监狱，在等待引渡到美国或意大利去。他对这两种结果都感到不妙，在监狱里非常消沉。刚来时，他被记者和摄影师常常包围住，进行采访和拍照，他也俨然以一位名人自居，不时插科打诨，谈笑风生。而现在他完全没有那种名人风采，完全是一位对命运前途担忧的囚犯形象。

正在这时，传来了埃塔诺·巴达拉门蒂在西班牙落网的消息，同时美国政府也立即表示，放弃引渡巴塞塔的计划，将巴达拉门蒂引渡到美国。巴塞塔现在别无选择，只有去意大利一条路。这种选择对他来说，真不啻是"地狱之旅"，他更加忧心忡忡。他不仅仅是担心自己的生命，还为他的妻子和孩子担忧。一旦克里斯蒂娜同他的儿子科尔扎去了意大利，也难免会遭格雷科家族的毒手。他现在已经是虎落平阳，没有任何保护和自卫的能力。

在这万分焦虑之中，他"病倒"了。为防不测，意大利立即派出最好的医生飞往巴西，并又派出五名最好的警探，做好巴塞塔的安全保护工作。一直到 1984 年 6 月，巴塞塔的"病"才有所好转。

这时，他无路可走，只好表示愿意与意大利警方合作，但条件是保护他和他家人的安全。

1984年7月7日，巴西政府做出了把他引渡到意大利的决定。当警方将这一决定正式通知巴塞塔，并叫他做好回意大利的准备时，他几乎是不寒而栗。于是，在听到这个消息的当晚，他在狱中用领带自杀，结果被发现，没有成功。

在即将起程回意大利的前夕，巴西警方奉政府之命，将巴塞塔押往政府医学院，进行全面的检查。在巴西经过九个月的监禁，巴西政府要将一个"完整"的巴塞塔交给意大利。然而，在押送去医学院的途中，他又咬破了一支玻璃管装的"的士宁"企图自杀。这支玻璃管一直藏在他的身上，这一天终于派上了用场。他吞下许多玻璃碎片和大量的药液，这种毒药能马上生效。巴塞塔脸上发紫，全身开始抽搐。警方立即把他送往医院抢救。一位有经验的狱医马上给他灌进一支"胃唧筒"，将"的士宁"的药力降到了最低点。经过抢救，巴塞塔又从昏迷中苏醒过来。事后他说他想自杀，完全是"出于对妻子的爱"，"因为我想假如我死了，他们会比我在意大利坐牢生活得更容易些"。

经过一个礼拜的治疗和护理，巴塞塔的身体虽然还很虚弱，但他还是在严密的保护下被送往机场。他肩上裹着一条毯子，被人扶着走上了即将飞往罗马费米西诺机场的飞机。

在返回意大利的漫漫旅途中，西西里打击黑手党的警方主要领导人之一简尼·德·格纳罗始终坐在他的身边。格纳罗一边和他交谈，一边再一次保证对他和他的家人安全负责。几次死里逃生的巴塞塔，这时终于认识到只有同警方合作，才是唯一的出路。他事后说：

"当我终于从昏迷中苏醒过来时，我明白了死解决不了问题。

我下一步要做的，是捣毁现实中的黑手党。捣毁黑手党，这对我是如此重要，以致我毫不犹豫地去因此而冒险，包括暴露家庭成员的危险……在回意大利的飞机上，最后的时刻来到了。警方中有一位简尼·德·格纳罗，在那次苦恼的航行中，当我还不知道能否幸存之际，就开始向他供出一切，敞开来谈。德·格纳罗以其推理的方法让我懂得该说实话了。他和同行们没有像以往那样向我施加压力，他们让我看到了真正忠于职守的意大利警察。"

1984 年 7 月 16 日，罗马费米西诺机场被几百名警察、宪兵和保安特工包围得水泄不通。巴塞塔终于又回到了意大利，他在两名军警的搀扶下，身披毛毯走下了飞机，然后被手持轻型机关枪，身穿弗拉克防弹衣的武装警察押上了装有防弹玻璃的轿车。顿时，十多辆警车前呼后拥，押着这辆轿车迅速驶离了机场。

在罗马西部一个由重兵把守的秘密地下室，巴塞塔终于开始了他那惊世骇俗的供述。

接连几天几夜，他几乎是不吃不睡，面前放着一包香烟，一杯浓咖啡，靠在沙发上闭目思索，整个黑手党庞大的机构和几十年的罪恶史，开始从他的嘴里源源不断地吐出来。在他的前后左右是四台最先进的录音机在不停地旋转，八名法官和五名黑手党问题专家在不停地轮流记录和审问。经过近一个月的时间，一份长达七百二十一页的供述材料上，详细地记载了黑手党历次主要犯罪活动的细节和主谋人，许多鲜为人知的黑手党组织结构和斗争内幕也详被细地记录了下来。巴塞塔终于背弃了黑手党那金科玉律般的《噤声律令》，将一切内幕都和盘托出。更为令人吃惊的是，他竟向警方开出了四百六十七名意大利和美国黑手党集团主要头目和各个家族领导人的名单，包括这些人的身份、职业、住址、主要相貌和生理特征、个人嗜好和主要罪行；画出了一百多个黑手党高层领导人物聚会地点的草图，甚至为警方逮捕黑手党提供了一个完整严密的行动方案。

由于巴塞塔的反戈一击，世界上最大的黑社会组织黑手党的铁幕终于昭然若揭。一个"世界的突破口"由此而开。在巴塞塔"诚实的背叛"下，意大利的黑手党和卡莫拉、红色旅所有的残余势力，遭到了空前的毁灭性的打击，而且让美国黑手党的"纽约委员会"所有成员，在一年后的 1985 年 2 月 26 日全部落网。正如美国当时的司法部长所说的那样：黑手党那种"战无不胜的神话"终于在巴塞塔"诚实的背叛"下破灭了。

巴塞塔为什么敢冒杀身之祸，以一位黑手党元老的身份，无视黑手党的"金科玉律"，甘做黑手党的"第一叛逆者"呢？他在他的供词中明确地做了回答：

……所有的巴勒莫黑手党家族都卷入了贩毒，每个家族首领都干起这一行，而且在某种程度上家族里的"教父"可以参与贩运……我到巴勒莫时，除了看到令人难以置信的大笔财富以外，还看到不同家族及其体面人之间的混乱局面，以致我很快意识到那些令科萨·诺斯特拉家族鼓舞的原则都成了过去。因为我所置身的再也不是我少年时代曾经信仰过的组织了。

……我不再管这样的黑手党，在这种组织中我活不下去。我相信正义，并愿为正义效犬马之劳。

……我原先不想开口，是想证明我无罪。我现在之所以开口，是因为他们破坏了黑手党内部的协议和规定。他们是一群嗜血的罪犯……

正是这种罪恶的海洛因贸易和由此而引起的"海洛因之战"，使他"良心发现"，使他的两个儿子、一个弟弟和一个侄儿成了这种罪恶的"牺牲品"，也使他成了一个直接的受害者。尽管他以前也是一个以贩毒起家、以贩毒为职业的黑手党头目，但晚年逃到巴西后，几乎是"金盆洗手"。据他估计，西西里黑手党人在世界的海洛因走私中，每年大约能获得20万亿里拉的非法所得。

同时，巴塞塔还在供词中，提供了意大利黑手党在1982年9月3日，谋杀基耶萨将军的线索和部分材料，根据这些材料和巴达拉门蒂告诉他的情况，他认为这是当今西西里最有权势的格雷科家族所为。并且他还揭发了格雷科与露西亚诺及如今的巴勒莫市市长西扬希米诺相勾结、互相庇护的犯罪事实。

于是，根据巴塞塔的供词和其他罪犯提供的线索，一个全面打击黑手党的行动方案在法官法尔科的心中形成。一场扫荡黑手党的战役将由此拉开战幕。

他把这场行动叫作"圣·迈克尔行动"。

1984年9月29日子夜，西西里岛巴勒莫市圣·迈克尔节日的欢庆活动已接近尾声。然而就在这时，一个震惊世界的"圣·迈克尔行动"开始了。

在一间隐蔽的地下室里，法官法尔科一手紧握电话，一手握着一块古老的罗马金表，旁边是他的助手、副检长杰拉奇和一队全副武装、荷枪实弹的卫兵。当表上的三根指针重叠在"12"字上时，他对杰拉奇点了一下头，立即对着话筒威严地说："各指挥所注意，'圣·迈克尔行动'现在开始！杀！"

随着他的一声令下，三千名荷枪实弹的警察和宪兵犹如天兵天将，突然从各个指挥所冒了出来，发动了突然的袭击。他们按照指定的位置，立即封锁了巴勒莫市所有的大街小巷，然后分头闯入住宅、公寓和办公室，开始了全城大搜捕。这时夜空中盘旋着直升机，街头上所有的路灯都亮了，警车闪着红灯，警笛嘶鸣。这些警察和宪兵在巴勒莫布下了天罗地网，将一张张逮捕令送到这些黑手党人面前。这些平时作威作福的黑手党人没来得及通知自己的律师，就一个个被戴上了手铐，推上了警车，有的甚至是从情妇的床上被拉走了。其中二十八名重要的黑手党头目，推上警车后立即被押往巴勒莫机场。那里停着两架中型运输机，将把他们空运到比萨，然后再用装甲车分别把他们押往佛罗伦萨、里窝那、皮亚诺扎等一些重兵把守的监狱。

这次闪电式的搜捕行动，根据巴塞塔供词中提出的线索，在巴勒莫市一共逮捕了三百六十六名黑手党党徒，在意大利的其他城市也逮捕了六十多名重要案犯。警方手中还持有一百四十份逮捕证，随时准备逮捕那些逍遥法外的黑手党人。

在这次"圣·迈克尔行动"中，法尔科给宪兵队队长罗西下了死命令，一定要把那位罪大恶极的格雷科抓获归案。

米凯莱·格雷科素以阴险狠毒、善于交际著称。在黑手党内战中将西西里黑手党最高委员会主席巴达拉门蒂赶下台，并将他的家族击败之后取而代之；在1982年的大火拼中又击败了各个对手，从而登上了西西里黑手党最高首领的宝座。他这时已经是全意大利黑手党最高领导机构——由十二人组成的最高委员会的头子，被称为黑手党当代"教皇"。

格雷科及其家族成员，长期从事凶杀和贩毒，他与大毒枭露西亚诺多年联手，制造了世界上最大的"法兰西贩毒案"和美国的"馅饼贩毒网"，获得大量的财富。他的个人财产多得无法计算，既有提炼毒品的地下工厂、"实验室"，又有大片种植园和农产品加工企业，还拥有多处高级别墅和最赚钱的房地产业。他曾被指控参与了九十多起海洛因走私和谋财暗杀案件。除此以外，他还谋划和指挥了多起政治谋杀案。从 20 世纪 70 年代开始，意大利许多著名的政治家、律师、法官、警察、企业家、银行家和反黑手党人士以及许多无辜的工人、农民、妇女和儿童都死于他之手。其中有西西里大法官彼得罗·斯卡廖内博士、宪兵上校朱塞佩·鲁索、检察官加埃塔诺·科斯特、意共西西里区委书记、议员皮奥·拉托雷等人。

1983 年，格雷科又策划指挥了暗杀反黑手党法官罗科·金奇尼的汽车爆炸案。案发之后，巴勒莫法院举行缺席审判，判处格雷科无期徒刑。该市警察局刑警队副队长卡萨拉和拘捕队队长蒙塔纳，对格雷科的暴行恨之入骨，发誓要与这个恶魔较量一番。他们反复商讨研究，制订了一套周密的侦查缉捕计划，在格雷科经常出没的地方租了一幢房子，设立了一个监视点，派出十几名侦探日夜监视。可是，当这一计划刚刚有了头绪，格雷科发现了这种威胁，便先下黑手，派出几十名党徒摧毁了这一监视点，并先后将卡萨拉和蒙塔纳抓获并残忍地杀害了。

最令法尔科痛恨的，还是 1982 年基耶萨将军的被害，因此，他便对罗西下达了这么一道死命令，就是活要见人，死要见尸，一定要抓获这个恶贯满盈的"教皇"。

罗西是一位相当有经验的宪兵队长。他接到这一命令后，吸取了卡萨拉和蒙塔纳的经验教训，对格雷科所有的老巢的位置、布防情况以及他的活动规律，都先摸得一清二楚。不过，他没有打草惊蛇，而是围而不捕，不是十分有把握的情况下，决不轻易下手。

9月29日晚，"圣·迈克尔行动"一开始，罗西亲自率领由宪兵、特警和防暴警察组成的缉捕小分队重兵出击，迅速包围格雷科的公馆。根据这两天侦查的情况，格雷科正在他的公馆召集一个会议，每天都单独约见一些黑手党头目。

但是，当"圣·迈克尔行动"一开始，宪兵对格雷科的包围还没有"合龙"时，公馆里已风驰电掣地冲出四辆重型防弹轿车，呼啸着冲出大门，分别朝四个方向逃去。罗西马上命令用重机枪扫射阻击，两辆轿车立刻中弹爆炸。罗西仍不敢迟疑，立即跳上卡车，命令缉捕小分队分头追击两辆逃掉的轿车。十五分钟以后，罗西收到无线电对讲机传来的报告，说那一辆轿车已被抓获，里面有一位20出头的枪手因拒捕而被打死，还有一位年龄差不多的司机也受了重伤。

"他们肯定不是格雷科。"罗西判断说。他立即命令司机，开足马力，全力追赶前面的那辆轿车。这时，他们已经追到了巴勒莫城外东南方向的马多尼亚山下。这里离城近40公里，他们终于在马多尼亚的山脚下发现了那辆轿车。但是，当罗西追击的车辆逼近这辆轿车，一阵猛射之后，发现这辆车内竟空无一人。

"怎么，难道格雷科不在这辆车上？"罗西正心里一紧，突然发现不远处有一幢石砌的农舍，破烂不堪地耸立在马多尼亚山脚下，只见农舍白色的残墙边一个人影一闪，便倏然不见了。罗西心中一喜，马上命令所有的人员下车，朝那幢白色小屋包抄过去，并操起对讲机，向附近的搜捕人员发出了命令，同时向这幢小屋进发。他想，刚才那个人影，一定是弃车而逃的格雷科。

凌晨，几百名全副武装的宪兵和警察，将这幢白色小屋围得水泄不通。罗西朝这白色石屋扫射了一梭子子弹，打得石墙一片斑驳。他希望会有人从里面冲出来，但是一点反应都没有。这时，罗西只好亲自带领几名身穿防弹衣的防暴警察，带着匕首，端着微型冲锋枪朝石屋走去。然而等他们走到门口，石屋里还没有动静。罗西便跳起来用力一脚，踢倒了那扇虚掩的门，朝里面又是一阵狂射，其他的人也向屋里开火了。一阵暴风雨般的扫射之后，他们便冲了进去，这时，只见一个人从墙根处站了起来。这是一位白发苍苍的老头，而且留着一绺花白的胡子。

罗西上前用枪顶住这老头的胸膛喝道："你是什么人？叫什么名字？在这里干什么？"

老头先是一怔，向后退了一步。然而，面对四周黑洞洞的枪口和杀气腾腾的军警，他却一点都不害怕，而是镇静地回答着罗西那连珠炮似的质问。

根据这老头的回答，罗西立即命令宪兵将他强行推上车，押到巴勒莫市东大街 5203 号大门前。这是一幢老式的大楼，出来开门的也是一位白发苍苍的老太太。罗西指着这位老头对这位老太太说："你认得他吗？他说他是这房子的主人，叫朱塞·迪弗雷……"

"什么什么？"老太太立即打断罗西的话说，"朱塞·迪弗雷是我的丈夫，曾经是这房子的主人。不过，他三年前就去世了。现在的主人是我。我可不认得这个糟老头。"

罗西一听，心中便明白了。他回身面对这位老头，注视了片刻，突然用力掀去了这老头头上的假发，扯掉了他粘在下巴上的假胡须，大声对他说："格雷科先生，还有什么话说？跟我去见法尔科大法官吧！"

这位老头还想抵赖，罗西大喝一声："戴上手铐，押上车去！"

在巴勒莫法院的审讯室里，这位老头还坚持说他就是朱塞·迪弗雷。但大法官法尔科没有多说什么，只是按了一下闭路监控的按键，然后拿起话筒问了一句："你看这个人是谁？"

这时，墙上那个闭路电视荧光屏亮了，宽幅的大屏幕上出现了巴塞塔的身影。巴塞塔正注视着审讯室的一切，他先是一惊，然后痛苦地闭上眼睛。但是，墙上的喇叭里却传来他那颤抖的声音："他就是米凯莱·格雷科……"

格雷科低下了头。

法尔科问："你还有什么话说，格雷科先生？"

"不错，我就是米凯莱·格雷科。"格雷科抬起头来，突然对着屏幕上的巴塞塔，挥动着戴着手铐的拳头恶狠狠地说，"巴塞塔，你这个狗杂种，等着那一天吧！你……"

"带走！"法尔科向宪兵们挥了挥手，"把他押到那个地下室去！"然后关上了闭路电视，长长地舒了一口气。这个由他亲手策划和指挥的"圣·迈克尔行动"终于如愿以偿，这个有"教皇"之称的杀人魔鬼格雷科到底没有逃出他的手心。法尔科几天来的忧虑和疲劳都一扫而光，他按捺不住内心的兴奋，拉着他的助手杰拉奇走出了审讯室来到了他的办公室，倒了两杯威士忌对他说："来，为庆祝'圣·迈克尔行动'的成功，为'教皇'米凯莱·格雷科的落网，让我们干一杯！"

1984年9月29日的"圣·迈克尔行动"的确是一次成功的行动。这是自墨索里尼时代以来，对黑手党人最大的一次围捕。黑手党的许多大头目、小喽啰都纷纷落网，那臭名昭著的"最高委员会"也名存实亡了。到这年年底，又有一百三十五名黑手党党徒落网。这时，巴勒莫市的市长、黑手党在西西里最大的政治保护伞西扬希米诺也被逮捕归案。就在西扬希米诺受到审讯的那天夜里，一直受他保护的世界大毒枭露西亚诺也在自己的家中中毒身亡。

露西亚诺当时正在同好莱坞制片人马涅·戈尔斯奇协商，准备以他的经历拍摄一部影片，想以此"青史留名"。也许是这种想法引起了黑手党最高层的注意，担心这部电影会泄露黑手党走私毒品的内幕，便指使人在露西亚诺的咖啡中投毒。一代毒枭就这样一命呜呼了。

露西亚诺死后，在大西洋两岸也掀起一个搜捕黑手党毒贩子的浪潮。在美国警方的有力打击下，露西亚诺同纽约黑社会多年来苦心经营的"馅饼贩毒网"也被一举破获。当时就有三十八名毒贩受到指控，光他们走私到美国的海洛因就价值 16.5 亿美元之巨。这些毒贩大都是意大利人，有许多是格雷科家族的成员。

为了进一步揭开意大利黑手党的铁幕，一场世纪性的空前大审判正在紧锣密鼓地准备着。以克拉克西为首的意大利政府表现出非凡的信心和前所未有的强硬，专门一次性拨巨资 300 亿里拉（约合1900 万美元）在巴勒莫市修建了一座特别法庭。

这座法庭与巴勒莫监狱紧紧相连，占地 7500 平方米。周围的居民全部被疏散一空。新法庭全部采用钢筋混凝土结构，就像一个中世纪的大古堡，阴森逼人，里面应有尽有：台上是法官席和陪审席，台下是囚犯被告席。这些被告席是由三十五个装有铁栅栏和防弹玻璃的"大囚笼"组成。在被告席的边上还有三个也装有防弹玻璃罩的铁笼，专供一些黑手党人出庭作证用。在这些排成环形的铁笼前配备有二百五十名警察的位置；在法庭的各个出口和屋顶的高台上，设计了五百名警察和宪兵的警戒哨位。

当局对主持这次审判的大法官法尔科的保护，更是到了无以复加的程度。他的工作间前面是四道装甲门，两道钢板门，一间防弹室，外加一批装备精良、一天二十四小时从不间断的警卫人员。要想见到这位大法官，首先要经过这几道关卡，而这些机关的开启全由法尔科本人控制，只有他亲手按动电钮，这些门才能打开。他坐在办公室桌前，可以通过闭路监控电视屏幕对周围的情况一览无余。一旦发现情况可疑，只要按动警报键，在五十秒钟以内，所有的门都会自动关闭，而且至少有二十名以上的保卫人员进入各自的哨位。法尔科的工作间那大冰柜一样的保险柜里，存有四百七十四名黑手党要犯的档案、指纹材料以及巴塞塔的全部供词，还有其他的录像、录音资料。而这个保险柜的开启不是用锁，而是用电动密码，这密码的程序就在法尔科本人的大脑里。法尔科如果有要事外出，他乘坐的都是装甲车，四名保镖寸步不离。他的妻子也处于保镖的严格保护之中，几乎是失去了自由……

对于这种严密的保护措施，有的记者跟法尔科开玩笑说："你享受着比意大利总理还要严密的保护……"

而法尔科则毫不客气地打断对方的话说："因为我是当今审理意大利最大黑手党案件的法官！"

法尔科这种"毫不客气"，充分显示了他特殊的职责和特殊的使命。自从二战结束以来，意大利已有上千名国家司法人员死于黑手党之手，其中有省督、将军，也有宪兵和法官。他们的鲜血足以汇成河流。相比之下，300亿里拉又算得了什么？这种"保护"又何足道哉！

就在"圣·迈克尔行动"之后，一些漏网的黑手党人还在疯狂叫嚣，要对政府进行报复，要同政府顽抗到底。在开庭审判前的五百多天里，他们又绑架、暗杀了四百多人，许多军警、法官、政治家和记者被列入了"著名尸首菜单"（即暗杀名单）。一些负责审理本案的法官、检察官的住所被捣毁、焚烧，家人的生命安全受到严重的威胁。这些人的妻子也同法尔科的妻子一样"失去"了自由，这些人家中的电话号码不得不经常更换，以免听到那些令人胆战心惊的恐怖电话。

不仅如此，黑手党人对这座即将把他们送进牢房或流放他乡的特别法庭也不放过。就在特别法庭进入最后施工阶段，他们竟神不知鬼不觉地在工地上投放了一颗炸弹，致使即将竣工的审判大厅遭到破坏。结果又使工程拖延了几个月，没有如期竣工。

如果说修建这样一座坚固而现代化的特别法庭是一项浩大的工程，那么审处这批黑手党人的"工程"更为浩大和艰难。从 1984 年 9 月 29 日将他们捉拿归案之后，一直拖到 1986 年 2 月才开始对他们进行正式审判，前后整整拖了五百多天。这其中的原因如下：一是难以找到敢于参与预审的审判官；二是难找到证人；三是找不到敢于冒生命之险的陪审人员组成陪审团。

这种"原因"也许在世界上其他任何国家都不可能成为原因，但在意大利或者说在西西里却成了令人难以置信的事实。

在开庭前夕，这些已经被拘留关押、等待送上审判台的黑手党人，并没有由于自己的被捕而做出认罪的准备，而是穷凶极恶地负隅顽抗，千方百计地阻挠这场审判的进行，其手段真是无所不用其极。首先，他们联合起来，突然宣布撤销对原来二百多名律师的委托，要求重新委托代理人，给原定的审判程序来了一个措手不及的反扑。在审判的前两天，有的人突然装疯卖傻，被许多权威的医生诊断为患了"癫痫"；有的则不顾昔日"体面人"的形象，大耍流氓手段。那个被指控犯有十五条人命案的黑手党头目温琴佐·西格纳在被带往法庭的途中，则声称"刚刚吞进了两颗钉子"。然而送到医院进行透视，发现只不过是想拖延时间、扰乱人心的小花招。因为有些"知情人"向他透露：如果在有限的拘禁期，法庭找不到定罪的证据，那么，当局只有乖乖地放人，否则，法庭将会有"诬告"或"非法拘留"之嫌。

审判前，黑手党内部则表现出空前的"团结"。对一些已经暴露，或在巴塞塔的供词中挂了号的头目，他们实行集体保护政策，动用各种关系将他们转移到更隐蔽的地方，或通过有关渠道让他们逃亡国外；对那些已经拘捕的黑手党分子，则千方百计地鼓动他们软磨硬顶，死守机密，不说一句实话；对那些所谓的叛徒或告密者，一律格杀勿论，甚至对那些潜在的告密者和有告密动机和嫌疑的人也一概不放过。警方为防不测，除了在监狱外围层层封锁、严密把守之外，还把已有悔过、愿意作证的黑手党党徒单独关押，采取非常的保护措施，然而意外的事情还时有发生。如本案的重要证人之一、黑手党银行家米·辛多纳刚刚表示愿意立功赎罪出庭作证时，结果当天夜里，就在新建的有严格保护设施的沃格拉监狱中，被人用剧毒氰化物毒死了。

更令意大利当局难以理解的是，1986年1月31日，离开庭审判只有十天时间，就在这一天，巴勒莫市发生了市民暴乱。在黑手党的威胁利诱下，几百名市民高举标语牌进行示威游行。他们冲进市政大楼，高呼："我们要黑手党！""黑手党给了我们工作，没有黑手党我们就要失业！"此时，刚刚上任的巴勒莫市市长奥尔兰多不得不向罗马政府紧急呼吁。他认为："审判前夕，事实证明巴勒莫的局势是极为严峻的。"

奥尔兰多是一位发誓以反对黑手党为"终身事业"的执政者。他出身于巴勒莫一个富裕的贵族家庭，受过良好的教育，24 岁时就成为意大利法学院最年轻的教授。20 世纪 70 年代末，他的一位挚友马尔斯被黑手党暗杀之后，奥尔兰多就愤然辞去了大学教授职务，投身政界，一反平日学者的书生意气，立志投身反黑手党斗争。1985 年，年方 40 岁的奥尔兰多以创纪录的多数选票当选为巴勒莫市市长。上任伊始，他就表现出一种强硬的态度，不仅拒绝同黑手党"合作"，而且是该市第一个敢于公开藐视黑手党的市长。然而就是这样一位为正义而战的市长，在当时也感到非常紧张。

更为严峻的是，法庭原定在 1985 年底审判这些黑手党人，但一时竟找不到合适的陪审员，致使审判不得不延期举行。

从 1985 年 12 月开始，法院就从在册的陪审员名册中确定了五十人参加抽签。但是到抽签的那一天，到法院报到的只有五个人。而这五个人还不是来抽签当陪审员的，而是来申诉自己不能担任陪审员的原因的。他们都随身带来了医生的证明，证明自己有病。当法尔科征询他们的意见时，他们都呈上这些证明。他们有的患有十二指肠溃疡，有的患有肾结石，有的患有心脏病……法尔科见到这五花八门的"病"时，真不敢相信这些人就是在册的陪审员的候选人。他不禁对一位持有"结肠炎"证明的妇女说："请您告诉我一句实话，您到底是什么原因不能当陪审员？"

这位 35 岁的中年妇女面对法尔科真诚的目光，只好也真诚地对他说："法官大人，我害怕。"

"谢谢您，亲爱的公民，谢谢您的诚实。"法尔科无可奈何地说。

根据意大利的刑事诉讼法有关规定，陪审团是通过抽签的形式选拔出十五名陪审员组成，然后参加案件的审理。没有陪审团参与审理的任何审判都是非法的。现在，如此尴尬的局面，不能不令所有关注这一事件的人们担忧。如果再不立即组成陪审团对这些在押的黑手党人进行审判，那么，一旦等拘留期满，他们将都会"无罪"地走出拘留所或监狱，而这种放虎归山，正是令所有人害怕的。

在这种紧迫的形势下，意大利最高审判委员会不得不举行一次特殊的讨论——是否在这次审判中取消陪审团制度。但是，经过历时一个多月激烈的争论，否决了这一设想，并决定重新组建陪审团。一定要挑选具有社会威望和专门知识的贤达人士做陪审员，由他们组成陪审团，参与这一举世瞩目的大审判。

经过这次讨论，一些具有正义感的人士也开始呼吁法律的义务和自身的良知，号召人们鼓起同黑手党做斗争的勇气。专门撰写有关西西里黑手党的文章的著名作家沙沙对记者说：

"如果我中了签，我将去当人民法官。我的责任感能战胜恐惧感。为了我个人的尊严，我会战胜害怕心理的。有人担心在开庭时会出现暴力事件、枪杀事件，我认为，如果黑手党人有起码的头脑，就不会这么做。假如发生这种事件，那一定是他们疯了，要不就是新一代黑手党要借机清除老黑手党，仅此而已。"

被黑手党杀害的前意共西西里区委书记拉托雷的妻子朱塞娜，也在这时挺身而出，发表电视讲话说："我随时准备当一名人民陪审员，这不仅仅是为了伸张正义，而且也是为了向那些历经巨大的艰难和危险开展这次审判的法官们表示声援。"

法尔科听到朱塞娜这些慷慨激昂的宣言，激动地流下了泪水。他郑重地表示：

"是的，人民需要保护，我要让下一世纪的巴勒莫人，都会争先恐后地来当陪审员！"

1986 年 1 月底，尽管关押在牢里的黑手党和高墙外的黑手党人遥相呼应，气焰十分嚣张，但是第二次抽签还是顺利进行了。这次抽签不仅选出了十五名陪审员组成了陪审团，而且还产生了前所未有的"候补陪审团"。所有的应选人员都表现出一种前仆后继的正义感和牺牲精神。

于是，大法官法尔科马上召集有关会议，决定立即进行审判。

1986 年 2 月 10 日上午，近六十辆高级防弹轿车开到刚刚竣工的特别法庭前。这些轿车鱼贯而入，进入室内停车场之后才打开车门，大法官法尔科第一个走下车来，带着一队法官和陪审团向审判大厅走去。法庭内外全是身穿防弹背心，手持微型机枪或冲锋枪的军警，一个个严阵以待。闭路电视和监控系统正在忙碌地工作，并通过电视台向意大利全国现场直播。

当法尔科一行几十人进入戒备森严的审判大厅时，电视播音员正用不同寻常的女中音进行介绍："走在最前面的，就是有'雄鹰'之称的乔瓦尼·法尔科大法官。他是全意最优秀的法官，也是黑手党'著名尸首菜单'上的第一人。今天，他将同他的被告进行一场面对面的较量，谁胜谁负，让我们拭目以待……"

当法官和台上台下所有的人坐定之后，四百多名黑手党被告中的第一批三十五名"代表"，通过法庭和监狱之间的那条秘密的钢筋水泥隧道被押到了被告席上，一个个被安置在那三十五个特殊的"大囚笼"中。他们当中有吉诺维斯家族的头目安东尼·萨勒诺、路易斯家族头目安东尼·柯拉洛、科伦坡家族老板卡明·皕希科、路易斯家族二号头目萨瓦多·山多罗等。其中最为引人注目的是当时在意大利黑手党中有"教皇"之称的格雷科家族的头目米凯莱·格雷科。此时，他们虽然站在被告席上，但却一个个神情自若，脸上毫无恐惧的表情，紧张的反而是那些坐在审判席和公诉席上的司法人员。

整个大厅如临大敌，戒备森严，所有的哨位上都是全副武装的宪兵和警察。在这排成环形的铁笼前是二百五十名警察，法官、检察官、陪审员和书记员的席位后面，站在那里保卫的是一百名手持冲锋枪的宪兵。另外有五百名警察守卫在法庭所有的出口处，屋顶上也布满了哨兵。整个法庭内外的保卫人员总数超过了三千人。尽管如此，那些暂时还逍遥法外的黑手党还在继续兴风作浪，他们四处放风说，要在开始审判的第一天，对所有参加审判的人员实行"血的报复"。

这次审判对大法官法尔科来说，更是一次严峻的挑战。他和另外一百五十名主持审讯的法官面前，摆的起诉书是四十一大本，厚厚的一万页，还有六十万份审讯附件；审判的被告有四百七十人之多，仅对他们指控的谋杀罪就多达一千多项，还不包括由他们挑起的数以万计的暴力事件和多达 100 亿美元的走私毒品案件。在审理过程中，将有多少人被卷进来？有多少政府大员、议会议员和社会知名人士将由于涉嫌而被送上法庭？何时才能结案？为此一共要耗费多少资金，付出多少代价？……这些问题，都是他无法回答的。

但是，他既然已经坐到这个主审法官的位置上来了，他就再也没有后退的余地。留给他的，只是不遗余力地一往无前，即使是遭到基耶萨将军的下场，也不能打退堂鼓，因为关注这场大审判的，不仅仅是巴勒莫人、西西里人，甚至是全意大利人，而是全世界一切有良知的人们。这是一场真正的"世纪大审判"。

然而，面对这样的被告，审判并不是一帆风顺的。请听下面一段"对话"：

法官：你是黑手党吗？

被告：黑手党是怎么一回事，是一种乳酪的牌子吗？请您给我讲讲它是怎么一回事，因为我真的不知道。

法官：你承认有黑手党吧？

被告：如果你是在这里审判黑手党，那就算是有吧。

法官：1970年7月29日，在一辆受警察监视的汽车上，是否有你和巴塞塔？

被告：请你证明我在车上，并请说明我当时的衣着特点，还请出示证明我在车上的录像。

法官：你是否在电话中与盖蒂谈过贩毒？

被告：在我的词汇中，从没有过"毒品"这个词，我也从不认识什么盖蒂。

法官：是谁杀死了斯卡廖内法官？

被告：在西西里，法官是受人尊敬的。这也许是一种个人报复。

…………

审判就是这样唇枪舌剑地进行着。

面对这群无赖，法尔科大法官只有打出他手中的那张"王牌"——托马索·巴塞塔，把他"请"到证人席上去。

巴塞塔不仅向警方交代了他知道的一切，并且作为控诉人之一，向这些黑手党头目进行了起诉。他之所以这样不顾一切，一是对黑手党这个自己曾信赖和自豪过的组织彻底失望了；二是想利用警方和法律，为自己报一箭之仇。但是，这时他却有点后悔。尤其是米·辛多纳在戒备森严的监狱里都难免一死，那么自己的身家性命也不免凶多吉少。结果他出庭作证时，尽管周围站着保护他的军警，他也不免既紧张又害怕，显得惊慌失措，说话都前言不搭后语，语无伦次。巴塞塔的这种失态，更助长了那些被告的嚣张气焰，致使法庭上一片混乱。

法庭内的审判是如此艰难，而法庭外仍然硝烟弥漫，黑手党仍在大动干戈。审判开始后，仅在一个月以内，黑手党又在巴勒莫进行了五次枪杀活动，巴勒莫市警察局副局长及五名警探先后殉职。3月13日午，正坐在自家阳台上晒太阳的巴勒莫市前市长因泽拉科，突然被三名持枪歹徒同时从三个不同方向开枪，身中数弹当场身亡；下午，一名去现场取证的司法人员又被人用枪顶着打死在街头，手中的公文箱也不翼而飞……

面对黑手党如此猖獗的反扑，法官法尔科义愤填膺，发誓要与黑手党血战到底。他一方面加紧审理"关在囚笼里的困兽"，一方面又亲手签发了一百多张新的逮捕证，发动第二次"圣·迈克尔行动"。

10月12日深夜，意大利宪兵聚集在南方卡拉布里亚大区以及罗马、米兰等地突然发动第二次大搜捕，一举逮捕了法尔科签署的逮捕令上在册的五十七名黑手党要犯，其中包括卡拉布里亚地区黑手党三个派系的主要头目和骨干分子。全意大利人民都为法尔科的强硬所激动，新闻界也在欢呼第二次行动的胜利。

然而，这次行动也让三十多个在册的黑手党党徒漏网潜逃了。因此，许多人也在担忧：这些囚犯会重新体面地回到大街上来吗？

面对意大利人的忧虑，法尔科在罗马电视台进行了演说。他旗帜鲜明地回答了这些人的担忧，他说："我决不会让意大利人民失望！"

经过长达十一个月的审讯，第一审判决终于有了结果。1986年12月28日，路透社终于向全世界播发了如下电讯：

【意大利西西里岛巴勒莫路透社电】巴勒莫法庭昨天使意大利黑手党受到了有史以来最大的打击，它判处了二十名黑手党党魁终身监禁，另判处其余三百七十一人一共三千年以上的徒刑。

　　这条电讯让全世界震惊。

　　这二十名"黑手党党魁"中有"教皇"格雷科、"冷面杀手"温琴佐以及米兰黑手党头子、"死亡之屋"的主人马尔凯塞等。所有的判决书长达八百七十六页，审理的内容涉及一千多起谋杀案和100多亿美元的毒品走私。

　　这次世纪性的大审判，犹如投向"荣誉社团"的一颗重磅炸弹，使黑手党遭受了自第二次世界大战以来最严厉的打击。许多黑手党党徒面对这种灭顶之灾，不由得反思地说："杀了个达拉·基耶萨，却落得个引火烧身。"

　　但是，一审判决的结果并不是最后的结果，一场新的较量又接踵而来。

第十六章

死而不僵　黑手党穷凶极恶

终审判决，九名黑手党头目共判处两千二百二十二年，最高的刑期高达三百二十六年，世所罕见。

一位黑手党"金融专家"随后落网，遍布半个地球的金融网络全线崩溃，许多计算机上的密码软件被破译……

然而，黑手党并未由此金盆洗手，意大利南方的许多城市又变成了"没有警察"的地方。为此，罗马政府向一座一万七千名居民的城镇，派遣了由两千名卡宾枪手组成的准军事部队。

1986 年圣诞节前夕，巴勒莫法庭对黑手党审判的第一审判决结果刚一公布，一场新的较量又开始了。

在看守严密的监狱里，黑手党人举行集体绝食，抗议第一审判决的结果；在高墙外的黑手党的律师们，也纷纷向最高法院提出诉讼，表示对第一审判决不服，要求重新审理。还有许多家族头目的律师和其"代言人"，都在向大法官法尔科"求情"，要求保释这些在押的当事人回家去过圣诞节，同家人团聚。

对于这种"求情"，法尔科立即义正词严地进行了拒绝。他说：
"他们每个人都是重刑犯，如果保释，就有弃保潜逃的危险，并对
他人造成威胁。这些人只要在街头上待一分钟，就会造成意大利历
史上最大规模的犯罪。"

意大利总理克拉克西也立即表态，支持法尔科。他说："我完
全同意法官乔瓦尼的判断。此案将在明年 1 月 5 日进行终审判决，
在宣判之前，每个人都没有获得保释的权利。"

克拉克西的态度，让这些"教父"们开始了新的动作。他们立
即指使在外的黑手党人进行暗杀活动，把暗杀的目标首先对准陪审
团的成员，其次是那些公诉人和家族中的叛变分子。顿时，巴勒莫
街头又枪声不断。几乎在二十四小时之内，十五名陪审团成员悉数
遇害，八个候补陪审员也在劫难逃，还有众多的公诉人倒于血泊之
中。巴勒莫一年一度的圣诞节浸泡在血雨腥风之中。

为了明年 1 月 5 日的终审，罗马高级法院又不得不像当时的巴
勒莫法院一样，去寻找陪审员，否则，终审将无法进行。然而，这
种寻找同样是艰难的。许多陪审员候选人直言不讳地拒绝了这种要
求。当最高法院的法官欧文问他们是否愿意担任本案审判的陪审员
时，他得到的回答是"不"或者是"太可怕了"。有的候选人则表
示："如果一定要我担任陪审员，我明天就搬家。"

直到审判的前两天，才凑足了由十五名陪审员组成的陪审团。
为了保证陪审员的生命及家人的安全，这次审判破例不公布陪审员
的姓名，所有的人一律进行编号。这一破例虽然遭到了黑手党的律
师和有关方面的反对，但最后还是照此办理。

1987 年 1 月 5 日，罗马最高法院开庭，对第一批的九名黑手

党头目进行终审。终审判决后，十五名陪审员则在军警的保护下，通过秘密的地下通道，登上几辆防弹轿车，护送到一个非常隐蔽的地点，然后在那里疏散回家。

这终审的九名被告，都是各家族的头目，都被判有罪，最高的刑期高达三百二十六年。这九个人的刑期加起来一共为两千二百二十二年，这在当今世界的犯罪史上，也是少见的。终审宣判之后，这9名昔日不可一世的"教父"，立即被分别送到不同的监狱去服刑。他们大部分是六七十岁的迟暮之人，伴随他们暮年的将是漫漫的刑期，他们将在高墙和铁窗之中，了结罪恶的一生。有的被告，尽管花了上亿里拉聘请了庞大的律师团，结果也是徒劳一场。

在第一批被告终审判决之后，巴勒莫法院和罗马最高法院，又先后分期分批地对其他四百多名黑手党人，进行了初审和终审。每一次审判都是对黑手党人一次严厉的打击。到1987年底，这场世纪性大审判才宣告结束，前后捕获的近五百名黑手党人都被判处终身监禁或二十年以上的有期徒刑。

面对这种空前的胜利，大法官法尔科并没有放松对黑手党的打击。因为他知道，对于黑手党这种根深蒂固的黑道组织，不可能指望一劳永逸。在他的提议下，意大利反对黑手党委员会又恢复了，他被委任为该委员会的主席。现在，他的目光不仅仅盯住西西里，而且转向整个意大利。尽管他的名字早就排在黑手党"尸体菜单"的最前面，但他却毫不畏惧。他在就职宣誓主席这一职务的誓词中说：

"我要说的还是那句话：基耶萨将军的鲜血不能白流，他的血应该流淌在我们的血管里。只要我一天没有倒下，我就一天不会停止对黑手党人的打击，因为黑手党是我们的国家、民族和人民的公敌……"

法尔科出任反黑手党委员会主席不久，又于 1989 年 10 月，破获了一个黑手党犯罪团体，并于当年的 12 月 15 日，命令他属下的反黑手党小组的卡尔麦洛·卡拉拉法官对这个犯罪团伙进行起诉。

这个黑手党团伙是一个特殊的犯罪团伙，尽管他们的主要"职业"也是犯罪，但他们更主要的是进行高智商的金融犯罪，因为他们的头目是一位在国外留学多年，专攻资料情报和银行专业的"金融专家"。

这位"金融专家"也被称为唐·卡鲁阿纳。

1989 年，唐·卡鲁阿纳落网时，年仅 43 岁。这是一个与众不同的黑手党党徒。虽然他也是土生土长的西西里岛人，但他头不戴西西里帽，手不拿短筒步枪，口不说西西里方言，足不踏西西里故土……总之，他没有一样西西里黑手党人的特征，而他却的的确确是一位西西里黑手党党徒。他在加拿大居住多年，曾先后在英国和瑞士留学多年，专攻银行业务，对情报资料学很有研究。他是西西里岛阿格里琴托市最大的黑手党团伙昆特莱特–卡鲁阿纳的"金融寡头"，他亲手创造了一个难以解密的金融网络，与世界各地大银行和西西里所有的黑手党家族都有千丝万缕的联系。

昆特莱特–卡鲁阿纳团伙，是由昆特莱特和卡鲁阿纳两个黑手党家族组成的。这两个家族的发源地位于距阿格里琴托市 20 公里的锡库里亚纳镇。早年，这些人也都是当地贵族阿涅洛男爵的大农庄的"护田人"，是当时的"二领主"，后来从走私香烟开始，干起了贩毒的勾当。在六七十年代西西里黑手党大火拼时，他们便离乡背井，大都流落到加拿大，在加拿大得到了科特罗尼家族的帮助才站稳了脚跟，重新收拾旧部，将两个家族并为一个团伙，继续从事海洛因走私。当时这个贩毒团伙，还网罗了西西里其他家族流亡国外的散兵游勇，其中有维拉家族和卡莫拉库托洛家族的成员，从而组成了一个专业的多国贩毒集团，分别在西西里本土和瑞士、加拿大、德国及委内瑞拉等国家和地区从事贩毒、走私。

据后来调查的结果表明：昆特莱特－卡鲁阿纳团伙从1978年至1985年，先后从泰国、缅甸等东南亚地区，以每公斤1.5万美元的价格，购得海洛因700多公斤，然后以每公斤5万美元的价格卖出，获得几千万美元的非法暴利。从1984年至1987年，又从印度贩运大麻70吨，获利7000万美元。当然，这仅仅是这一贩毒团伙从东南亚地区贩毒走私的部分收入，而从意大利、法国、南美及中东地区的贩毒收入远远不止这么多。从此，这个贩毒团伙的生意越做越大，财源滚滚。于是他们便在委内瑞拉开辟了一个经营基地，建立了一个庞大的金融王国。他们的头目不仅由此跻身于这个小国的上流社会，他们的经济实力甚至还可以左右这个国家重大的经济和政治决策。也就是在这个时候，在英国和瑞士学有所成的唐·卡鲁阿纳成了这个金融王国的"国王"。他运用他所学的专业知识和现代化的高科技手段，不仅爬上了集团的最高位，掌握了这个集团的经济命脉，而且还亲自动手，利用计算机技术，编制了一整套一般人无法解密的电脑软件程序，并向这些国家和世界其他国家的金融机构渗透，破坏和垄断这些国家的金融、证券和股市，从而形成了一个庞大的跨国金融犯罪网络。他以此为依托，又向这些国家的建筑业、房地产、运输及娱乐色情业开拓。他们购置了大量的不动产及股票、证券，轻而易举找到了许多银行为他担保，取得了许多铁路、公路、码头和公共设施项目的承包权。几年下来，他们的财富就像滚雪球一样"滚"成了一个天文数字。他们可以任意收购某一家几千万资产的大型企业，可以控制股市行情，甚至可以冲击像纽约这样的股票市场和国际金融机构，他们的支票可以在半个地球上的金融机构中流通。对于这样一个犯罪团伙的侦破，并不是一件容易的事。

1989年唐·卡鲁阿纳落网之后，10月15日受到起诉，同时被起诉的还有三百三十五人，几乎都是这方面的专家。

为了找到他们的罪证，法尔科通过国会，成立了一个由二十五名反经济和情报犯罪活动的专家，组成了一个侦破小组，任命罗马刑警打击犯罪活动中心的潘萨为该小组的负责人。这是法尔科任意大利反黑手党委员会主席以来，采取的一个最新的反黑手党行动。这项行动既艰巨又复杂，技术性又相当强。他们不仅要密切关注银行的动向，寻找这个贩毒集团的支票在遍布半个地球的金融机构中流通的踪迹，还要破译许多莫名其妙的密码和隐语，破坏卡鲁阿纳编制的软件程序。要做到这一步，首先得获得进入国家银行和国外银行的权利，如果一直在外国进行截获是难以奏效的。怎样才能获得这种权利呢？正当法尔科与潘萨等人苦思冥想时，一个偶然的天赐良机出现了。

1990年3月，加拿大警方截获了一批来自泰国的60公斤纯海洛因。这批海洛因后来通过两条贩毒渠道，分别由昆特莱特-卡鲁阿纳集团送到英国和加拿大的蒙特利尔。于是，加拿大、英国和意大利三国的警方联手出击，终于将这批货人赃俱拿，从而获得了首先进入加拿大银行的权利。潘萨手下的二十五名工作人员与加拿大的官员一道，把加拿大所有的银行都逐一检查了一遍，来寻找这批赃款的下落。通过近两个月的艰苦细致的工作，他们终于在蒙特利尔市区一家银行，找到了六十六张可疑的流通支票，面值 3000 万美元；接着，又从蒙特利尔三家刚成立的银行中挖出了被洗过的黑钱 1800 万美元。经调查证实，这些钱都是卡鲁阿纳通过该银行行长阿尔多·图齐的手存进来的。这些钱存进来之后，有的变成流通支票，随后存入瑞士的国际银行，有的则进入其他国家的金融领域，从而变成了合法的收入。

这位银行行长阿尔多·图齐，多年来一直充当卡鲁阿纳的"洗钱手"。后来他的行为引起了加拿大当局的怀疑，便被调离了蒙特利尔市区的这家银行，于是，卡鲁阿纳也随之转移到蒙特利尔圣达马塞民间银行继续"存钱"，不时送来整箱整箱的现钞。这家民间银行地处偏僻，不易引起警方的注意。卡鲁阿纳在蒙特利尔有三处这样的银行。

潘萨的侦破小组了解到这一线索之后，便开始查找这六十六张流通支票最终的去向。在银行工作人员的配合下，他们将所获得的账户编码、银行名称和其他有关的数据资料存储在计算机里，然后同国际金融网络取得联系，一同进行分析，利用以前截获的密码——隐语，通过解密最后终于发现，这六十六张流通支票，分别存入了瑞士联邦银行、瑞士信贷银行、海外贴现银行、霍尔吉尔商业信贷和不动产银行以及罗赫奈尔银行。同时，他们又从这里获悉：还有三十张同样的流通支票存入美国休斯敦和委内瑞拉开设的几家银行里。又通过对上述多家银行的存户户头的查询，他们又意外地发现，所有的户头都是阿方索、卡鲁阿纳、萨尔瓦托雷、维拉、朱赛佩、库法罗和昆特莱特家族所拥有的委内瑞拉控股公司等。这个发现，基本上完成了对卡鲁阿纳金融网络的解密，终于发现了这个贩毒团伙所有的黑钱洗成合法的收入之后，分别流向两个方向。一条明的是通向 1983 年以前的几个西西里黑手党家族。例如 1980 年 12 月 30 日，从瑞士海外贴现银行昆特莱特名下的编号为 L12874 号账户上，将 100 万美元转入瑞士信贷银行的 356 号账户。通过网络查询获得，这个"356 号账户"就是西西里巴格里亚黑手党家族头目米凯莱·格雷科的账号。还有一张面额为 250 万美元的支票，是于 1981 年 1 月 14 日也由 L12874 号账户转入瑞士基亚索一家银行的一位名叫拉马莱纳的名下的。拉马莱纳是一位"新门"黑手党党徒，主要从事海上贩毒。西西里许多"实验室"的吗啡碱，大多数是由拉马莱纳的船队从中东地区运来的。1984 年"圣·迈克尔行动"前夕，西西里黑手党最高委员会发现他有"变节"行为，便派人在巴勒莫的一家旅馆里将他干掉了。因为他是对西西里提炼海洛因内幕了解最清楚的一个人。

除了发现这些钱从瑞士流入西西里几个黑手党家族之外，1986 年 6 月 3 日，侦破小组还从海外贴现银行具名为卡鲁阿纳的编号为 13492 的账户上，向塞浦路斯一家银行的科里托的账户上，转入 100 万美元。科里托也是一名专从海上贩毒的大毒枭，他的合伙人就是土耳其大名鼎鼎的海洛因走私犯穆苏鲁鲁。

还有一笔去向颇为费解的转账号码，户头竟是当年意大利著名的男高音歌唱家詹尼·莫兰迪的，1986 年 2 月从瑞士联邦银行阿方索户头账号为 A14237 的名下，转去 120 万美元。对这 120 万美元，侦破小组开始并不以为然，认为是詹尼·莫兰迪出国演出的收入。但是，通过与有关方面联系后得知，这位著名的歌唱家近年来虽然到过瑞士，但并没有演出。最后查明这也是一笔洗过的黑钱。原来，从 1982 年开始，这位著名的歌唱家就利用自己的名气，伙同黑手党进行贩毒活动。同时参与的还有著名的歌剧女演员乔治·埃莱奥拉。这一贩毒团伙与卡鲁阿纳集团联手，由他们把毒品从泰国或巴西转运到瑞士和西班牙，再由他们以演出的名义随火车或汽车转运到罗马。他们每月的毒品销售量至少在 50 公斤以上。由此可见卡鲁阿纳集团贩毒的渠道是令人难测的。

以上是这个团伙贩毒所得暴利的第一个流向。那么第二条流向通向哪里呢？后经过查实，第二条流向并不那么明显，所有的转账编号都是暗的（侦破人员将此称为"密码"）。

1991 年 5 月，侦破小组在瑞士的商业信贷和不动产银行发现了两个神秘的账户。同这两个账户有关的金融业务非常多，几乎遍布世界各地，但开户人到底是谁却无法查清。第一个账户上的名字是三个大写字母"BOA"，第二个账户是"BURMA"。显然这两个账户的名字都是"隐语"。只有破译了这两个隐语，那么账户户主的庐山真面目也就昭然若揭了。

潘萨的侦破小组进行了很长一段时间的研究，他们在计算机上反复做着各种不同的试验，运用所有的外围资料和已破获的线索，进行不同的排列组合和密码破译，反反复复地操作了一个多月，还是一无所获。最后，他们通过有关方面，向国际刑警组织订购了一个专门破译密码的计算机程序，才解开了这个谜。原来，所谓的"BOA"就是卡鲁阿纳的护照编号 HJ621979 的代码，而"BURMA"则是卡鲁阿纳的表弟和代理人维拉的护照号 CK445591 的代码。

破译了这个"隐语"之后，许多问题也就迎刃而解了。因为昆特莱特－卡鲁阿纳团伙所有从瑞士办理的金融业务，大都是经过 BOA 和 BURMA 的账户进行的。这也就是说，这个贩毒团伙的非法经营和毒品贸易，大部分是通过卡鲁阿纳及其代理人维拉之手而实现的。同时，这也是第一次发现：一个黑手党团伙不再按照以往的惯例，把复杂的国际金融业务活动，轻易地交给一名瑞士金融专家办理，而是委托自己的金融专家。昆特莱特－卡鲁阿纳团伙的这一"创举"，为后来黑手党所进行的非法国际金融业务开创了一个先例。唐·卡鲁阿纳和他的表弟维拉就是这样的"金融专家"。

BOA 和 BURMA 的真面目一查清，下一步追查昆特莱特－卡鲁阿纳团伙的国际金融活动也就毫不费劲了。他们通过这两个账号，把近年来大量的非法所得从瑞士流入委内瑞拉的加拉加斯萨卡银行、荷属安的列斯群岛阿鲁巴岛的城市银行以及英国、法国、巴拿马等国立有该团伙成员账户的其他银行，然后将这些"洗"干净了的黑钱投资到合法的金融活动中去。他们仅仅是在委内瑞拉就开设了不动产公司、交易所、控股公司、手工业制品厂等，还经营着许多豪华的迪斯科舞厅、旅馆、酒楼、赌场和形形色色的娱乐机构。他们还在委内瑞拉和哥伦比亚的边界附近开设了许多形迹可疑的工厂，据说是与哥伦比亚的麦德林贩毒集团有关。不过，在唐·卡鲁阿纳落网后不久，这些工厂就一夜之间不见了，只有空旷的厂房和不再冒烟的烟囱。

昆特莱特－卡鲁阿纳贩毒团伙的破获和"金融专家"唐·卡鲁阿纳的落网，不仅让法尔科再次名声大振，同时也给反黑手党委员会提供了一个新的启示——黑手党已经利用现代化的高科技手段，渗透到人类最先进的活动领域，而这种渗透还仅仅是个开始，因此，未来与黑手党的斗争就更为艰难，更为复杂了。在 20 世纪 80 年代意大利反黑手党的斗争中，法尔科功不可没。

然而，他也由此同所有的黑手党人结下了不解之仇，成为黑手党屡次暗杀的第一号人物。

1989年的大审判结束之后，罗马当局对法尔科的重点保护也开始缓解了。他不再住在巴勒莫市新建的特别法庭内那间防守严密的工作室，而是在巴勒莫警察局的大院内，有了一套自己的住房。这时，他同妻子和家人也重新获得了自由，开始过一种正常人的生活。白天，他驾车去办公室，晚上便和家人一起开始了属于他私人的夜生活。假日里，有时他也会同妻子去商场或一些公共场所走走，甚至去巴勒莫歌剧院看一场《茶花女》或听一场古典音乐会。当时他已53岁，自23岁法学院毕业后，一直在政府司法部门，从事紧张的司法工作，同黑手党斗争了整整三十年。法尔科是一个生命力旺盛而又兴趣相当广泛的人，并不像某些在法律部门工作了多年的官员那样，永远板着一张面对被告的脸，把防刺客的那根弦绷得紧紧的，生活在一种单调、刻板和拘谨之中。法尔科的性格开朗而又幽默，他不仅喜欢画画、歌剧、音乐，而且喜欢骑马、打高尔夫球和划船，更让他钟情的莫过于游泳，他在大学时代就是一位游泳高手。他自己也知道这种"文艺复兴"式的浪漫性格与自己的职业很不相称，甚至会给自己带来某种危险，但他还是崇尚但丁的那句名言——"走自己的路，让别人说去吧！"

这时已经年过半百的法尔科知道人生最美好的时光已经在自己的生命中消失了，但他却不想未老先衰，更不想因害怕遭到某种威胁而把自己装在"套子里"。他想，既然自己已经献身于这种职业，基耶萨将军的那种危险随时都会降临。与其藏藏掖掖，倒不如坦坦荡荡地活着。因此，他虽然经常会听到他的好友博尔塞利诺和一些亲人的忠告，但从不当一回事。

对他的保护解禁之后，他在距巴勒莫市10公里处的海边，立即租用一套风格别致的海滨别墅。因为夏天即将来临，他已经同大海久违了多时。他准备在周末或假期来此住上些日子，在水中泡泡也是人生的一大快事。

然而，就在 1989 年 8 月 19 日的那一天，一件很不愉快的事情发生了。那天早晨，他兴致勃勃地带着妻子和两名警卫人员，驱车来到这里，准备在这里度过一个愉快的周末。但是，当他的车子刚驶近这幢别墅，他车上的红外线遥感器就突然亮起了红灯，随着这报警的红灯一闪一闪跳动，报警器也在急促地"嘟——嘟——"叫。

"不好！有情况！"那位开车的警卫立即将车子倒退，呼啦一下后退了 50 米，另一位坐在旁边的警卫也将手中的微型冲锋枪打开了保险，并及时摇上车窗上的防弹玻璃。

这时车子还在向后倒，而车上的报警装置已没有动静了。坐在后座正扶着妻子的法尔科便叫停车，他知道危险不在车上，而是在那幢别墅里。法尔科几乎还没等车停稳，就同两位警卫同时打开了车门下了车。这时，空旷的海滨公路上并没有异常的情况，远远的海滩上依然是人影绰绰。法尔科意识到刚才自己的判断是正确的，便马上拨通了车上的电话。

二十分钟不到，两辆警车闪着红灯呼啸而来，十名防暴警察和两位工兵在宪兵队长罗西的率领下驱车赶来了。那两位工兵用探测器再一次证实了法尔科的判断，原来那幢别墅里有人埋下了一颗遥控炸弹。

炸弹最终被拆除了，但法尔科心中明白，黑手党绝不会善罢甘休。他们有了这第一次，还会有第二次，甚至第三次……他们会跟踪追击到世界的各个角落，甚至可以静静地等待十年、二十年，选择有利的机会下手。但是，法尔科对此毫不畏惧。回到巴勒莫后，几名记者闻讯赶来采访他。法尔科爽朗地对记者说："我是西西里人，生命对我来说就像衣服上的纽扣。我不会去多想这件事，这场有惊无险的未遂谋杀事件一点也不会改变我的生活，遗憾的是让我今天的海水浴泡汤了。我想得更多的是怎样才能更彻底地打击那些见不得人的敌人……"

法尔科的答记者问第二天见报后，巴勒莫乃至罗马又引起了一阵轰动。法尔科接到了许多问候的电话，其中有意大利总理克拉克西从罗马打来的。法尔科在电话中说："亲爱的朋友，感谢您的关心，但这是意料之中的事。早在三年前'圣·迈克尔行动'之后，那位悔过的黑手党头目托马索·巴塞塔先生就告诫过我：'他们现在将设法杀死我，不过紧接着就轮到你了，你可要当心！'所以，我并没有把这看成是一桩意外。"

这件不愉快的事情发生过后，法尔科第二天照常出现在他的办公室里，他又在忙于查找给那位黑手党"金融专家"唐·卡鲁阿纳定罪的证据，几乎把这件不愉快的事情忘记了。

但是，策划这次谋杀的黑手党头目马多尼亚并没有把这件事淡忘。

朱塞佩·马多尼亚是当年西西里黑手党最高委员会的九名委员之一。黑手党内讧之后，他成了仅次于格雷科的黑手党第二号头目。从 1981 年开始，马多尼亚就是意大利警方通缉的黑手党要犯之一。然而，多年来他却一直潜逃在外，连 1984 年那次"圣·迈克尔行动"都没有将他逮捕归案，足见这位黑手党元老的"足智多谋"。在 1984 年的"圣·迈克尔行动"中，同他一同漏网的还有那不勒斯卡莫拉组织库托洛的得力干将、后为那不勒斯地区黑手党一号头目的卡尔来内，阿尔菲耶里和西西里黑手党头目之一的弗朗西斯科·卡尼扎诺等。

这几位黑手党头目经历了 1984 年的"圣·迈克尔行动"和 1990 年的又一次大追捕后，不仅没有偃旗息鼓，反而把意大利的黑手党组织又发展到一个空前的阶段。

1991 年 4 月 23 日，意大利内政部长温琴佐·斯科蒂根据他当时掌握的资料和情报，向意大利议会递交了一份关于黑手党的报告。这份报告对意大利全国的黑手党组织派系和拥有的人数做了一个较准确的统计（见 1991 年 4 月 24 日、25 日罗马《共和国报》），现将有关内容摘录如下：

地　　名	派　　系	人　　数
一、西西里大区	186个	5000人
（首府）巴勒莫	67个	1800人
卡塔尼亚	19个	250人
阿格里琴托	35个	550人
特拉巴尼	24个	450人
锡拉库扎	4个	350人
卡尔达尼塞塔	32个	320人
墨西拿	7个	130人
恩纳	5个	100人
拉古萨	3个	50人
二、坎帕尼亚大区	106个	5000人
（首府）那不勒斯	67个	3350人
卡塞塔	17个	800人
萨莱诺	12个	600人
阿韦利诺	6个	180人

地　名	派　系	人　数
贝内文托	4个	70人
三、卡拉布里亚大区	142个	5100人
（首府）勒佐卡拉布里亚	83个	3500人
卡坦扎罗	45个	1000人
科森察	14个	600人
四、普里亚	30个	1000人
合计（全国）	约500个	16000多人

在这里需要补充说明的是，上面表格中，在意大利全国约五百个派系组织的一万六千多名黑手党分子，仅仅是指带有武装的职业性的亡命之徒，而那些带"业余"性质的黑手党帮凶，全意大利各地总共有十万之众。这实在是一个令人触目惊心的数字。更令人担忧的是，意大利的黑手党组织，并没有在一次又一次的打击中消失，反而一天比一天膨胀起来。以西西里的巴勒莫为例，在当年唐·维齐尼时代，巴勒莫省及市区的"我们的事业"才拥有三十九个派系，而到了1991年，在近四十年内，却发展到六十七个。这些新的派系的产生，很大程度上是当年黑手党内讧的结果。但更主要的原因，是黑手党这种黑道组织，对当地的群众有一种莫大的诱惑力。只要有一两个亡命之徒领头，后面立即跟上几十个甚至几百个这样"志同道合"的人，于是，一个新的派系便产生了。真是振臂一呼，应者云集。

派系林立，就会各自为政。这种结果便是混乱的开始，而这种混乱，无论是对普通的平民百姓，还是对政府和国家，都是一种不可估量的威胁，只会更具破坏性。那时，凶杀和敲诈勒索的事件更是频频发生。

以意大利南部的卡拉布里亚地区为例。据当地的法官马克里向报界透露，在意大利的其他一些地方，十万人当中被谋杀的，也许只有两至三人；而在卡拉布里亚地区，十万人当中死于谋杀的至少是十人；而在濒临墨西拿海峡的该地区的首府勒佐卡拉布里亚城，十万人当中遭到暴力袭击而丧命者绝不会少于三十人。在这个城市北面几英里处的乔塔甸地区，十万人当中被谋杀的则高达五十人之多。在勒佐卡拉布里亚城的主要大街上，20世纪90年代初，你可以看到墙壁上到处都胡乱地涂写着"欢迎你到地狱来""这里没有警察"等标语式的字样。

这里的确是一座"没有警察"的城市，吸毒、卖淫、斗殴的现象屡见不鲜。这里的青年男女的服饰几乎全是一样，男的一律穿蓝布裤和圆领汗衫，女青年或是穿蓝布裤或是穿一条短得不能再短的裙子，看上去就像在腰部以下围了一条浴巾。她们选择这样的裙子完全是为了"性感"的需要。就是在大白天，你也会看到树荫下或草坪或街心公园的长椅上，有一些青年男女在展示人类那种最隐秘的动作……

在意大利，规定骑摩托车的人必须戴头盔，否则，就得罚款或受其他惩罚。但是在南方的卡拉布里亚地区这一条规定却没有了，骑摩托的人都是不戴头盔的。如果有警察来干涉，他们就会理直气壮地说："这里是意大利南方，南方人不像乏味的北方人那样循规蹈矩。"

众多的派系和组织，让普通的生意人最头痛的就是"保护费"。因为你在这里做生意，往往同时有几个组织的人来争着"保护"你，你不要也不行。1991年，意大利政府在年终的国情报告中说，全国有半数以上的餐馆酒吧都要向黑手党组织交付保护费，有的还不止交一次，而是几次。据不完全的统计，一年来全国性的敲诈勒索高达130亿英镑，仅次于毒品买卖。过去仅仅发生在南方的犯罪活动，已经向北方的大城市如米兰、都灵等地蔓延……

不过，在意大利南方的卡拉布里亚地区，法官、新闻记者和警察是比较"安全"的，这些人大都不是黑手党人暗杀的对象，因为这些人对他们构不成威胁。尽管这里每天都在凶杀、斗殴和死人，但死的都是"自己人"。

有一位叫莉迪亚的女记者在这里生活考察了一段时间后，写了一本关于南方黑手党的书。据她在书中说，20世纪90年代前后的五年中，卡拉布里亚地区由于黑社会团伙之间的斗争，平均每天有两人丧生，而警察只是充当"急救的角色"和"评论家"。

书中记载了1991年5月3日星期五的黄昏时分，塔里安诺瓦这座南方小城中一桩凶杀案的始末。

5月3日黄昏，一伙歹徒突然闯进屠户朱塞佩的家，一阵乱枪打死了朱塞佩家中四个人。所有的大人都死光了，这个五口之家只剩下了一个6岁的孩子。

第二天在同一时间内这伙歹徒又闯进这个血迹斑斑的家庭，竟用机枪对着这最后一位6岁的幸运者疯狂地扫射了一阵之后，才扬长而去。他们连这个6岁的孩子也不留下。

意大利当局被这件血案惊动了，他们称这一天为"黑色的星期五"。罗马政府认为塔里安诺瓦城的地方政府完全受到了当地黑手党的"毒害"，立即向这座只有一万七千人的小城派遣了一支拥有两千名卡宾枪手的部队。这是一支隶属于意大利国防部的准军事部队，在意大利人眼中，它是一支颇有神秘色彩的军团。这支部队在塔里安诺瓦城的大街上设立路障，有礼貌地检查载有年轻人的汽车，验看身份证，检查汽车内是否藏有武器。这支部队的士兵都身穿海军蓝的防弹背心，手握卡宾枪。他们的鲁昂戈上尉则衣冠楚楚，佩戴着一枚银色徽章。

当这支部队进驻塔里安诺瓦城之后，该城的警方发言人声称，他们确信被害人屠夫朱塞佩一家，除他的二儿子文森佐以外，其余的均无犯罪背景和记录。他的二儿子文森佐虽然与黑社会团伙有联系，但是当时已被关进监狱。于是，敌对的团伙无法对他下手，便将其无辜的家庭成员全部杀光。

这位鲁昂戈上尉通过调查后也认为，塔里安诺瓦城近年来频繁的枪声起源于当地黑社会集团领袖多明尼柯的死亡。多明尼柯是在 1990 年 5 月 22 日同他的副手一道被谋杀的。自从他死后，整个集团陷于无政府状态，为争夺权力而进行多次火拼，一年来导致三十九人丧生，三十一人伤残。而屠夫朱塞佩的一家人，便是这种争权夺利的牺牲品。

而该城一位年已 70 岁的神父托马里奥则认为，这些歹徒的暴行只能看成是人类的"奥秘"，令人无法解释。"他们企图显示他们的权利，显示他们惨无人性的嗜血性，才发生这起'黑色星期五'事件"。

塔里安诺瓦城的老百姓和普通市民对这一流血事件的态度，完全是一种麻木和无动于衷，因为这样事情的发生，对他们来说太司空见惯了。他们生活在这个城市里，哪一天不看见死一两个人。就在朱塞佩一家人惨遭不测的前天中午，一家生意兴旺的酒吧内，一名顾客被突然闯进来的一位青年人开枪打死。尸体搬走之后仅十五分钟，这家酒吧就照常营业。尽管地上的血迹还在，但这家酒吧依然宾客满座，就像根本没有发生任何事情一样。

那位鲁昂戈上尉在勒佐卡拉布里亚市待了一段时间后，终于明白，在意大利南方，所谓的职业杀手的含义和美国完全不一样。在他的管辖区内，雇一个杀手去杀一个人，只需要付不到150英镑的钱，而在美国则不够交通费。另外，这些受雇的杀手竟是未成年的少年，有的还是在校的中学生……

卡拉布里亚地区历来盗匪猖獗，但据一位满头白发的老神父说，以前从未发展到现在这种样子，这位神父是一位大烟鬼，一天到晚香烟不离嘴。这时，他深深地吸了一口烟，然后吐出一缕白烟，长叹一声说："政治不改变，盗匪活动是不会减少的。"

当那位女记者莉迪亚和他交谈时，这位神父又从宗教的角度，谈起了道德的沦丧和宗教价值的崩溃，以及人们对执政当局的不尊重。他不无感慨地说："现代人很崇尚自由，自由当然是重要的。但是，我们现在有的不是自由，而是放任自由的无政府主义。我们现在所处的社会是享乐重于生存的社会，是一种人欲横流的社会。作为上帝的子民，这是一种罪恶。"

其他人又是如何看待这种现状的呢？

女记者也问到一些法官，而这些法官则认为："这完全是政治腐败造成的。政府官员中很多人在收受贿赂，而又没有人去制止和控告他们，人们便只有开始去违法，去杀人。"

而警察的回答更是直言不讳："我们当然清楚谁是黑手党，但我们知道了又怎么样？"

就连勒佐卡拉布里亚市的警长斯帕朗查也只有无可奈何地说："只有相信上帝。"

在1991年的塔里安诺瓦城发生的这一惨案，尽管引起了意大利当局的重视，但是，最后却没有一个"说法"。直到三年以后，死者朱塞佩的二儿子文森佐逃出了监狱，才在他的团伙的帮助下，找到了那伙杀害他全家的暴徒。于是，双方又是一阵激烈的枪战。遗憾的是，那个敌对的团伙死了三个人，文森佐所在的这个团伙也死了三个人，结果双方打成了"平局"。

当然，这不是最后的结局，双方又在酝酿下一场新的决斗——于是，这种决斗就这样绵绵无期，没完没了。

不过，这种现象在意大利也是很正常的。据一位长期从事黑手党问题研究的专家米克莱·潘达莱奥内的分析表明：西西里岛同勒佐卡拉布里亚虽然同属意大利南方，而且仅仅只相隔一道墨西拿海峡，但两地黑手党的犯罪特点却截然不同。虽然两地的黑手党都从事共同的"事业"——毒品走私、敲诈勒索、控制建筑业和包揽利润丰厚的公共建筑工程，但勒佐卡拉布里亚的黑手党则更喜欢从事绑架活动。原因是西西里岛是黑手党的发源地，是意大利黑手党中的"老字号"。这些家族中的头目到了 20 世纪 90 年代，虽然都换成了一代新人，但他们的骨子里还承袭了当年唐·维托和唐·维齐尼时代，老一代黑手党人的"荣誉社团"的思想体系，即使是杀人放火，也要做到"师出有名"，都是一些老谋深算的家伙。他们杀人的动机，更多的是为商业的目的，即使是为了家族之间的宿仇旧恨，他们也往往不会鲁莽行事，而是假以时日，伺机而动，等待和寻找最合适的机会下手。在卡拉布里亚地区，许多杀人案件的动机纯粹是为报家族之间的仇恨，而在很多情况下，正如那位老神父托马里奥分析的那样，完全是为了"显示他们的权利"，"显示他们惨无人道的嗜血性"去杀人。其原因是卡拉布里亚地区的黑手党毕竟是"后起之秀"，是意大利现代工业社会的产物，而缺少传统的根基。因此，这种混乱的社会局面完全是某些头目的随意性造成的，这种随意性将会使社会永无宁日。

这也就是到了 20 世纪 90 年代，意大利的黑手党组织为什么反而越抓越多，越打击越发展的重要原因之一。

另一个重要的原因，就是意大利历届政府，上至总统、总理，下至省督、市长，对打击黑手党缺乏真正的信心和得力的措施。虽然有时也会出现一两个硬派人物，风云一时，但最后还是不免风流云散。

1982 年 9 月 3 日，巴勒莫省总督达拉·基耶萨将军被黑手党杀害之后，当时的意大利总统佩尔蒂尼说："对国家的挑衅已经达到了不能再容忍的地步了。"

1984 年 8 月 1 日 "圣·迈克尔行动"前夕，巴勒莫市警察局侦刑队队长卡萨拉被杀害后，当时的意大利总理克拉克西说："将不停地与杀人犯做斗争。"

1990 年 9 月 11 日，法官利瓦蒂诺被杀后，当时的意大利总统科西加说："我们应该全力以赴，以便使那些与犯罪现象做斗争的人不感到孤立。我们不能带着这种可耻的状况加入欧洲共同体。"

当时任众议院议长的约蒂女士也说："现在必须对国家的权利机关进行最大的动员。"

但是，这些国家首脑和权威人士的讲话，最终都没有变成铁的现实。即使有所行动，也不过是短期的或缺乏力度的，从而让黑手党每受到一次打击之后，都能迅速从地下冒出来进行疯狂的反扑，并在反扑当中得到新的发展。这种现象实在令人怀疑和不安，人们怀疑意大利政府是否真的有能力去惩治黑手党。于是，一些被黑手党逼得实在走投无路的人，便斗胆舍身一搏，用自己的身家性命去呼唤正义和良知。其中最典型的莫过于贝罗·格拉西。

贝罗·格拉西是巴勒莫市一家财力并不雄厚的服装厂老板，他的服装厂仅有六十来名职工，其经营情况和收入也就可想而知。但是，由于他的服装厂地处巴勒莫闹市中心，格外引人注目。于是，几个家族的黑手党人都寻上门来，有的要求和他合伙，有的要入股，有的则公开提出来要他交付"保护费"。一次两次，格拉西忍气吞声地用钱把他们打发走了，他知道巴勒莫是黑手党的天下，那些将军、法官都不是他们的对手，何况自己这么一个小小服装厂的老板。有几次，他也想过找一家人多势众的家族入伙，以便有一个靠山，但最终还是打消了这种念头，清白为人。后来，在多家黑手党人的威逼下，他的服装厂几乎要关门了。这时，他便向新闻界寻找保护，多次向报刊和电台、电视台的记者倾诉他的苦衷，并通过记者的口，在电视台公开声称："我们宁死也不要交付保护费，这是公开的敲诈勒索，大家都应该像我这样做……"

格拉西这正义的呼声，得到社会的广泛同情和支持。但是，也为自己招来了杀身之祸。

1991 年 8 月 25 日清晨，他刚刚走出家门，四名手持微型机枪的黑手党党徒就迎面向他走来，在离他不到 10 米远的地方突然向他开枪。四支微型机枪的子弹，就像四条火龙一样向他张牙舞爪地扑来，格拉西当即中弹身亡，全身被打得像马蜂窝一样。

格拉西的死虽然换来了广大市民的愤怒和同情，但他那正义的呼声并没有唤醒人们的觉悟，许多人还是老老实实地逆来顺受，任凭黑手党人的敲诈勒索。但是，格拉西的死，却给巴勒莫市市长奥尔兰多以很大的震动。这位强硬派市长自 1985 年当选为巴勒莫市市长以来，一直拒绝同黑手党合作，但他却在天民党内被视为一个"叛逆者"。最后他因同天民党欧洲议会议员萨尔沃·利马不和而愤然退出了天民党，于 1991 年 3 月组建了他的政治组织"网络"。

奥尔兰多从格拉西的死中，看到了一种殉道者的曙光，从而也对自己的"网络"充满了信心和希望，更坚定了他同黑手党做斗争的信念。他迅速地发展自己的"网络"，想通过自己的组织来彻底改变罗马政府在反对黑手党方面的态度。

奥尔兰多的努力没有白费，在第二年的意大利大选中，他的"网络"成为西西里岛的第二大政党，他本人的得票率也在全国名列第二。不过，奥尔兰多也由此成为黑手党的暗杀对象。因为黑手党担心他一上台，对黑手党的打击将是更加坚决和更加无情的。

暗杀，是黑手党一种惯用的伎俩，列入暗杀名单（即"尸首菜单"）的并不仅仅是奥尔兰多一个人。

一个恐怖的年代——"黑手党年"又扑面而来。

第十七章

法官殉职　反恐怖未有穷期

　　1992年又枪声不断，意大利称之为"黑手党年"。
大法官法尔科以身殉职，炸死他的烈性炸药竟有两吨。

　　事后一大批黑手党头目又相继落网，其中有追捕
了十一年之久的元凶。

　　1996年又逮捕了杀害法尔科的凶手布鲁斯卡，他
是黑手党中年仅39岁的"王中王"。然而，在布鲁斯
卡的家乡，黑手党人又起事端……

　　1992年是意大利的又一个大选之年，也是意大利黑手党活动
最频繁、最猖獗的一年。所以，这一年又被称为"黑手党之年"。
它将作为一种特殊的记忆，载入意大利的史册。

　　1992年新年伊始，意大利北方工业重镇米兰市，就披露出一
起举国震惊的特大行贿受贿丑闻。这桩丑闻涉及意大利党政要人之
多、数额之大、影响之广，为近几年来所罕见。然而，更为严重的
是，此案在一定程度上又与黑手党有扯不清的瓜葛。

　　案发之后，身为意大利司法部刑事司司长、55岁的著名法官乔

瓦尼·法尔科立即奉命进行调查。与法尔科一道进行调查的，还有他的好友、身为巴勒莫市总检察官的博尔塞利诺。

博尔塞利诺也是西西里人，和法尔科从小在巴勒莫一起长大，并同时当上了法官。他虽然比法尔科小两岁，但二十多年的司法工作却为他赢得了巨大的声誉。他也同法尔科一样长期从事反黑手党的斗争，因此，对意大利黑手党的内幕和组织结构、家族派系都了如指掌，被人称为对付黑手党的"活资料库"。

现在，两位志同道合的好朋友，又共同去承担这一重大的调查工作，真可谓是一对"黄金搭档"。因此，他们对完成这项工作充满了信心。由于他们经验丰富，阅历深厚，又都对意大利黑手党内幕一清二楚，所以调查工作进展得非常顺利。经过近三个礼拜的调查，他们对这桩特大的行贿受贿案的来龙去脉，有了一个较清晰的轮廓。只要再进一步去核实几个细节和几个关键的数据，那么，这桩案子就可以提交有关方面起诉审讯了，然而就在这时，一个重大的事件发生了。

1992 年 3 月 12 日，意大利天民党欧洲议会议员萨尔沃·利马，被黑手党枪杀了。此案的发生真是石破天惊。因为萨尔沃·利马不仅与意大利前总理安德烈奥蒂有"莫逆之交"，而且是天民党的元老、安德烈奥蒂政府的内阁重臣。

当时，安德烈奥蒂政府虽然是"看守内阁"，但它在萨尔沃·利马等重臣的支持下，还是通过了反黑手党的修改法案，并在其后不久，对被黑手党严密控制的意大利南部几个地区采取了联合搜捕行动，一举逮捕了一千多名黑手党分子及嫌疑犯，其中包括一百多名黑手党的重要头目。这些头目大都是在 1984 年的"圣·迈克尔行动"中落网的，后来他们千方百计通过各种途径为自己解脱。有的已经出狱了，有的则持有权威医生的疾病证明，而被送去"保外就医"。但在这一次到底难逃法网，又被重新投入监狱，而且取消了原有的一切特殊规定。这对那些异想天开的黑手党头目，无疑又是一次沉重的打击。于是，他们不仅把仇恨集中到安德烈奥蒂的"看守内阁"身上，而且将所有支持通过这一反黑手党修改法案的内阁成员，都列入了黑手党的"尸首菜单"。安德烈奥蒂总理的主要副手、私交甚厚的萨尔沃·利马便首当其冲，成为"尸首菜单"上的第一人。

萨尔沃·利马的死，让意大利举国震惊。法尔科又奉命暂时放下米兰的那桩案件的调查，来罗马处理这件突发事件。

然而，萨尔沃·利马被杀还不到一个月的时间，意大利反黑手党高级专员、西西里阿格里琴托地区警官朱利亚诺·瓜泽又于1992年4月4日在当地遭黑手党枪击身亡。

与此同时，埃帕尼亚首府那不勒斯、卡拉布里亚的卡坦扎罗以及普里亚等地又不断传来噩耗，许多警察、议员和反黑手党人士都遭到黑手党人的突然袭击，一时竟有八人死亡，十二人受伤。面对这一严峻的局面，意大利当局自下而上无不为之震惊。这是自1990年第二次大追捕以后，还未曾出现过的反常现象，好像意大利又成了黑手党的天下。

不仅如此，巴勒莫、那不勒斯和罗马的一些法院、检察院、政府官员的办公室和电台、报社等新闻单位，经常可以收到一些匿名的恐吓信和接到一些莫名其妙的电话，内容大都与大选有关。有的信上这样写道："请您投票时慎重一些，不要用自己的性命做赌注。"有的则在电话里说："不要轻信那些政治骗子的花言巧语，他们是一群政治娼妓。"

这时，为了那桩行贿受贿的丑闻，米兰的工人不断涌上街头举行大罢工。这罢工的浪潮大有波及都灵、佛罗伦萨等许多北方大都市之势。意大利一时大有"黑云压城城欲摧"之势。

1992 年的春天，对意大利来说，真是一个不安分的季节。因为大选在即，许多与黑手党有牵连的议员和高层人物都有落选的危险。为了寻找新的"保护伞"，在这样的关键时刻，黑手党人绝不能无动于衷。他们要充分利用暴力来证明自己的存在，显示自己的实力。同时，这还是一个浑水摸鱼，向政府及有关权力机构"要价"的最佳时机。他们既可以帮你拉到成千上万的选票，也可以让你在大选中丢丑，名落孙山，关键在于看你开什么价，识相不识相。

另一个重要的原因，就是党内的一些人士在幕后操纵。为了各自政党的利益，无论是天民党还是共和党中的某些人，都会放下体面的架子，干出街头无赖的勾当。尤其是一些本来就同黑手党有染的政客，此时更是大显身手。于是，在 4 月上旬大选前的这段日子里，黑手党便肆无忌惮地行凶作案，让意大利一时沉浸在恐怖之中。

身为意大利司法部刑事司的司长、全国反黑手党委员会主席的法尔科，无论如何不能容忍这种局面继续存在。从米兰返回罗马之后，他立即请示有关当局，然后会同意大利国内安全情报局、意大利警察总署、宪兵总部及司法、治安等有关部门的头头脑脑，召开联席会议。在会上，法尔科和他的同事认真分析了形势后，态度强硬地做出了如下部署：

一、突击提审在押的黑手党头目，查找最高层的幕后策划人和有关的线索；

二、继续通缉和追捕潜逃的黑手党要犯。潜逃多年的黑手党头目朱塞佩·马多尼亚和弗朗西斯科·卡尼扎诺等人，是这次重点追捕的对象，一定要尽快捉拿归案。

三、对那些知名度较高，又完全暴露了的反黑手党人士要进行重点保护，以免他们惨遭毒手……

联席会议以后，各个方面立即采取紧急行动。这次行动的规模虽然不及1984年的"圣·迈克尔行动"和1990年的大追捕，但是，许多黑手党人还是被投进了监狱，尤其是马多尼亚等潜逃的黑手党头目，更是惶惶不可终日。为了防止他们潜逃出境，在法尔科的部署下，意大利所有的机场、码头、边防口岸都增设了新的哨卡，严格检查出国人员，把一切通往国外的渠道都封锁了。

但是，马多尼亚和弗朗西斯科这些人也并非等闲之辈。这么多年来，他们能躲过一次又一次的追捕，如今依然逍遥法外，并一如既往地为非作歹，进行贩毒走私，并指挥阴谋暗杀，就足见他们的手腕比格雷科、巴塞塔这些黑手党人还要高明。如今他们虽然又面临着当局的追捕，并且潜逃国外的通道也被堵死，使他们犹如关在意大利这个大铁笼中的困兽一样，但他们当然不会坐以待毙。尤其是马多尼亚，十年逃亡的经验，已让他懂得如何保护自己。这些年来，他不仅躲过了一次又一次的追捕，而且在每一次追捕之后，都能奇迹般从地下冒出来，使自己的事业得到新的发展。现在许多有名望的黑手党头目都被送进了大牢，像他这样"元老级"的人物已经是"凤毛麟角"了，在黑道社会备受推崇和尊敬。因此，他便意识到自己在"荣誉社团"中的责任。面对罗马当局，特别是法尔科等人欲置黑手党于死地的政策，马多尼亚认为是该再次出击的时候了，他不能让这个当前风头正劲的法尔科再次得逞。更重要的是，他要让所有的国会议员和地方政府，在即将到来的大选中，不能对"荣誉社团"的实力小看。

1992 年 5 月 22 日，是马多尼亚的儿子尼诺·马多尼亚的婚期，这一天，将在巴勒莫大教堂举行隆重的婚礼。早在三天前，马多尼亚就同弗朗西斯科·卡尼扎诺等人商量，要在儿子结婚的这一天，在巴勒莫市制造一点意外的"热闹"，给罗马政府一点颜色。5 月 22 日这一天，马多尼亚儿子的婚礼如期举行，原那不勒斯的一号头目卡尔米内·阿尔菲耶里也参加婚礼来了。

　　卡尔米内·阿尔菲耶里也曾有过一段"辉煌"。当年，那不勒斯是卡莫拉组织的发源地，卡尔米内是"新卡莫拉"的"教父"库托洛手下的一名得力副手。卡莫拉组织瓦解以后，卡尔米内便投身到黑手党的怀抱，继续他的罪恶生活，几年来，他已成为那不勒斯地区黑手党组织的一号头目。这次，卡尔米内还带来了他得力的副手，后来被称为黑手党"王中王"的二号头目乔瓦尼·布鲁斯卡。

　　乔瓦尼·布鲁斯卡当年 35 岁，出生于西西里岛一个仅万人的圣乔塞佩·杰托镇上。他的家族是一个黑手党世家，祖父和父亲虽然是当地农民，但是早就与黑手党有勾搭。早在 20 世纪 60 年代，其父伯纳多就与意大利黑手党派系中势力最为强大的科洛奥尼家族，建立了密切的联系。他依靠科洛奥尼家族的权势，不仅为自己三个儿子在黑手党内日后的发迹铺平了道路，自己也成为黑手党的元老之一。

　　"内战"以后，科洛奥尼家族江河日下，大势已去，伯纳多也在 20 世纪 80 年代因被指控犯有多项杀人罪而被判处无期徒刑，正在大牢中服刑。但他的儿子布鲁斯卡和文森索却在黑手党内脱颖而出，成为年轻有为的"新秀"。尤其是布鲁斯卡，几乎完全继承了这个家族的传统，在少年时代就与众不同，显示了他日后所具备的"素质"。当时他虽然是一位极普通的少年，也和其他人一样出去卖比萨饼，还去迪斯科夜总会，但是他的比萨饼，总能卖出超过别人几倍的价钱，而在夜总会除了能找到得意的舞伴之外，还有人免费为他提供上等的饮料和点心。他和他的弟弟文森索中学都没有毕业就混迹黑道社会，一心想在黑手党内打出一片天地。他的大哥埃玛纽尔虽然读完了中学，后来又考上了大学，成了一名医生，但最终也加入了黑手党与家人同流合污。

布鲁斯卡在 20 岁时，就成了一名引人注目的黑手党成员，在黑手党内很受人器重。当时黑手党家族内一位地位显赫的政治头目伯纳多·普罗文扎诺，对他尤为看重。这位绰号叫"拖拉机"的普罗文扎诺虽然比布鲁斯卡要大 30 岁，但一直把他看成是自己的朋友和心腹，并请他为自己开专车。从此，布鲁斯卡就成了这位政治头目的司机兼保镖。他开始用心计去讨好和巴结这位大头目，并对其他的几位头目，如卡尔米内、卡尼扎诺和巴格雷拉等人也保持着一种超过正常的"友谊"。所以，当普罗文扎诺和巴格雷拉等头目在 1984 年的"圣·迈克尔行动"中被捕后，随着卡尔米内在黑手党内部地位的升迁，布鲁斯卡也顺理成章地青云直上，成了他得力的副手。

这一次，卡尔米内带着布鲁斯卡来到马多尼亚的家中，参加他儿子尼诺·马多尼亚的婚礼，其目的也就不言而喻了，无非是要让他这位得力的副手进一步得到这位元老的赏识。正是这次不同寻常的婚礼，让布鲁斯卡找到了一个大展身手的机会，为他后来成为黑手党的"王中王"做好了铺垫。

在马多尼亚秘密的小客厅里，他们策划了一个"擒贼先擒王"的计划，这个计划就是谋杀大法官法尔科和他的好友博尔赛利诺。这个计划的执行者就是布鲁斯卡。

1992 年 5 月 23 日下午 5 时 48 分，意大利国内安全情报局的一架专机，徐徐地降落在巴勒莫市西郊拉伊西海峡机场的跑道上。舷梯刚一放下，早已等候在机场的三辆菲亚特"克罗马"牌防弹轿车立即开了上去。机场周围的出口处和建筑物的制高点上，都有荷枪实弹的军警，正密切注视着机场内外的动向。这时，55 岁的乔瓦尼·法尔科正同他 46 岁的妻子罗茜双双走下飞机，进入中间那辆白色的防弹车。随后，他的六名警卫人员也分别坐进了另外两辆轿车。那两辆轿车分别为褐色和蓝色。

　　等所有的人都进入车内后，三辆防弹车才同时启动，然后缓缓地驶出机场，向巴勒莫市警察局驶去。

　　驶出机场的出口后，三辆车先后驶上了高速公路。那辆褐色的防弹车在前面开路，里面坐着三名警卫人员。一人坐在司机旁边的位子上，两个人坐在后排。三名警卫人员手中都握着冲锋枪，里面填满了子弹并打开了保险，乌黑的枪口就像他们的眼睛一样，警惕地注视着车外的一切。

　　法尔科和他的妻子坐在第二辆白色的防弹车上，紧跟在第一辆车的后面。上车后，法尔科叫司机坐到后排去了，他自己驾驶。他的妻子就坐在他旁边的位子上。最后是那辆蓝色的防弹车，车上除了司机外，还有三名全副武装的警卫人员。三辆车始终保持一定的距离，正以每小时 160 公里的速度向前疾驶。

　　十分钟以后，车队来到一个大转弯处。这里有一条岔道，通往前面的克莱塞尔半岛。转弯处前 20 米的地方有两个地下通道，另一条公路在这条高速公路底下，通过这两个地下通道横穿过这条高速公路。

　　这时，下面的地下通道里正停着一辆大型的工具车。当法尔科的车队刚刚驶到通道上时，那辆工具车突然爆炸了。"轰隆"一声巨响犹如火山爆发，一股浓浓的烟柱直冲天空。高速公路上顿时出现一个直径有 50 多米的大坑，整个路面全部陷落下去了。在强烈的气浪的冲击下，前面那辆褐色的防弹车被抛出了 100 多米远，中间法尔科的白色座车也被抛向空中，然后又重重地落在这个大坑里被炸得稀烂。后面的那辆蓝色防弹车也在劫难逃，甚至连旁边通行道上的汽车也被掀翻了好几辆。大坑两头的公路栏杆被炸得弯弯曲曲倒在那里，中间一段 20 米长的栏杆竟飞到了路基下面。

这是一起恶性的爆炸事件。据警方事后调查确定，引起这场爆炸的是地下通道里的那颗"汽车炸弹"。运用这种"汽车炸弹"进行破坏是黑手党近年来的一大发明。那辆事先停在通道里的大型工具车上，至少装有两吨烈性炸药。待到法尔科的车队驶近地道时，他们利用无线电遥控器进行引爆。在这次爆炸事件中，第一辆褐色防弹车上的三名警卫人员和一名司机当场死亡，法尔科夫妇虽然当时还活着，但在医院抢救时也先后死去。这次爆炸共有七人死亡，二十多人受重伤。这是继 1982 年 9 月 3 日基耶萨将军遇难之后，又一起震动意大利全国的恶性谋杀事件。这起恶性谋杀事件的直接指挥和参与者，就是乔瓦尼·布鲁斯卡。当法尔科的车队驶上高速公路这两个地下通道的一刹那，正是潜伏在转弯处的山坡上的布鲁斯卡亲手按下了引爆的启动键，看着这三辆高级防弹轿车起火之后，他和他的团伙才悄悄地向山坡的另一侧遁逃了。

两个小时以后，布鲁斯卡给西西里的地方报社打了一个电话，他在电话中扬扬得意地说，这是为昨天他尊敬的马多尼亚先生之子尼诺·马多尼亚的婚礼送上的一份"厚礼"。他还对报社的编辑说："还有第二份礼物，会在不远的日子里送给你们这些编辑老爷，如果你们不为天民党宣传……"

果然，在炸死法尔科夫妇和他的警卫人员之后不到两个月的1992年7月19日中，布鲁斯卡又亲自指挥他的暗杀小组，在巴勒莫市内炸死了法尔科的好友和继任者保罗·博尔塞利诺检察官。

　　5月19日中午，身为巴勒莫市总检察官的博尔塞利诺在几位保镖的陪同下，分乘三辆防弹车去看望他的母亲。因为在法尔科遇难之后，这位好友就将自己的生死置之度外，接替了法尔科生前的一切工作。尽管当时对法尔科的死，他也曾一度感到害怕，心灰意冷，因为他意识到黑手党下一个谋杀的目标将是自己。他曾对记者公开承认："我感到自己已经像具活僵尸……许多人也把我看成是未来的牺牲品。"但是，他还是义无反顾地在意大利司法部长克劳迪奥·巴尔泰利的提名下，担任了意大利反黑手党委员会的主席，接任法尔科生前多年承担的这一重任。

　　博尔塞利诺上任之后，立即将这个委员会进行了整顿。除了清洗了两名与黑手党有关系的要员之处，还集中了五百多名意大利反黑手党的专家和警方中最优秀的人员。博尔塞利诺这一举措，让黑手党人感到一种新的威胁，他们决定谋杀这位与黑手党作对的强硬人物，使今后无人敢担任这一职务，迫使意大利政府解散这一组织。

　　另外，据意大利司法部长巴尔泰利事后说，在博尔塞利诺被谋杀前的几天，他曾向这位司法部长做过两次重要的汇报，一次是告诉他，反黑手党委员会已经同国际缉毒组织接上了关系，获得了许多重要的情报；另一次是向巴尔泰利汇报，他和他的委员会已经查出了谋杀法尔科法官的元凶和幕后的谋划者，并获得了警方多年来追捕的几位黑手党头目最近的活动情报，并正在拟订一个全面搜捕的行动计划。

　　博尔塞利诺的这些行动，对意大利再一次打击黑手党将起着重要的作用，但是，也成了黑手党谋杀他的重要原因。

这天中午，当他走下汽车，来到他母亲居住的楼房前，正要按响门铃时，一辆停放在楼道口的小汽车又突然爆炸了。整幢楼房顷刻之间倒塌下来，博尔塞利诺和他的三名保镖当场身亡，停放在旁边的汽车也被炸毁了。

警方调查结果表明，这又是黑手党事先埋伏的一颗"汽车炸弹"。这辆小汽车底部安放的烈性炸药，足有300公斤之多。当博尔塞利诺刚走向他母亲的楼房时，躲在离此200米处的那幢楼顶上的黑手党人，又是利用无线电遥控器进行引爆。其作案手段同两个月前谋杀法尔科的手法完全相同。

两名著名的大法官相继被暗杀，震动了整个意大利。意大利政府意识到，对黑手党的打击应该刻不容缓。意大利社会党政府在国会的配合下，又采取了一系列强硬措施，颁布了许多打击黑手党和犯罪活动的新法律，决定在全国范围内再次向黑手党开战，缉拿黑手党凶犯和一切犯罪分子。新的反黑手党法律重新确立了负责黑手党档案审理的最高检察官的职权，并把权力扩大到反黑手党调查局，允许警方在一些住宅区实施无证搜查，还允许打入黑手党内部进行秘密活动和安放必要的监听设置，允许对有嫌疑的黑手党分子进行软禁，等等。此外，还解除了反恐不力的军方和非军方情报机构官员的职务，并罢免了巴勒莫市行政长官和警察局长的职务。在黑手党的老巢西西里岛，意大利政府也像当年墨索里尼那样，向那里派驻大批的武装力量。到1992年底，仅在巴勒莫市就有两千多名正规武装部队和特种部队士兵，代替了该市的宪兵和警察在街头昼夜巡逻，并禁止一切飞机飞越巴勒莫城市上空，以防止来自空中的恐怖袭击。巴勒莫的机场和港口一直没有解禁。警方则在有关部门的配合下，加紧对黑手党嫌疑犯的搜查、追捕，并查禁其财产以及银行存款，封闭有嫌疑的工厂和企业，停止他们的一切经济活动。

在这一系列有力措施的打击下，意大利反黑手党的斗争取得了新的进展。

1992年9月6日，警方在一次秘密的行动中，终于成功地将追捕了十一年之久的黑手党最高委员会的第二号人物、谋杀法尔科法官的主要策划人朱塞佩·马多尼亚逮捕归案；9月11日，秘密宪兵队又将那不勒斯一号头目卡尔米内·阿尔菲耶里抓获；几个小时之后，55岁的西西里黑手党头目之一弗朗西斯科·卡尼扎诺又在罗马落网……一个礼拜以来，总共有四名黑手党重要人犯被关进了监狱。同时被逮捕的还有大小黑手党头目和党徒三百多人。

同时，意大利政府又在全国司法部门，发起了以反腐倡廉为宗旨的"净手运动"，将从第二次世界大战以来，长期执政并一直庇护黑手党的天民党赶下了台，从而使黑手党失去了政治上最大的保护伞。

1993年，又传来振奋人心的消息，一位被政府通缉追捕了二十三年之久的黑手党大头目、那不勒斯黑手党"教父"式的人物萨尔瓦尔·里诺被捕获。里诺的落网，是意大利黑手党最高委员会最后覆灭的象征。里诺落网之后，他的继任者巴格雷拉又在1995年被警方逮捕入狱。

但是，此时亲手杀害法尔科的凶手布鲁斯卡还一直逍遥法外，于是，意大利警方便把打击的主要目标，聚焦到这位已有黑手党"王中王"之称的凶手头上。

1992年，布鲁斯卡亲手杀害了大法官法尔科之后，在黑手党内一时"声誉鹊起"。随着朱塞佩·马多尼亚和卡尔米内·阿尔菲耶里等一大批黑手党头目的落网，他便大有取而代之之势。到1993年萨尔瓦尔·里诺和1995年巴格雷拉相继落网之后，布鲁斯卡便正式登上了意大利黑手党总头目的宝座，在黑手党中被称为"王中王"。

当时，他才不过38岁，比任何一位前任都要年轻得多，是意大利黑手党历史上最年轻的一位"教父"。

布鲁斯卡之所以在这样的年纪，就能在以争权夺利著称于黑道社会的黑手党中脱颖而出，坐上第一把交椅，其主要的原因，就是他有一副杀人不眨眼的狠毒心肠。

巴勒莫一位专门研究黑手党的记者弗朗西斯科·拉利卡塔说："所有告密者都把他（即布鲁斯卡）描绘成一个没有魅力的天生屠夫。他只有38岁，而他的前任里诺要比他大上30多岁。他如此年轻就能当上一号头目，那只能说明一件事，那就是他知道如何无所顾忌地去杀人。"

布鲁斯卡从混迹黑道社会开始，就以残忍凶狠闻名于黑手党。据在基耶萨被害后自首的黑手党头目托马索·巴塞塔说，年轻时候的布鲁斯卡"如同一匹野性十足的野马，但他是一位有才能的领头人物"。另一位警方的内线人物萨尔瓦托·巴巴加洛则说"乔瓦尼是个出色的士兵，但他没有长政治头脑"。从这些知情人的评述，就不难看出这位"王中王"是一位什么样的角色。

自从1992年接连杀害了两位著名的大法官之后，布鲁斯卡又于1993年先后在佛罗伦萨、米兰和罗马制造了多起爆炸事件，造成十多人先后死亡。利用"汽车炸弹"进行谋杀，几乎成了他的"保留节目"，每一次作案的过程和结果，都惊人的相似。因此，他在黑手党里又有"汽车炸弹"之称。

布鲁斯卡凭他的残忍和凶狠取得"王中王"的称号，并成为黑手党中最年轻的"教父"。但是，他在黑手党中的地位并不稳固。他在 1995 年所犯下的一桩罪恶，不仅令世人发指，就连那些心狠手辣的黑手党人也不禁心寒。

1995 年 5 月，布鲁斯卡亲手勒死了一名已经被折磨得奄奄一息的小男孩乔斯佩，而且还把乔斯佩的尸体抛进了一只硫酸缸以销毁罪证。

当时，乔斯佩仅仅 11 岁。

11 岁的小男孩乔斯佩·迪马蒂奥的父亲名叫圣蒂诺·迪马蒂奥，也是一位黑手党人。同时，他还是布鲁斯卡最好的朋友和部下。1992 年 5 月 23 日，在布鲁斯卡的带领下，圣蒂诺成了布鲁斯卡的"汽车炸弹"暗杀行动小组的成员，同他一道亲自参与了谋杀法尔科的行动。这年年底，圣蒂诺在参与一起勒索抢劫案时被警方逮捕，在审讯时，他交代了同布鲁斯卡一起谋杀法尔科和博尔塞利诺的行动内幕。为此，布鲁斯卡在 1993 年 11 月，派人绑架了圣蒂诺的儿子乔斯佩，随后将他扣押了十八个月之久。在扣押期间，布鲁斯卡竟惨无人道地对这位只有 11 岁的、好朋友的儿子乔斯佩，进行严刑拷打和非人的折磨，并不时把许多令人发指的场面拍成照片，寄给乔斯佩的父亲圣蒂诺，要他在复审时翻供。这些照片上的乔斯佩，有时被吊在树上被皮鞭抽得皮开肉绽鲜血淋淋；有时被两名大汉按在水盆里的水中几乎快要窒息，只有他的两条小腿在那里挣扎；有时又被绑在凳子上，脚上接上高压电源，他在那里像一只被砍了头的青蛙一样抽搐……凡是在黑手党内对付敌人和人质的一切虐杀手段，几乎都在小乔斯佩的身上展示出来了。在这漫长的十八个月中，乔斯佩已经被布鲁斯卡折磨得没有一点人的样子，到他被布鲁斯卡用一根绳子勒死之前，已经是奄奄一息了。

待到乔斯佩被勒死、尸体被抛进硫酸缸里后，布鲁斯卡的兽行无论是在公众之中还是在黑手党内，都引起极大的愤慨。

在黑手党的历史上，曾有过对妇女和儿童不下毒手的规矩，但是，这条规矩如今却被黑手党的头号头目粗暴地践踏和摒弃了，这不能不令许多黑手党党徒对自己这种组织、这个家族失望和担忧，对这个头目鄙视和不满。

由于布鲁斯卡践踏了黑手党的规矩，开了这个虐杀的先例，从而使黑手党一度变成了一伙惨无人道、滥杀无辜的暴徒。由于近年来意大利政府利用黑手党中的"变节"分子，对其进行接二连三的打击，使黑手党的许多组织被破获，许多黑手党人被关进大牢，遭到从未曾有过的损失，使黑手党中这种虐杀因此逐步升级，许多告密者的家属遭到杀害，许多被怀疑有变节行为的无辜者倒在血泊之中。曾在贝卢斯库尼政府中出任过内政部长的乔利安尼·费拉拉说："黑手党就像哥伦比亚麦德林贩毒集团，什么人都杀。过去的黑手党可不这样，他们不对妇女和儿童下毒手……"

黑手党的这一切疯狂的罪恶，都应该算在他们的头目布鲁斯卡的头上，他是这种新的犯罪活动的始作俑者。

从此，布鲁斯卡尽管是黑手党的"王中王"，但他的威望却大打折扣。随着里诺和巴格雷拉的相继落网，他也犹如一只惊弓之鸟，在一片风声鹤唳之中惶惶不可终日。

他意识到自己的末日已为期不远了。

1996年一开始，意大利警方就集中全力，开展对布鲁斯卡的大追捕。

1996年1月，巴勒莫法庭举行了一次"缺席审判"，审判的被告就是在追捕之中的布鲁斯卡。1992年，布鲁斯卡在西西里亲手杀害了一位税务官员，因而在这次缺席审判中，他被判处无期徒刑，等待他的将是终身监禁。

缺席审判之后，布鲁斯卡便开始了艰难的逃亡生涯。在一次又一次的大追捕中，他只带着姘妇罗萨莉和5岁的儿子戴维，经常频频地更换藏身之处。为了逃避警方的追捕，他经常蓄起不同样式的胡须改变自己的外貌，有时甚至还剃了光头，有时戴上假发。由于他行动诡谲，行踪不定，结果让他三次逃过了警方的追捕。其中有一次，仅仅是一步之差，还是让他逃走了。当负责指挥这次追捕行动的警官卢奇·萨维纳，带着几名由防暴警察组成的追捕小组赶到他在那不勒斯郊区的一个藏身之所时，他却是在三分钟之前刚离开这个地方。警察来到这里时，发现饭桌的饭菜还热气腾腾，每个碗里都有刚刚吃剩的饭菜。气得卢奇火冒三丈，禁不住朝饭桌上扫了一梭子，疯狂的子弹把桌子上的盘盘碟碟打得跳了起来，落到地上摔得粉碎。

1996年5月20日，布鲁斯卡逃亡的日子终于结束了。

前两天下午，布鲁斯卡带着他的姘妇、5岁的儿子和弟弟文森索夫妇及两个孩子一行数人，悄悄地潜逃到西西里的阿格里琴托镇附近的海滨小村卡里坦洛。他们几个人全部躲在一幢两层的小楼房里深居简出，就连三个小孩也关在楼上不准下楼，连楼上房间的窗户都封得严严实实的。这是一位黑手党成员的家。这位黑手党人尽管现在不再欢迎这位令人害怕而厌恶的头目，但还是在一个月前就答应下来了。他本来也想豁出去向警方告密，但是那位小乔斯佩的惨死让他害怕，因为他也有一个11岁的孩子。

布鲁斯卡来到这里以后，命令那位黑手党人为他和他的家人采购大量的东西。冰箱里塞满了鱼肉、海鲜和水果，壁橱里也挂着一套套新款的时装。看来他准备长期在这里潜伏下来，居家过日子一样。第一天平静地过去了，看来没有人发现，布鲁斯卡不禁为自己的高明感到高兴。不过到了晚上，他还是同他的弟弟文森索睡到楼顶上的阁楼中去，并准备了一根能从楼顶垂到地面的粗壮绳子，手中的那把大口径手枪更是抱在怀中不离手。

又一个平静的白天过去了，布鲁斯卡那根紧绷的神经不由得松弛下来了。晚上，他禁不住用手中的大哥大，与在巴勒莫市的一位黑手党头目进行联系，让他报告这两天卢奇·萨维纳和他的追捕小组行动的情况。

谁知就是这个电话，泄露了他的藏身之地。他哪里知道，巴勒莫电信部门已经配合警方，对他的手机进行了监听。于是，巴勒莫警方根据电信部门的这一情报，确定了他藏身的方位，然后通过有关资料进行分析，终于确定了他就藏在海边的卡里坦洛村里。

于是，巴勒莫警方立即连夜进行部署，秘密地封锁了阿格里琴托附近的海面和港口，并在陆地上对所有的路口增设了关卡，并准备了五架军用直升机在机场待命，用于空中搜索和掩护地面部队追捕。他们知道像布鲁斯卡和文森索这样的杀人恶魔，是不会轻易放下武器的，肯定会顽抗到底。如果他们一旦拒捕，地面人员就立即撤出他们的射程之内，由直升机对付他们。如果抓不到活的就当场击毙。负责这次行动的警官卢奇·萨维纳决定，这次行动在明天清晨6时开始，晚上行动说不定又会让布鲁斯卡在夜幕的掩护下开溜。警方这一次是下定了决心，志在必得，绝不能让这个恶魔再次逃脱正义的审判。

1996年5月20日清晨，当布鲁斯卡和他的家人又度过了一个平安的夜晚之后，大家又坐在一起一边用早餐一边看录像。布鲁斯卡和他的弟弟文森索则边喝着啤酒边聊天。然而就在这时，大约有两百名防暴警察已悄悄地完成了对这幢楼房的包围。随着队长卢奇·萨维纳的一声令下，几十名身穿防弹背心，头戴黑面罩的追捕队员立即蜂拥而入，猝不及防的布鲁斯卡兄弟还来不及操起家伙，就束手就擒，被戴上了特制的手铐。一场特殊的战斗就这样未放一枪一弹，在三分钟之内结束了。

这时，电视机还没有关，录像带上的画面还继续在屏幕上闪现。原来这是一盘关于当年法尔科法官遇害的录像，那条宽阔的海滨高速公路上，三辆防弹轿车正在爆炸声中飞向空中……

警官卢奇愤怒地走上前去，啪的一声把电视机关上了，然后对布鲁斯卡说："让你得意了四年，今天总算有了结果。走吧！"

说着，他命令追捕队员将布鲁斯卡一行七人，分别押上了两辆警车。这一天，离法尔科法官被害四周年纪念日还差三天。

在布鲁斯卡的卧室，桌子上摆着一本由法尔科当年撰写的揭露黑手党内幕的书，书旁边还有3万美元现金，这一迹象表明，布鲁斯卡又在准备下一次的潜逃。

乔瓦尼·布鲁斯卡两兄弟逮捕归案的日子，正是宣誓要向黑手党宣战的罗马诺·普罗迪新一轮政府刚刚上台的第二天。这对他们来说，无疑是一件激动人心的喜讯。正在罗马大剧院出席一个音乐会的意大利新任内务部长吉奥乔·纳波利塔诺在听到这一消息后，控制不住内心的激动，站在音乐会指挥的位置上，发表两分钟的即席演说。他兴奋地说："在法尔科法官被害四周年的前夕，抓住了杀害这位伟大法官的凶手，真是一个了不起的胜利。这不仅是对黑手党又一次最严厉的打击，更重要的是，对这位为反对黑手党奋斗了一辈子的大法官的一种最好的纪念。这说明我们刚上任的新政府，是能够最终打败黑手党的……"

1996 年 5 月 20 日上午 8 时,39 岁的布鲁斯卡和他的弟弟等一行七人被押到巴勒莫警察局以后，那两名妇女和三个小孩当场就被释放了，只是把他俩押进了监狱。

当穿着一条脏兮兮的牛仔裤和一件皱巴巴的白衬衫的布鲁斯卡从车上押下来时，在场的几十名警察齐声喝彩，吹响了号角并互相拥抱祝贺。有几位警察干脆摘下了黑面罩，似乎再也不用担心黑手党的追杀了。还有一位警察竟挤过去，狠狠地揍了布鲁斯卡一拳，把他的鼻子揍得鲜血直流。

有一位记者当场问巴勒莫警察局行动中心主任里诺·摩纳科，对他的部下这种行为有什么看法，"这种行为是不是失态？"这位记者说。

这位行动中心主任马上说："我不这么认为。这些小伙子为了缉拿布鲁斯卡，有的甚至潜伏守候了上百个小时，他们完全有权这么做。而布鲁斯卡又是一个双手沾满鲜血的刽子手，让他也流点血没有什么不可以……"

1996 年 5 月 21 日，世界各大通讯社同时播出了这条大快人心的新闻，引起了全球社会广泛的关注，更令意大利全国上下拍手称快。

在罗马政府大肆庆祝的同时，西西里岛上四年前法尔科遇难的地方更是一番动人的景象。市民们在市政厅的走廊里张灯结彩，就像庆祝圣诞节一样。市政厅前面的广场上，一面彩旗正迎风招展，上面写着一行又粗又大的字母组成的一个词"谢谢！"

意大利司法部长乔瓦尼·马里阿·费力克说："这次行动是对意大利执法部门的最好回报。"

负责缉拿追捕布鲁斯卡的行动小队队长、警官卢奇·萨维纳也坚定地说："我们确信布鲁斯卡是最后一代恐怖分子，随着他的被捕，黑手党恐怖时代已经结束。"

意大利参议员皮诺·阿拉奇也说："（黑手党）逍遥法外的时代已经结束。从里诺被捕开始，我们已经找到了镇压黑手党的办法。"

但是，也有许多司法人员和研究黑手党问题的专家清醒地认识到，这次胜利并不等于黑手党从此就会在意大利绝迹，说不定他们又会死灰复燃。巴勒莫首席检察官乔安卡洛·凯斯利说："这次胜利固然是迄今为止所取得的最大胜利，但是不要忘了黑手党完全有能力治愈创伤，很快会找到新的大头目东山再起。"

就在布鲁斯卡落网后第三天的 5 月 23 日，西西里岛圣乔塞佩·杰托镇发生的一件事就印证了这位首席检察官的预言。

圣乔塞佩·杰托镇是布鲁斯卡的家乡。5 月 23 日，该镇为纪念四年前遇害的法尔科法官和他的好友博尔塞利诺，把一面画有这两位法官头像的旗帜从市政厅的旗杆上降下来表示哀悼。但是，这面旗帜却在二十四小时之内，被人点火焚烧了。

对此，该镇坚定不移地打击黑手党的镇长马里亚·马尼斯卡罗说："这是那些人在惨遭打击后所发出的狂妄叫嚣，这一信号表明黑手党并没有全军覆没。警方虽然发起了强大攻势并取得了辉煌战果，但是黑手党仍然让人害怕。"

这位镇长可谓一位头脑清醒的官员，他的话并不是故作深沉的危言耸听。

意大利黑手党并没有全军覆没，许多黑手党头目仍然逍遥法外，继续指挥他们的喽啰们，干着人类历史上最可耻的勾当。

1998 年，国际刑警组织公开了一份"全球十大恐怖组织"名单，意大利黑手党依然"榜上有名"。